대통령을 갈아치우는 **남자**

**대통령**을 갈아치우는 **남자**
ⓒ 들녘 2006

초판 1쇄 발행일 · 2006년 8월 4일

지은이_마르크 뒤갱
옮긴이_이원희
펴낸이_이정원

주간_윤재인
책임편집_김상진
편집_정미정 · 송인환 · 김인경
디자인_배기열 · 김경애
마케팅_구본건 · 이도은
관리_조철회 · 장성준 · 우유정 · 김대환 · 강성철

펴낸곳_도서출판 들녘
등록일자_1987년 12월 12일
등록번호_10-156
주소_경기도 파주시 교하읍 문발리 파주출판단지 513-9
전화_마케팅 031-955-7374 편집 031-955-7381
팩시밀리_031-955-7393
홈페이지_www.ddd21.co.kr

값은 뒤표지에 있습니다. 잘못된 책은 구입하신 곳에서 바꿔드립니다.
ISBN 89-7527-548-5(03860)

# 대통령을 갈아치우는 남자

La malédiction d'Edgar

마르크 뒤갱 지음 · 이원희 옮김

들녘

이날 아침, 뉴욕은 잔뜩 찌푸려 있었다. 온통 잿빛으로 물든 우중충한 하늘을 가르며 시커먼 구름 한 자락이 마천루 꼭대기를 스쳐 지나가고 있었다. 소용돌이치는 찬바람이 변덕을 부리듯 일직선으로 뻗어나간 도로와 거리로 휘몰아쳤다. 아이티인 택시기사와 나 사이에 놓인 유리창 너머로 라디오 뉴스가 들려왔다.

부가 만들어지는 곳으로 매일같이 바삐 움직이는 엄청난 인파 속에 택시가 접어들었다. 초저녁에 내리는 비가 얼어붙으면 시내와 외곽의 교통이 마비될 우려가 있다고 전하는 기상예보 아나운서의 목소리가 약간 흥분되어 있었다. 조금이라도 비가 흩뿌려지면 아스팔트 도로가 금세 빙판처럼 얼어붙는 현상은 겨울이면 으레 뉴욕에서 벌어지는 일이었다. 아나운서는 해가 지기 전에 서둘러 귀가하라는 말을 잊지 않았다.

하루해가 짧아진다는 전망에 사람들은 신경이 날카로워진 듯했다. 불과 몇 시간 후면 뉴저지와 코네티컷의 도로로 쏟아져나갈 사람들은 아직 분주한 도시의 고층건물 속에 몰려 있었다.

나는 불쾌했다. 만나기로 한 여자가 약속 시간을 오전으로 잡았기 때문에 전날 뉴올리언스를 출발해야 했고, 또 그녀의 출판사에서 그리 멀지 않은 호텔에 하룻밤을 묵어야 했기 때문에 괜한 돈을 써야 했다. 40년은 됐음 직한 건물 밑에 쭈그리고 앉은 노숙자들이 손가락이 곱기 전에 피우려고 초조하게 담배를 빨아대고 있었다.

여자는 이 만남을 간청했던 사람이 나라는 사실을 상기시키려는 속셈인지 얼마간 기다리게 한 뒤에 비좁은 사무실로 나를 맞아들였다. 단정한 그녀의 외모와는 달리 방은 수북이 쌓인 책이며 출판물로 어수선했다. 그녀는 뉴욕이란 도시의 색깔을 대변하듯 회색 투피스 차림이었다. 마치 밝은 색조의 옷을 입으면 자신의 직업의식을 의심받을 수도 있다는 듯. 얼굴에 지친 기색이 역력한 것으로 보아 그녀는 맨해튼과 어느 외곽의 전원주택을 출퇴근하느라 피곤한 생활을 하고 있는 것이 틀림없었다. 잿빛의 머리칼이 숱진 그녀는 불쾌감을 주지는 않았지만, 그렇다고 나긋나긋한 여자도 아니었다. 우리와 관련된 두툼한 원고뭉치가 그녀 앞에 놓여 있었다. 나는 그녀가 믿기지 않는 내색을 감추려고 애쓰고 있다는 것을 느꼈다.

"여전히 관심이 있으신가요?"

그녀는 나를 쳐다보지도 않고 물었다.

"관심이 없다면 뉴욕이 거대한 스케이트장으로 변하는 이런 날 뉴올리언스에서 여기까지 굳이 올 이유가 없었겠죠."

그녀가 연출한 냉랭한 태도에 주눅이 든 남자처럼 나는 서투르게 대답했다.

나의 말은 마치 뉴올리언스가 굉장히 멀리 떨어진 천국인데 그녀와의 일 때문에 떠나왔다는 듯한 인상을 풍겼다. 그녀는 안경 너머로 나를 쳐다보다가 비아냥거리듯 입을 비죽거렸다.

"남부 사람들은 자주 와보지도 않으면서 무조건 이 도시를 싫어하죠.

여기서 좀 살아보면 이 도시가 얼마나 활기차고, 또 여기에 기분 좋은 곳이 얼마나 많은지 알게 될 거예요. 미국에서 뉴욕만큼 끊임없이 뭔가를 창출해내는 도시도 없죠."

"난 도시 평가원도 아니고, 그렇다고 특별히 뉴욕에 반감이 있는 사람도 아닙니다. 난 도시인처럼 세련되지도 않았고, 대도시에서 살 만큼 재력도 없어요. 그러는 당신은 이 도시에서 주로 시간을 보냅니까?"

"아뇨. 여기서 1시간 50분 거리에 있는 코네티컷에 살거든요."

짐작한 대로였다. 나는 이렇게 덧붙였다.

"항상 똑같군요. 대도시의 신화를 퍼뜨리는 옹호자들이 정작 그 도시에 들어와서 살지 않는 건."

"듣고 보니 일리 있네요."

그녀는 동의한다는 말로 대화를 끊어버렸다.

그녀는 피의자에게 질문하기 전에 공판서류를 정리하는 예심판사처럼 서류를 한 장 한 장 살펴보기 시작했다.

"우린 이것이 십중팔구 가짜라는 데 의견이 일치했어요."

그녀는 얼굴을 들면서 말을 이었다.

"그렇다고 해서 내 입장이 바뀌는 건 아니지만, 왜 그렇게 생각했습니까?"

그녀는 주름이 자글자글 잡히는데도 아주 상큼한 미소를 지어 보이고 나서 대답했다.

"우리 출판사가 처음이 아니예요. 1976년 초에 우리보다 먼저 이 원고를 거절한 출판사들이 있어요. 역사적으로 일치하지 않는 것은 굳이 말하지 않더라도 부정확하기 때문이죠. 우리 출판사는 원고 매도인이 접촉해온 마지막 출판사였는데, 그 사람은 생애 말년에 저자를 돌보던

의사의 부모였어요. 우리는 이 원고를 아주 헐값으로 샀죠."

"역사적으로 일치하지 않는 거야 글을 쓸 당시 저자의 나이와 건강상 태 때문이 아닐까요?"

"우리도 그걸 고려했기 때문에 원고를 샀던 거예요. 그래도 몇 가지 기억은 정말 믿기지 않을 정도로 정확했어요. 그런데 문제는 저자가 이 회고록을 썼다고 추정되는 시기에 당뇨병으로 목숨을 끊으려는 사람처럼 단것을 입에 달고 온종일 텔레비전 앞 소파에서 뒹굴며 살았다는 거예요. 그를 아는 이들은 다들 이렇게 증언하더군요. 게다가 그가 글 쓰는 걸 본 사람이 아무도 없어요. 그런 일에 매달려 있기에는 너무 쇠약한 노인이었다는 거죠. 뿐만 아니라 예전에 같이 근무했던 사람들마저 그를 타협할 줄 모르는, 지독히 잔혹한 사람으로 기억하고 있다는 것도 찜찜하고요."

"그럼 왜 이 원고를 샀습니까?"

"우리 출판사 편집자인 제이슨 그린 씨가 당시에 기획했던 일이었죠. 역사전기라고 할까, 표면적으로는 진지하면서 이따금 좀 터무니없는 참회록이라고 할까, 아무튼 오늘날 다큐멘터리 픽션이라고 부를 수 있는 이 혼합된 장르의 원고가 제이슨 씨 마음에 들었던가 봐요. 하지만 제이슨 씨를 제외하고, 출판을 결정하는 심사위원회 전원이 반대했죠."

"이유가 뭐였습니까?"

"아까 말했던 대로 신빙성 때문이에요. 이 원고를 쓴 사람이 FBI에서 지위가 그리 높지 않은 요원이 아니었을까 하는 의심이 들었거든요. 그리고 케네디 형제의 암살 사건과 관련된 몇 가지 폭로도 위험천만해요. 아시다시피 아주 오래전 일도 아닌데 그 문제에 대해 입을 잘못 놀렸다가는 쥐도 새도 모르게 죽을 수 있으니까요. 그런 위험을 무릅쓰고 출판을 강행할 사람이 누가 있겠어요? 어쨌든 대담한 주장이 담긴 글을 출판하려면 골치 아픈 일을 상쇄할 만한 상업적 성공이 확실해야 하죠. 지나친 공론은 사람들의 호기심마저 꺾어버리고 말거든요. 관심이 있다고 하시니까 그 당시에 우리가 인수했던 4,000달러에 넘겨드리지요. 변호사는 있겠죠?"

"변호사요? 4,000달러면 나 같은 사람에게는 큰돈입니다. 이런 거래 때문에 변호사까지 쓴다면 비용이 두 배로 들 겁니다."

"돈 걱정하실 때가 아니에요. 민감한 일이라 나중에 책임질 일이 생기실지 모르니까요. 그래도 원하신다면 바로 서명하셔도 좋습니다."

내가 계약서를 읽는 동안 그녀는 원고뭉치 위에 안경을 내려놓았다.

"근데 왜 이 원고에 4,000달러나 쓰려고 하시죠? 물론 대답할 의무는 없지만."

계약서 조항을 훑어보면서 나는 대답을 약간 얼버무렸다.

"한 독립 프로덕션에서 그 시기에 관한 영화를 만드는 데 필요한 자료수집 책임을 맡고 있어서요."

"식상하네요. 올리버 스톤 감독이 이미 그 영화를 만들지 않았던가요?"

"네, 아주 인상적이지만 프리즘의 한 면만 조명한 영화였죠. 「JFK」는 케네디 옹호주의자들이 뉴올리언스 출신으로 중도를 지키는 정직한 검사, 짐 개리슨의 수사를 근거로 만든 작품이니까요. 케네디 지지자들은 항상 그를 우상화하고, 그의 죽음을 감동적으로 만들기 위해서 다른 모습은 가리고 싶어하지요. 하지만 석연치 않은 것들이 뻔히 보이는데도 암살되었다는 것 외에는 아무것도 증명하지 못했어요. 어쨌든 우리는 케네디에 대한 새로운 영화를 만들지는 않을 겁니다. 다만 망상증, 정신분열증, 여성혐오증, 인종차별주의, 유대인 배척주의가 공존하던 우리 역사의 한 시대상을 탐구할 생각입니다. 윌리엄 스타이런(퓰리처상과 '아메리칸 북 어워드'를 수상한 미국 소설가—옮긴이)이 표현한 '우리 조상들의 도덕주의와 대중의 퇴폐주의를 잇는 가교의 시대', 그 시대상을 조명하려는 겁니다. 그리고 케케묵은 주제라 하더라도 권력에 대해서 시사하는 바가 있을 겁니다. 무엇이 인간을 깨끗하게 만드는지 알아요?"

이 질문에 그녀는 약간 놀란 것 같았다. 인간이라고 말했지만 인류를 뜻하는 것이라고 나는 얼른 덧붙였다. 내 질문을 잘못 해석하면 공격하려는 의도로 여겨질 수 있었다. 그녀는 잠시 생각하다가 엄숙하게 답변했다.

"도덕이겠죠."

"그건 토머스 헉슬리의 이론이죠. 마르크스주의자들에게는 도구고, 플라톤에게는 두 발로 걷는 동물이고요. 하지만 모든 답변 중에서도 아리스토텔레스의 이론은 특별히 흥미롭습니다. 그는 인간을 유일한 정치적 동물로 보고 있지요. 나는 이 말을 다양한 말뜻을 가질 수 있는 은혜를 받은 유일한 동물로 해석하지만. 아, 이거 쓸데없는 얘기로……미안합니다."

"독창성을 충분히 보여줄 거라고 생각하시나요?"

"독창성은 없어도 무방하죠. 그건 두 번의 1, 2차 세계대전만큼이나 방대한 주제니까요."

나의 여담에 그녀는 지겨워했다. 그녀는 약간 퉁명스런 어조로 본론으로 들어갔다.

"할리우드와 작업하나요?"

"지금은 메이저 급 제작사의 도움을 받지 않고 독자적으로 진행할 생각입니다. 그들은 우리 역사의 한 단면에 관한 비평적 시각에 관심이 없으니까요. 자체적으로 해결하려고 노력하면서 관객을 끌어들이기 위한 예술적 관점을 찾아볼 생각입니다. 대중은 진실을 찾는 데 더 이상 관심이 없어요. 어차피 진실을 밝히기는 어렵다고 믿죠. 관객은 최선의 경우에는 영화를 즐길 것이고 최악의 경우에는 짜증스러워하겠죠. 사기꾼들이 선악 이원론적인 경향과 안이함에 영합해 세상을 이끄는 마키아벨리의 저급한 술수에 당했다는 생각이 관객의 머릿속에 심어질지도 모르죠. 그 사기꾼들은 관객들에게 그 사건을 다룬 영화가 모순의 근원이 아니라는 듯한 인식을 심어주는 거지요. 하나의 진실로 만족하려고 하면 그만큼 노력과 희생이 따르기 때문에 결국엔 어떤 것에도 이르지 못하고 말아요."

아주 잠시 대화에 끌려가던 그녀가 난처한 표정을 지었다.

"미안합니다. 점심식사라도 대접해야 하는데. 빙판 길이 될 거란 예보가 있어서 교통이 완전히 마비되기 전에 아이들을 데리러 가야 하거든요. 남편이 오늘 저녁 필라델피아에서 돌아오겠다고 했는데 올 수 있을지도 모르겠고. 다음에 또 기회가 있겠죠."

우리는 얼른 거래를 매듭짓고 헤어졌다.

이번에도 아이티인이 운전하는 택시를 잡아타고 공항으로 가면서 나는 마지막 말을 생각했다. "다음에 또 기회가 있겠죠." 다음 기회가 없을 줄 알면서도 그녀는 왜 그런 말을 했을까?

나는 원고를 단 한 줄도 읽어보지 않고 샀다. 나는 진실 못지않게, 이 원고가 허위라는 사실에 관심이 끌렸다. 진위를 알 수 없다고 해도 치밀한 구성이나 한 인간의 변함없는 의지는 나를 흥분시키기에 충분했다. 이른바 회고록 작가의 객관성은 사실을 왜곡해서 전하는 의도만큼이나 진실에 해롭다. 어쨌든 이 기록은 내 연구에 꼭 필요했다.

나는 2차 세계대전이 끝나고 15년이 지난 후에 태어났다. 너무 어려서 베트남전에 참전할 수 없었던 나는 세상에 불만이 있을 이유가 하나도 없는 세대다. 그것이 너무나 확고한 나머지 우리 세대는 행동 위주의 시니시즘(cynicism) 앞에서 두 팔을 내렸다. 비싼 대가를 치르기 시작한 이상 나는 그것 역시 1980년대의 스무 살 젊은이가 지녀야 할 진정한 책임감이라고 생각한다. 우리 세대는 기성세대에게 역사에 대해 설명해달라는 요구를 삼가면서 고통스러운 내일을 준비하고 있다. 나는 염세주의자일지 모른다. 아카디아 출신의 우리 프랑스인들이 회의적 안일함에 빠져 있다고, 다른 사람들이 행복하게 살고 있다고 확신할 때 그것을 믿지 않는다고 비난받는 이유도 다 그 때문이다.

사진작가들은 해가 뜰 때나 어둠이 내리기 직전, 그 마법 같은 순간에 사진 찍는 것을 좋아한다. 곧 다가올 어스름이 독특한 빛깔을 연출하기 때문이다. 이 원고 앞에서 내가 느끼는 감정이 바로 그렇다. 밤이 오기 전에 서둘러 찍은 작가의 사진만큼이나 나는 이 원고가 마음에 든다.

# 클라이드 톨슨의 회상

(1932~1972)

*1*

그날 저녁, 키가 훤칠한 신사가 뻔히 보이는 여자를 등 뒤로 숨기려고 애쓰면서 우리 테이블로 다가왔다. 그는 해질 녘에 보금자리를 떠나는 고독한 수컷 멧돼지 같은 결연한 표정을 짓고 있었다. 붉은 머리털이며 동그란 뿔테 안경 너머의 파란 눈, 잠시도 가만히 있지 못하는 부산스러운 몸짓은 전형적인 아일랜드인의 모습이었다. 아주 어릴 적부터 목표를 정해놓고 약자든 강자든 자신이 가려는 길에 방해가 되는 이들은 거들떠보지도 않고 매진해온 전형적인 야심가라고나 할까.

쉰 살의 남자는 지난 세기, 보스턴에 정착한 아일랜드 이민 1세대가 내보이는 자신감에 차 있었다. 노신사는 허리를 숙여 에드거의 귀에 대고 너스레를 떨었다. 두 사람의 미소로 보아 에드거도 맞장구를 치는 듯했다. 잠시 후, 노신사는 근사하게 빼입은 금발여자를 여전히 등 뒤로 숨기는 괜한 짓을 하면서 멀어져 갔다. 햇살이 드는 파란색 연기가 자욱한 곳으로 노신사가 사라지자, 어이없다는 얼굴로 에드거가 말했다.

"누군지 알아봤겠지?"

"뉴욕에 있는 어떤 사람과 혼동될 정도로, 미국에서 아주 멀리 떨어진 곳으로 가기 위해 엄청나게 노력한 사람이죠."

내가 대답했다.

"곧 떠나려는 게 분명해. 아니면 벌써 영국에 갔다 왔거나."

"저 사람의 대사직 임명이 어떻게 이뤄졌는지 알아요?"

"조 케네디는 필요할 때마다 아버지를 보좌하는 대통령의 아들 지미를 통해 루스벨트에게 주영 미국 대사로 임명해달라는 청을 넣었다더군. 그 청을 받고 '황제'가 폭소를 터뜨리다 하마터면 휠체어에서 나가동그라질 뻔했다지 아마. 어쨌든 일단 한번 만나보기로 마음먹은 루스벨트는 조 케네디가 타원형 집무실에 들어오자, 대사감으로 적합한지 그 풍모를 훑어볼 심산으로 몇 발짝 걸어보라고 했대. 그러고는 한마디 했다는데, 그게 도저히 이해할 수 없는 요구였지. '조, 바지 좀 걷어 보겠소?' 그 황당한 요구에 당황해하면서도 조 케네디는 바짓가랑이를 걷어붙였다더군. 그러자 대통령 왈, '조, 당신 다리를 보시오. 다리가 정말 많이 휘었군요. 영국 주재 신임대사는 프랑스식 짧은 바지에 실크 스타킹 차림의 궁정복장을 하고 신임장을 제출해야 한다는 걸 모르시오? 당신이 어떻게 보일지 생각해봤소? 미국 신임대사의 사진이 신문에 실리면 우리는 세상 사람들의 입방아에 오르게 될 거요. 조, 아무리 생각해도 당신은 적격자가 아닌 것 같소.' '대통령 각하, 제가 영국 정부로부터 재킷과 줄무늬바지 차림으로 의식에 참석해도 좋다는 허가를 받아낸다면 절 임명해주시겠습니까? 2주일만 주십시오.' 조 케네디는 출세제일주의자답게 지체 없이 이렇게 응수하면서 웃지 못할 상황을 빠져나갔지. 루스벨트는 그 내기를 받아들였고, 물론 조는 영국 정부의 허가를 받아냈어."

에드거는 잠시 말을 중단하더니 즐겁다는 듯 눈앞의 테이블을 하나하나 살펴보다가 말을 이었다.

"루스벨트는 1932년 대통령 선거 때부터 조 케네디에게 큰 빚을 지고 있었어. 1936년에도 그는 몸을 사리지 않고 열심히 선거운동을 했지. 딴에는 그 답례로 장관 자리 정도는 받을 거라고 확신했겠지만, 대통령은 일언반구도 없었어. 너무 설쳤던 거지."

"그랬는데 왜 갑자기 그 코끼리를 대사로, 더군다나 주영 미국대사로 삼았을까요?"

내가 반문했다.

"루스벨트는 외무부장관에게 지금처럼 정보 왜곡이 난무하고 혼란한 시기에는 영국식 매너의 매력에 푹 빠져서 친영주의자가 된 전문 외교관보다는 조 케네디 같은 인물이 한 명 정도 있는 것도 나쁘지 않다는 이유를 내세워 옹호했지. 아일랜드계 가톨릭교도 백만장자는 돈에 쪼들리는 영국의 증오를 살 일이 없다면서."

그렇게 말하고 나서 에드거는 너털웃음을 터뜨렸다.

"조 케네디가 뉴욕 중앙역의 여자 화장실 변기보다도 여자 엉덩이를 더 많이 본 남자라고 하면 믿을지 모르겠군. 내가 자기에 대해 아주 세세히 알고 있다는 걸 그는 상상도 못 할 거야. 어쨌든 대통령도 보스턴과 뉴잉글랜드에서 막강한 영향력을 행사하는 갑부인 조 케네디를 배려해주지 않을 수 없었다고 봐야지. 언론 플레이가 탁월하다는 것도 무시할 수 없었을 테고. 조 케네디의 장인인 보스턴 시장 피츠제럴드는 한 유권자와 악수하면서 또 다른 유권자에게 말을 건네는 아일랜드식 악수를 유행시킨 인물이지. 하여간 조 케네디의 도움이 없었다면 루스벨트는 뉴딜 정책을 성공하지 못했을 거야. 그뿐인가, 독실한 가톨릭

신자라는 사람이 그렇게 바람을 피우고 다니면서도 자식을 아홉이나 낳고, 그 자식들을 모두 하버드 대학에 들여보낼 준비를 하고 있어. 아일랜드계 가톨릭교도를 달가워할 리 없는 대학인데도 말이야.”

그러다 갑자기 자존심이 상한 기억이 떠오른 듯 에드거는 이렇게 덧붙였다.

“많은 사람이 조 케네디를 사업의 귀재로 여기는 데는 토를 달지 않지만, 정치에는 그렇지 않더군. 하지만 그 점에 대해 나는 완전히 다르게 생각한다네. 사람들은 특히 그가 돈과 여자에만 관심이 있다고 생각하지만, 나는 그 반대라고 확신해. 그자는 백만장자야. 재산이 얼마나 많은지는 그의 신상기록을 보면 알 수 있어. 그는 대공황 때부터 이 정권이 사람들을 교체하고 있다는 것, 또 자격 없는 모리배에게 매수당한 정치권도 새로운 인물을 원하고 있다는 걸 간파했어. 둘째가라면 서러운 보수주의자면서도 국가가 사회정책을 펴는 경우에만 사업이 확장될 수 있다고 확신한 사람이지. 나는 전쟁의 위기가 닥쳐올수록 조 케네디가 중요한 역할을 할 거라고 봐. 물론 수완보다는 기회주의적 성향 때문이겠지. 대통령이 그를 런던에 붙박아둔다면 아마 중심적인 역할을 할 거야. 대통령 입장에서는 불 위에 올려놓은 계란 프라이처럼 내내 살펴야 하는 위인이니까. 오늘과 내일 그리고 모레를 위해서 말이야. 클라이드, 내가 그자의 신상기록을 작성해놨는데 앞으로는 자네가 맡아서 계속해주면 좋겠어. ‘기밀문서’ 중 하나인데 내가 아주 뿌듯하게 여기고 있는 것이기도 하지. 조 케네디가 돈과 여자만 밝히는 졸부에 불과한 시절부터 작성하기 시작했으니까. 그때부터 이미 그를 주시할 인물로 여기고 신상기록을 만들고 있었던 것에 아주 만족하고 있네. 클라이드, 그런 작자가 하루아침에 국가수반이 될 수 있는 나라가 미국이야. 준비된 대통령이든 말든 당선되느냐 마느냐가 문제지 그 인물의 능력에 대한 평가는 나중 문제라는 걸 자네도 알아두라고. 이따금 나는 나 자신이, 눈에 들어왔다 싶으면 그 순간부터 재능을 직접 관찰하는 체육대학 스카우터 같은 느낌이 들어. 더구나 미국이 배출한 섹스 심벌, 글로리아 스완슨과 몇 년씩이나 염문을 뿌렸던 남자에게 어떻게 관심을 갖지 않을 수 있겠나. 그것만으로도 가까이에서 관찰할 만한 가치가 충분한데. 국제적 갈등 때문에 온갖 전선과 싸워야 하는 때에 자네에게 그 일을 맡길 수 있어서 행복하군."

그 시절에는 누구라도 토요일 저녁, 스토크 클럽 한복판에다 폭탄을 설치할 계획을 세우고, 미국의 신경체계를 상당 부분 파괴할 수 있었다. 인명사전 『후즈 후(Who's who)』에 신뢰할 만한 다이어트 요법을 소개한 사람의 이름도 올라가는 시절이었다. 그 시절을 살았던 모든 이의 가슴에는 믿을 수 없는 광란의 기억이 남아 있었다.

그러나 나는 40대로 접어들고 있었고, 앞으로 살아갈 날이 이미 살아온 날보다 훨씬 짧을 거라는 생각이 들어 조금 우울했다. 에드거는 내가 너무 과거 지향적이라서 걸핏하면 '그리운 옛날' 운운하며 지나가지도 않은 현재를 죽여버린다고 나무랐다. 나는 반박했다.

"시간과의 싸움에서는 절대 이길 수 없어요, 에드거."

"천만에."

그는 부드러우면서 침착한 목소리로 대꾸했다.

"우리는 그걸 깨달아야 해. 노력하는 이들에게는 '영원'도 얼마든지 가능하다는 거 말이야."

나는 미소를 지었다. 사무실에서 이미 유명해진 그 기묘한 미소.

"그렇다고 거기에 이르기 위해 선행에 기대를 걸고 있다는 말은 하지 마세요. 당신이 언론에 신과 법 사이에서 자주 망설였다고 말한 걸 아니까요. 하지만……."

"클라이드, 신과 법은 본질이 같다는 걸 잘 알면서 왜 이러나. 당연히 선행이 영원의 문을 열어주는 건 아냐. 시간과의 싸움, 그걸 이기는 건 후손을 통해서야. 항상 이길 확률이 높다는 생각을 해야 해. 운 좋게도 그 생각이 자네의 신념과 조화를 이룬다면 더 좋겠지. 야망을 품은 사람들은 누구나 아는 사실이야. 보통사람들은 가족이 자신을 기억해주는 시간이 한정돼 있다는 걸 알지만, 그냥 만족하며 살아가지. 하지만 그 시간이 얼마나 오래갈까? 1세대, 2세대, 어쩌면 3세대……. 우리와는 상관없는 문제야. 우린 자식이 없으니까. 망각의 구렁텅이에 빠지고 싶지 않다면 후손을 갖는 것 외에 다른 선택이 없어. 우리는 깊고 고요한 미국의 어둠에서 나왔고, 누구도 우리를 그곳으로 되돌아가게 할 수 없어. 우리는 보통사람들의 체념에 결연히 등을 돌려야 해."

"당신을 위한 말이군요, 에드거. 사람들은 당신을 기억하지 나를 기억하진 않아요."

"자네가 더 할 수 없을 만큼 충성스럽게 나를 보필했다는 걸 기억하겠지. 자네를 기억해주는 사람들은 따로 있을 테니 걱정 말게. 자자, 우리 일은 이제 시작에 불과하다네."

에드거는 내 책상 위에 파일을 내려놓았다. 그는 1920년대 초부터 비서로 일하는 미스 갠디 뒤에 놓인 캐비닛에서 직접 파일을 꺼냈다. 그녀는 박물관의 대리석 스핑크스와 관람객의 관계만큼이나 내게 퉁명스럽고 엄격했다. 그녀는 내 눈길과 절대 마주치지 않으려고 기를 쓰면서 내가 그 사무실 앞에서 꾸물거릴 때마다 참을 수 없다는 표정을 짓곤 했다.

에드거는 할 얘기를 이미 다 했다는 듯이 더는 한마디도 덧붙이지 않았다. 나는 그 파일을 두 손에 들고 이리저리 돌려보고 나서 펼쳤다. 그 자신이 직접 한 장 한 장 꼼꼼하게 조판한 파일을 내게 넘겨주기는 처음이었다. 차분한 글씨로 꼼꼼히 기록해놓은 서류는 웅변적이고 불같은 그의 성격과는 대조적이었다. 읽기 쉽게 또박또박 쓰인 글씨와 정선된 문체로 다듬어진 내용은 그야말로 비밀 전기였다. 그 파일을 들춰보는 것만으로도 그동안 에드거가 얼마나 엄청난 노력을 했는지 상상이 가고도 남았다.

1928년에 FBI에 들어간 나의 첫 부임지는 보스턴 지국이었다. 그곳에 오래 있지는 않았지만 케네디가와, 사돈지간인 피츠제럴드가가 뉴잉글랜드의 부유한 도시 보스턴을 지배하고 있다는 것을 금세 파악할 수 있었다. 조 케네디는 미국인들 속에서 유명해질 수 있다면 무엇이건 마다하지 않는 살아 있는 전설이었다. 그런 의미에서 보면 조 케네디는 사회에 첫발을 내딛는 순간부터 자신의 이름이 전국에 알려지게 되어 있다는 듯이 행동해온 에드거와 닮은 데가 있었다.

그 파일의 이름은 '조지프 패트릭 케네디'였다. 그의 이름 옆에 사전식으로 신상이 기록되어 있었다. 에드거는 대문자를 쓰지 않고 이렇게 적어놓았다. '출세제일주의자, 1888년 출생.' 파일에는 누구라도 관심을 불러일으킬 만한 엄청난 양의 사적, 공적 정보가 담겨 있었다. 정보에는 객관적 사실과 개인적인 해석이 뒤섞여 있었다. 서류의 작성자이자 동시에 유일한 독자인 에드거는 거의 쾌감에 젖어 마음 내키는 대로 주관적인 평가를 적어놓았다. 호적 사항 밑에 써 내려간 조 케네디의 전기는 요란하게 시작되었다.

이 뻔뻔한 책략가는 가난한 가정에서 성장한 탓이라고 오해할 정도로 찬양받을 만한 성공에 집착하고 있음. 보스턴의 도크와 거리에서만 알려진 아일랜드계 가톨릭교도 이민 1세대의 살아 있는 전설에 끼기 위해 섬뜩한 폭력도 마다하지 않을 정도로 필사적으로 노력. 완전 협잡꾼. 알코올음료 수입업자이자 상원의원에 여러 차례 재선된 지방 정치인 패트릭 조지프 케네디의 아들. 석탄회사와 보스턴의 유일한 아일랜드 은행 컬럼비아 트러스트의 대주주. 케네디가는 호사스런 생활(으리으리한 저택, 많은 하인, 20미터에 이르는 호화 요트, 팜비치의 겨울 별장)을 하고 있음. 하버드 대학 시절 성적으로는 두각을 나타내지 못했지만(특히 금융과 재무 교육 과정을 포기하지 않을 수 없었음) 돈 버는 일에는 남다른 수완을 보임. 학생 신분이면서도 투자금액 300달러로 시작한 소풍여행 사업으로 5,000달러의 수익을 올림. 또 자잘한 일거리를 여러 개 만들었는데, '셰베스 고이(토요일에 독실한 유대인들의 가정에 가서 일하는 도우미)' 같은 시간제 일이 그 예에 속함.

첫 번째 정식 직업: 정부 은행의 감독관. 1년. 영국계 퍼스트 내셔널 은행이 컬럼비아 트러스트를 합병하지 못하도록 저지함. 아일랜드계 주주들은 이에 대한 감사의 표시로 스무 살인 그를 은행 행정감독관으로 임명. 보스턴 시장이자 선거위반을 찾아내는 전문가인 존 피츠제럴드의 딸, 로즈와 1914년에 결혼. 전통적으로 다산하는 아일랜드 가톨릭교도답게 자식을 아홉이나 둠. 기업가의 아내라는 지위에 만족해하는 로즈는 아이들 교육에 전념함. 그녀는 동물계에서는 찾아볼 수 없을 정도로 왕성한 남편의 성욕에서 벗어난 것에 만족한 듯 여성 편력이 심한 남편의 끊임없는 외도에 일절 간섭하지 않음. 조 케네디는 은행 감독관으로 활동하던 시절부터 언론 플레이를 하는 습관을 들임. 1917년에 은행을 떠

나 철강회사 베들레헴 스틸의 자회사 퍼리버 조선소의 부사장으로 들어
감. 전쟁에 협력한 것으로 간주되어 별도로 높은 수당뿐만 아니라 징병
(classe 12)을 면제받는 특혜까지 받음.

첫 번째 정치적 사건: 대금을 지불하지 않았다는 핑계로 내주고 싶지
않은 두 척의 전함 문제로 당시 해군차관보 루스벨트에게 과감하게 맞섰
지만 결국 권력에 굴복하고 기동대와 예선들을 보냄.

산업 분야에 싫증이 나서 1922년 하이든 스톤 금융계로 전업. 봉급쟁
이 직장생활 외에도 투기와 불법행위를 통해 재산을 모으는 데 전념. 증
거: 헨리 포드 회사가 폰드 크릭 콜 회사를 되사려 하고 있다고 스톤사가
흘려준 정보를 이용하여 빚까지 낸 돈으로 16달러짜리 15,000주를 사들
였다가 주가가 최고치로 올라갔을 때 팔아서 엄청난 수익을 올리는 불법
행위를 저지름. 인위적으로 주식시세를 부풀려 거래를 조작하고 소액주
주의 주식을 사취하는, 이른바 '치고 쏙 빠지는 전법'의 전문가가 됨.
1924년에는 뉴욕 택시회사 옐로우 캡의 주가하락 조작이 실패하면서 타
격을 받음.

이 부분에서 에드거는 잠시 쉬고 싶었는지 선심 쓰듯 간결하게 인물
을 분석해놓았다.

정력적이고, 흥분 잘하고, 섬세함이라고는 털끝만큼도 없고, 아부 잘하
고, 노골적이고, 여자라면 화장실까지 쫓아갈 정도로 야만적임.

그는 다시 연대순으로 이어갔다.

1926년 뉴욕으로 이사. 가족과 함께 맨해튼의 리버데일(허드슨 강이 내다보이는 임대저택)에 거주하다가 브롱크스빌 웨체스터로 이사.

뉴욕 서부의 우리 정보원들이 전해온 보고에 따르면 알코올 부정거래 사업에 폭력조직의 보스 프랭크 코스텔로가 연루되어 있음. 아일랜드산 위스키 선하 문제를 놓고 메이어 란스키 측과 케네디 측 간에 충돌이 벌어져 11명이 목숨을 잃음. 겉보기에는 당당한 금융가지만 조 케네디는 술장사에 대한 유전적인 유혹을 떨칠 수 없었던 것으로 보임. 조 케네디는 기자들과의 인터뷰에서 뉴욕은 여러 인종과 문화가 뒤섞여 있는 것을 허용하는 대도시이기 때문에 보스턴(가톨릭교도 자식들을 교육시킬 수가 없는 도시)을 떠났다고 주장. 증권 투기가, 술 밀매업자, 자유로운 가르침을 좋아하는 사람(에드거는 '자유로운'에 밑줄을 두 번 그어놓았다).

증권에서 손을 떼겠다고 공언하면서, 한때 전화를 소재로 한 영화가 많았듯이 금광을 소재로 다양한 영화를 만들겠다고 선언. 할리우드는 관객 수백만 명을 동원하는 '바지족'에게 휘둘리고 있다면서 자기가 그 앞잡이들을 제거하겠다고 주장. 머지않아 라디오와 영화를 통해 알려진 사람들이 대중적인 장소에 나타나기를 꺼리는 부르주아들보다 훨씬 세상에 알려질 거라고 확신. 영국 은행가들에게서 사들인 영화 배급회사 FBO가 영화 「불타는 나막신」, 「아마추어 카우보이」, 「고릴라 사냥」 제작.

1927년, 뉴욕에서 영화를 배급하지 못하게 되자 중서부 촌사람들의 집에 클럽을 만들고, 영화인들을 현혹하기 위해 하버드 대학에서 최초로 영화에 관한 세미나를 개최. 영화배급업자 마커스 로, 제작사 아돌프 주코르, 해리 워너 외에도 수많은 인사가 참석. 제작은 물론 배급과 상영을 통합해 관리하는 수직통합 시스템을 위해 투쟁.

베벌리힐스의 로데오 드라이 거리에 있는 저택을 빌려 가족 없이 혼자

지냄. 막강한 재력가답게 통합 시스템을 위해 백지수표로 매입한 배급회사 키스 오피움(이 회사는 극장 체인을 소유하고 있음)과 RCA(라디오 주식회사), FBO를 합병한 RKO(라디오 픽처스사) 설립.

여배우 글로리아 스완슨과의 만남. 이미 그 사업에 복잡하게 얽혀 있던 스완슨은 조 케네디가 자신을 할리우드 최고의 스타로 만들어줄 거라고 믿음. 케네디가 섹스 심벌이라는 것에만 관심이 있다는 사실을 모름.

두 사람의 관계를 기념하기 위해 영화감독 에리히 폰 스트로하임에게 시나리오를 주문. 세실 드밀과 그리피스 같은 유명 감독들의 영화를 능가하겠다는 야심을 품고 '늪'이라는 제목의 영화 제작. 숙명적인 제목이었던가. 폰 스트로하임은 완전히 탈선(여자가 유혹하는 장면에서 잃어버렸다던 팬티를 왕자의 코밑에 들이대는 아일랜드식의 유치한 멜로영화).

집요한 케네디. 1929년에 케네디가 사용한 전화요금이 미국 내 최고 기록. 베벌리힐스로 스완슨을 불러들임. 저녁마다 스완슨을 불러서 아침에 그녀를 집에 데려다줌. 그러면서도 둘이 만나면서부터는 아내를 임신시키지 않았다는 이유를 내세워 충실했다고 주장.

하이어니스 항구도시에 여름별장 구입.

여름에 글로리아 스완슨을 별장으로 초대해 아내에게 그녀를 협력자로 소개. 스완슨의 하이어니스 도착이 신문에 대서특필됨. 몰려든 군중 앞에서 수상비행기 '시코르스키'에서 내리는 스완슨. 흰색 바지에 하늘색 셔츠 차림의 조 케네디는 호화 보트에서 그녀를 맞이함.

케네디는 가족과 멀리 떨어진 곳에서 글로리아 스완슨과 사는 것을 허락 받기 위해 권위 있는 성직자(보스턴의 오코넬 주교)에게 은밀히 청원서를 제출하지만 거부당함.

'켈리 왕비'라는 제목으로 바꾸고 촬영에 들어간 폰 스트로하임이 30시간이나 찍었는데도 분량이 시나리오의 4분의 1밖에 안 되자 감독을 해고하고, 여러 가지 방법을 모색하다 결국 제작 중단.

글로리아 스완슨을 찬양하기 위한 새 영화 시도. 「즐거운 미망인」, 엄청난 제작비를 쏟아 부었지만 흥행에 실패.

글로리아 스완슨은 자신이 조 케네디의 동업자로 계약되어 있는 것을 뒤늦게 깨닫고 절망. 계약서에 이익금은 동등하게 나누고, 손해는 전적으로 여배우의 부담이라고 규정되어 있었던 것.

조 케네디, 갑부였지만 깡말랐던(체중이 15킬로그램이라는 소문) 여배우와 결별. 글로리아 스완슨은 그 영화 한 편으로 백만 달러를 날림.

케네디는 천공성 위궤양 때문에 수차례 보스턴의 라헤이 병원에 입원. 필요하다 싶으면 이렇듯 약한 모습을 보이는 것으로 곤란한 상황을 피해 나감.

사랑과 섹스는 완벽하게 분리될 수 있다는 아일랜드 남성의 사고방식에 따라 여자 정복에 다시 나섬. 케네디에게 내연의 처가 있다는 소문이 끊이지 않음(케네디가 능력을 넘어서는 야심을 드러내는 경우 즉시 특수요원을 파견함). 바람피우는 것을 빼고는 가정을 무슨 이사회처럼 조직적으로 관리하고 있음.

부친 패트릭 조지프, 심장발작으로 사망. 할리우드에 있던 조는 제시간에 맞춰 장례식에 참석하지 못함.

영화에 싫증이 나자, 뉴욕으로 돌아가 증권거래소 활동 재개. 케네디는 주가 하락을 예상하고 엄청난 투기로 이른바 '검은 목요일'(1929년 10월 24일, 뉴욕증권 시장에서 대폭락이 벌어진 사태. 오랜 주가 폭락과 경제공황으로 이어짐—옮긴이) 사건 주역 중 한 사람이 됨.

1929년, 주식시장 붕괴, 그는 특히 '아나콘다'의 주식과 '파라마운트'

의 주식을 한꺼번에 매각해서 1,500만 달러의 수익을 올림.

1930년, 그의 재산은 1억 5,000만 달러로 추정됨.

이 위선자는 미국 경제의 붕괴를 걱정하면서 '미국 자본주의를 구하고 나라의 질서를 유지하기 위해 재산의 절반을 내놓겠다'고 선언.

아들 조 케네디 2세에게 1년 동안 하버드 대학을 떠나 런던에서 해럴드 라스키 사회학자의 강의를 듣게 함(통제 불가능한 이 미치광이는 한시도 감시를 게을리 할 수 없는 위험인물).

올버니에서 농업진흥청 행정관(헨리 모겐소 2세)의 주선으로 뉴욕 주지사 루스벨트와 만남. 전함 사건이 기억난 루스벨트와 케네디는 그때를 떠올리며 농담을 주고받음. "주지사, 나와 내 자식들의 안전을 위해서라도 백악관에서 만나게 되기를 고대합니다. 세상이 변하고 있으니 대권도전에 나설 때입니다. 지금은 기업가들이 나서려고 하지 않는 때이긴 하나 나는 당신을 따를 준비가 되어 있습니다. 대통령 선거운동에 뛰어들어 기꺼이 재정 지원을 하겠단 뜻이죠. 나를 믿어도 됩니다. 알프레드 스미스가 민주당 대통령 후보 공천을 대비해 아일랜드 가톨릭교도들에게 호의를 베풀고 있다는 걸 알고 있어요. 내가 그들을 돌려놓을 겁니다. 언론사 '허스트'의 거물이 존 낸스 가드너의 후견인이라는 것도 알고 있지요. 그 사람이 애인 마리온 데이비스를 할리우드에 진출시키기 위해 돈을 쓰던 시절에 만난 적이 있어요. 그도 돌려놓을 겁니다."

모든 것이 조 케네디가 말한 대로 이루어짐. 1932년 선거에서 루스벨트 대통령 당선의 일등공신으로 인정받음. 선거일 밤에 성대한 축하연이 열리고, 승리한 후보자 같은 얼굴로 자진해 군중과 한데 어울림.

그 공로에 대한 몫이 그의 기대에 어긋남. 그가 노리고 있던 재무장관에 우드핀이 임명됨.

　최종 내각 구성. 어느 장관직도 임명받지 못하자, 이 출세제일주의자는 대통령을 겨냥한 직격탄의 수위를 점점 높임. 선거운동을 위해 민주당에 지원한 자금을 상환하라는 공개적인 요구로 위협. 그러면서도 한편으로는 보스턴에 있는 주류 관련 회사가 이익을 얻을 수 있도록 대통령의 아들 제임스 루스벨트를 계속 후원해줌. 배신감에 치를 떨면서 자신이 좋아하던 일(주식 투기와 술장사)로 복귀. LOF(유리전문회사)의 유가증권을 26달러에 사기 위해 매점 동맹 착수. 회사가 금주법 철폐를 준비하는 제조업자들을 위해 엄청난 술병 생산 계약을 파기할 수도 있다는 소문을 퍼뜨림. 유가증권을 37달러에 매각하여 시세가 폭락하게 내버려두고 자신은 제임스 루스벨트와 함께 영국으로 떠남. 상대에게 백악관의 신망을 받고 있다는 인상을 주면서 헤이그 &헤이그 사(헤이그 사의 수출업무를 전문으로 하는 자회사), 존 디워스 스카치, 고든의 미국 공식 에이전트가 되는 목적을 달성. 금주령이 해제되는 날을 기다리면서 의약품 수입 허가를 가장하여 술을 엄청나게 사들이기 시작. 제임스 루스벨트를 들러리로 이용한 뒤에 동업자로 인정하지 않음. 그 사업으로 연간 백만 달러의 수익을 올림. 기업가들 앞에서 대통령을 비난하는 거침없는 발언 때문에 케네디를, 뉴딜 정책 수행에서 가장 위험한 걸림돌로 의식한 루스벨트는 그에게 아일랜드 대사직 제안. 백악관에서 흘러나온 얘기에 따르면 케네디가 민족적인 직책은 좋아하지 않는다고 응수했다고 함. 놀랍게도 루스벨트는 신설한 증권거래위원회 의장직 제안. 〈뉴스위크〉는 불쾌감 표시, 〈뉴 리퍼블릭〉은 '월스트리트의 기생충 같은 인간들 중에서 최악의 지명'이라고 비난. 루스벨트는 망설임. 〈보스턴 포스트〉의 반격, "그는 사업에 성공했다는 평판뿐만 아니라 국가에 봉사했다는 평판에 걸맞은 이름을 남기고 싶어한다. 그 때문에 그는 원하지도 않은 직책을 받아들인 것이다."

1934년 7월 2일 케네디 임명. 비난이 빗발침. 루스벨트는 친구인 버나드 바루크를 시켜 워싱턴 〈뉴욕 타임스〉의 국장 아더 크록에게 증권거래위원회(SEC) 초대 의장을 옹호하는 기사를 쓰게 함.

나는 에드거가 조 케네디와 크록이 준비하는 회견을 감지하고 있었던 것을 기억한다. 에드거는 자신이 싫어하는 두 남자의 대화에 굉장히 흥미를 느끼고 있었다. 더구나 그는 유대인 배척주의자임을 숨기지 않는 다혈질적인 아일랜드계 가톨릭교도 얼간이와 신중하다 못해 음흉한 유대인이 어떤 얘기들로 토론을 이어갈지 궁금해했다. 그는 도청장치를 귀에 꽂고 그들의 대화를 엿들었다.

"미국 최고의 문필가 중 한 사람을 만나다니 영광이오."

"만나서 반갑습니다, 케네디 씨."

"직설적으로 말하겠소, 크록 씨. 나 또한 그만한 평판을 얻고 있는 사람이니 실망스럽진 않을 거요. 당신이나 나나 이 나라에서는 비주류에 속한 사람들이지요. 하버드는 아직도 유대인과 가톨릭교도의 입학 정원을 제한하고 있어요. 안 그렇소?"

"그렇다고 들었습니다."

"이 나라의 프로테스탄트 가문들은 내가 성공하는 걸 원치 않소. 그것만큼 내가 부당한 음모의 희생자라는 걸 반증하는 것도 없어요. 나는 보스턴에서 콜레라로 사망한 아일랜드 이민 1세대의 손자요. 프로테스탄트가 지배하는 사회에 안주할 수 없으니 나는 어떻게든 확실하게 성공해야 했소. 호레이쇼 앨저*라는 작가를 아시오, 아더? 아, 내가 아더라고 불러도 되겠소?"

"그럼요."

"내 생활방식은 호레이쇼 앨저를 본받은 것이라고 해도 과언이 아니지요. 나를 그의 작중인물로 볼 수도 있을 게요. 나는 아메리칸 드림이 현실이 되도록 내 자신과 힘든 싸움을 벌였소. 그 싸움에서 이기기도 했고, 때론 지기도 했소. 하지만 나를 비방하는 이들의 주장과는 반대로 난 어떤 순간에도 내 행동을 부끄러워할 이유가 없는 사람이오. 내 말 이해하겠소?"

"이해하고 말고요."

"내가 사업에 성공했다는 건 엄연한 사실이오. 내 가족과 친구들이 행복을 맛볼 정도로 충분한 돈을 정직하게 벌었소. 나는 약점이 많은 사람이지만, 내 친구들은 부족한 게 없는 사람들입니다. 지금 나는 인생의 전환기에 서 있소. 나는 공공사업, 공익이 개인사업보다 우위에 있어야 한다고 생각하오. 알다시피 나는 자식이 아홉이고, 내 자식들에게 꿈을 심어줘야 하는 가장이란 말이오. 많은 사람이 그렇듯 나 또한 후세에 이름을 남길 인물이 되기를 갈망하는데, 아무리 용기를 내고 정직해도 후세 사람들이 나를 기업가로 기억하지 않으리라는 걸 알아요. 그 때문에 나는 내 나라에 몸을 바쳐야 해요. 국가가 강하지 못하면 더 이상 아무것도 이뤄낼 수 없어요. 오늘날까지도 상황은 좋지 않아요. 따라서 물질적인 안락함을 느끼며 경제를 이끌어갈 중산층을 육성하지 않고서는 미국을 구하지 못해요. 그리고 이윤에만 혈안이 된 기업가들을 마냥 기다리고 있을 수만은 없소. 당신이 그중 한 사람이라는 사실이 내게 신성한 믿음

---

* 1832~1899, 자수성가한 미국 아동작가.

을 주는군요. 아하, 이런! 구질구질한 얘기로 당신을 짜증나게 할 생각은 아니었는데. 당신이 객관적으로 사람들을 이해할 인물이라는 걸 대통령이 내게 보증한 셈이니 단도직입적으로 말합시다. 아더, 당신이나 나나 야심을 품고 있는 사람들이오. 그러니 성공을 위해 우리 같이 가는 게 어떻겠소?"

"계속하시지요, 조."

"솔직히 말해 언젠가는 나도 미국의 대통령이 될 수 있다고 생각하는 것이 어림도 없는 일이라고는 생각하지 않소. 아더, 당신을 잘 알지는 못하지만 내가 지금껏 누구에게도, 심지어 못할 얘기가 없는 내 아내 로즈에게도 고백하지 않았던 야심을 이렇게 털어놓는 건 그만큼 내가 당신을 존중하고 있다는 뜻이오. 나는 경험과 활력, 재력이 있고, 미국의 훌륭한 대통령이 되기 위한 비전을 구상하고 있어요. 역대 대통령들의 면면과 비교해볼 때 내가 뒤떨어진다고는 생각하지 않아요. 설사 루스벨트가 역대 최고의 대통령이라는 데는 이론의 여지가 없더라도 말이오. 어쨌든 헌법이 명시하고 있는 대로 대통령직이 영원한 것도 아니고, 또 내가 그 뒤를 잇지 못할 이유도 없다고 봅니다. 워싱턴 지국이 〈뉴욕 타임스〉 편집국장 자리로 가는 계단에 불과하다는 건 알 만한 사람은 다 아는 사실이오. 나는 당신이 그렇게 되도록 도와줄 수 있고, 당신은 나를 폄하하기 위해 와스프(White Anglo-Saxon Protestant, 앵글로색슨계 백인 기독교도-옮긴이)가 떠들어대는 악평을 막아줄 수 있소. 전 국민의 의사를 대변하는 여론을 무시할 수 있는 정치인은 아무도 없을 겁니다. 그런 의미에서 당신은 대중과 직접적인 관계가 있는 사람이니 당신의 도움은 내게 소중합니다. 우리의 우정은 이윤 분배 외에도 내 집이 늘 당신에게 열려 있다는 것, 그리고 플로리다에서 꿈같은 휴가 한 번 즐기지 못한 채 워싱턴에서 겨울을 보내느라 고생할 필요가 없는 것으로 확인될 게요. 더 이상 이 나라에서 유통되는 싸구려 위스키를 마시는 일이 없을 거라고 약속하겠소. 기본적으로는 제 의견과 같겠지요?"

"그렇습니다, 조."

"그렇다면 나는 내 삶을 일어난 그대로 얘기할 준비가 되어 있소. 당신은 나 이전에 만났던 어떤 정치인의 삶보다 훨씬 덜 지루한 얘기를 들을 수 있을 것이오."

케네디가 자신의 공적에 대해 길게 늘어놓은 바람에 대화는 파일에 기록되어 있지 않고, 증권거래위원회 의장에 대해 찬사를 늘어놓은 기사가 이어졌다. 그 기사는 케네디의 증권거래위원회 의장 임명을 둘러싸고 일었던 비판을 잠재우기에 충분했다. 두 사람의 우정이 변함없이 지속되고 있었던 것이다. 서류를 읽어보면 에드거의 직감이 정확했던 것이 분명해진다. 그는 정력적인 인물 조 케네디가 언젠가 대통령이 되고 싶어할 가능성에 대해 단순한 직감만으로 파일을 만들기 시작했던 것이다.

그의 판단은 틀리지 않았다. 에드거가 녹취해놓은 케네디와 크록의 대화에는 케네디의 거대한 야심이 드러나 있다. 에드거가 몇 년 전부터 케네디를 조사한 작업을 정당화하기에 충분했다. 하지만 에드거는 그 인물의 됨됨이를 알고 있기 때문인지 케네디가 증권거래위원회를 자신과 친구들을 위한 부패의 온상으로 만들까 봐 불안해했다. 하지만 케네디는 투기꾼들과, 투기의 황금시대는 탈 없이 무한정 계속되리라고 생각하는 모든 이들을 간파해서 적절히 규제하는 놀라운 작업을 보여주었다. 보기보다 훨씬 치밀하다는 것을 입증한 셈이었다. 그러나 막대한 단기 이득을 포기한다는 것은 부당한 이득에 대한 욕구를 오랫동안 절제해야 한다는 걸 의미했다. 그만큼 그는 거대한 야심으로 가득 차 있었다. 때문에 그는 더없이 위험한 인물이었다.

에드거는 그것을 케네디가 국가 원수에 이르기 위한 정직함을 의식해 만반의 준비를 하고 있다는 증거로 파악했다. 백인들이 인디언들을 구슬리기 위해 싸구려 장신구로 치장하듯 케네디는 자유주의 사상을 치장한 것이다. 그는 케네디가 여건이 마련되면 사회주의 노선으로 들어갈 준비가 되어 있다고 확신했다. 여성의 권리, 가톨릭교도와 유대교도 같은 소수의 권리, 흑인들을 위한 공민권과 함께.

다음에 이어지는 신상기록은 내용이 세밀하고 구체적이다. 에드거가 케네디를 위험인물로 확신하고 만든 것임을 시사한다.


워싱턴의 사교생활에 참여. '마우드(Marwood)'라 불리는, 방이 스물다섯 개나 되는 저택 임대. 아내와 자식들은 거의 오지 않음. 에디 무어의 옛 아일랜드 친구들과 함께 지냄. 아침 5시 반 기상. 소유지 내에서 승마. 거의 매일 알몸으로 저택 풀장에서 수영. 제일 먼저 사무실 출근. 저녁에는 베토벤의 음악을 들음. 언론계의 모든 기자에게 호감을 사면서 워싱턴에서 가장 솔직한 사람으로 행세하는 타고난 위선자의 면모를 드러냄. 〈타임〉에 논설을 기고하고, 〈포춘〉에도 인상적인 기사를 실음. 케네디의 신조, '나 같은 갑부는 나라의 이상적인 봉사자로 알려지는 것 외에는 아무것도 기대할 것이 없다.'

마우드에 루스벨트의 방문이 잦아짐. 휠체어를 타는 '황제'를 위해 엘리베이터 설치. 보스턴에서 공수해오는 바다가재를 먹고, 그 집에서 빚은 스카치를 마심. 크록은 루스벨트와 케네디가 맺은 우정의 증인으로 자주 초대됨. 케네디도 가족(아내와 자식들)과 함께 여러 번 백악관으로 초대받음. 케네디의 자식들이 수동식 조종장치가 달린 대통령의 휠체어 '포드 블루'를 신기해하며 장난칠 정도로 친근하게 지냄. 대통령의 딸 안나 루스벨트는 리츠칼튼 호텔에서 점심식사 후에 지근덕거리며 쫓아오는 케네디를 가까스로 피함. 1년에 6만 마일의 비행기 여행. 1935년 여름, 증권거래위원회 의장직 사임. 마치 목적을 달성하는 데 필요한 '거리두기'를 하고 싶은 듯. 미국 외교관직을 위한 예행 연습차 외국 방문. 영국과 미국이 연합해서 나치 독일을 봉쇄하자는 처칠의 제안에 그는 이렇게 응수, "절대로 안 될 겁니다. 아메리카에는 영국인을 싫어하는 아일랜드인이 너무 많아서요." 『나는 루스벨트를 위한 사람이다』 집필 시작. 크록이 주당 1,000달러를 받고 대필함. 『루스벨트와 정치의 변호』에서 자신과 가족을 위해서 모든 야심을 버렸다고 고백. 1936년 선거운동을 위해 엄청난 에너지와 자금 지원. 또다시 루스벨트는 재무장관직에서 그를 제외함. 1937년 봄, 해상위원회 의장으로 임명됨. 이해도 못하는 노동조합과 고용주와의 힘든 협상을 이끈 뒤에 해상위원회 의장직 사임. 1938년 초, 주영 미국 대사로 임명됨.

조 케네디의 서류는 거기서 중단되어 있었다. 케네디가 영국으로 떠나는 바람에 에드거는 새로운 정보를 수집할 수 없었다. 하지만 그 출세제일주의자가 보나마나 영국에서 끊임없이 경솔한 언행을 저지르고 다닐 것이 뻔하기 때문에 걱정할 필요는 없었다. 영국인들은 머지않아 루스벨트가 밀사들 중에서 가장 말실수가 많은 예측 불능의 인물을 파견한 사실을 깨달을 것이다.

2

내가 조 케네디의 신상기록을 면밀히 검토하고 있다는 것을 아는 에드거는 하비 레스토랑에 마주 앉아 저녁식사를 하는 중에 그에 대한 애기를 꺼냈다.

"이래도 내가 그 모사꾼에게 관심을 가질 이유가 없겠나?"

"그럴 만하네요."

"그는 1940년 선거에 출마하려고 결심한 것 같아."

"거동으로 봐서는 그렇게 믿을 수밖에 없겠어요."

"신념도 법도 없는 기회주의의 화신 그 자체야, 그 인간은. 자유주의자 흉내를 내는 건 그게 유행이기 때문이야. 유행이 바뀌면 그자도 바뀌겠지. 하지만 유행이 바뀌지 않으면 그자는 반체제적 사회정책을 옹호하면서 이 나라를 해치는 모든 이들의 시인이 될 수도 있어. 부정한 방법으로 축적한 막대한 재산, 그 때문에 일어난 돌발사건을 나는 도저히 모르는 척할 수가 없다네."

"난 해결책이 보이는데요, 에드거."

"무슨 해결책?"

"당신이 차기 대통령 선거에 출마하는 거죠."

그는 내 답변에 만족한 듯 어린아이 같은 미소를 짓는가 싶더니 이내 얼굴이 어두워졌다.

"아직은 때가 아니라고 생각하네. 클라이드, 자네는 내가 마음을 여는 유일한 대상이야. 솔직히 말하는데 난 그럴 생각이 없어. 언젠가는 그럴지도 모르고, 실현 가능성이 있을 수도 있겠지. 하지만 우린 아직 멀었어. 내게는 지지기반도, 세력도 없을 뿐만 아니라 대통령이 되기 위한 재력도 없어. 하지만 나는 힘이 있지. 경우에 따라서는 어떤 대통령이든 넘어뜨릴 수 있고, 재선을 방해할 수도 있어. 나라에 부적합한 후보가 나서는 것을 막을 수도 있고. 안목이 없는 건지, 머리가 안 돌아가는 건지, 정치인들은 내 힘을 과소평가하고 있어. 세상에는 진보하는 인간과 방해하는 인간이 있다네. 객관적이라고까진 말하지 않더라도 더 침착하게 현실을 판단하는 건 후자 쪽이지. 방해하는 힘은 이해해야 하는 것이 아니라 언제나 정당화해야 할 필요가 있는 힘이야. 클라이드, 나는 1940년에 대통령 후보로 출마하지 않아. 하지만 나는 케네디가 루스벨트를 계승하지 못하도록 반드시 막을 거야. 앉은뱅이 코끼리지만 루스벨트는 적어도 자질과 품위가 있어. 두 다리가 있느냐, 없느냐는 문제 삼을 일도 아니라는 거지. 중심을 잡을 수 있느냐, 균형을 잃지 않을 수 있느냐 그게 훨씬 중요한 거니까. 이건 케네디가 깊이 생각해야 할 점이야. 그 인간은 교황이 축복한 당근주스를 마시고 졸지에 출세한 부자에 지나지 않아. 역대 대통령 중에 가톨릭교도는 없었어. 내가 이 자리에 앉아 있는 한 미국에서 가톨릭교도가 대통령이 되는 일은 절대로 없을 거라고 자신 있게 말할 수 있네. 여자, 유대인, 인디언,

흑인도 안 돼. 그의 유치한 짓거리에 일시적이나마 국민이 현혹되어 비극적인 일이 일어나지 않게 하려면 우리 같은 실력자들이 필요해. 게다가 그자가 대통령이 되면 제일 먼저 우리부터 잘라버리려고 할 텐데……. 클라이드, 난 그런 가능성을 생각하는 것만으로도 견딜 수가 없어. 내 판단이 틀릴지도 모르지. 하지만 내 생각에 그는 터무니없는 자만 때문에 지금 엄청난 실수를 저지른 거야. 난 어제까지만 해도 루스벨트가 어떻게 그 안하무인을 영국 궁전으로 보낼 수 있었을까 궁금했는데 이제야 깨달았어. 대통령 선거를 앞두고 음모가 논의될 때 자신에게 걸림돌이 될 케네디를 미국에서 멀리 떨어뜨려 놓는 것이 유리하리란 계산 때문이야. 그게 바로 루스벨트의 속셈이었어. 그자는 떠나지 말았어야 했어. 겉만 화려하지 실은 추방된 것이나 다름없으니까."

에드거는 길게 이어가던 생각을 잠시 중단했다가 아주 먼 데서 돌아온 듯이 말했다.

"그리고 나한테는 대통령 후보로 출마할 수 없는 중대한 결점이 있어. 케네디에게는 그 고고하신 로즈가 있고, 루스벨트에게는 약간 레즈비언 같은 좌파 아내가 있지 않은가. 그런데 나는 누구를 퍼스트레이디로 삼지? 자네, 클라이드?"

유머를 되찾은 듯 에드거는 그렇게 말하고 나서 냉소적인 웃음을 지었다.


집으로 돌아가는 길에 에드거는 긴 침묵에 빠졌다. 그의 집에 도착한 우리는 응접실에서, 좀처럼 기회가 없긴 해도 거의 우리 둘만 사용하는 푹신한 소파에 마주 앉았다. 경마를 제외하고 에드거는 여가시간을 대부분 골동품을 수집하는 데 보냈다. 그는 고미술품, 조각상, 노출이 심하지 않은 범위 내에서 여성미나 남성미를 승화한 석판화를 좋아했다. 그는 몽테귀라는 프랑스 작가가 책에 설명해놓은 '콜렉터 신드롬'을 보이고 있었다. 작가는 이렇게 지적해놓았다. '진품이 없다 싶으면 아예 홀가분한 마음으로 모조품에 열정을 쏟는다.'

박물관을 차려도 될 만큼 많은 골동품을 계속 사들이는 그의 취미에 완전히 동조하는 건 아니지만, 진품을 찾아 나설 때마다 즐거워하는 표정을 보는 것이 좋아서 나는 그를 따라다녔다. 비록 함께 살지는 않아도 나는 자주 그의 집에 갔다. 해가 갈수록 상황에 떠밀리듯 나는 그의 생활에 빠져들었다. 특히 손님을 별로 들이지 않는 응접실은 엄청나게 늘어나는 예술품 때문에 점점 비좁아지고 있었다. 인디언지에 인쇄된 총서들, 황금색 갈피끈이 부착된, 번호를 매긴 황갈색 가죽장정의 책들이 기다란 마호가니 서가에 빼곡했다. 항상 바빠서 차분하게 독서할 시간이 없는 에드거는 교양인으로 보이는 데 써먹을 만한 멋진 말이나 표현을 찾기 위해 이따금 아무 책이나 꺼내들곤 했다.

내게는 발명에 대한 열정이 있었다. 나는 일상에서 흔히 접하는 기계를 변형하여 기능을 강화하는 것이 재미있었다. 여러 개의 특허증은 나의 발명 재능을 인정받은 것이라고 말할 수 있는데, 그중에서 창문을 자동으로 여닫는 장치는 FBI 건물 전체에 설치됐다.

만약 내가 에드거의 예술 취미를 공유하지 않았다면 발명에 관한 책을 읽는 데 더 많은 시간을 보냈을 것이다. 과장하려는 것이 아니라 너무 많이 생각하지 않는 것이 훨씬 행복하기 때문이다. 정도를 넘어서는 지식은 고통스러운 결과를 낳기 때문에 몇몇 확정적이고 보편적인 명백한 사실에 순응할 수 있어야 한다. 나는 지식인으로 행세하기 위해 이 글을 쓰는 것이 아니다. 내 임무가 공익을 위한 것이라는 느낌을 주었던 남자가 냉혈한으로만 기억되지 않기를 바라는 마음뿐이다.

에드거는 나를 제외하고, 이용 가치가 있는 사람들만 집에 초대했다. 거북한 느낌을 주는 실내장식물을 이용해 그들을 휘어잡으려는 의도에서였다. 어머니가 사망한 뒤부터 그는 이 집에 와서 살고 있지만 이사를 했다고 달라진 것은 하나도 없었다. 그의 어머니는 여전히 이 새로운 거처를 지배하고 있는 듯했다. 그는 내 머릿속을 읽은 듯 어린아이 같은 목소리로 말했다.

"클라이드, 어머니가 그리워."

그의 눈에 눈물이 글썽였다.

"어머니는 나뿐만 아니라 자네도 자랑스러워하셨어. 어머니는 자네를 아주 좋아하셨지. 자네도 자네 어머니에게는 좋은 아들이라면서. 어머니가 계시지 않았다면 지금의 나는 없었을 거야."

나는 위스키를 따른 잔에 젤테르 광천수를 첨가하면서 분위기를 바꾸기 위해 한마디 했다.

"이번에는 당신이 향수에 젖는군요."

"우리 둘 사이에 놓인 시간의 사다리는 접어두세."

그는 감정을 추스르며 대답했다.

"자네가 흘러가는 시간을 서글퍼하는 동안 난 늘 미래를 준비해왔네. 부잣집 자식이 생각하는 돈의 개념만큼이나 자네가 관심 없어 하는 미래를 위해서 말이야. 나를 만나지 않았다면 자네는 어떻게 됐을까? 그런 의문을 가져본 적 있나? 1928년에 내가 자네를 발탁했을 때 했던 육군성 특별보좌관을 아직도 하고 있겠지. 지금 자네는 그 정도가 아니라 FBI 국장의 분신, 그러니까 2인자가 됐어. 그런데 자네는 그걸 모르고 있는 것 같아."

"내가 아니라고 말한 적 있던가요? 하지만 내가 없으면 안 된다는 걸 잊으신 것 같군요. 따발총 쏘아대듯 격한 말투를 쓰는 사람 곁에는 절제력이 있어 뵈는 침착한 사람이 필요하죠."

"글쎄, 과연 그럴까! 사람들이 자네에 대해 뭐라고 하는지 알고 하는 말인가? 질문을 받고서 한참 뜸 들이다가 답변하는 자네의 말투가 더 까다롭다고 하던데."

"누가 그래요?"

"딱히 누가 그랬다기보다는 그런 소문이 있다는 거야. 내 말투를…… 아까 뭐라고 했더라…… 속사포 같다고 했던가?"

"따발총이오."

"그렇게 볼 수도 있겠지. 하지만 말이야, 내 말이 빠른 건 숨 돌릴 사이도 없이 기자들이 퍼붓는 질문을 피하다 보니 생긴 습관이야. 그러면 어떤 속기사도 나의 공식적인 발언을 다 받아 적을 수가 없거든. 내가 정말 그런 말을 했는지 의아하게 만드는 게 내 작전이지. 어떤 놈도 내 발언을 물고 늘어질 수 없어. 말을 중단하지 않는 것이야말로 최상의 방법이지."

공개석상에서도 에드거는 차분하게 말을 할 줄 몰랐다. 그는 호흡법의 일인자답게 숨도 쉬지 않고 과격한 말을 쏟아내거나 아예 입을 다물었다. 그의 침묵은 주위 사람들에게 불안함을 안겨주었다. 그것은 결코 평온함을 표현하는 것도 아닌데 말이다. 물론 그렇다고 그가 불완전한 세상에 대한 분노와 깊은 원한을 표현하는 것도 아니었다.

워싱턴에 있을 때, 우리는 거의 10년 동안 날마다 하비 레스토랑에 들렀고, 사람들에게 위압감을 주려는 의도에서 벽 쪽에 등을 대고 나란히 앉아 저녁을 먹었다. 레스토랑을 나올 때 자주 그랬던 것처럼 에드거의 얼굴이 어두워졌다. 그는 이따금 아무것도 아닌 일에 겁먹는 아이처럼 공포에 질린 표정을 짓다가도 느닷없이 즐거운 얼굴로 호탕하게 웃기도 했다.

나는 그가 진정한 행복을 누려본 적이 있다고 생각하지 않는다. 그는 다 찢긴 맨발로 칼날 위에 서 있으면서도 아픔을 가라앉히려면 어느 쪽으로 넘어져야 하는지 모르는 사람 같았다. 오로지 그는 넘어지지 않으려고 전진하고 있었다. 항상 똑같은 무성영화를 찍듯 그는 저녁마다 한참을 그렇게 아무 말 없이 허공을 바라보았다. 아버지가 사경을 헤매던 해, 그는 당시 우울증이라고 불리는 병에 걸렸고, 정신이 육체에 벌하는 위험한 거식증에 시달렸다. 그는 아버지가 사망할 때까지 몇 달간 정신병원에 격리된 채 치료를 받고 나서야 우울증에서 벗어날 수 있었다.

에드거는 한 번도 그 얘기를 한 적이 없었다. 나는 그의 어머니, 안니 후버에게서 들었다. 어릴 적부터 지병을 앓아온 누나가 죽었을 때도 마찬가지였다. 안니의 가슴속에 고인의 자리를 대신하고 있는 에드거는 어머니의 남편이자 가장이었다.

아버지의 정신병을 머릿속에서 몰아내기 위해 에드거는 병적일 정도로 질서에 집착했다. 어처구니없을 정도의 편집증세였다. 어머니에게 자식 된 도리를 다 하려는 생각에서 하인들이 사소한 실수라도 저지를 때는 아주 엄하게 나무랐다. 에드거는 계란 프라이로 아침식사를 했는데 특히 노른자에 예민했다. 만약 계란 프라이의 노른자가 터져 있으면 벌겋게 달아오른 성난 얼굴을 하고는 당장 부엌으로 돌려보냈다. 계란 프라이를 다시 가져와도 그는 한 입만 먹고 나머지는 개들에게 주는 것으로 용서하지 않았다는 표시를 했다.

에드거는 개들에게 애틋한 정을 쏟았다. 그는 특히 스코틀랜드 종 요크셔테리어를 좋아했다. 본래 여우와 오소리의 공격을 막기 위해 돌과 흙으로 쌓은 석총을 지칭하는 요크셔테리어는 뾰족한 귀에 표정이 풍부한 귀여운 얼굴, 비단같이 부드럽고 풍성한 털이 있는 개다. 그 개들 중 한 마리가 늙어서 죽었을 때 에드거는 울면서 지냈다. 눈물겨운 장례식을 치러준 뒤에 죽은 개를 대신하는 강아지에게 같은 이름을 붙였다. 마치 아버지처럼 강아지들을 보살피면서 즐거워하는 그의 얼굴은 그 집의 거주자들, 그중에서도 특히 에드거가 어머니의 시중만 들라고 요구하면서 되도록 접촉을 피하는 여집사의 창백한 안색과 대조를 이루었다.


눈을 뜬 에드거는 딴생각에 빠져 있던 것을 용서받으려는 듯이 미소를 지었다. 나는 그가 뭔가 할 말이 있는데 선뜻 꺼내지 못하고 있다는 것을 알 수 있었다. 마침내 결심한 듯 그가 입을 열었다.
"아무래도 내가 누구를 좀 만나야겠지?"
"누구를 만나요? 무슨 일로?"
진심에서 나온 말이었을까, 그는 얼떨결에 밀고 나갔다.
"내 말은 …… 이 극도의 불안감 때문에 정신치료사를 만나야 할 것 같아."
"그러니까 정신분석가를 만나겠다는 거예요?"
"그 비슷하다고 봐야지."
"난 반대예요."
나의 반대에 힘을 얻은 걸까, 벌떡 일어난 그가 제자리에 놓여 있지 않았는지 대리석 조각상을 집어 들었다가 내려놓았다.
"문제는 그들이 모두 공산주의자라는 사실이야. 유대인 공산주의자들……. 마르크스도, 프로이트도 유대인이었어. 정신분석은 유대인들의 오만을 나타내는 것이지. 자기들만 유일하게 종교 선전을 하지 않았다는 자만심에 차 있기 때문이야. 마치 자기들만 그 신앙에 어울린다는 듯이. 소금물 바다에서 흔적 없이 사라지지 않으려고 떨어지길 거부하는 빗방울 같은 인간들이랄까! 자기들만 겉모습 뒤에 감춰진 게 뭔지 알고 있다는 식이지. 물질의 이면을 읽는다면서. 프로이트의 이론은 제 자신을 희생한다는 생각을 근거로 하고 있는데, 난 그게 아주 위험한 반체제적 이론이라고 생각해. 그런 식으로 생각하면 용서하지 못할 게 없어. 그래, 난 누구에게도 진찰 받지 않겠어. 유대인의 손에 놀아날 수는 없지. 대번에 워싱턴에 소문이 쫙 퍼질 텐데.”

나는 고갯짓으로 동의를 표시하고 말했다.

“맞아요, 에드거, 그들의 이론에는 모두 반체제적 성격이 내포되어 있어요. 게다가 그중 단 한 사람도 고통을 진정시켜주는 사람을 본 적이 없어요. 그들은 아무것도 하지 않았어요. 그저 돈을 벌기 위해 부정확한 학문을 이용하는 돌팔이들에 지나지 않아요. 당신의 불안은 나라를 전복시키려고 애쓰는 그 망할 놈들에 대한 분노에서 비롯된 거예요. 지나치게 자신을 들볶아서 생긴 거니까 심리분석가는 당신에게 아무 소용없어요. 그런 치료사를 믿는 건, 충수염 때문에 몸 안에서 부패와 죽음의 냄새가 나니까 돌기를 떼어내야 한다는 외과의사의 말에 무턱대고 배를 내맡기는 거나 같다고요. 심리분석은 사는 것이 겁나는, 유약하고 불쌍한 사람들에게나 필요한 거예요.”

에드거는 두 손을 호주머니에 찔러 넣은 채 금빛 이파리로 가장자리를 장식한 거울 앞에 섰다. 그는 한참 거울을 보다가 갑자기 돌아섰다.

“뭘 어떻게 해야 할지 도무지 모르겠군. 여전히 머리통은 이렇게 크고 목은 황소처럼 굵은데 살은 계속 빠지고 있으니……."

그는 내게 손짓으로 인사를 하면서 침실을 향해 층계 쪽으로 갔다. 나는 잠시 머무르면서 인테리어 잡지를 뒤적거렸다. 그리고 잡지를 가지런히 정리해놓은 다음, 조용히 에드거의 집을 나왔다.


에드거의 어머니 안니의 사망은 참으로 비극이었지만, 일단 복상이 지나고 나자 우리는 함께 보낸 기간 중에서 가장 호사스런 시기가 시작되리라는 것을 알아차렸다. 슈어드 스퀘어 부근으로 이사하도록 끝내 어머니를 설득하지 못했던 에드거는 록 크릭 파크에 집을 얻었다. 나는 그가 자유로운 생활을 새롭게 시작할 수 있도록 도와주었다. 너무 노골적인 표현이라 비록 그 앞에서는 '자유로운' 생활이란 말은 차마 하지 못했다.

앞서 언급했던 고뇌 외에도 그는 어머니가 그의 일과표에 남겨놓은 빈틈 때문에 어찌할 바를 모르고 있었다. 어머니가 돌아가시기 전, 그는 하루도 빠짐없이 두세 번은 전화 통화를 했는데 어머니가 기력이 다 빠져서 더는 말을 할 수 없을 때에야 비로소 통화를 마쳤다. 국내 출장을 가서도 에드거는 골동품이나 보석 등 어머니의 선물을 사는 데 시간을 보냈다. 밖에서 저녁을 먹을 때도 어머니가 잠들기 전에 밤 인사를 하기 위해 너무 늦게 들어가지 않으려고 신경을 썼다.

어머니가 사망한 뒤로 우리는 더 이상 워싱턴에서 크리스마스를 보내지 않았다. 크리스마스는 아이들을 위한 축제였다. 우리에게 아이들보다 더 낯선 것은 없었다. 그래서 우리는 북쪽지방의 눈 덮인 침엽수림에서 멀리 떨어진 플로리다로 도망쳤다.

나는 깊은 고뇌에 빠진 에드거의 생활에 변화를 가져다줘야 할 의무가 있었다. FBI 뉴욕 지국은 사무실이 제일 넓었고, 그 사실만으로도 주말마다 그곳에 갈 충분한 이유가 되었다. 뉴욕의 삶은 워싱턴보다 덜 엄격했다. 비밀리에 돌아다니는 건 생각할 수 없는 일이긴 해도, 적어도 거기서 마주칠 우려가 있는 사람들이 우리를 그 도시 안에 가둬두는 답답한 정치 행정적 관계에만 한정된 것은 아니었다.

우리는 일주일 내내 열심히 일하고 가족을 만나러 가는 행복한 대기업의 간부들처럼 금요일 저녁마다 기차를 탔다. 월도르프 호텔에 나란히 붙은 스위트룸 두 개를 격주로 예약해놓고 거기서 밤을 보냈다. 우리는 아침식사를 함께했다. 에드거는 대체로 기분이 좋았다. 우리는 신문을 빠르게 훑어보고 나서 뉴욕의 지인들과, 혹은 우리 둘이서만 경마장에서 시간을 보냈다.

에드거와 나는 경마를 좋아했다. 우리는 뉴욕의 상류사회를 매료시키는 우아한 경주마들의 미적 매력에 빠져들었다. 당시 경마장에는 이색적인 구경거리가 있었다. 근사하게 옷을 차려입은 신사들은 명사 전용 구역에서 한 눈으로는 여자들을 곁눈질하고, 다른 눈으로는 경주를 살피면서 비즈니스 대상을 점찍느라 애쓰고 있었다. 그들 사이를 미모가 빼어난 여자들이 오락가락 거닐었다. 그 작은 세계는 우리가 늘 입을 모아 동의하는 속담에 딱 맞게 움직이고 있었다. "여자는 돈을 좋아하고, 남자는 여자를 좋아한다. 세상을 이해하기에는 이것으로 충분하다."

에드거와 나는 주목을 받지 않을 수 없었다. 루스벨트 정권이 출범하면서부터 FBI 국장의 사진이 신문과 잡지에 유포되었다. 큰 사건이 벌어질 때마다 에드거의 사진이 실렸고, 이제는 저명인사가 되어 있었다. 그 옆에 붙어 다니는 융통성 없는 나의 존재는 타협의 여지가 없는 인상을 풍겼고, 몇몇 이들에게는 불안함을 느끼게 했다. FBI 국장이 경마장에 나타난 것은 개인적인 이유 때문일까, 아니면 뭔가 속셈이 있는 공적인 이유 때문일까? 몇 달이 지나면서 우리가 그곳을 드나드는 이유는 오로지 취미 때문이라는 것을 모두 분명히 알게 되었다.

우리는 물론 상당한 액수의 돈을 걸기도 했지만, 에드거나 나나 일시적으로 열중할 뿐 파산할 정도로 경마에 미친 도박꾼은 아니었다. 게다가 우리는 절제하는 모범을 보여야 했다. 요행을 싫어하는 내 모습이 도박꾼에게는 모순으로 보일 수 있었다. 나는 평범한 경주보다 더 불확실한 장애물 경주를 피하고 있었다. 고백하자면 그 시절에 나는 '속보 경주 시합의 전문감정가'라는 명성을 얻었다.

우리는 경마장 모퉁이에 있는 전망 좋은 테이블에서 점심식사를 하는 것이 습관이 되었다. 저녁식사는 갤러거나 맥심, 또는 술레 레스토랑에서 먹었다. 까다롭기로 이름난 고객의 변덕스런 입맛을 기막히게 맞춰주는 좋은 음식점들이었다. 우리가 어찌나 자주 드나들었던지 마침내 갤러거를 비롯한 몇몇 레스토랑 벽에 에드거의 사진이 걸리게 되었다. 사진 속 실물을 본 것에 놀라는 손님들의 반응 때문에 우리의 등장은 한층 인상적으로 연출되었다.

밤에는 21이나 투스 쇼어에 잠깐 들른 후에 윈첼스 테이블에서 시간을 보냈다. 그곳에는 정계의 유명 인사들을 비롯하여 브로드웨이에서 달려온 음악계 인사들, 서부 연안에 살지만 타성에 젖은 생활을 바꾸기 위해 기회만 있으면 로스앤젤레스에서 뉴욕으로 날아오는 영화계 인물들도 보였다. 새벽 1시가 되면 분위기는 특히 화기애애했다.

사회적 신분에 얽매인 인물이라도 알코올을 들이켜면 자신을 가두는 유리벽을 몇 시간 만에 깨트릴 수 있었다. 나는 그 광경을 볼 때마다 흐뭇했다. 에드거는 마음 놓고 마시면 주량이 엄청난데도 결코 거나하게 취하는 적이 없었다.

시간이 흐르면서 나는 그에게서 상황을 이용하는 타고난 능력을 발견했고, 어머니를 떠나보낸 뒤 처음으로 아주 놀라울 정도로 쾌활하게 타인을 향해 마음을 여는 모습을 보았다. 하지만 아무리 즐거워도 그는 자신의 임무를 망각하는 일이 결코 없었다. 아주 많은 사람이 자진해서 우리 테이블에 합류했다. 그러나 처음 만나는 그 많은 사람을 에드거가 이미 속속들이 알고 있다는 사실이 나는 훨씬 더 흥미로웠다.

*3*

　루스벨트가 집권하면서부터 에드거는 경찰의 수장으로서 의무를 빈틈없이 이행했다. 그는 범죄와의 싸움에 총력을 기울였으나, 공공질서를 파괴하는 조직적인 폭력집단을 와해하기보다는 국민적 공감대를 형성하는 성과를 거두었다. 이에 힘입어 정부도 뉴딜 정책의 일환으로, 은행에서 담보로 돈을 빌렸으나 지불능력이 없어서 자살하는 사람들이 많은 중서부 지역의 가난한 농촌을 구제해주는 것으로 국민의 지지를 얻기 시작했다.

　이때부터 깔끔한 양복에 모자를 삐딱하게 쓴 FBI 요원들의 위풍당당한 모습이 잡지에 앞 다투어 실리는가 하면 영화와 만화의 소재가 되기도 했다. FBI의 대외 이미지도 중요하다고 판단한 에드거의 계산에 따른 것이었다. 이러한 성공에서 에드거는 오랜 임기 동안 함께 일했던 대통령들 중 루스벨트와 가장 친밀한 관계를 맺었다는 사실을 알 수 있다. 두 사람 다 사적인 일이었다면 불가능했겠지만 공적인 일이었기 때문에 협조가 가능했다. 투철한 민주주의자인 루스벨트는 독일과 소련의 협약에 동조하는 불순분자들이 미국 사회에 잠입할 위험을 걱정하고 있었다.

대통령이 법무장관을 거치지 않고 FBI 국장과 직접 교섭하기로 결정한 것은 미국 정치사상 전무한 일이었다. 루스벨트는 정치적 갈등이 고조된 전쟁 기간 중에 에드거가 미국 국민을 감시하는 조치를 취해 놓았다는 것을 알고 있었다. 그렇다고 해도 대통령이 직접 나서서 연방수사국을 스파이 감시기구로 전환하라고 지시한다는 것은 그야말로 획기적이었다. 루스벨트는 정치적 스파이 행위의 한계는 아주 미묘하기 때문에 에드거가 틀림없이 그 선을 넘을 것이라고 판단한 걸까? 그것은 명백한 것 같았다. 그러나 무엇보다도 외부 불온세력의 잠입이 더욱 걱정되는 터라 대통령은 백악관으로 에드거를 불러들였다.

"나를 위한 비밀 작업을 부탁하려고 보자고 했소."

"불러주셔서 영광입니다, 대통령 각하."

"우리나라 안에서 활동하는 파시스트들과 공산주의자들에 대해 믿을 만한 정보를 얻고 싶소. 독일과 소련의 협약으로 두 개의 악이 결합했으니 매우 주의해야 하는 때요. 무슨 방법이 있겠소?"

"물론, 기술적이고 인간적인 수단이 있긴 합니다. 하지만……."

"하지만?"

"그런 권한은 관례적으로 경찰 소관이 아닌 것이 문제입니다. 그것이 합법적으로 연방수사국의 권한에 속하려면 국무성에서 요청을 해줘야 합니다."

"국무장관 코델 헐에게는 내가 미합중국이 소련과 독일 정보국의 위협을 받고 있다고 말하겠소. 그 사람이라면 문제를 일으키지 않을 거요. 난 이 일을 국회에 알릴 필요는 없다고 봐요. 법무장관에게는 나중에 말해도 될 겁니다. 급히 알릴 사항도 아니니까."

"감시의 범위를 넓혀도 되겠습니까?"

"그건 무슨 뜻이오?"

"제 생각에는 각종 조합, 문화단체, 민권보호단체 등도 감시하지 않을 수가 없다고 봅니다. 잘못 알고 있거나 악의를 가진 사람들 쪽에서 터져 나올 반대와 비판의 목소리를 피하려면 이 일은 극비로 추진해야 하고요."

"선택의 여지가 없는 것 아니오?"

"그건 안 된다고 할까 봐 걱정했습니다. 전쟁이 일어나면 감금시켜야 할 사람들의 명단을 세심하게 작성해야 한다는 것도 내포되어 있습니다."

"방법은 당신의 재량에 맡기겠소."

"방법에 대해 말씀드리자면, 각하의 견해가 필요한 기술적 문제가 있습니다. 제가 대통령의 견해라고 말하는 것은 동의해주는 정도의 문제가 아니기 때문입니다. 전화 도청에 대해 말씀드리는 겁니다. 1934년의 법률은 도청 문제를 법의 대상에서 제외시켰지요. 제가 이미 1928년부터 우리 요원들을 위한 지침서에 전화 도청은 '부정직하고, 불법이고, 비도덕적'인 행위라고 규정해놓았다는 건 알아주십시오. 그래야 한다는 생각에는 변함이 없지만 그래도 외부세력이 국가를 위험에 처하게 할 때는 대통령께서 제가 문제를 제기하도록 허락해주십시오."

"유괴사건의 경우처럼 목숨이 위태로울 때는 법무장관의 재량으로 전화 도청을 허가하지 않소?"

"맞는 말씀입니다만, 전화 도청은 지극히 제한되어 있습니다."

"어떤 형식으로든 내가 허가를 받아준다면 올바르게 사용하겠소?"

"올바르게 사용하라는 건 어떤 의미로 하시는 말씀인지요?"

“내가 말하고자 하는 건 당신이 조사하는 문제와 직접적인 관련이 없는 것까지 포함한 모든 정보를 내게 보고하라는 뜻이오.”

“경우에 따라서는 수사 표적이 아니라도 몇몇 미국 정계 인물의 생활에 대해 좀 더 알 수 있는 부차적인 정보를 말씀하시는 겁니까?”

“예를 들면 그렇소.”

“그건 가능합니다. 동의하겠습니다.”

“허가를 받기 전에 당신이 이미 수집해놓은 정보를 포함해서 말이오.”

“호기심을 자극할 만한 건 없지만 물론 고려하겠습니다.”

“후버 국장, 난 어떻게 해서라도 반체제 인물들의 전화 도청을 허가하도록 애써볼 것이오. 반체제적이라고 보는 시점을 무슨 기준으로 정할지는 당신에게 일임하겠소. 당신은 법무장관의 지휘에 따라야 하지만 일의 미묘한 점을 고려해 당신에게 전권을 주겠소. 하지만 국가와 나를 위해 바람직한 것이라면 당신이 수집한 정보를 의무적으로 나에게 보고하시오.”

“우리는 서로의 마음을 완벽하게 이해했다고 생각합니다, 대통령 각하.”


에드거는 루스벨트를 이렇게 묘사했다.


이자는 황제 콤플렉스가 있다. 두 다리에 벼락을 쳐서 앉은뱅이 황제로 만들어준 소아마비 때문에 늘 휠체어에 앉은 채로 손님들을 맞이하다 보니 생긴 우월감인가?


루스벨트는 에드거를 신임했다. 반면에 에드거는 루스벨트를 좋아하지 않았다. 존중이나 존경, 최악의 경우 애정 따위는 에드거가 용서할 수 없다고 판단하는 타인과 종속관계가 형성되는 감정에 지나지 않았다. 하물며 그 사람이 직속상관일 경우에는 더 말할 것도 없었다.

그는 자유주의 사상을 지닌 자들을 측근으로 두고 있는 영부인 엘리너도 좋아하지 않았다. 그런 행위는 미국의 퍼스트레이디가 반체제 사상을 지지하고 있음을 대통령에게 간접적으로 알리는 것이었다. 다시 말해 대통령 자신도 아내의 측근들이 부적절한 사상을 퍼뜨리고 다니는 행동에 대한 책임에서 결코 자유롭지 못하다는 것을 은연중에 시사하는 셈이었다.

어느 조합의 대표가 대통령을 찾아와 연방수사국이 자신에 대한 조사를 벌이고 있다며 불만을 터뜨리자 그는 "후버가 내 아내에 대해 퍼뜨리는 것에 비하면 그건 아무것도 아니오"라고 응수했다고 한다. 대답이 보여주듯 루스벨트는 불쾌한 감정을 유머로 표현했다. 자유주의자 루스벨트는 급진적 사고를 지닌 에드거가 오히려 자신을 지지해주는 그 어떤 자유주의자보다 충견이 되어줄 거라 믿었던 것이다.

끊임없이 민주당의 표적이 되는 루스벨트는 상원 위원회에서 터무니없이 부족한 국가예산을 들먹이며 정부의 정책 능력을 질타하는 의원들에게 수차례 해명해야 했다. 사실 상원의원들은 대통령의 전폭적인 지지 속에 미국 정계를 감시하는 시스템 창설에 전념하는 에드거를 물러나게 할 방법을 궁리하고 있었다. 공격을 받으면서도 루스벨트는 공공연하게 에드거를 독려하면서 소신대로 밀고 나갔다. 불황 때문에 침체에 빠진 미국 국민에게 활기를 불어넣는 데는 자신의 정책이 최선이라고 확신한 루스벨트는 호의적이지 않은 언론을 압박하기 위해 FBI에 도움을 청했다.

1940년 봄, 루스벨트는 미합중국에 대항하는, 반체제 활동 혐의가 있는 인물들에 대한 전화 도청을 허가했다. 그는 에드거가 과도하게 이용하리라는 것을 알면서도 모른 척할 수밖에 없었다. 에드거는 자신에게 악의적인 자들의 배후에 반체제 인사들이 숨어 있다고 생각했다. 자유주의 사상을 과시하는 자들도 마찬가지였다. 해가 바뀌면서 마침내 간통이나 동성연애 등 사생활에 문제가 있는 사람도 지위고하를 막론하고 변절자로 규정하는 기준이 정해졌다. 자제력을 잃을 경우에 국가 기밀을 누설하거나 아주 쉽게 협박에 넘어갈 가능성이 있다는 이유 때문이었다.

그러나 미국 국민에게 위선을 숨기고 있는 모든 남자와 여자를 조사하는 대규모 운동 차원에서 수사가 이뤄지지 않는다면 의원이나 노동조합원이 그 경우에 해당하는지를 어떻게 알아낼 수 있을까? 부두노동자 조합의 사무국장 해리 브리지를 도청한 사실이 폭로되면서 상원 의사당에 엄청난 소동이 일었고, 법무장관에 대한 청문회가 소집되었다. 사건의 윤곽이 서서히 드러나자 장관은 에드거와 동행하여 대통령을 만나기로 결정했다. 대통령은 에드거의 어깨를 탁 치면서 말했다.

"맙소사, 에드거, 현장에서 체포되기는 처음이오."

루스벨트는 한순간도 그를 비난하지 않았고, 그 대가로 연방수사국은 1944년 선거 기간 동안에 공화당 정치인들을 도청해서 수집한 정보를 루스벨트에게 제공했다.

그 누구도 에드거를 파면할 수 없었던 것은 그가 상대의 패를 먼저 읽고 행동했기 때문이었다. 사조직을 만들어 도청 시스템을 만들고 싶어했던 유일한 인물은 어리석은 리처드 닉슨이었다. 에드거에게 아무런 신세도 지지 않았다는 것을 보여주기 위해, 그리고 그를 몰아내기 위해 과욕을 부리다 닉슨은 결국 워터게이트 사건으로 모든 비리가 들통 나면서 대통령직을 사임하는 신세로 전락했다. 미국 정치사에 오점을 남기면서.

포커 판에서 상대가 기대고 앉은 유리창에 비친 패를 읽으면 속임수를 썼다고 말한다. 정치판에서는 도청이 바로 그런 경우다.

도청은 과학이다. 그 일을 완벽하게 해내려면 몰래 숨어 있는 것을 즐기면서 관찰 대상이 주도면밀하게 감추고 있는 가장 어두운 면을 밝혀낼 수 있어야 한다. 에드거와 나는 도청으로 입수한 정보를 보고하는 것으로 만족하지 않았다. 고귀한 명분을 내세워 사생활을 캐내고, 오만방자하던 태도가 꺾이는 모습을 보는 것을 우리의 기쁨으로 삼았다.

우리는 동네 극장에 들어앉은 아마추어 영화감독처럼 저녁마다 FBI의 기술실에서 몇 시간씩 도청을 했다. 도청장치는 의심스러운 것이면 아주 미세한 반점도 찾아내는 X선처럼 위력을 발휘했다. 우리는 거짓의 장벽을 허물면서 묘한 힘을 느꼈고, 각자의 관할구역을 정했다. 우리는 말할 준비가 되어 있지 않은 개인에 관한 비밀을 알아내고, 그 덫에 걸려든 당사자가 결국에는 진실을 실토하게 만드는 그 일에서 절대 권력을 쥔 것 같은 강력한 힘을 느꼈다. 우리의 도청 그물에 걸려든 사람은 누구도 더는 자유로울 수 없었다. 국가의 이익을 위한 것이라는 명분으로 우리는 막강한 권력을 휘두르면서 개인을 굴복시켰다.

퍼즐 맞추기는 처음에는 조각들에 불과하지만, 중요한 테마를 이루는 이미지가 밝혀지는 순간이 있기 마련이다. 1940년대 초, 에드거는 그 순간을 맞고 있었다. 에드거는 그야말로 실세로 군림하기 시작했다.

그는 권력을 좋아했지만 요행을 바라는 사람이 아니었다. 그는 자기 능력의 천 분의 일에도 미치지 못하는 수준 낮은 유권자들과 규칙적인 간격으로 선거라는 게임을 벌여야 한다는 사실을 굴욕이라고 생각하는 것 같았다. 더군다나 제대로 교육도 받지 않은 사람들이 뽑아준 위정자들이 나라의 이익을 위해 확고부동해야 하는 자신의 자리를 위협한다는 것도 인정할 수 없었다.

그는 자기 방식대로 종신 재판관이 되어 있었다. 그는 자신을 무시할 수 없는 존재로 만드는 대통령과는 관계를 돈독히 다지려고 애를 썼다. 이때부터는 법무장관도 그가 있는 곳에서는 직속상관으로 행동하지 못할 정도였다. 그의 판단은 유례없이 도덕적, 정치적 적절성을 가늠하는 척도가 되어 있었다.

*4*

케네디가 영국에 가 있어도 계속 감시하라는 임무를 내린 에드거는 자신의 잣대에 위험해 보이는 한 여성을 주시하고 있었다.

에드거는 자신의 독신생활의 원인은 여자라고 공공연하게 말했다. 여자에 대한 망설임 때문이 아니라 여자 대부분을 복잡하고, 예측할 수 없는 사악한 존재로 여기기 때문이었다. 에드거가 사랑했던 여자는 오직 한 사람, 어머니 안니 후버뿐이었다. 여자 문제에 관해 즉흥적으로 몇 마디 나눈 적이 있는데 직설적이라기보다는 우회적인 표현으로 나누었던 대화가 내 기억 속에 남아 있다.

"단언하는데 어떤 여자도 내 수준에 오를 수가 없어. 물론 그럴 만한 여자를 만나지도 못했고. 그러니 여자들과의 교제가 오래가지 않는 게 당연할 수밖에. 그렇게 해서 내 머릿속 한쪽에 이상적인 여성상을 간직할 수 있었네. 대개 여자들에게서는 속물근성밖에 보이질 않아. 그 사악함이 절대적이고 정신적인 사랑을 막고 있는 거야. 내 욕망을 자극하는 여자들이 드물었기 때문에 오랫동안 교제하는 것 자체를 거부해왔던 걸세."

이렇게 시작된 반감은 세월이 흐르면서 모든 여자에 대한 혐오감으로 바뀌었다. 흑인에 대한 반감도 비슷했다. 에드거가 연방수사관들에게 내린 수사 방침은 다음과 같았다.

"지능적인 범죄일 경우에는 초동수사 때부터 그 사건에 '검둥이'가 관련되어 있다는 가정은 배제해도 된다. 사악하고, 악덕하고, 무자비한 폭력 범죄일 경우 범인은 백인이 아니다."

1차 세계대전 동안 독일과 싸웠던 모든 이가 환희에 젖었던 1918년 11월 11일, 에드거의 연애가 끝났다. 그날, 에드거는 워싱턴의 하비 레스토랑에서 열린 한 친구의 약혼식에 초대받았다. 엘리스도 약혼식에 초대받았다. 에드거는 그 자리에서 워싱턴의 내로라하는 변호사(법무장관이 그를 파면할 경우 그 변호사 사무실이 아주 명예로운 출구가 될 정도로 막강한)의 딸 엘리스에게 사랑을 맹세할 작정이었다.

그런데 파티가 끝날 때까지 엘리스는 나타나지 않았다. 그녀는 그를 배신하고 참전 장교와 결혼하기로 결정했다. 그때 형성된 이성에 대한 불신은 결정적이었다. 독신생활에 대해 자주 질문을 받는 에드거는 1939년, 한 기자에게 이렇게 답했다. "나는 언제나 여자를 우러러 받들었소. 남자는 늘 뭔가를 해줘야 하죠. 다시 말해서 배우자를 명예롭게 해주고 존중해줘야 하지요. 그렇게 해줘야 부부생활이 편안하니까. 이것이 사는 동안 내내 여자에 대해 생각한 바요."

그러고는 또 이렇게 덧붙였다. "솔직하게 말하겠소. 결혼했는데 아내가 나를 배신하고 더는 나를 사랑하지 않는다는 이유로 이혼하게 된다면 그건 나의 파멸이 될 게요."

그러면서 중얼거린 말은 기사로 실릴 때 삭제되었다. "내 정신 상태로는 그걸 감당할 수 없소. 그리고 더 이상 내 행동에 책임지지 않게 될 거요."

설사 그가 결혼하고 싶어했더라도 아들의 훌륭한 아내가 될 만한 여자는 없다고 확신하는 그의 어머니가 반대했을 것이다.


그가 즐겨 하는 말 중 하나는 이랬다. "내가 왜 독신으로 사는지 당신은 절대 짐작하지 못할 거요. 신이 엘리너 루스벨트 같은 여자를 만드셨기 때문이오."

나는 이 말이 우리가 하고 있는 모든 일에 대한 그의 사고를 담고 있다고 생각한다. 새된 음색 때문에 에드거가 공공연히 '시끄러운 늙은 올빼미'라고 부르는 엘리너는 분별없는 자유주의 사상가들에게 둘러싸여서 자신이 속한 세계를 배신하는 전형적인 부르주아였다. 그런 식의 기만적인 태도에 에드거는 격분했다. 대통령인 남편에게 미치는 영향 외에도 그녀는 기생충 같은 자유주의자들과 치정 관계에 빠져 있었다.

에드거가 붙인 별명대로 '검둥이를 밝히는 여자'인 덕분에 흑인들은 주거환경을 개선하고 백인 전용 공공장소를 이용할 수 있는 권리와, 언론의 자유를 요구하는 지속적인 운동을 펼칠 수 있었다. 엘리너는 자기 자신이 모든 특권을 누릴 수 있는 계층이면서도 대단히 양심적인 사람인 양 허세를 부렸다.

제 자신에 대한 고민이 없어야 다른 사람의 고통을 걱정해줄 수 있는 법이다. 동정이란 타인의 불행을 덜어준답시고 알량한 선심을 베푸는 것에 지나지 않는다. 나는 늘 타산적인 사고를 혐오했고, 그런 점에서 엘리너 루스벨트는 사기꾼과 다를 바 없었다.

에드거는 자기가 선출된 것도 아니면서 대통령의 아내라는 이유로 엘리너가 공개토론에 참가할 수 있다는 것을 못마땅해했다. 에드거는 마치 외국에 매수된 사람을 수사하듯 엘리너를 감시했다. 그녀와 관련된 문서는 400쪽이 넘을 정도로 두툼할 뿐 아니라 상당히 자세했다. 그녀는 우리의 방법을 게슈타포에 비유하면서 대통령에게 고자질했지만, 그녀의 측근 중에 국방에 관련된 자들이 있었기 때문에 우리는 정당할 수 있었다.

엘리너에게 연인이 있다는 의심을 하고 있던 차에 우리는 그녀가 서른 살의 남자와 정을 통하고 있다는 정황을 포착했다. 그녀는 쉰여덟 살이었다. 자유주의자로 알려진 남자가 공산주의자도 아닌데 소련과 스페인을 수차례 방문했다는 증거가 나왔다. 라쉬는 미국 젊은이들을 이끄는 리더 중 한 사람이었다. FBI 요원들이 그 단체의 본부를 수색하면서 간부들과 영부인이 주고받은 엄청난 양의 편지를 발견했다. 육군 소속의 라쉬는 엘리너와 불미스런 관계를 계속 이어가고 있었다. 에드거는 나쁜 소식을 전했다가 신세를 망친 전임자들의 운명을 알고 있었다. 그래서 그 사실을 대통령에게 직접 알리는 것이 내키지 않았다.

그는 군대의 간첩 감시반에 백악관의 안주인과 자주 만나는 불순분자가 군 내부에 있음을 알렸다. 수사에 착수한 간첩 감시반은 영부인이 연인을 만나는 호텔 객실에 마이크를 설치했다. 시카고 근교 우르바나의 링컨 호텔 330호실을 녹음한 테이프를 건네받은 대통령은 격분했다. 그리하여 그 다음날 육군 본부의 명을 받고 라쉬는 물론 관련자들도 함께 일본과 치열한 전투가 벌어지는, 살아서는 돌아올 수 없다는 전쟁터로 전출되었다.

라쉬는 살아남았고, 엘리너와 연인 사이였다는 것을 부인했다. 대통령은 그 사건으로 엄청난 충격을 받았다. 친구인 섬너 웰스 국무장관이 동성연애 혐의를 받아 해임되는 일까지 겹치면서 루스벨트의 깊은 원한을 사게 된 우리는 무뢰한으로 낙인이 찍혔다. 껄끄럽게 생각할 수도 있겠지만, 자신을 위해 한 일인데도 루스벨트는 전쟁이 끝나면 에드거를 FBI 국장 자리에서 경질시킬 뜻을 노골적으로 내비쳤다. 그러나 우리는 그런 부당한 일을 면했다. 대통령의 건강이 그를 그때까지 살도록 허락하지 않았다.

5

케네디 일가는 런던에 도착하자마자 어느 나라 왕가의 도착 못지않은 화젯거리가 되었다. 영국 언론은 그 안하무인 미국인 억만장자에게 홀딱 반했다. 격식도 교양도 없고 때로는 우스꽝스럽기까지 한, 어찌 보면 천진한 어린아이 같은 그의 태도는 전통을 중시하는 사회를 발칵 뒤집어놓았다.

언론이 케네디에 관심을 집중하면서 그의 일거일동이 곧바로 보도되었기 때문에 우리는 귀중한 정보를 쉽게 얻을 수 있었다. FBI 런던 지국에서도 수시로 정보를 보내왔다. 나는 그 정보를 신중하게 이용했다. 만약 우리가 감시하고 있다는 것이 발각된다면, 케네디가 선거유세 때 그 일을 파렴치한 짓이라고 들먹이면서 루스벨트를 몰아세울 수 있었기 때문이다.

케네디 부부와 9남매 중 다섯 명이 런던에 거주하고 있다는 것도 쉽게 알 수 있었다. 첫째와 둘째는 미국에 남아 하버드에서 학업을 계속하고 있었다. 장남 조 케네디 2세는 아버지와 판박이였다. 차남 존은 외

조부인 피츠제럴드를 닮아 약간 넓은 얼굴에 두툼한 턱이 호리호리한 체격과는 대조를 이루었다. 또 작은딸 유니스도 미국에 남아 심각한 정신장애가 있는 언니 로즈메리를 보살피고 있었다.

영국에 있는 케네디 가족은 호사스런 생활을 했다. 아일랜드계 갑부는 대사의 봉급으로는 상상도 못할 만큼 돈을 펑펑 썼다. 그가 '사탕 장사치들'이라고 부르는 외교관들과 다른 점을 보여주려는 나름의 방식이었다.

후퇴하고 있어도 케네디가 걸어가는 세상은 거대한 평지처럼 순탄하다는 말은 틀리지 않다. 그는 영국 수상 네빌 아서 체임벌린의 대독일 유화정책에 호의적인 태도를 보였다. 그러고 나서 바로 그 주에 나치가 오스트리아를 침략했는데도 케네디는 런던에서 독일 대사를 만났고, 그 자리에서 '독일 국민에게 유리한' 히틀러의 체제에 대해 호감을 표시하면서 정부와 언론에 영향력을 행사하는 유대인 압력단체 때문에 미국에서 자신의 이미지가 땅에 떨어졌다고 통탄했다. 독일 대사는 회담을 만족스러워하면서 보스턴이 50년 동안이나 유대인들에게 주요 클럽을 개방하지 않고 있는 것은 조 케네디의 통찰력 때문이라고 치켜세웠다. 대서양 너머에 계속 머물러 있는 것이 대선 후보에게는 결코 유리하지 않다는 생각에 케네디는 돌연 여름에 귀국했다.

조 케네디는 루스벨트가 1940년 선거에서 자신이 영국 대사로 활동한 이력을 이용하리란 확신 때문에 불안해하는 모습을 보면서 자신의 인기가 올라가는 것이라 평가하고, 느긋한 마음으로 장남을 뉴욕에 남겨두고 런던으로 돌아갔다. 아버지를 빼쏘아서 여자를 좋아하는 것까지 똑같은 조 케네디 2세는 스톡 클럽, 엘 마로코 외에도 당시 가장 인기가 많은 술집의 단골손님이었다. 하버드 대학을 갓 졸업한 조 케네디 2세는 아버지가 먼저 되지 않는다면 자신이 최초의 가톨릭 대통령이 되겠다는 야심을 감추지 않았다. 아버지와는 달리 그는 자국민의 이익을 위해서라면 사회주의와 공산주의도 지지할 수 있다고 공언했다.

전보다는 열의가 식었지만, 에드거는 내게 그 장남을 감시하라는 지시를 내렸다. 조 케네디 2세의 사상보다는 그가 아버지에게 가져다줄 도움 때문이었다. 조 케네디 2세는 늘 똑같은 이유로 같은 장소에서 동생을 만났다. 체격이 호리호리한 존은 외모에서 풍기는 힘이 형과는 사뭇 달랐다. 형을 유일한 후계자로 삼고 있는 집안의 야망을 위해 그는 정치에 관심을 두지 않는 것 같았다. 존에게서는 묘한 에너지가 풍겼다. 그 당시 두 형제는 여자를 놓고 쟁탈전을 벌이고 있었지만 오래갈 것 같지는 않았다. 내가 존을 감시할 필요가 있다고 생각하는지 물었을 때 에드거는 이렇게 대답했다.

"조 2세에게 진저리가 난다고 해서 존까지 소홀히 해서는 안 되지."

뮌헨 협정이 불안한 루스벨트는 세력을 뻗쳐나가는 독일의 움직임에 대응할 것이냐, 불간섭주의로 밀고 나갈 것이냐 사이에서 망설이고 있었다. 그는 민심의 동향을 살펴야 했다. 미국인들은 자기와 아무 관련이 없는 국제 정치 문제보다는 축구팀이나 야구팀의 경기 결과에 더 관심이 많았다. 1917년 경제공황이 불어닥치자 미국인들이 터득한 세상 이치는 위협받지 않고 사는 것이었다. 국민에게 치명적일 수도 있는 전쟁에 동참하자고 호소한다는 건 어림도 없는 일이었다.

루스벨트는 기름칠한 당구공만큼이나 종잡을 수 없는 체임벌린을 경계했지만 처칠은 높이 평가했다. 조 케네디는 처칠 쪽으로 시선을 돌렸으면 좋았을 테지만, 그 특유의 직설적인 화법으로 처칠을 독선적인 술꾼이라고 비난하면서 뮌헨 협정은 독재적 영토 확장주의자와 체결한 모범적인 협상이라고 호평했다.

유럽의 사태를 판단하는 그의 시각에 대한 비판의 목소리가 점점 커지자, 케네디는 손사래를 치면서 비난에 일침을 놓았다.

"유대인들과 파시즘에 반대하는 교양 없는 사람들을 제외하고, 양식 있는 사람들의 나라에서는 나를 비난할 거라고 생각하지 않는다."

나는 루스벨트가 대외정책이야말로 민주당의 공천을 받을 경쟁자와 차별화할 수 있는 유일한 대안임을 그때 깨달았을 것이라고 생각한다. 확신을 갖게 된 루스벨트는 시국선언에서 조 케네디를 겨냥한 발언을 했다.

"되풀이되는 힘의 논리가 법의 지배를 대신한다면 평화는 있을 수 없고, 전쟁 위협을 고의적으로 국가 정책에 이용한다면 평화는 있을 수 없다."

그 시기에 에드거는 루스벨트를 인기 있는 대통령으로 만들었다. 영부인을 감시한 일로 빚어진 불화가 있기는 했지만, 아직 그들의 관계는 깨지지 않은 상태였다. 에드거는 루스벨트를 좌익에 동조하는 황제로 생각하면서도 루스벨트가 선거가 끝날 때까지는 자신을 유임할 것이라고 확신했다.

지금 결과를 알고 있다고 해서 하는 말이 아니라, 나는 당시에도 케네디가 1940년에 루스벨트를 물리치고 승리할 가능성이 있다고 생각한 적이 없었다. 나는 두 남자의 대립 때문에 벌어지는 미국의 대외정책의 변화를 지켜보고 있었다. 미치광이 히틀러의 광기는 크리스탈나흐트* 사건을 계기로 절정에 이르렀다.

---

* Kristallnacht(독), Night of Crystal 또는 Night of Broken Glass(영). 1938년 11월 9~10일 나치가 유대인들에게 폭력을 휘두른 사건이 발생했던 밤. 사건 후 깨진 유리조각이 수없이 흩어져 있었기 때문에 붙여진 이름이다. 11월 7일 폴란드계 유대인 학생이 독일인 외교관을 저격한 것이 구실이 되었다.

가톨릭교도의 이웃사랑을 실천하듯 케네디는 체임벌린과 합의하여 유대인 구출을 위한 영미 합동작전을 제안했다. 남아 있는 독일계 유대인들을 배에 태워 나치당원들의 힘이 미치지 않는 아프리카나 유럽의 여러 국가로 피신시키겠다는 계획이었다.

미국 국무성은 이 계획을 무산시켰다. 미국계 유대인들조차 어디를 가나 유대인을 배척하는 것은 주지의 사실이라며, 그들의 계획을 순수한 의미로 받아들이지 않았다. 뿐만 아니라 동포들을 팔레스타인으로 집결시키려는 그들의 생각에서도 벗어나 있었다. 유대인 구출 작전에 케네디의 책략이 깔려 있다고 판단한 루스벨트는 그 계획이 무관심의 모래 속에 매몰되도록 내버려두었다. 그러자 케네디는 영국 언론에 대고 대통령에 대한 분통을 터뜨렸다. 케네디는 좌파 주간지 〈위크〉와의 인터뷰에서, 루스벨트를 유대인 압력단체의 하수인이라고 비난하며 그가 다음 선거에서 패배할 거라고 단언했다. 에드거는 그 기사를 대통령에게 보냈다.

그러던 차에 폴란드 침략에 이어 영국과 프랑스가 대독일 선전포고를 발표하자 케네디는 형언할 수 없는 공포상태에 빠져들었다. 영국 내각의 수장으로 처칠이 임명된 것도 그에게 치명적인 타격을 주었다. 처칠은 케네디와 상종하지 않으려 했고, 루스벨트에게 직접 연락했다. 영국 외무부는 불간섭주의를 내세우는 루스벨트를 고립시켰다. 영국 외무부 장관 헬리팩스 경은 루스벨트를 가리켜 '역겨운 협잡꾼이자 패배주의자의 표본'이라고 비난했다.

세력권 내의 영토 분배 때문에 독일과의 협상을 격찬했던 케네디는 독일의 런던 폭격으로 자신이 공포에 떨고 있는데도 루스벨트가 고의적으로 귀국 지시를 내리지 않고 있다는 것을 알아차렸다. 1940년, 선거를 몇 주 앞둔 9월 말이 되어서야 귀국한 케네디의 입에서 나온 말은 단 한마디였다.

"루스벨트와 유대인들이 우리를 전쟁으로 내몰았다."

케네디는 평화주의자인 듯이 행동했다. 전쟁이 몰고 올 두려움 때문에 그는 정계를 떠나기로 마음먹었다. 그는 루스벨트와 경쟁하는 공화당 후보를 지지하고 싶은 심정이었다. 자기의 자식들, 특히 장남과 차남이 미국과 관련 없는 싸움에서 죽을 수도 있다는 생각에 그는 화가 치밀었다. 루스벨트가 겉으로만 불간섭주의자라는 것도, 루스벨트의 미소는 냉소를 감춘 가면에 지나지 않는다는 것도 알고 있었다. 그는 마침내 정치 인생을 마감하는 엄숙한 연설에서 루스벨트를 비웃었다.

예상을 하고 있었으면서도 나는 조 케네디가 왜 끝내 출마하지 않았는지 가끔 의문이 들었다. 그는 자신이 역사에 역행하리란 예감을 했던 것 같다. 우리의 감시는 분명히 괜한 짓이 아니었다. 우리는 상대의 불출마로 부전승을 거두는 씁쓸한 승리를 맛보았다.

아버지의 판박이 조 케네디 2세는 즉흥적으로 떠오르는 생각을 거침없이 쏟아내는 아버지를 흉내 내기 시작했다. 그들 부자는 유대인을 제외한 전 국민이 원하는 전쟁 불간섭주의를 표방했다. 몇몇 호전적인 사람들마저 전쟁에 개입하는 것이 시기상조라고 판단하고 있었다. 미국의 보수주의를 움직인다는 것은 더 어림없는 일이었다. 처칠과 긴밀하게 협력하고 있는 루스벨트는 "미국의 젊은이들을 내보내 이국땅에서 죽게 하는 일은 절대 없을 것이다"라고 거듭 밝히고 있었다.

정치권에서 환영을 받지 못하자 케네디는 또다시 사업 쪽으로 눈을 돌렸다. 그는 허스트 그룹과 자본금 투자를 협상하기 위해 캘리포니아로 떠났다. 워낙 말을 가리지 않는 사람이라 쉽게 정보를 수집한 FBI 로스앤젤레스 지국에서 보고가 들어왔다.

조 케네디는 제작사들을 만나고 다니면서 영화에서 히틀러의 기분을 상하게 하는 일은 그만두라고 요구하고 있다. 영화를 이용하여 미국의 정책에 영향력을 행사하려고 애쓰는 유대인 압력단체의 움직임을 확인할 수 있을 것이다.

"미공군 비행사들이 조정하는 비행기를 영국으로 진격시키거나, 미군함이 영국군에 할당된 군수품을 호송하는 것보다는 나치와 장사를 하는 것이 더 현명할 것이다."
"미국은 경제를 도탄에 빠뜨리고, 극좌파들을 낳을 전쟁에 뛰어들지 말고 나치의 유럽대륙 지배를 받아들이는 편이 나을 것이다."

에드거는 보스턴의 포드 홀에서 조 케네디 2세의 발언에 대한 보고서를 훑어본 뒤에 한마디 툭 던졌다. "케네디가의 사람들은 하나같이 똑같군."
에드거는 자신의 신념에 위배되거나 일을 하는 데 직접적으로 위협받지 않는다고 생각할 때는 다만 이렇게 덧붙이는 것으로 만족했다. "정말 아무 말이나 막 하는 사람들이야. 진실이든 거짓이든 입에서 나오는 대로 내뱉는 것 같은 느낌이 든단 말이야. 그 아버지에 그 아들인 걸 보니 이제야 그 아버지가 도망치듯 정치무대에서 사라진 이유를 알겠군."
비록 최고 수준까지 오른 적은 없었어도 짧은 기간 동안 상대에게 공포심을 불러일으킬 정도로 많은 역량을 보여주는 선수가 있다. 그러한 선수 중 하나였던 조 케네디는 경기장의 시곗바늘을 쳐다보면서 입술을 질끈 깨무는 코치 역할에 전념하기 위해 터치라인 밖의 벤치로 물러나 앉을 채비를 하고 있었다. 하지만 그에게는 분명히 기회가 또 있었다. 그 팀의 장남은 이제 겨우 스물다섯 살이고 차남은 스물세 살이었다. 조 케네디는 장남에게 모든 희망을 걸었다. 그의 아들은 논쟁을 좋아하고 노련함까지 갖춘데다 아버지를 제일 많이 닮았다.

존은 자신의 기질과 허약한 체질이 정치에 맞지 않는다는 사실을 숨기지 않았다. 그는 국제적 위기에 대한 자신의 생각과 집안의 입장을 비교해서 고찰한 학위논문 『영국은 왜 잠자고 있는가』를 출간했는데, 그 책은 몇 주 만에 베스트셀러가 되었다. 조 케네디 2세는 이 책을 분석하면서 아버지에게 '거창하지만 아무것도 입증하지 못한 졸작'에 지나지 않는다고 말했다. 조 케네디는 처칠을 진정한 영웅으로 만든 존의 이론에 불안해하지 않았다. 자기 아들이 유명해지고 있다는 것을 중요하게 생각했기 때문이다. 오랜 친구 크록이 그 책의 서문을 쓰겠다고 제안했지만, 그는 훨씬 더 유명한 헨리 루스를 선택했고 존에게도 강요했다.

1940년대 말, 마침내 나는 에드거와 합의하여 조 케네디를 감시하는 일을 중단했다. 그는 우리의 관심도를 나타내는 도표에서 하위 단계로 내려가 있었다. 그래서 케네디의 파일은 미스 갠디 등 뒤쪽에 있는 캐비닛의 제자리로 돌아갔다.

# 6

파란을 일으켰던 조 케네디에 대해서는 소문만 무성할 뿐 루스벨트의 세 번째 대통령 선거부터는 더 이상 우리를 불안하게 하는 소리가 들려오지 않았다. 상당히 느긋해진 에드거의 얼굴을 보면서 나는 몇 달 동안 편안한 나날을 보낼 수 있었다. 그러던 어느 날, 그의 표정이 또다시 어두워졌다.

중요한 문제가 생기면 늘 그렇듯 에드거는 깊은 생각에 잠긴 채 며칠 동안 자숙하고 나서야 내게 속을 털어놓았다. 나도 근심이 가득한 그의 머릿속 문을 강제로 열려고 하지 않았다. 나는 그가 그토록 침울한 것이 모두가 반대하는 전쟁이 임박했기 때문이며, 전쟁 그 자체가 아니라 내가 군대에 편입될 위험이 있기 때문이라고 생각했다.

예비군으로 속해 있는 해군으로부터 내가 소집되지 않을 것이라는 확답을 받고 나서야 그는 불안을 떨쳐낼 수 있었다. 에드거는 내가 국토방위에서 전략적 역할을 담당하고 있다는 이유로 나를 빼내려고 했다. 그는 내 의사를 타진해 보지도 않고 그 일을 추진했다. 내가 미국인

으로서 의무를 수행할 결심이었다는 것을 그는 생각하지 못했다. 그가
미처 생각하지 못했던 점을 지적하면서 농담조로 물었을 때 그는 의외
라는 얼굴로 나를 쳐다봤다.

"하지만 클라이드, 나의 유일한 가족을 잃게 생겼는데 설마 내가 가
만히 앉아서 구경만 할 거라고 생각한 건 아니겠지? 내 입장이었다면
자네도 틀림없이 똑같이 했을 거야, 안 그런가?"

그 불안의 진짜 원인은 따로 있었다. 전쟁을 대비하면서 루스벨트는
잡다한 정보기관을 하나의 조직으로 통합하기 위해 정보사무국 설립
을 추진하고 있었는데, 그 기구를 총괄할 후보에 에드거 후버의 이름은
아예 언급도 되지 않았다. 정보사무국의 수장으로 윌리엄 도노번 대령
이 거론되고 있었다. 그렇게 되면 윌리엄 도노번이 정보기관 전체의 주
도권을 쥐는 것이었다. 그는 1차 세계대전의 영웅이었고 이름난 법학
자였다.

도노번은 공화당원이었는데도 루스벨트가 차기 대통령감이라고 말
할 정도로 도량이 넓은 정치인으로 정평이 나 있었다. 1924년에 법무장
관의 보좌관이었던 도노번은 연방수사국 국장으로 에드거가 임명되는
것을 적극 지지했지만, 그 일을 후회한다면서 공화당이 정권을 되찾으
면 에드거를 내쫓기 위해 무슨 일이든 하겠다고 공개적으로 선언한 바
있었다.

에드거는 자주 이런 말을 했다.

"클라이드, 우리가 가장 조심해야 하는 시기는 대통령의 임기가 끝나
갈 때야. 그 이전에는 재선될 생각만 하고 있어서 웬만하면 뜻이 잘 맞
거든. 하지만 임기가 끝나갈 때는 하나하나 파헤치려고 들면서 자신의
정치적 신조를 수면 위로 끌어올리고, 치적을 부각시키기 위해 무슨 짓

이든 다 한다네. 이제까지 그 존재조차 몰랐던 공동이익단체의 주장을 지지할 수 있는 게 바로 대통령이란 사람이지."

우리가 바로 그 처지에 놓여 있었다. 그 마귀할멈 같은 엘리너 루스벨트의 뒷조사를 하다 바나나 껍질을 밟은 꼴이 되었던 우리는 기회를 기다리며 납작 엎드리고 있을 수밖에 없었다. 루스벨트와 처칠 — 당시는 수상이 아니었다 — 이 체임벌린 몰래 연락을 취하기 위해 불법 통신망을 만들기 시작했을 때, 에드거가 거침없이 개입해 결정적인 정보를 체임벌린에게서 따돌린 것은 그런 이유 때문이었다. 에드거는 영국 정보국과 협력했다. 그것이 자신에게 이롭다고 판단했기 때문이기는 하지만 사실 그는 외국인을 믿지 않았다. 더군다나 그는 영국인을 도저히 이해할 수 없는 인종으로 여겼다.


1940년대 초에 에드거는 은퇴한 권투선수 진 터니의 편지를 받고 깜짝 놀랐다. 진 터니는 1920년대에 상대를 때려눕히고 헤비급 세계 챔피언 타이틀을 따낸 왕년의 스타였다. 에드거는 자기 분야에서 성공한 사람들에게 무조건 호의적이었다. 처칠이 직접 지명해서 미국으로 파견한 영국 정보국 요원 스티븐슨을 만나달라는 편지였다.

에드거는 배려하는 차원에서 스티븐슨이라는 사내를 집에서 맞이했다. 하지만 그는 대접을 해줄 만한 인물이 아니었다. 스티븐슨은 고마워하기는커녕 나중에 대접에 대해 이러쿵저러쿵 말하면서 에드거를 아주 괴팍한 냉혈한으로 묘사했다.

특히 세련된 실내장식과 에드거가 많은 남자들과 어울려 찍은 나체 사진을 보고 느꼈던 놀라움에 대해서도 떠벌렸다. 그 사진을 보면서 그는 에드거가 동성애자라는 결론을 내렸다. 나는 많은 세월이 지난 후에 그 이야기를 전해 들었지만, 에드거는 그 사실을 몰랐을 것이라고 생각한다.

만약 에드거가 스티븐슨이 자기를 어떻게 생각하는지 그때 바로 알았더라면 역사는 훨씬 드라마틱하게 바뀌었을 것이다. 더군다나 스티븐슨이 나를 만나고 나서 우리가 연인 사이라는 것까지 단정지어버렸으면 사태는 점점 더 걷잡을 수 없는 지경으로 커질 수 있었다. 그렇게 되면 대통령이 의회에 기소될 위험이 있을 뿐만 아니라 대통령을 만나 해명해야 하는 골치 아픈 일이 생길 수 있다.

에드거는 스티븐슨이 협력해달라는 요구에 응했다. 대통령은 스티븐슨을 기꺼이 만나주었고, 미국 연방수사국과 영국 정보국의 협력을 승인했다. 에드거와 나는 우리를 선택해준 처칠에게 빚을 지고 있었다. 에드거의 수완에 대해 정보를 충분히 입수한 처칠은 루스벨트가 다른 결정을 내리기 전에 우리를 택했던 것이다. 이 일로 에드거는 머지않아 수상이 될 영국 해군성에 호의를 갖게 되었다. 두 사람은 그들의 신화 창조에 무시할 수 없는 정보를 교환할 정도로 사이가 좋았다.

우리의 협력은 평화시에는 절대로 금지되어 있는 일, 특히 우편물 개봉에서 효력을 발휘했다. 전쟁이 임박한 것을 느낀 루스벨트는 도노번에게 그 사실을 알렸다. 도노번은 에드거에게 혐오를 느낀다고 말한 적이 있는 스티븐슨에게 연락했다.

도노번은 영국 정보국의 오랜 경험을 높이 평가한 반면, 에드거는 그들에게서 배울 것이 전혀 없다고 생각했다. 하지만 도노번은 독일인만 영국인과 대등하다는 자만심에 차 있었다. 상황을 간파했는지 우리를 설득하기 위해 파견된 영국 해군성의 정보국 국장과 해군중령은 도노번과 후버가 협동해서 모든 간첩 활동을 지휘해야 성공할 수 있다고 주장했다.

해군중령은 회담이 끝났을 때 손뼉을 쳐서 출구를 가리키는 에드거의 냉대에 깊은 인상을 받은 것 같았다. 해군중령의 이름은 플레밍이었다. 그는 가벼운 첩보소설 몇 권을 쓴 유명작가였고, 그가 만들어낸 주인공이 바로 제임스 본드였다. 도노번은 1941년에 정보국의 조정자로 승격되었고, 그 일로 분노가 폭발한 에드거는 영국인들에게 증오심을 품게 되었다.

*7*

　"MI-6(Military Intelligence, section 6, 군사 정보부 제6부. 영국의 정보기관 중 MI-6는 해외 활동을 담당하고, MI-5는 국내 활동을 담당한다-옮긴이)에서 파견했다는 사람이 찾아왔는데 사전 동의를 받고 국장님을 만나고 싶다고 해서 연락드리는 겁니다. 국장님이 이번 주말에 뉴욕으로 오시는 걸 알지만 즉시 알려드리는 편이 좋을 것 같아서요."

　"잘했네, 폭스워스. 영국인들이 로버트슨을 통해 내게 직접 연락하지 않은 게 좀 의아하긴 하지만. 그래, 그자는 어떤 사람인가?"

　"최근에 뉴욕에 나타난 유고슬라비아인으로 이름은 두산 포포프입니다."

　"포포프? 무슨 만화에 나오는 이름 같군. 용건은?"

　"그자 말로는 자기가 영국과 독일을 위해 일하는 이중스파이랍니다."

　"어느 쪽 사람인 것 같은가?"

　"자기는 아프베르(Abwehr, 독일 국방군 최고 사령부의 해외담당 첩보부-옮긴이)에 침투한 연합군 첩보원이라고 주장하고 있습니다."

"그럼 원하는 건?"

"독일 쪽에서 우리를 염탐하라고 이곳으로 보냈고, 그 임무를 영국 정보국에 알렸더니 도착하는 즉시 우리를 만나라고 했답니다."

"왜 도노번에게 가지 않고?"

"그건 모르겠습니다, 국장님. 어쨌든 그를 FBI 뉴욕 지국으로 보낸 곳이 영국이라는 건 확실합니다."

"독일이 그자에게 내린 임무는 뭐지?"

"그자의 임무는 97행 목록으로 적혀 있는데 그중 3분의 1이 하와이와 진주만에 대해 아주 상세한 정보를 보내라는 것이었습니다."

"진주만에 대해서라…… 거 참 이상하군! 특기할 만한 사항은 없나?"

"무기고, 석유, 격납고, 해저 기지, 군함 정박기지의 정확한 위치를 가능한 한 빨리 보내라는……."

"독일 정보국이 겁도 없이 억양 때문에라도 대번에 표가 날 유고슬라비아인을 보내서 우리 진지를 정탐할 생각을 한다고? 이건 자다가도 웃을 일이네, 안 그런가?"

"그러게 말입니다."

"그 지시를 그자는 어떻게 해석하고 있나?"

"포포프의 말로는 일본군이 독일군에게, 영국군이 항공모함에서 이탈리아의 타렌트 항공기지를 폭격했을 때 전술을 자세히 알려달라고 요청했답니다. 독일 외교관보의 예상으로는 연말경에 그런 식의 공격이 있을 거랍니다. 또 다른 이중간첩한테서 들었는데 일본이 미국을 공격할 준비를 하고 있답니다."

"어째 좀 너무 뻔하게 느껴지는데, 폭스워스. 뭐랄까, 좀 지나치게 솔직하다는 생각이 들지 않나?"

"저도 그런 느낌이 들었습니다, 국장님. 그런데…….

"그런데?"

"그런데 그자는 빈손으로 온 게 아닙니다."

"무슨 소린가?"

"독일의 정보전달 기술을 알려줬습니다."

"어떤 거지?"

"거의 눈에 띄지 않는 마이크로포인트 크기로 사진을 축소하는 기술입니다. 게다가 마이크로포인트에 관한 기술서도 보여주었습니다."

"흥미롭긴 한데 어째 함정인 것 같은 느낌이 들어……. 어떤 가정을 해볼 수 있겠나?"

"포포프는 가능한 한 빨리 국장님을 만나고 싶어합니다."

"무슨 말인지는 알겠는데 나는 휴가 계획이 잡혀 있네. 그러니까 보름 후에 만나겠다고 전하게. 나는 병 속에 들어온 파리가 어떻게 허우적거리는지 보자고 휴가를 연기할 생각도 없거니와 또 그자가 일을 꾸미게 좀 내버려둔다고 해서 우리가 잃는 건 아무것도 없다고 생각하니까. 하와이 외에 또 다른 곳은?"

"독일은 플로리다에 있는 우리 군사시설에 대한 정보도 원하고 있습니다."

"그자에게 미행을 붙이고 독일군이 신뢰할 만한 최소한의 정보를 흘려주게. 보름 후에 그자를 만나보겠네."


떠날 준비를 하는 동안 에드거는 FBI 뉴욕 지국장과의 통화 내용을 열을 올리며 내게 이야기했다. 포포프가 잠입해 있던 사실도 몰랐던 것이 마음에 걸렸을 폭스워스의 얼굴을 떠올리는 듯 그는 웃음을 터뜨렸다. 시간이 흐르면 중요한 사전 보고로 판명될 수 있는 범상치 않은 정보를 대하면서 태연한 체하는 것은 에드거가 자주 써먹는 수법이었다. 어쨌든 찜찜한 구석이 있는지 그의 얼굴에 불안한 빛이 드리워졌다. 그는 도저히 용서하지 못하겠다는 듯이 말했다.

"묘하군. 영국인들이 최근에 독일 스파이에게서 편지 한 장을 가로챘다고 알려왔어. 진주만에 대한 지도와 사진들을 동봉한 하와이 섬의 방어에 관한 보고서였지. 보고서 결론은 이랬어. '우리의 황색 동맹국에 대한 관심이 커질 때가 왔다.' 어떤 확신이 엿보인단 말이야. 클라이드, 나는 영국 정보국이 우리를 속이려는 게 아니라면, 또 한 명의 스파이를 보낼 필요가 있다고는 생각지 않아. 난 이 일로 휴가를 망치고 싶진 않네. 어차피 휴가에서 돌아오면 알게 될 일인데……."

그 보름 동안 FBI가 우리에게 보내온 정보에 따르면 포포프는 정말 플로리다로 내려가 있었다. 그런데 포포프를 미행하는 요원이 에드거에게 아주 충격적인 사실을 알려왔다. 포포프라는 자는 당연히 이목을 끌지 않아야 하는 스파이인데도 놀랄 정도로 사치스럽게 생활하고 있었다. 더 심각한 것은 그자가 매춘부를 데리고 다니면서 고의적으로 법을 위반했다는 점이었다. 맨 액트(Man Act, 매춘 따위의 목적으로 여자를 다른 주로 데리고 나가는 것을 금한 법률-옮긴이) 위반은 FBI 소관의 연방법 위반행위였다.


휴가에서 돌아온 뒤에 나는 에드거와 포포프가 만나는 자리에 참석했다. 우리는 처음부터 포포프가 독일 정보국에 믿음을 줄 만한 정보를 하나도 제공하지 않았기 때문에 그는 막다른 골목에 몰려 있었다. 이중 간첩에게는 신뢰감을 주는 것이 관례지만 에드거는 개의치 않았다. 포포프가 대영제국을 위해 일하는 가짜 이중간첩이라고 확신했기 때문이었다. 게다가 우리는 전시 상황이 아니었다.

에드거는 평소와는 약간 다른 기분으로 그를 만났다. 그는 마지못해서 악수를 하며 들리지도 않는 인사말을 중얼거리고는 FBI 뉴욕 지국장의 책상 앞에 앉았다. 그는 포포프에게 말할 겨를도 주지 않았다.

"미리 말하는데 우리 정보원들에게 보고를 받아서 당신이 플로리다에서 보여준 무례한 행각에 대해 알고 있소. 그건 연방법을 위반한 범법행위요. 고급 승용차에다 매춘부들까지, 그게 당신 취향인지는 모르겠으나 비밀 임무를 이행해야 하는 사람의 태도로는 도저히 용납되지 않은 아주 모순된 자세요. 포포프 씨, 당신은 스파이가 아니라 추잡한 인간이오."

포포프는 아연실색했다.

"하지만 후버 씨, 독일은 자금을 넉넉하게 대주고 있어서 나는 항상 사치스런 생활을 해왔습니다. 갑자기 평소와 달리 행동하면 오히려 그들의 의심을 살까 두려웠습니다."

"포포프 씨, 나는 말을 빙빙 돌려서 하는 사람이 아니오. 내가 보기에 당신은 가짜 스파이요. 나는 당신을 다시 보지 않기로 결정을 내렸소."

에드거가 일어나서 휙 돌아서는 사이에 지국장이 포포프를 데리고 나갔다. 지국장이 돌아오자 에드거가 툭 내뱉었다.

"휴, 속이 다 후련하군!"

한참 지난 후에야 이 정체불명의 포포프라는 자가 영국 정보국의 중요한 이중스파이 중 한 명이었다는 것이 확인되었다. 포포프는 제임스 본드를 만든 이안 플레밍이나 당시 M1-6를 위해 활약한 작가 그레엄 그린에게 영향을 주었다.

1941년 10월 20일, 우리는 혹시 몰라서 독일군이 포포프에게 넘겨준 기술서의 총괄적 번역을 해군 정보부에 위임했다. 그들은 우리보다도 주의를 기울이지 않은 것 같았다.

12월 7일 뉴욕 시각으로 13시 25분, 기습 공격을 받은 진주만 사건으로 야기된 논쟁에서 에드거와 나는 쑥 빠져 있었다. 책임을 져야 했던 것이다. 미국 본토가 처음으로 공격을 받은 역사적인 사건이었다. 포포프가 전달한 정보를 확신하고 있었다면 스티븐슨은 왜 그토록 공통의 이해관계에 놓여 있는 도노번에게 일본의 진주만 공격 계획을 알려주지 않았을까?

어쨌든 이 사건으로 윌리엄 도노번은 아무런 방해 없이 정보부를 총괄하는 수장으로서 CIA(Central Intelligence Agency, 전략활동국)의 전신인 OSS(the Office of Strategic Services, 전략활동국) 정보국장의 임무를 수행하게 되었다. 루스벨트 대통령은 우리의 임무를 국내 치안 문제로 한정했고, 마치 승진이라도 시켜주듯 라틴아메리카에서의 첩보활동도 우리에게 맡겼다.

8

언론이 내게 호의적인 이유는 나라는 사람 그 자체보다 내가 에드거와 가까운 사이이기 때문이었다. 나는 이 사실을 알고 있었기에 한 번도 괜한 착각에 빠진 적이 없었다. 그럼에도 고백하건대 〈워싱턴 타임스 헤럴드〉의 여기자와 인터뷰를 한다는 생각만 해도 나는 몹시 흥분되었다.

그러나 에드거의 동의 없이는 인터뷰에 응할 수 없었다. 에드거는 무엇보다도 나를 기쁘게 해주려는 마음에서 선뜻 허락해주었다. 그는 나의 인터뷰가 세간에 자신의 존재를 다시 알릴 수 있는 유일한 방법이고, 또 FBI를 위해서도 이로운 일이라고 생각했다. 이전에도 한 요원에게 언론과 인터뷰를 허락한 적이 있었는데, 그것은 어린아이에게 사탕을 주는 것처럼 그가 선사하는 보상성 특혜였다.

1941년 가을, 당시 그 여기자는 워싱턴에서 소문이 자자할 정도로 미인이었기에 나한테는 대단한 특혜라고 할 수 있었다. 에드거는 그녀에 대한 소문을 이미 듣고, 질투까지는 아니지만 약간 신경이 날카로워진다는 말을 했다. 피부가 나무랄 데 없이 탱탱하고 부드러운 북유럽의 미녀인 그녀는 덴마크 출신이 틀림없었다.

만남은 10월 말에 이루어졌고, 소문 그대로 미모가 빼어난 여인 앞에서 나는 위축되었다. 특별히 조사하지 않고도 우리는 그녀가 컬럼비아의 저널리즘 학교를 다니기 위해 1940년에 미국에 왔고, 졸업 후에는 조 케네디의 오랜 유대인 친구 아더 크록 밑에서 일한 사실을 알았다. 여자를 밝히기로 소문이 자자한 아더 크록이 그녀를 〈타임스 헤럴드〉의 행정국장 월드롭에게 보낸 것을 보면 〈뉴욕 타임스〉 워싱턴 DC 지국에는 마련해줄 자리가 없었던 것이 분명했다.

그 인터뷰 전체를 옮겨 적는다는 것은 끔찍하게 괴로운 일이다. 하지만 그녀가 내게 했던 말이 인상적이었다는 것만은 밝혀둬야겠다. 그녀는 나를 '지적인 눈 속에 특별한 매력을 지닌 남자', '몸매가 눈부신 남자'로 묘사했다. 꿈에선들 그런 말을 들을까. 에드거는 마지못해 축하했다. 언론과 마지막 인터뷰가 될 것이 틀림없었다.

며칠 후 월드롭에게서 만나자는 연락을 받았다. 월드롭이 신뢰하는 부하 여직원의 제보에 따르면 잉가 아르바트는 독일 정보국 요원이었다. 그녀가 뉴욕보다 워싱턴으로 온 것은 사령부와 더 가깝기 때문이라는 이유도 판명되었다는 말을 들었을 때 나는 경악했다. 나는 손사래를 치면서 신문사의 여자들 사이에서 얼마든지 일어날 수 있는 시기심에서 비롯됐으려니 상상하고는 고발한 여자가 주요 직책에서 밀린 것이라고 가볍게 넘겼다. 그러면서도 나는 아주 조심스럽게 월드롭의 정보를 에드거에게 전했다.

직업의식에서인지, 아니면 사적인 복수심에 휩쓸린 것인지 모르겠지만 에드거는 본격적인 수사에 착수하기로 결정했다. 28세 잉가 아르바트의 파란만장한 인생이 단박에 드러났다. 미스 덴마크에 이어 미스 유럽에 선정된 그녀는 모리스 슈발리에의 도움을 받아 이집트의 왕자와 결혼했다가 이혼했다. 이집트에는 가난한 사람들 못지않게 왕자가 많다는 것을 마침내 알게 되면서 그녀는 왕자라고 해봐야 대단한 의미가 없다는 사실을 깨달았던 것이다. 이어서 그녀는 베를린 주재 덴마크 신문사의 특파원으로 활동하면서 괴링과 여러 차례 인터뷰를 했다. 그녀는 괴링의 결혼식에 귀빈으로 참석했다가 아리안계의 완벽한 미녀에게 매료된 히틀러에게 소개되었다. 히틀러는 그녀에게 세 차례 인터뷰를 허락했다. 히틀러의 초대를 받아 1936년 베를린 올림픽에 참석한 그녀는 덴마크 민족의 신체적 우수성을 널리 알리는 훌륭한 민간대사의 역할을 했다. 서둘러서 덴마크로 돌아간 그녀는 남편과 연인을 동시에 얻었다.

헤르만 괴링, 히틀러 같은 거물들과 그녀의 우정이 곧바로 정보국의 주목을 받는 건 당연했다. 나치를 후원한 갑부 베너-그렌과의 관계로 그녀에 대한 의혹이 커지면서 FBI와 ONI(Office of Naval Intelligence, 해군정보국)가 이중조사를 벌였다. 베너-그렌은 자신의 320피트 급 요트로 독일 해저에 연료를 보급하는 인물이 거의 확실했기 때문이다.

처음에 나는 그 수사에 관심을 두지 않았다. 우선 FBI 2인자인 내가 할 역할이 아니었기 때문이다. 나는 그 조사를 감독하고 싶지도 않거니와 그토록 아름답다고 생각했던 여자의 이미지가 무참히 깨지는 것을 보기가 약간 괴롭기도 했다. 그녀에 대한 수사를 주시하고 있는 에드거도 내게 아무 말도 하지 않았다. 그 여자 때문에 우리 둘의 사이가 약간 서먹해졌다.

$$9$$

특수요원 프레더릭 아이어 2세는 우리의 방식대로 미리 도청장치를 설치해놓은 호텔에 배치되었다가 얼마 후 징집되었다. 그 자리에 함께 있던 베테랑 요원은 그에게 감시 대상이 누군지 말해주지 않고 귀에 이어폰을 끼고 들리는 말을 빠짐없이 받아 적으라고 지시했다.

FBI 요원으로서 처음으로 도청을 하는 순간은 항상 흥분되기 마련이다. 다른 사람의 사생활에 불청객으로 침입하면 아주 짜릿한 기분에 젖는다. 아이어는 남녀 사이의 진부한 대화를 들을 줄은 몰랐다. 억양이 특이한 여자는 분명히 나치 스파이라고 했다. 그러나 여자가 하는 말에 비밀 정보를 교환하는 기색이라곤 없었다. 남자도 관심을 끌 만한 말을 하지 않았다. 여자는 속삭이고 있었다. 이어서 침묵. 이윽고 침묵이 신음소리로, 괴성에 가까운 신음소리가 헐떡임으로 바뀌었다. 걸린 시간은 1분 35초. 또다시 침묵. 정확하게 20초 후에 대화가 이어졌다. 여자는 약간 지친 음성으로 내뱉었다.

"어쩜 이리도 급할까. 당신은 시작도 하기 전에 끝내고 싶어하는 남

자 같아요. 내가 은밀한 포옹을 좋아하니까 망정이지. 범선 체위밖에
모르는 남자의 '번개 섹스'에 모든 여자가 만족할까 모르겠어요."

"미안해. 시간이 흐르면 차츰 나아지겠지."

"조심해요, 다른 여자들에게도 이러면 '조루증'이라는 평판을 들은
테니까."

"그래도 오르가즘에 도달하기 힘든 것보단 낫잖아. 정말 미안해, 잉
가, 오래 끌려고 하면 이놈의 등이 말썽을 부려서 말이야. 이런 순간에
시련을 주시는 하느님이 가혹한 거지."

"죄를 지으니까 벌을 받는 거죠."

"그런 바보 같은 소리를 정말 믿고 싶지만 난 그럴 힘조차 없어."

함께 있던 고참 요원이 내게 전해준 바에 따르면 그 순간 아이어는 귀
에서 헤드폰을 뗐다. 그는 마치 유령이라도 본 듯이 눈을 동그랗게 뜨
면서 외쳤다.

"맙소사, 믿기지가 않아요!"

"뭐가?"

고참은 시치미를 뚝 떼고 물었다.

"에이브러햄 링컨의 목소리라도 들었나?"

"아니, 그게 아니라…… 도저히 믿을 수가 없어요. 내 첫 번째 비밀
도청 대상이 하필 하버드 동창생이라니! 내 귀를 믿을 수가 없어요. 그
목소리, 보스턴의 억양, 틀림없이 그 친구예요."

"그래서, 그게 누군데?"

"존 피츠제럴드 케네디요."

고참 요원은 미소를 머금은 입술을 실룩거렸다.

"내 말 잘 들어. 그래 맞아. 우리는 몇 주 전부터 알고 있었어. 보스턴

거물의 아들이지. 그는 기밀문서를 가까이 할 수 있는 해군장교야. 그런데 나치 여자와 놀아나고 있어. 그 때문에 우리가 여기 있는 거야. 알아듣겠나?"

에드거는 해군정보국 국장 윌킨슨과 그의 보좌관 킹맨, 존 케네디의 직속상관 헌터와 회동했다. 그는 일련의 사실을 설명한 뒤에 녹취록의 내용과 잉가 아르바트의 두툼한 신상기록의 일부를 모두 공개했다.

"그냥 조용히 해군에서 내보내는 게 어떨까요? 어떻게 생각하나, 킹맨?"

윌킨슨이 입을 열었다.

"동의합니다."

"헌터, 당신은?"

"그건 좀 정치적으로 민감한 문제라고 생각합니다. 그의 아버지는 세력이 막강한 저명인사입니다. 그렇게 간단하게 해군에서 내보낼 수 없을 겁니다. 차라리 기밀문서를 접할 수 없는 작전기지로 그를 전출시키는 게 나을 겁니다. 어떻게 생각합니까, 후버 씨?"

"내 소관이 아닌 일에는 별로 상관하지 않는 성질이라서…… 어쨌든 조사는 우리가 했으니 결론은 여러분이 신속히 내리시지요."

"하지만"

헌터가 말을 이었다.

"너무 급하게 결정을 내린다면 우리가 통제할 수 없는 복잡한 정치적 상황에 휘말릴 수도 있다고 생각하지 않습니까?"

"무엇보다도 부메랑이 되어 되레 우리가 당할 수도 있어요."

신중해진 윌킨슨이 덧붙였다.

"부친인 케네디 씨를 아주 잘 알지요."

에드거가 말을 이었다.

"그를 만나 아들에 대한 얘기를 하면서 우리가 조사한 결과를 알려줄 생각입니다. 나는 존 케네디의 일을 역적행위로 간주하고 싶진 않습니다. 그건 내 방식이 아니니까요."

"하지만 그 여자에 대해서는 심증만 있지 물증은 없지 않습니까?"

"물론 그렇지요, 윌킨슨 국장. 하지만 나는 심증만으로도 충분하다고 생각하거든요. 그게 다가 아니지 않습니까? 그 젊은이는 5년 연상의 기혼녀와 관계를 맺고 있는 겁니다."

"알겠습니다."

윌킨슨이 시선을 떨구면서 대답했다.


나는 조 케네디와 만나는 자리에도 함께했다. 에드거는 우리에게 아주 호의적인 조 케네디를 만날 때, 특히 공개석상에서는 늘 우정을 표시했다. 크리스마스 때마다 조 케네디는 에드거에게 잭 다니엘스 블랙 라벨 한 박스를 보내면서 잊지 않고 내 몫으로도 헤이그 스카치 한 박스를 함께 보내주었다. 조 케네디는 필요한 사람이라고 생각되면 누구를 막론하고 우정을 표시했다.

에드거는 순전히 우호 관계를 위한 것이라는 이유를 대면서 시내의 한 특급호텔에서 만남을 준비했다. 조 케네디는 15분 늦게 도착했다. 약속의 중요성을 예감하지 않았다면 그는 틀림없이 우리를 훨씬 더 오래 기다리게 했을 것이다.

"이렇게 다시 만나서 아주 반갑소이다."

조 케네디는 상투적인 인사를 할 때도 거의 진지한 표정을 지었다. 그는 우리가 다음해 선거준비를 위해 대통령과 합의하여 우리의 계획을 방해할 가능성이 있는 인물 200명의 신상기록을 작성하고 있다는 사실을 전혀 모르고 있었다. 설사 그런 의심을 했더라도 용의자가 그렇게 많다는 사실을 그는 상상도 못했을 것이다. 그는 너무 오만해서 자신의 서류가 그 파일의 맨 위에 있을 줄은 꿈에도 생각지 못했을 것이다.

"만나서 반갑습니다, 조."

에드거는 환한 미소로 화답했다.

우리는 웨이터에게 무알코올 음료수를 주문했다. 에드거는 1년 전부터 공적인 자리에서는 술을 마시지 않기로 결심했고, 조 케네디는 위궤양으로 고생하고 있었다. 나는 그들의 대화에 주의를 기울여야 했다.

"이 전쟁을 피하기 위해 내가 할 수 있는 모든 걸 했건만 소용없는 짓이었다는 걸 깨달았소. 개인적으로도 내게는 아주 끔찍할 만큼 비극적인 일이오. 알다시피 나는 자식이 아홉이오, 에드거. 그건 이 전쟁에서 내 자식을 잃을 확률이 그만큼 높다는 뜻이지요. 대가족이니 그 비율이 높을 수밖에 없지 않겠소. 이 재난에서 미국은 빠지자고 강력하게 주장했던 걸 난 결코 후회하지 않소. '우리는 천성적으로 존중받을 만한 방위조차 하지 않는 황폐한 민주국가들의 주축 세력'이라고 한 린드버그(1927년 대서양 횡단 무착륙 단독 비행에 최초로 성공-옮긴이)의 말이 옳았소. 에드거, 당신은 어떻게 생각하시오?"

"그 입장에 전적으로 동의하지는 않습니다. 우리에게는 자식이 없으니까요. 아, 그렇다고 오해하지는 마십시오. 내 말은 클라이드 톨슨도 나도 자식은 없지만 당신의 두려움, 이 전쟁이 막대한 손실을 초래할 위험이 있다는 것에 동의한다는 뜻이니까요. 그런데 조, 상황이 어떻든 간에 무사히 지내는 당신을 보게 되어 기쁜 이 자리에서 유감스럽지만,

아드님이 일으키고 있는 몇 가지 말썽에 대해 알려드려야겠습니다."

"어떤 아들? 조 케네디 2세 말이오?"

"아닙니다, 바로 밑의 동생 존입니다."

"존? 맙소사, 그 아이가 무슨 짓을 했다는 거요?"

"아드님이 〈타임스 헤럴드〉의 기자 잉가 아르바트라는 여자와 은밀한 관계입니다. 그런데 그 여자가 독일군에 고용된 스파이라는 혐의를 받고 있습니다. 총명함, 탁월한 능력, 명망 높은 집안의 자제라는 점에서 존은 상관의 두터운 신뢰를 받고 있지요. 덕분에 군사 기밀문서를 접할 수 있는 위치에 있습니다. 이런 맥락에서 아드님의 지위가 우리에게 심각한 문제가 되고 있는 겁니다. 이해하시겠습니까?"

조 케네디는 불쾌감을 드러내고 나서 말을 이었다.

"잘 알아들었소. 치마 두른 족속을 쫓아다닌다고 다 큰 자식놈의 다리를 붙들어 매어놓을 수도 없고. 이거야, 원! 어릴 때 녀석을 거세시켰더라면 좋았을 텐데!"

"나는 지금 존의 무분별한 행동을 비판하자고 이런 말을 하는 게 아닙니다. 5년 연상 기혼녀와의 관계를 좋게 봐줄 수는 없지만, 그런 민감한 자리에 있는 사람이 하필이면 이런 시국에 나치 간첩 혐의를 받는 여자와 가까운 관계라는 것이 마음에 걸린다는 겁니다. 그 일이 알려져서 고약한 자들이 당신이 주장했던 독일 지지사상과 연관 지을 수도 있소. 사안이 사안이니만큼 나는 충분히 그럴 가능성이 있다고 봅니다. 존은 자기도 모르게 스파이와 사랑에 빠지는 함정에 걸려든 정도가 아니라 적과 협력하고 있다는 문책을 받을 수 있다는 얘깁니다. 그렇게 되면 치명타가 되겠지요."

"대통령에게 보고했습니까?"

"조, 우리의 우정이 있긴 하지만 내 직무이기 때문에 보고하지 않고 넘어가기는 어렵습니다. 그러나 대통령도, 나도 이 사건이 세상에 알려지는 걸 원치 않아요. 그건 당신에게 행운이지요. 대통령은 그 스캔들의 불똥이 자신에게 튀는 걸 원치 않을 것이고, 나는 아시다시피 당신의 집안을 몹시 존중하기 때문입니다."

"하지만 에드거, 어떻게 그런 확신을……."

"조, 나는 당장이라도 당신 아들을 체포할 수 있습니다. 녹음테이프를 가지고 있거든요. 우리가 하지 않았다면 해군이 했을 겁니다. 이런 말까지 덧붙이는 건 정말 괴롭지만 당신 아들과 그 여자는 성관계를 하는 중이었습니다. 해군은 그냥 조용히 존을 내보내는 것으로 사건을 종결지으려고 합니다. 그래서 내가 나섰지요. 그것보다는 국가안보와 관련된 기밀문서가 없는 기지로 전출시키라고요. 조, 내 생각에는 실례를 무릅쓰고 감히 말하건대 존을 불러서 여자관계에 좀 더 신중하라고 따끔하게 한마디 하세요. 이건 당신 집안의 평판에 관계되는 일입니다."

키가 큰 케네디는 몹시 화가 나서 호텔을 나갔다. 그가 떠난 후, 에드거는 만족스러운 듯 말했다.

"난 그를 아주 공정하게 대했다고 생각해."

거리에는 쌀쌀하다 못해 살을 에는 듯한 차가운 바람이 불고 있었다. 에드거는 우리가 사무실 밖에 있을 때마다 시동을 켠 채 대기하고 있는 운전기사를 손짓으로 돌려보냈다. 어머니가 사망한 뒤에 이사한 에드거의 집으로 가는 길은 축제의 거리처럼 들뜬 분위기였다. 번쩍번쩍한 리무진들이 워싱턴의 시원하게 뚫린 넓은 차도를 질주하고 있었다. 에드거의 입가에 미소가 맺혔다.

"우리는 정말 대단한 나라에 살고 있어, 안 그런가 클라이드? 도덕성은 실종되고, 섹스에 미친놈들을 감시해야 하다니 씁쓸하군."

나는 고개를 끄덕였다. 잠시 후 그는 말을 이었다.

"전쟁이 좋은 기회야. 달갑지 않은 놈들을 멀리 보내서 당당히 죽을 수 있는 기회를 주는 거니까. 존 케네디를 작전본부로 전출시켜야겠어."


며칠 후 에드거는 조 케네디의 전화를 받았다. 아들을 만나 이야기했더니 존이 잉가 아르바트와 결혼할 의사를 밝혔다는 것이었다. 그는 그녀가 스파이 혐의를 받고 있는 상황이고, 그 결혼이 가톨릭 신자에게 적합하지 않다는 이유를 들어 심하게 반대했다. 그는 같은 말을 하기 위해 잉가를 단둘이서 만나기까지 했다. 그때 아들이 바로 옆방에서 기다리고 있는데도 그가 그녀에게 '번개 섹스'를 제안했다가 거절당했다는 것을 우리는 아주 나중에 알았다.

존 피츠제럴드 케네디는 사우스캐롤라이나 주에 있는 살레스턴의 해군기지로 전출됐지만 꿋꿋하게 버텼다. 1942년 2월에 두 번이나 존을 만나러 온 잉가 아르바트는 바브라 화이트라는 가명으로 포트 서머 호텔에 투숙했다. 거기서도 그 커플은 FBI의 감시를 벗어나지 못하고 도청을 당했지만, 놀아나는 남녀의 뻔한 소리 외에 주의를 끌 만한 대화는 전혀 포착되지 않았다. 존 케네디는 여자에게 군대와 관련된 얘기는 일절 하지 않았고, 그녀는 워싱턴에 떠도는 진부한 소문만 전해주었다.

그들의 섹스 시간은 변함이 없었다. 하지만 그는 그 짧은 시간을 놀라운 열정으로 상쇄했다. 잉가 아르바트에 대한 수사는 증거가 부족하여 간첩으로 기소할 수 없다는 결론이 났지만, 500쪽에 이르는 그녀의 서류가 깨끗이 정리된 것은 아니었다. 잉가는 조 케네디에게서 자신과 존이 도청 당했다는 사실을 듣고 명예훼손이라며 FBI의 공식사과를 요구했지만, 에드거는 아랑곳하지 않았다.

이 사건이 계기가 되어 에드거와 존 케네디의 첫 만남이 이루어졌다. 존 케네디는 아버지를 통해 면담을 청했다. 에드거는 그를 아버지처럼 무례하지 않지만 의식적으로 집안을 과시하는 젊은이로 묘사했다. 자신과 사건 사이에 거리를 두기 위해 애써 냉소적인 표정을 짓는 그의 얼굴에 자신감이 드러나긴 했다. 하지만 그는 새로 파종한 밭에 서 있는 허수아비라고 하면 딱 좋을 듯했다.

백만장자의 아들치고는 피골이 상접했다. 에드거가 판단하기에 체격 조건이 군복무에 적합하지 않아서 아버지의 지원이 없었다면 해군에 들어가지 못했을 위인이었다. 단도직입적으로 본론으로 들어간 존은 어떻게 사생활을 뒷조사할 수 있는지, 도저히 용납할 수 없다고 분개했다. 에드거는 군인이라는 신분에 대해 강조하고 싶었지만 존은 딱 잘라서 그 여자가 간첩인지 아닌지 그것만 알고 싶어했다.

"현재까지 조사한 바로는 정황만 있는 것 같소"라고 대답하는 것으로 에드거는 만족했다.

존은 침착하게 그 말을 서면으로 남겨달라고 요구했다. 에드거는 그럴 수 있으면 좋겠지만 전시상황이고, 또 그녀가 앞으로 간첩으로 활동할 수 있는 시간이 충분하기 때문에 독일군에 고용되지 않았다는 여부를 확인하는 것이 불가능하다고 대답했다.

*10*

　미합중국에서 암살이 아닌 죽음으로 임기 중에 대통령직을 그만두는 것은 아주 드문 일이다. 그런데 프랭클린 D. 루스벨트에게 그런 일이 일어났다. 제2차 세계대전의 종전을 몇 주일 앞둔 1945년 4월 12일, 마치 구체화되고 있는 히로시마 계획에 대한 무거운 책임을 모면하고 싶었다는 듯 뇌출혈을 일으킨 대통령은 세상을 하직하고 말았다. 격동의 세기에 벌어진 역사적 사건을 맞아 국가원수로서 12년 동안의 과도한 격무에 시달린 끝에 그의 뇌가 희생된 것이었다.

　에드거는 그 죽음을 슬퍼하지 않았다. 어머니가 숨을 거뒀을 때 느꼈던 극도의 슬픔 때문에 그는 다른 사람의 죽음에 대해서는 아무런 감각이 없는 것 같았다. 그는 이 무감각을 정신력이라고 생각했다. 그의 엄격한 정신은 이미 오래전부터 감정에 흔들리지 않았다. '황제'의 사망은 그에게 슬픔이 아니라 불안을 안겨주었다. 차기 대통령 선거까지는 3년이라는 긴 세월이 남아 있었고, 그동안에 부통령이 대통령직을 승계할 것이었다.

느닷없이 맡게 된 대통령직이 달갑지 않은 것처럼 보이는 트루먼에게 에드거는 곧바로 충성을 표시했다. 에드거는 트루먼에게 사람을 보내 FBI와 자신은 무슨 일이든 시키는 대로 복종하겠다는 뜻을 전했다. 작고한 대통령의 미망인 '마귀할멈'을 감시했던 문제로 우리를 '미국의 게슈타포'로 보는 트루먼과 화해하는 데 무려 7년이 걸렸다.

"FBI가 필요하면 법무장관에게 직접 연락하겠다"는 것이 트루먼의 답변이었다. 이 말은 곧 우리가 있어야 할 자리로 돌려보내겠다는 의지를 표명한 것이었다. 갑작스런 죽음을 맞은 루스벨트가 서류를 깨끗이 정리해둘 생각을 했을 리 만무했다. 따라서 트루먼은 작고한 대통령이 정치적 목적을 위해 FBI에 도청을 허용했다는 내막을 모를 리 없었다.

트루먼은 딱 잘라 단정적으로 비난하는 본래의 기질로 반응했다.

"이게 무슨 어림없는 수작이야! FBI인지 뭔지에 대한 애기는 듣고 싶지도 않고, 또 그런 너절한 것 때문에 낭비할 시간도 없소!"

그러나 에드거는 트루먼이 대통령직에 취임했다고 해서 끄떡할 사람이 아니었다. 그는 이미 트루먼이 부통령이던 시절부터 조사에 착수했다. 에드거는 미주리 주 캔자스시티 민주당의 지도자 펜더개스트 탈세로 중형을 선고받은 부패한 정치인의 지원을 받아 정계와 인연을 맺고 상원에 진출한 트루먼의 정치 이력을 꿰고 있었다.

에드거는 몇 년 전 직접 조사한 끝에 트루먼이 속한 캔자스시티의 민주당이 부패의 온상이라는 것도 알고 있었다. 다른 정치인 같으면 그정도 정보로는 충분하지 않았을 것이다. 트루먼은 스스로 어떤 부정한 행위를 저질렀다기보다는 지방정치 시스템의 허술함을 간접적으로 이용한 경우였다. 그러나 그는 부패한 정치조직 보스의 꼭두각시라는 의혹을 받았던 과거 이력에 시달리고 있었다. 그런데 예기치 않게 대통령직을 승계하게 되자, 트루먼은 과거가 들춰질까 봐 노심초사했다.

에드거는 그 과거를 자세히 알고 있는 사람은 자기밖에 없기 때문에 자기만이 그를 보호해줄 수 있다는 것을 잔인한 방식으로 알렸다. 전화 도청 ─ 트루먼은 정치적 목적의 도청을 허용하지 않았다 ─ 과 관련하여 몇몇 신문사가 우리에게 정식 절차를 거쳐 문의한다면 과거의 정치 이력을 폭로할 수도 있다는 것을 대통령에게 주지시켰던 것이다.

나는 우리만 그런 정보를 입수할 수 있으며, 또 필요한 경우에는 우리가 여러 신문사에 정보를 넘길 수 있다는 것에 대해 트루먼이 추호도 의심하지 않았다고 생각한다. 결국 트루먼은 시민권을 침해하지 않는다는 전제하에 정치적 목적의 도청 행위를 인정하는 태도를 보였다. 그리고 무엇보다 중요한 건 트루먼이 에드거를 제거하겠다는 말을 하지 않았다는 것이다.

에드거는 선거가 끝난 뒤에 루스벨트가 톰 월시에게 법무장관직 의향을 타진하고 있을 때 느꼈던 공포를 다시는 겪지 않겠다고 다짐했다. 몬태나 주의 상원의원 톰 월쉬는 1920년대 초에 에드거의 옛 상관이었던 파머와 번스가 저지른 여러 건의 부정행위를 조사한 위원회 출신이었다. 당시 자신의 사생활을 파헤쳐서 권위를 실추시킬 만한 꼬투리를 잡겠다고 몬태나까지 요원들을 보내, 심지어는 쓰레기통까지 샅샅이 뒤졌던 FBI의 작태를 월시가 잊을 리 없었다.

월시 법무장관 임명설이 돌자 에드거는 외부와의 모든 접촉을 끊고 칩거에 들어갔다. 깊은 침묵에 빠진 에드거는 마치 짧은 생애를 돌이켜 보는 사형수 같았다. 소문대로 1933년 2월 22일, 루스벨트는 월시를 법무장관으로 임명한다고 공식 선언했다.

플로리다의 데이터너 비치에 머물고 있다 소식을 접한 월시는 〈뉴욕 타임스)와의 인터뷰에서 법무장관직을 수락하며, 즉시 법무부를 재조직함과 동시에 부서장들을 대대적으로 교체하겠다는 소신을 밝혔다. 에드거는 월시의 말이 무슨 뜻인지 너무나 잘 알고 있었다. FBI의 수장으로 임명된 지 9년 만에 그는 해임될 위기를 맞았다. 그 시절 에드거에 대해 나는 직업의식이 투철한 대단한 인물로 찬미하는 차원을 이미 넘어서서 그의 뇌나 심장에 혹시 문제가 생길까 봐 조마조마했다.

다른 사람들은 모두 검은색 상복을 입었지만 에드거는 얼굴에 혈색이 돋보일 수 있도록 붉은색 옷을 차려 입었다. 파면당하는 굴욕을 모면하기 위해 온몸의 피가 달아나버린 듯 얼굴이 창백했기 때문이었다.

그로부터 열흘 뒤인 3월, 아침 일찍 잠을 깬 에드거는 전날 제일 좋아하는 장난감이 망가진 것이 기억난 아이처럼 얼굴이 뿌루퉁했다. 값비싼 것도, 대단한 것도 아니지만 부모님이 사용하는 물건을 놀이기구로 삼았을 경우에는 특히 상실감이 크다.

미주리에서 살던 어린 시절, 나는 좋아하는 장난감 하나만 있으면 온갖 꿈을 꾸면서, 주위의 누구 한 사람 그 의미를 이해하지 못해도 하루종일 가지고 놀았던 기억이 난다. 그것은 아버지가 농사를 지을 때 사용하는 괭이나 낫, 칼을 가는 도구였다. 유럽에서 발견된 고대의 단검처럼 생겼는데 내 또래 어린아이가 들기에는 아주 무겁지만, 주변에서 흔히 보는 어떤 것에서도 느낄 수 없는 기품이 있었다.

그런데 어느 날 나는 그것을 빼앗겼다. 아버지가 쓸데없이 무거운 쇠붙이를 팔아버리고 대신 숫돌을 사 온 모양이었다. 그 칼 가는 도구 덕분에 내가 얼마나 행복했는지 아무도 알지 못했다. 나는 에드거의 눈빛에서 어린 시절 내 슬픔을 다시 보았다. 그는 파직을 기다리고 있었다.

집에 들렀다 같이 출근하자는 연락을 받고 나는 아침에 에드거의 집에 갔다. 말쑥하게 양복을 입은 에드거는 옷이 더러워질까, 목에 하얀 수건을 두르고 소매까지 걷고 있었다. 나는 주방에서 나온 그의 어머니에게 인사를 했다. 모자간에 이상한 습관이 생기면서 그들은 식탁에 마주 보고 앉아 함께 식사를 하는 일이 거의 없었다. 처음에는 에드거가 식사시간을 지키지 않더니, 이제는 어머니가 같이 먹기보다는 아들이 식사하는 모습을 지켜보는 것이 습관이 되었다.

에드거의 어머니, 안니는 항상 나를 따뜻하게 맞아주었다. 밀담을 주고받는 우리를 보면서 그녀는 내가 아들 곁에 있어서 든든하다고 말했다. 그녀는 나를 만날 때마다 내가 각별히 신경을 쓰고 있는 내 어머니의 안부를 물었다. 그녀는 내가 있을 때 아들과 단둘이 있는 자리에서 도저히 꺼낼 수 없었던 불평을 늘어놓기도 했다. 어차피 잔소리를 해봐야 아무 소용없다는 것을 알기에 그녀는 '자신의 작품'이라고 여기는 아들을 나무란 적도 없었다.

그녀는 오히려 갑자기 줄어든 아들의 식사량, 수북한 서류더미 앞에서 밤을 새기 일쑤인 과도한 업무, 강박적인 흥분상태를 걱정했다. 그녀는 이따금 내 귀에 대고 속삭였다.

"저 아이에게 자네처럼 차분한 친구가 있어서 내가 얼마나 든든한지 몰라."

에드거는 말없이 나를 보고 앉으라며 손짓하고는 시선을 접시에 고정한 채 계란 프라이를 먹었다. 잠시도 가만있지 않는 개를 쓰다듬을 때만 나이프를 내려놓았다. 개가 킁킁거리는 소리만 간간이 들리는 고요한 방에서 와이셔츠의 단추까지 꽉 채운 에드거가 일어나 적갈색 트랜지스터라디오를 켰다.

에드거는 정치인보다 기자를 더 우습게 여겼다. 그는 기자를 경박하고, 분별없이 특권을 남용하는 '더러운 개자식', '무식한 골통'으로 생각했다. 나는 에드거가 신문을 오래 읽는 모습을 본 적이 없었다. 〈뉴욕 타임스〉와 〈워싱턴 포스트〉를 손에 달고 살았던 적도 있었지만 어느 순간부터는 어떤 신문도 마음에 들어하지 않았다.

그는 헤드라인을 대충 훑어보다가 청딱따구리가 벌레를 잡아채듯 관심 있는 기사만 골라 읽었다. 그가 신문에서 멀어지는 데 월시가 법무장관직을 수락했다는 〈뉴욕 타임스〉의 기사가 열정적인 역할을 했다고 나는 확신했다. 활자의 크기하며 조판하며 그는 마치 사망통지서를 받는 기분이었고, 추락하는 그를 보며 기뻐하는 적들의 웃음소리가 그 행간에서 읽혀지는 듯했던 것이다.

다른 때 같으면 사무실에 있어야 할 시간. 라디오에서는 광고 사이사이 에드거가 '검둥이 음악'이라고 부르는 노래만 흘러나오고 있었다. 흑인이 백인을 섬기는 것에만 만족하면 그에게 문제될 것이 없었다. FBI는 왜 흑인을 채용하지 않느냐는 항간의 비난에 대해 그는 자신과 가장 많은 시간을 함께 하는 운전기사가 흑인이라고 응수했다.

뉴스는 정시에 시작되었다. 나는 아나운서의 목소리가 마치 어제 일처럼 귓가에 생생하다. 그 시절에 사람들이 좋아하던 낮은 음성으로 듣기 좋은 목소리였다. 아나운서의 어조가 사뭇 숙연했는데 억지로 꾸민 건 분명 아니었다. 시작부터 우리와 관련 있는 속보가 귓속에 일격을 가했다.

"오늘 아침 현지 시간으로 7시, 불과 열흘 전에 루스벨트 대통령의 법무장관으로 내정된 톰 월쉬 상원의원이 장관직 수행을 위해 돌아오는 워싱턴 행 기차 안에서 엎어진 채 숨져 있는 것을 그의 아내가 발견했습니다. 발견 지점은 정확하게 노스캐롤라이나 주의 로키 산지입니다. 참극이 일어난 지 정확하게 2시간 후에 우리가 입수한 정보에 따르면 72세의 월쉬 상원의원은 어제 소화불량으로 한 의사에게 진찰을 받았습니다. 로키 산지의 고명한 의사가 작성한 사망확인서에는 현재 상태로 정확한 사인을 알 수 없지만 관상동맥 혈전증이 발생해 사망한 것으로 추정된다고 기재되어 있습니다."

아나운서는 월시라는 인물에 대해 찬사를 늘어놓은 뒤에 더 이상 전해줄 것이 없는지 다른 기사로 넘어갔다. 에드거는 라디오를 끄려고 일어났다가 잠자코 식탁에 다시 앉았다. 그러고는, 접시에 남은 계란 프라이를 개에게 던져줄까 아주 잠깐 망설이더니 흰자를 마저 삼켜버렸다. 그는 희소식에 갑자기 식욕을 되찾은 듯했다.

규칙을 깨고 내가 먼저 입을 열었다.

"우리 특수요원이 그 기차에 타고 있었는데 신원이 확인되면 시끄러워지는 거 아닐까요, 에디?"

애써 기쁨을 감추고 있는 에드거는 잠시 뜸을 들이다가 말했다.

"그 늙은이가 왜 죽었는지 알아?"

"관상동맥 혈전증이라고 하지 않았나요?"

"자넨 정말 몰라도 한참 모르는군. 그건 결과지. 존 에드거 후버가 내 이름인 게 틀림없는 사실인 것처럼 그 늙은이 월시는 과도한 성행위로 간 게 틀림없어."

나는 어이없는 얼굴로 그를 쳐다봤다. 그는 천천히 말을 이었다.

"월시는 1917년부터 홀아비로 살았어. 내가 그를 함정에 빠뜨리기 위해 몬태나로 요원들을 보냈지만 아무런 단서도 찾지 못했던 때가 바로 1917년이지. 월시는 최근에 쿠바 상류사회의 젊은 여성과 재혼했어. 생각해보게. 나이가 벌써 일흔둘인데 16년이나 녹슬어 있다가 정열적인 에스파냐계 여자를 만났으니! 뻥! 터진 거지. 특수요원 콘레이에게 고인의 유품을 챙겨서 미망인을 워싱턴으로 모셔오라고 해야겠어. 젊은 미망인에게 개인적으로 조문은 드려야 하지 않겠나."

"기차 안에 우리 요원이 있었다는 소문이 날 텐데 걱정되지 않아요?"

"내가 요원을 투입하지 않았다면 장관 내정자를 보호하지 않고 내버려뒀다는 비난을 받았겠지. FBI가 그의 수명을 줄였다는 혐의를 받게 된다? 그럼 좋지! 피살된 거라면 오히려 유리하게 되니까. 내가 그를 제거했다는 의혹이 커질수록 FBI에서 나를 쫓아낼 저의를 품고 법무장관직을 수락할 정신 나간 작자는 절대 없을 테니까."

그는 잠시 말을 중단했다가 유쾌하게 말을 이었다.

"이런 게 바로 인생의 기적이라는 거야. 구름이 낮게 깔린 험악한 하늘로 하루가 시작되더니 별안간 하늘이 화창해지잖아. 아무래도 행운의 별이 우리를 지켜주는 거 같지 않나, 클라이드?"

우리는 걸어서 사무실로 가기 위해 집을 나섰다. 비는 오지 않았지만 걷기 좋은 날씨는 아니었다. 에드거는 운명과 타협하는 순간을 만끽하고 싶어했다. 그는 내 팔짱을 끼고 가다가 거리 모퉁이에서 슬그머니 팔짱을 풀었다. 운전기사가 모는 리무진이 대로를 따라 우리를 뒤따르고 있었다. 루스벨트는 결국 에드거의 FBI 국장직을 방해하지 않을 사람으로 법무장관을 임명했다.


트루먼은 우리가 생각한 것보다 훨씬 노련한 체스 플레이어였다. 그는 에드거가 일단 직책이 보장되었으니 자기를 재신임해준 대통령에 대해 경계를 늦추고 다시는 위협하지 않을 거라고 예상했다. 우리가 알아챘더라면 좋았을 텐데…….

트루먼은 뿌리 깊은 원한을 품고 있었다. 그 원한은 모든 첩보부를 하나로 통합시키려는 에드거의 계획을 반대하는 것으로 드러났다. 루스벨트는 OSS의 수장 도노번에게 평화시에는 모든 정보부를 중앙집권화하는 조직 개편, 즉 CIA 설립을 지시했다. 당시 에드거는 FBI를 연방치안 담당의 단순한 역할로 좌천하려는 그 생각에 강하게 반발했다.

1944년 11월부터 에드거는 FBI를 전쟁 전의 힘 있는 조직으로 되돌리기 위해 투쟁했지만, CIA 설립 구상은 확고한 기반을 굳혀가고 있었다. 에드거는 자기를 방해하려는 트루먼의 의지가 완강하다면서 앞으로의 대책을 내게 말했다. 우선 우호적인 몇몇 신문을 통해 국내 첩보 활동 시스템이 미국을 위협하고 있다는 여론을 형성하고, 그것으로도 부족하면 OSS의 중앙본부가 공산주의자들의 영향을 받고 있는 볼셰비키 패거리라는 것을 입증해 보인다는 계획이었다.

대통령은 에드거와의 독대를 노골적으로 꺼렸다. 아무리 권력이 막강해도 에드거의 직급으로는 국가수반을 아무 때나 함부로 만날 수 없다는 것을 보여주겠다는 의도였다. 에드거는 집요한 노력 끝에 냉담한 대통령과 만나겠다는 목적을 이루었다.

"나를 보지 못한 척하더군. 일부러 창문을 쳐다보고 있다가 가지런히 정리된 서류로 눈길을 옮기면서 그 면담이 정부를 수직적 구조로 만들려는 자신의 생각과 원칙에 얼마나 저촉되는지를 느끼게 하려고 아주 기를 쓰더군. 그러고는 아주 노골적으로 대통령 집무실의 책상 앞에 내가 마주앉아 있다는 것 자체가 부당하다는 표시를 했지. 트루먼은 아예 논쟁 자체를 거부했어. 그의 결론은 FBI의 공권력을 전쟁 이전의 상태로 되돌리고, 라틴아메리카를 비롯한 다른 외국을 감시하는 권한도 끝났다는 거였어."

이후 무슨 말이 오고 갔는지 나는 모른다. 그 대화를 떠올리는 것만으로도 에드거는 얼굴이 시뻘게질 정도로 분노에 떨었다. 나는 마지막 결론만 알 수 있었다. 트루먼은 이렇게 내뱉었다.

"그건 지나친 월권이오, 후버!"

그리고 며칠 후, CIA가 설립되었다. NSC(National Sewrity Council, 국가안전보장회의) 산하 정보기관으로 설립된 CIA는 대통령의 직속기관이었다. 나는 우리가 질 것이 뻔한 긴 투쟁이 시작됐음을 알아차렸다. CIA는 미국의 공산권 대봉쇄 전략의 일환으로 설립되었는데, 그것은 우리가 벌써부터 구상하고 있던 계획이었다. 그들은 우리를 몰아내기 위해 우리의 계획을 입수하고 선수를 쳤던 것이다.


당시만 해도 아무도 시도하지 않았던 논리 정연한 통계학적 수치를 내놓는 에드거에게 맞설 자가 없었다. FBI의 업무를 산술적으로 나타내는 그만의 탁월한 방식에 사람들은 기가 죽었다. 나치에 대항하기 위해 동맹을 맺은 소련과 미국의 관계가 한창 절정을 이루고 있는 때에 '1억 5,000만 명 중 공산당원이 8만 명'이라는 통계는 결코 FBI의 노력을 무시해버릴 수 없는 것이었다. 당시 상황으로 보면 분명히 낮은 비율이었지만 우리에게 돌아온 것은 그 숫자가 보통사람들을 병적일 정도로 공산주의자로 몰아붙인 결과에 지나지 않는다는 비난이었다.

우리를 비방하는 자들은 그 결과를 받아들일 수밖에 없던 제1차 세계대전부터 FBI가 휘둘렀던 무시무시한 권력을 잊으라고, FBI는 그 이데올로기를 믿는 비율이 빈민층보다는 부유층에게서 훨씬 높게 나타났다는 것을 간과했다고 일갈했다. 사실 우리는 그들이 주장하는 것과는 달리 공산주의 그 자체는 우리의 체제에 직접적인 위협이 되지 않는다고 생각했다. 그러나 우리는 냉전과 원자탄의 시기에 들어서 있었다. 서로 다른 생활방식, 집단생활과 개인생활이 지배하는 양극화 현상이 두드러지고 있는 때였다. 에드거와 나는 어느 쪽에 서 있어야 하는지 알고 있었다.

그러나 사각지대가 있기 마련이다. 우리는 그 사각지대를 감시할 수 있는 유일한 사람들이었지만, 트루먼을 비롯해 반대편에 선 자들은 우리의 독자적 권한에 속하는 특권을 빼앗으려고 기를 쓰고 있었다. 그들은 불순분자들의 신상기록을 확보하고 있는 우리만큼 결정적으로 중요한 단서를 찾아낼 수 없으면서도, FBI에게서 외적을 감시하는 권한을 박탈했다.

트루먼은 정치인으로는 보기 드물게 가정에 성실한 남자여서 다음과 같은 말을 해도 그를 의심할 사람은 아무도 없었다. "퇴근 후에 누가 무엇을 하든 나는 알고 싶지 않다. 그건 사생활의 영역이고 나는 사람들의 사생활에 관심이 없다."

그러나 트루먼은 우리에게 OSS 국장 도노번의 문란한 사생활에 대한 보고를 받았을 때, 몹시 충격을 받았다. 사생활이 부도덕한 정보국 국장은 협박당할 우려가 있다는 사실을 아무리 강조해도 트루먼은 도노번을 해임하지 않았다. 표면적으로는 대수롭지 않게 넘어간 이 사건을 통해 우리는 트루먼의 본심을 읽을 수 있었다.

그 무렵에 트루먼은 FBI 국장이 동성애자라고 주장하는 투서를 받았다. 대통령은 전혀 개의치 않는 척하면서 그것을 소문으로 흘려 에드거의 귀에 이르게 했다. 트루먼은 품성이 그러한 위인이었다. 하지만 에드거는 소문 따위에 휘둘릴 사람이 아니었다. 그런 유치한 수법으로 에드거가 공격받은 건 이번이 두 번째였다.

첫 번째 공격은 1930년대 초로 거슬러간다. 〈콜리어〉 잡지에 실린 중상모략이었다. 그 기사가 에드거에게 엄청난 충격을 주었다고 말하기는 어렵다. 기사의 내용 그 자체가 아니라 잡지기자가 연방수사국장을 상대로 겁도 없이 그런 글을 썼다는 사실이 뜻밖이었다.

잡지를 들고 내 주위를 정신없이 왔다 갔다 하던 에드거는 기사가 차마 입에 담을 수 없는 내용인지 둘둘 말아 책상 위로 내던졌다가 다시 집어들고는 손가락에 피가 안 통할 정도로 꽉 움켜잡았다. 그는 방금 읽은 기사에 떠밀리는 듯 앉지도, 서지도 못했다. 그 시절에 우리가 공격받는 것은 거의 일상이 되다시피 했다. 그것은 우리가 유명인이 될 것이라는 전조이기도 했다.

"나에 대해 뭐라고 썼는지 짐작이 가나?"

"뻔한 거겠죠. 나올 얘긴 이제 다 나왔는데 새삼 폭로할 게 뭐가 또 있겠어요. 비판의 근거는 원료 같아서 고갈될 날이 올 텐데."

"자넨 그렇게 생각하는군. 미스 갠디는 감히 언론사 파일에 그걸 첨부하지 못하고 있었는데. 그녀가 이걸 나한테 전해주기까지 이틀이 걸렸거든. 읽어줄까?"

에드거는 엉망으로 구겨버렸던 잡지를 다시 펼쳤다. 이미 읽은 내용인데도 그는 또다시 분노와 괴로움으로 치를 떨었다.

"자, 이것부터 읽지. '워싱턴에서 주고받는 모든 대화를 알아야 직성이 풀리는 국장은 업무의 성격상 비밀리에 직무를 수행해야 하는 FBI 요원으로서는 아주 이상한 사람이다. 후버 국장은 부하 요원들에게는 아주 엄격한 규칙을 규정해놨으면서 정작 본인은 지키지 않았다…….'"

"대체 무슨 말인지…….."

"더 들어봐, 지금부터니까. '후버 국장의 외모에서는 날카로운 첩보원에 어울리는 이미지라곤 찾아보려야 찾아볼 수가 없다. 자기가 좋아하는 블루 칼라의 옷, 넥타이와 가슴주머니에 꽂는 손수건, 심지어 양말까지 그 색에 맞춰 요란하게 차려 입는다. 짜리몽땅한 사람이 사업가처럼 차려 입고 거드름피우며 걷는 꼴이라니, 어색하기 짝이 없다.'"

그는 나를 뚫어져라 쳐다보면서 판단을 맡겼다.

"도무지 모르겠어……. 내가 이걸 어떻게 해석해야 하지?"

"정말 어이가 없네요."

그의 얼굴이 마치 폭발할 것처럼 일그러졌다.

"어색하기 짝이 없는 걸음걸이라……. 이 터커라는 작자를 도청하고 싶군."

그 다음달, 또 다른 잡지에 실린 기사에는 에드거가 이렇게 묘사되어 있었다.


땅딸막한 체격에 정확하게 체중 85킬로그램 헤비급 복서의 어깨를 하고서…….

*11*

나는 새로운 시대의 시작을 뜻하기 때문에 중요했던 사건에 대해 말하고자 한다. 나는 에드거가 내게 모든 것을 이야기하지 않는다는 사실을 알게 되었다. 단둘이 있을 때 그가 날마다 자진해서 털어놓는 이야기는 진실이었지만, 마음속에 무엇인가 담아두고 있다는 것이 계속 마음에 걸렸다. 에드거는 가슴에 담은 막연한 불안을 한 번도 언급하지 않았다. 그는 점점 더 잠을 못 자고, 부하 요원들도 모질게 다루었다. 그는 내가 한 번도 본 적이 없는 사디스트 같은 모습을 보이고 있었다. 내가 그에게 이상할 정도로 의욕이 없다는 말을 했던 날이 생생히 기억난다.

"에드거, 내가 왜 이렇게 맥이 빠지는지 모르겠어요."

그는 걱정스러운 눈빛으로 나를 보더니 대답했다.

"직원 중 한 명을 찍어서 해고시켜 보게. 눈여겨보고 있다가 자격 없는 놈을 골라서 내쫓고 나면 쾌감을 느끼게 될 테니까."

세월이 흐르면서 우리 사이에 생긴 묵계는 절대적으로 둘 사이에만 가능한 것이었다. 그런 두 사람이 같은 장소에서 일하는 경우는 흔치 않다. 더군다나 장소가 연방수사국이고, 문제의 두 사람이 그곳 간부들인 경우는 훨씬 더 드물다. 나는 그의 친구 이상이었고, 주요 협력자 이상이었다. 나는 그의 분신이나 다름없었다. 나는 그가 유일하게 변함없는 애착을 보이는 대상이었다.

우리는 플로리다나 캘리포니아의 고급호텔에서 휴가를 보내곤 했다. 아무도 우리를 보지 못한다는 이유로 대개 테라스가 달린 객실에 머물렀다. 물을 아주 싫어하는 에드거는 방이 호텔의 수영장 가까이 있는 것을 참지 못했다. 2층이나 어쩔 수 없이 1층 방에 묵어야 할 경우에는 담을 친 정원 쪽에 있는 방을 잡아서 호사가들의 입방아에 오르는 일이 없도록 조심했다. 세월이 흐르면서 저녁에는 점점 공공장소에 가지 않게 되었고, 성격이 확실한 동우회에만 참석했다.

그런데 이상할 정도로 새로운 사람들과 사귈 기회를 만드는 에드거를 보면서 나는 그가 무엇인가를 숨기고 있다는 느낌이 들었다. 에드거는 주로 경마 도박이 금지된 텍사스에서 온 사람들을 사귀었다. 그들은 캘리포니아에서부터 우리와 함께했고, 그때부터 이상한 사건이 잇달아 터졌다.

발단은 도노번이었다. 정보국의 패권을 잡으려는 투쟁에서 우리는 패배했고, 결국에는 그도 우리와 같은 신세가 되었다. 우리는 우리의 권한이 배제된 CIA를 창설하기로 한 트루먼의 결정을 받아들일 수밖에 없었다. 하지만 처음에 거론되었던 대로 도노번은 새롭게 설립된 CIA의 수장으로 임명되지 않았다. 트루먼은 그를 가차 없이 밀어내버렸다. 엄격하고 복수심이 강한 트루먼이 유일한 승자라는 것을 굳이 생각하지 않더라도, 무성한 소문 때문에 싸움에서 항복했던 우리는 아물지 않은 상처가 남아 있었다.

그런데 대통령의 명예를 훼손하는 서류를 넘겨준다는 것은 에드거의 심경에 무엇인가 변화가 있다는 뜻이었다. 처음으로 감히 우리에게 도움을 청해온 사람이 있었다. 괜한 구설수에 휘말리지 않기 위해 항상 거리를 두고 있던 재계 인사들이 갑자기 에드거에게 접근해왔던 것이다. 그리고 에드거가 텍사스 갑부들의 초대를 받고 델 마레에서 대접을 받는 일이 빈번하게 벌어졌다.

에드거나 나나 비난받을 정도로 지나치지만 않다면 굳이 사치를 혐오할 이유가 없었다. 우리는 적당한 한도 내에서 FBI 경비로 생활하고 있었다. 우리가 FBI에 쏟는 열의에 비추어보면 아무도 그 점에 대해서 우리를 비난할 수 없었다. 그러나 텍사스 석유 재벌들의 부를 이용하는 것은 문제가 달랐다. 나는 에드거가 왜 갑작스럽게 마음을 바꾼 것인지 알고 싶은 내색도, 거부감도 표시하지 않았다. 어쨌든 나는 그들과 알고 지내는 것이 즐거웠다.

텍사스 남자들이 남성다움의 화신이라는 것을 이해하려면 그들과 친분을 쌓을 필요가 있었다. 나는 그들의 남성우월주의, 세상을 바라보는 이원적 관점, 유치한 집단적 야망을 멀리하는 사고방식이 마음에 들었다. 그리고 당당하고 거침없는 태도에 매료되었다. 텍사스 사람들은 해결되지 않은 채로 남은 문제를 인식하고, 해결하고 있었다. 석유를 발견하기 이전에 겪었던 참담하고 불행했던 시절을 가슴 깊이 새기고 있었다. 경제적 부를 누리기까지 온갖 역경을 겪었던 터라 자유로운 보수주의자들의 구역질나는 허튼소리에 아랑곳하지 않았다.

나는 그런 점에서 그들과 공통점이 있었다. 나는 운이 따라주지 않은 가난한 집에서 태어났다. 농사꾼 집안의 아들이었던 아버지는 오랫동안 철도 직원으로 근무하다 퇴직했다. 나는 태어난 미주리 주를 떠나

아이오와 주에서 살기는 했지만 남부의 정신을 늘 간직해왔다. 그 점에서는 에드거도 나와 생각이 같았다.

근본적인 변화의 또 다른 징후가 있었다. 언론과의 인터뷰에서 에드거는 미국 본토에서 활동하는 범죄조직의 존재를 극구 부인하려고 애를 썼다. 나는 에드거가 보이는 완강한 태도에 당황했다. 미국 역사에 엄연히 존재하는 범죄조직을 어떻게 우리가 모른다고 할 수 있단 말인가.

그러나 에드거는 마피아의 세력이 막강하다는 것이 연방법에 위배되는 사안은 아니기 때문에 사실상 우리 권한 밖의 일이라고 주장했다. 1920년대에서 1940년대까지 에드거는 범죄조직은 그 활동범위가 너무 복잡해서 FBI가 담당할 수 없는 것으로 간주했다. 소탕할 수도 없는 범죄조직의 존재를 인정하는 일은 우리가 자랑하는 통계학의 가치를 떨어뜨릴 위험을 무릅쓰는 것이었다.

에드거는 너무 많은 정치인이 마피아와 연계되어 있어서 섣불리 관여할 수 없다는 말도 했다. 그리고 풀려나가려고 하다가 엉클어지는 실타래처럼 얽히고설킨 사슬에 얽매이지 않기 위해서라도 우리는 극좌파와 성생활이 문란한 몇몇 국회의원을 심도 있게 조사해야 한다고 말했다. FBI는 마약 밀매에 대한 수사를 하고, 국세청은 탈세 혐의로 그 조직의 발을 묶는 것이 에드거의 생각이었다. 에드거의 망설이는 마음을 이해한다고 해도, 나는 그가 마피아의 존재를 극구 부인하는 태도는 범죄조직과 결탁하고 있다는 의혹을 살 수 있고, 또 우리에 대한 공격 전선이 생길 것이라고 생각했다.

나는 에드거의 말이 거짓이라고 반박하고 싶은 것이 아니라 다만 그가 이해하도록 돕고 싶었다. 나의 우려를 설명하기 위해 어느 날 저녁,

나는 워싱턴에 있는 그의 집으로 따라갔다. 저녁식사를 하고 난 뒤였다. 나는 어느 기자가 나한테 접근해서 FBI 국장이 오래전부터, 특히 금주법이 실시되면서부터 문제가 되어 왔던 범죄조직의 존재를 고집스러울 정도로 부인하고 있는 점에 대해 놀라움을 표시했다고 알려주었다.

그에게 내 의견을 표명할 때마다 늘 그랬듯이, 나는 서열이 높은 수컷이 이끄는 무리에 초대된 젊은 늑대처럼 조심스러우면서도 단정적으로 말문을 열었다.

"당신의 전략에 전적으로 찬성할 수가 없어서 유감이에요, 에드거. 명백한 사실을 무작정 부정할 순 없는 일입니다. 당신처럼 신중한 사람이 사실을 부인하기 위해 그런 위험을 무릅쓰다니 정말 뜻밖이에요. 그렇지 않아도 법무장관이 우리를 눈엣가시처럼 생각하고 있는데……이런 태도로 일관하면 우리 입지는 더욱 좁아질 거예요."

에드거는 곧바로 대답하지 않았다. 내가 그렇게 나올 때는 뭔가 눈치 챘다는 표시로 생각했는지 그는 아주 부드럽고 조용한 음성으로 말했다.

"누가 강자고 약자인지는 확실히 해둘 필요가 있지. 지금은 마피아와 싸워서 이길 방법이 없어. 트루먼이 또 우리 예산을 삭감할 테니까. 아무리 그래도 범죄조직의 존재를 인정하고 어떤 대책을 세울 수도 있는데 내가 손 놓고 있는 거라고 자네는 생각하겠지. 하지만 내가 방송이나 신문에 범죄조직이 존재한다는 발언을 흘리면 마피아 보스들은 선전포고로 받아들일 것이고, 바로 그 순간부터 자네와 나는 쫓기는 짐승 신세가 되고 말아. 마피아를 눈감아주었다는 이유로 우리를 죽이려고 달려드는 자들보다 더 위험한 게 마피아 조직이란 말일세. 클라이드, 우리가 여기까지 올 수 있었던 건 내가 두 가지 전선을 동시에 열어놓지 않았기 때문이야. 나폴레옹과 히틀러는 그걸 하지 못했어. 마피아는 우리에게 아무런 피해도 입히지 않았어. 도가 너무 지나치다 싶으면 그 때 경찰이 가진 권한 내에서 나서주면 돼. 자네 말대로 나는 누구보다도 그들의 실체를 제대로 파악할 수 있는 사람이야. 하지만 그들이 존재한다는 자체가 국가의 존속을 위협하는 건 아니지 않은가. 마피아는 이 땅에 이탈리아인들과 유대인들, 아일랜드인들이 살면서부터 존재해왔어. 이른바 프로테스탄트가 지배하는 사회에서 숨 쉬고 살려면 소수파들도 나름대로 살길을 찾아야 하지 않았겠나. 그렇다고 그들이 우리 사회 기반을 흔들어놓은 적은 없었어. 오히려 시칠리아 전쟁에서 우리를 지지해줬지. 나는 차라리 미국 좌파와의 싸움에 전념하고 싶네. 마피아에 종속된 조합과 공산주의자들이 조직한 조합 중 어느 쪽이 국익에 도움이 되는지는 오래 생각할 필요가 없지 않겠나."

늘 그렇듯 에드거는 일목요연한 논리로 나를 설득하고야 말았다. 그렇다고 해도 우리는 궁지에 몰린 상태였다.

나는 가슴에 품고 있던 말을 하지 않을 수 없었다.

"나한테 뭔가 숨기고 있죠, 에드거? 물론 그럴 만한 이유가 있겠지요. 하지만 나한테 뭔가를 숨기고 있다는 건 인정하죠?"

그는 아주 부드러운 어조로 대답했다.

"내가 알고 있는 사실을 자네에게 숨기고 있다면 그건 오로지 자네의 행복을 위해서, 자네를 보호하기 위해서라는 것만 알아주면 좋겠군, 클라이드."


그렇게 해서 1946년 우리는 합의하에 레이젠의 죽음에 대한 수사를 묻어버리기로 결정했다. 1920년대에 신문업자 모리스 아넨버그는 미국을 통해 경마시합의 결과를 전달하는 시스템을 개발했다. 덕분에 캐나

다와 쿠바, 멕시코를 비롯한 223개 도시가 경마도박으로 연결되었다. 모리스는 1940년 세무감사에 걸려 징역을 살게 되면서 자신에게 콘티넨탈 경영을 맡겼던 레이젠이라는 동업자와 독점권을 나눠 수백만 달러의 이익을 올렸다.

1946년, 알카포네 밑에 있었던 구시크의 지시를 받고 움직이는 '벅시' 스피겔은 협력단체를 설립하기로 결정했다. 스피겔은 서부 연안의 마권업자 2,300명을 설득해서 자기 쪽으로 끌어들였다. 구시크는 레이젠에게 콘티넨탈을 10만 달러에 넘기라고 제안했으나 레이젠은 거절했다. 하지만 레이젠은 얼마 지나지 않아 이 거절이 죽음을 불러온다는 사실을 깨달았고, 시카고에서 민권단체에 가담하여 투쟁하는 유대인 레이보위츠에게 자신이 처한 상황을 털어놓았다. 레이보위츠의 충고에 따라 레이젠은 FBI에 신변보호를 요청했다. 그의 요청은 법무장관 사무실과 우리 사무실에 동시에 전달되었다. 에드거는 레이젠의 요청이 있은 지 2주 후에야 요원들을 파견했고, 조사 결과 위급한 상황이 아니라 판단하고 레이젠을 보호하지 않기로 결정했다.

레이젠을 보호한다는 것은 그가 위협받고 있다는 사실을 인정하는 셈이었다. 그러면 결국 우리는 범죄조직의 존재를 시인하고 수사에 착수해야 했다. 법무부 내부에 사람을 심어놓은 것이 분명한 마피아는 레이젠이 연방수사국에 보호 요청을 했지만 에드거가 보호하지 않기로 결정했다는 사실을 알아냈다. 한 달 후, 레이젠은 시카고의 길거리에서 세 발의 총격을 받았지만 기적적으로 목숨을 건졌다. 병원에 배치된 경찰관 한 명이 레이젠의 병실을 지켰지만, 그는 입원한 지 6주 후 심한 경련을 일으키면서 사망했다. 누군가가 그의 코카콜라에 수은을 부어 놓았던 것이다.

"그건 돌발상황이었어."

내 눈에서 비난하는 기미를 읽었는지 에드거가 말했다.

"마피아는 한창 조직을 개편하는 중이야. 관할구역을 확정짓는 것으로 패밀리 간의 싸움을 종결짓기로 결정한다는 거지. 마피아 조직에는 일파가 많기 때문에 마약, 도박, 술, 여자로 장사하는 전통적인 분야에서 비즈니스 영역으로 좀 더 확장할 필요가 있다고 본 거야. 마피아는 개화하고 있고, 새로운 사업도 시작했어. 레이젠이 그걸 이해했더라면 좋았을 텐데. 그는 왜 그렇게 바보같이 경마사업을 독식하려고 했을까? 변화하는 세상을 보는 식견이 전혀 없었던 거지. 앞으로는 패밀리 간에 더 이상 피를 흘리는 일이 없을 거야. 패밀리들은 각자의 길을 가면서 시끄럽지 않게 사업을 추진할 거야. 범죄만 일어나지 않으면 더는 시끄러울 일도 없겠지. 클라이드, 수많은 기자들이 내가 옳았다고 말할 테니 두고 보게."

트루먼이 한때 범죄조직과 관련된 조합의 도움으로 이익을 챙겼던 과거 때문에 아무 말도 하지 못하리라는 것을 에드거는 알고 있었다. 네 명의 이름난 마피아 보스인 리카, 단드레아, 캉파냐, 조에가 선고된 형의 3분의 1만 치른 뒤에 석방된 것을 보면 법무장관 클라크가 이들의 말을 믿고 손을 쓴 것이 분명했다. 의회가 이 문제를 조사하기 위한 진상위원회를 구성할 정도였다.

법무장관은 삼권분립을 내세우는 것으로 그 상황을 빠져나갔다. 자체적으로 수사를 해온 에드거는 법무장관이 뇌물을 받고 그 네 보스의 석방을 도왔다는 사실을 함구했다. 물론 에드거는 조사위원회에서도 그 점에 대해 전혀 언급하지 않았다. 그럴 수밖에 없는 것이 숨겨놓은 마이크를 이용한 불법도청을 통해 증거자료를 얻어냈기 때문이었다.

그러나 사실은 법무장관을 공격해봐야 FBI에 이로울 게 없다는 것이 가장 큰 이유였다.

에드거는 1936년에 '20세기 센추리 폭스' '메트로 골드윈 메이어' '로우스' '파라마운트' 'RKO' '워너 브라더스' 등 메이저급 영화사들이 단합하여 합법적으로 선출된 조지 브라운을 통해 극장 종사자들과 영화 촬영기사 국제동맹을 감시했던 한 조직에 200만 달러를 지불했다는 사실도 알아냈다. 20세기 센추리 폭스의 사장 쉔크가 자기앞수표로 지불한 돈은 국세청의 주의를 끌 만한 액수였다. 쉔크는 자신을 압박하는 무거운 세금을 내놓는 대신에 법정에서 증언하기로 하고 갈취 조작을 낱낱이 폭로했다. 브라운은 체포되었고, 마피아 네 명이 연루되어 있었지만 나중에 법무장관의 특혜로 석방되었다. 1931년 탈세혐의로 알카포네를 체포했을 때와 마찬가지로 국세청이 그 모든 일을 진행했다. 탈세와 무관한 일이라고 해도 마약 사범이 개입되어 있는 것이 문제였다.

린드버그의 아들 유괴사건을 해결하는 과정에서 국세청에 주도권을 넘겨준 뒤로 에드거는 그 사건에서 자연스럽게 물러나 있었다. 사실 우리는 마피아 조직을 자극하지 않은 유일한 사람들이었고, 분명히 언젠가는 이득을 얻을 것이었다. 에드거는 이번에도 우리는 조용히 관망하는 것이 상책이라는 말로 나를 설득하고야 말았다.

연방 마약국의 수장 앤슬링거가 신문지상을 통해 마피아와 싸움을 벌이는 동안에도 우리는 입장을 바꾸지 않았다. 노루 사냥을 할 때는 섣불리 다가가지 말고 바람을 등지고 서서 노래를 부르며 기다려야 하는 법이다. 최고의 무기는 확실한 증거자료를 준비해놓은 다음에 권총을 뽑는 것이며, 우리는 누구든 그 대상으로 삼을 권리가 있다고 생각했다. 뉴욕을 주름잡는 마피아 보스들은 코스텔로, 제노베제, 모레티,

아도니스, 미란다, 아나스타시아, 프로파치, 보나노, 룩체스, 마조코였다. 지앙카나, 아카르도, 로코, 피스케티는 시카고를, 댈리츠는 클리블랜드를, 마르첼로는 뉴올리언스를, 트레피칸테는 탬파를, 메이어 란스키는 아바나와 마이애미를 장악하고 있다는 것도 우리는 알고 있었다. 또 시칠리아로 추방된 지 겨우 1년 만에 아바나로 돌아온 '행운아' 루치아노의 술책도 낱낱이 알고 있었다.

거물급 마피아 보스들을 상대로 시겔이 시도한 대규모 신디케이트 사업에 대해서도 파악하고 있었다. 네바다의 쓸모없는 불모지를 세계적인 도박의 중심지로 만들겠다는 사업이었다. 시겔은 레이젠이 피살된 후 경마사업에서 손을 떼고 600만 달러 이상 투자가 필요한 파라오의 계획에 뛰어들었다. 세계적 규모의 도박장과 오락센터 건설사업이 사기로 끝났다는 것을 기억하는 사람은 아무도 없었다. 자금의 일부를 스위스로 빼돌리는 부정한 짓을 저질렀던 시겔은 1947년 6월 20일 저녁, 베벌리힐스의 집에 있다가 응접실 창밖에서 쏜 네 발의 탄환을 맞고 숨졌다. 레이젠을 제거했던 킬러들일 가능성이 크다는 추측은 전직 시카고 경찰국장의 심증이었다. 그는 상원의 조사위원회에서 정치적인 거래와 범죄조직 간의 관계에 대한 증언을 앞두고 살해되었다.

같은 해, 에드거는 프랭크 시나트라의 신상기록을 공개하기로 결정했다. 그의 행적과, 마피아 보스들과의 관계에 대해 언론에 실린 기사가 무려 4쪽에 이르렀다.

뉴욕, 플로리다, 서부 연안의 경마장을 출입하면서 우리는 거물급 인물들과 자주 마주치게 되었다. 에드거는 그들과 자연스럽게 말을 나누며 지냈다. 그들의 대화는, 아직 대결해본 적은 없지만 세계 타이틀을 두고 언젠가는 반드시 상대해야 하는 권투선수들이 링 밖에서 만난 것처럼 썰렁한 농담으로 흐르기 일쑤였다.

플로리다와 캘리포니아, 뉴욕에서 가장 인기 있는 몇몇 업소가 마피아와 연계되어 있다는 것을 우리는 알고 있었다. 스톡 클럽은 그중에서 가장 유명했고, 그곳을 드나드는 기자들, 의원들, 워싱턴의 고위층 공직자들은 모두 우리가 마피아 조직의 접대를 받는 손님이라는 것을 알고 있었다. 마피아는 대서양에서 태평양까지 사람들이 즐기는 곳에는 어디나 있었고, 집에 틀어박혀 지내는 것을 좋아하지 않는 한 마피아와 연계되지 않은 업소를 찾기 어려웠다.

나와 함께 있다가 메이어 란스키와 마주쳤을 때 에드거는 정중한 태도를 보였다. 대화 시간은 결코 1~2분을 넘지 않았고, 늘 일정한 거리를 유지했다. 란스키는 셋이서 하는 대화를 그리 탐탁해하지 않았지만, 나에게도 늘 예의를 갖추었다. 나는 그 시절에 그들의 대화에 끼어본 적이 없었고, 에드거도 무슨 얘기가 오고갔는지 한 번도 나에게 말해주지 않았다. 그는 아주 예의 바른 오랜 친구를 만나고 온 것처럼 유쾌한 얼굴로 돌아오곤 했다.

란스키와 헤어질 때 에드거가 하는 말을 딱 한 번 들은 적이 있다. "그 일에 대해서는 입도 벙긋하지 말라고 그들에게 전하시오. 그러면 진짜 곤란해집니다."

나는 감히 에드거에게 무슨 일이냐고 물어보지는 못했지만 손이 축축하게 젖은 것으로 보아 그는 몹시 긴장하고 있었다.

란스키는 에드거를 따로 만날 때 늘 새로운 정보를 제공했다. 그 일은 항상 똑같은 식으로 일어났다. 란스키는 다가와서 "오늘은 어떤 말에 걸었습니까?" 하고 물었고, 에드거의 대답을 들으면서 빙긋이 웃다가 이렇게 말을 이었다. "그건 좋은 선택이 아닌 것 같군요. 나라면 차라리

2번 말에 걸겠소." 자기가 아주 바빠서 움직이지 못할 때는 우리에게 사람을 보냈다. "란스키 씨는 5번 말에 거는 게 좋겠다고 생각하십니다. 그럼 좋은 하루 되십시오"

　우리는 이 작은 서비스를 부정행위로 여기지 않았다. 란스키는 포도주를 생산하는 주인답게 자신의 포도주 산지 나파 밸리를 구경시켜준 뒤에 우리에게 고급 와인 한 병을 선물로 주었다. 하지만 우리는 그 조직을 위해 어떤 도움도 준 적이 없었다. 그는 우리의 중립적 태도를 만족스러워했다. 나 역시 에드거의 입장에 동조했다. 그들이 치열한 세력 다툼을 벌이는 동안 그 싸움에 인력을 투입하는 것은 결코 우리에게 이롭지 않았다. 반면에 트루먼과 국회가 FBI의 예산을 삭감한다는 결정을 내렸을 때, 우리는 물러서지 않고 내부의 적들과의 싸움에 돌입했다.

*12*

1947년, 에드거는 반공주의 운동의 리더가 되었다. 운동을 앞장서서 주도한 활약으로 그는 진정한 국가 영웅이 되었다. 반미 행위에 대한 투쟁을 상징하는 인물이라며 온 국민이 열광했다. 허를 찔린 트루먼은 결국 연방정부의 모든 공무원은 충성도 심사를 치러야 한다는 명을 내리지 않을 수 없었다. 반공 투쟁은 우리가 감히 기대하지도 못했던 규모로 확산되었다.

트루먼은 여론이 점점 더 공화당과 극우파에 유리하게 돌아가고 있는 터라 1952년 선거에서 패하지 않으려면 우리 의견에 전적으로 동의하지 않을 수 없었다. 극우파는 독일이 패전한 뒤부터 득세하고 있었다. 극우파가 외세에 우호적이라고 더 이상 의심할 수 없었다. 우리가 공산주의의 본질에 대해 구체적인 정의를 내린 이유는 모든 행동, 태도, 사고에 그 잣대를 들이대 공산주의자를 색출하려는 의도였다.

에드거는 체제전복을 꾀하는 온갖 불순한 정치적, 사회적 행동도 기준에 포함시켰다. 또한 사회적 성공을 보장하는 국가를 살펴주는 유일신에 대한 믿음을 존중하지 않는 태도도 공산주의로 보았다. 우리는 온갖 국적의 이주민들이 정착하고 있는 신생국가에서 국민을 유일하게 결속할 수 있는 윤리의식을 무너뜨리는 불순분자들을 용납할 수 없었다.

반체제 행위에 대한 수사를 FBI에 맡겼으면 좋았을 텐데, 트루먼은 연방의회에서 반체제 행위를 조사하는 특별위원회를 구성하는 쪽을 택했다. 자신의 특권이라고 여기던 수사권을 빼앗긴 에드거는 그 반란 방조자에 대한 공격을 자제하고 가능한 한 임무에만 충실했다.

그 문제에 관한 한 에드거의 태도는 확고부동했다. 그러면서도 상황에 놀라운 적응력을 보였다. 에드거는 극좌파의 불순행위에 대한 투쟁을 상징하는 인물이었다. 아무도 그에게서 주역의 자리를 빼앗아갈 수 없었다. 그는 게릴라 작전으로 위원회를 깎아내리는 대신 회의에 참석해 자신의 경력에서 가장 훌륭하다고 자부하는 것, 이를 테면 음모, 흉계, 공모, 진정한 국가의 적들이 조장한 음모에 대해 열변을 토했다. 그 연설에 영향을 받은 의원들은 충성도 심사에 대한 수사권을 FBI에 위임하기로 결정했다. 지나친 심문에 대해 회의적인 태도를 보이는 의원이 몇 명 있기는 했지만, 열렬히 동의하는 의원들도 있었다.

그중에 갓 선출된 하원의원이 끼어 있었다. 에드거는 그 하원의원이 몇 년 전 FBI에 지원했다가 떨어진 적이 있는 젊은이였기 때문에 알고 있었다. 부정선거로 당선되었다는 소문이 돌고 있지만 일단 하원의원이 된 이상 그건 아무래도 상관이 없었다. 과감하게 우리를 편든 젊은 의원은 리처드 닉슨이었다.

에드거는 할리우드에서 공산주의 냄새가 난다며 오래전부터 미국 영화계의 사상을 주도하는 지식인들을 의심하고 있었다. 우리는 FBI 로스앤젤레스 지국장을 통해 오래전부터 신상 리스트를 준비해오고 있었다. 막연하게 시작된 조사지만 아무도 벗어나지 못했다. 할리우드는 선악이원론에 따르는 위원회의 조사를 호의적으로 보는 이들과 지나친 탄압으로 보는 이들로 확연히 갈렸다. 게리 쿠퍼, 로버트 테일러, 엘리아 카잔은 우리의 의견에 전적으로 동의했다. 월트디즈니는 자기 스튜디오의 공산주의자들이 자진해서 '미키'의 홍보활동에 참여했던 것이라고 주장했다.

반면에 존 휴스턴, 캐서린 헵번, 로렌 바콜, 험프리 보가트는 위원회의 조사에 반기를 들었다. 공산당원이라는 것을 부인한 이들은 국회를 모독한 위증죄로 수감되었다. 대형 영화사 소유주들이 우리 편이 되면서 공산주의자들에게 호의적이었던 배우들은 이력에 오점을 남기게 되었다. 정보를 제공해주는 사람들도 속속 나타났다. 스탈링 하이든처럼 위원회에서 양심선언을 한 인물도 있었다. 각 단체의 대표들도 변절하는 데 시간이 오래 걸리지 않았다.

특히 예술 시민위원회의 책임자 중 한 사람이자 얼빠진 카우보이 역할을 도맡아온 조연급 배우는 코드 'T-10'이라는 암호를 사용하는 FBI의 비밀정보원으로 암약했다. 그의 이름은 로널드였다. 그의 형 네일 레이건은 우리를 위해 특별위원회를 정탐해주었다. 우리의 힘이 아무리 막강하다고 해도, 사회 정화를 위해 앞장서는 위원회가 활동하는 곳에서 자발적으로 밀고해주는 전국적인 운동이 없었다면 우리는 성공적인 성과를 거둘 수 없었을 것이다.

영화계에서의 고무적인 결과에 힘을 얻은 우리는 다양한 분야로 수사의 영역을 넓혔다. 공산주의자는 아니라도 인종차별과 인종분리 반대를 선언하는 펄 벅 같은 작가들에 대한 수사도 시작되었다. 노벨상 수상작가 토마스 만은 특별수사 대상이었다. 극좌파이자 위선자로 분류된 어니스트 헤밍웨이도 편집병 환자가 될 정도로 조사에 시달렸다. 우리를 괴롭히는 이들 중에서 존 스타인벡은 하층사회를 파헤치는 문학으로 미국의 이미지를 떨어뜨린 대표적 인물이었다. 올더스 헉슬리, 아서 밀러, 테너시 윌리엄스, 그리고 은밀한 자리에서 서슴지 않고 우리를 '조니 앤드 클라이드'라는 별명으로 부르는 이름난 동성애자 트루먼 커포티도 명단에 있었다. 과학자들 중에서는 알베르트 아인슈타인이 명단 제일 위에 있었다. 아인슈타인에 대한 기록은 단호하게 스페인 공화주의자들을 편들었던 1940년대로 거슬러 올라간다. 소아마비 백신을 개발한 조우너스 소크 박사는 공공연히 좌파의 중심인물로 모습을 드러냈을 때부터 감시를 받고 있었다. 명단이 너무 길어서 그들의 이름을 일일이 다 언급할 수 없지만, 반체제 인물이 유명인사든 후원자든 과오에 대한 합법적 처벌을 면할 수는 없었다.

그중에서도 우리가 해낸 가장 큰 성과 중 하나는 1952년에 찰리 채플린을 미국에서 추방한 일이었다. 채플린이 보인 공산주의에 대한 우호적 태도와 문란한 품행을 수집한 우리의 증거자료는 도저히 용납할 수 없는 본보기가 되었다. 우리의 인구에 비하면 극히 소수를 본토에서 추방했고, 투옥시킨 사람도 그리 많지 않았다. 우리는 공공기업과 수많은 사기업에서 불순분자들을 추방했다.

절제할 줄 모르는 부도덕성 때문에 인생을 망친 무직이나 말단직의 인텔리는 수없이 많았다. 특히 젊은 시절에 공산당원이었던 것을 끝내 부인한 워싱턴 병원의 고명한 심장병 전문의가 기억난다. 나를 진찰했던 그 의사는 워싱턴의 한 상점가에서 몇 달 전부터 타이어를 파는 장사꾼으로 전락해 있었다. 내 운전기사가 휘발유를 넣기 위해 차를 세웠던 어느 날, 나는 우연히 그를 보게 되었다. 그는 조사위원회의 아주 정중한 질문에 응하면서 헌법으로 정한 사상의 자유에 의거하여 묵비권을 행사하던 그때보다 생기가 없어 보였다. 파란색 작업복을 입은 그는 예전보다 살이 많이 빠졌다. 나는 자동차의 창을 내렸다. 잠시 뚫어져라 쳐다봤지만 그는 나를 알아보지 못했다. 아는 사람이라는 느낌은 오는데 이름이 기억나지 않는 모양이었다.

"나를 기억하지 못하는군요. 한 2년 전에 진찰을 받은 적이 있었는데, FBI의 클라이드 톨슨입니다."

의사는 기억이 난다는 표시로 고개를 끄덕이다가 돌연 인상을 일그러트렸다.

"고집 부리지 않았으면 계속 병원에 계셨을 텐데…… 이렇게 어울리지도 않는 일을 하고 계시다니 국가적으로도 손실입니다. 그래도 나는 변함없이 선생을 좀 오만하긴 해도 아주 유능한 분으로 기억하고 있습니다. 어쨌든 선생이 처한 상황을 안타깝게 생각합니다. 하지만 우리의 적국 소련에서는 선생 같은 사람들이 고문당하고, 추방당하고, 처형되고 있다는 걸 아셔야 합니다. 그래도 우리 미국에서는 그런 극단적인 처벌을 내리지 않습니다. 선생 같은 수준의 의사는 본인이 원했든 원치 않았든 나라의 요직을 맡고 있는 것이니 더더욱 원칙대로 처벌을 받아야지요."

그는 로봇처럼 뻣뻣하게 걸음을 떼었다. 자동차 문 앞으로 바짝 다가온 그는 눈물이 글썽한 핏발 선 눈으로 나를 쏘아보면서 나직이 내뱉었다.

"당신은 악마야."

"무슨 그런 말씀을! 나는 선생이 스탈린과 같은 생각을 하고 있으며, 바로 그 때문에 이런 신세가 됐다고 믿습니다."

그가 무슨 말인가를 하려는 순간 나는 창을 다시 올렸고, 차는 출발했다.

에드거는 그 문어 같은 공산주의자가 자신이 꾸며낸 술책에 걸려든 것이 아님을 증명했다. 공산주의는 문어발처럼 광범위하게 행정부까지 침범해 있었다. 1948년 7월, 엘리자베스 벤틀리는 소련을 위해 일했다는 자백을 하기 위해 조사위원회에 출두했다. 그녀는 자신이 소련에 전한 정보는 정부측 고위 공직자 세 명이 제공한 것이었고 주장했다. 〈타임〉의 국장 휘트테이커 체임버스는 자신이 한때 공산주의자였다는 것과 정부 내에 공산당이 침투하는 데 협력했다고 시인했다. 그러면서 국무성의 주요 협력자 앨저 히스를 비난했다.

벤틀리가 고소한 인물 중 두 명은 트루먼 정부의 거물급 인사였다. 우리는 이 일로 트루먼 대통령이 입게 된 타격을 내심 기뻐하면서 사건이 저절로 밝혀지도록 내버려두었다. 전 재무차관 화이트는 위원회에서 심문을 받은 뒤에 심장발작을 일으켜 사망했다. 트루먼 정부의 상무성 장관 레밍턴은 위증죄로 투옥되어 모진 고문을 당했고, 체임버스에게 고소당한 더건은 뉴욕의 한 빌딩 17층에서 투신자살했다. 앨저 히스도 위증죄로 3년 6개월의 징역형을 선고받았다.

우리는 의회에서 각 당 대표의 도움을 받아 세 가지 전략을 세웠다. 그중에서도 젊은 의원 닉슨은 혈기 넘치게 활동했다. 트루먼 대통령도 이 모든 사건을 도저히 믿지 못하는 눈치였다. 트루먼이 보기에 에드거의 지지를 받고 있는 공화당이 꾸민 공세가 틀림없었다. 트루먼은 15년 넘게 집권에 실패한 공화당이 정권 탈환을 위해 만반의 준비를 했다고 확신했다.

1948년 대통령 선거에서 트루먼이 승리할 경우 FBI의 수장자리를 유지하기가 쉽지 않으리라는 것을 우리는 알고 있었다. 우리는 공화당 후보 듀이를 위해 FBI 요원들을 동원해 선거에 필요한 모든 정보를 제공했다. 에드거는 대통령 후보로 출마하기에는 아직 시기상조라고 판단하면서도 내심 1952년 선거에서만은 한 단계 올라선 법무장관으로 임명되기를 기대하고 있었다.

1948년 11월 3일 아침, 듀이를 지원하는 에드거를 철석같이 믿는 〈시카고 트리뷴〉은 대서특필했다. '듀이가 트루먼을 쓰러뜨린다'. 그날 개표 결과가 공식 선언되었을 때, 우리는 중량급의 어퍼컷을 얻어맞았다. 트루먼이 재선되었던 것이다.

*13*

"에드거, 일단 전쟁이 시작되면 부자도, 권력자도 아무 소용없는 것이오. 그저 맥없이 당하고 있는 수밖에. 마치 그 무엇도 피와 고통을 멈출 수 없다는 듯 집단적 광기로 치닫는 이 전쟁의 파괴력을 나만큼 뼈저리게 느끼고 있는 사람도 없을 게요."

"그 심정 충분히 이해합니다, 조."

자식을 길러본 적이 없는 사람이 자식을 잃는 고통을 얼마나 헤아릴 수 있을까. 에드거도, 나도 부모의 심정을 알 수 없는 사내였다. 해가 다르게 커 가는 자식들을 보며 살아온 부모가 아닌데 어찌 그 마음속 깊이 잠재된 부성애를 헤아리며, 어찌 아들을 잃은 상실감을 진정으로 이해할 수 있을까. 그런데도 에드거는 부모가 아니면 느낄 수 없는 감정을 할리우드 명배우 뺨치는 연기로 아주 잘 이해하는 체했다. 그중에서도 자식을 잃은 부모에 대한 연민을 너무도 천연덕스럽게 표현했다.

전쟁이 끝나갈 무렵, 엉뚱하기로 소문난 케네디가의 활동을 늘 관심 있게 지켜보고 있는 신문들이 케네디 형제의 비보를 1면 톱기사로 실었다. 에드거와 조 케네디는 악착같이 따라다니며 서로를 감시하다가 이상한 조짐이 있다 싶으면 대번에 이빨을 드러내는 식의 신경전을 벌이는 앙숙이라고 해도 과언이 아니었다. 조 케네디는 잉가 아르바트 사건 직후인 1941년, 매사추세츠 주 FBI 하이어니스 포트 지국의 특별수사과 전속 연락원으로서 적극 협력하는 놀라운 모습을 보여준 적이 있었다. 그는 무보수 정보원 역할을 자청했다. 당시 그를 접했던 FBI 요원은 다음과 같은 평가를 내렸다.

전직 외교관의 경력과 많은 인맥 덕분에 할리우드를 자유롭게 출입할 수 있는 조 케네디는 그 특권을 FBI를 위해 활용하고 있다. 그는 영화산업에 종사하는 많은 유대인 친구들이 할리우드에 침투한 공산주의자의 정보를 제공해줄 것으로 기대하고 있다.

정말 조 케네디다운 일이었다. 유대인 배척자로 이름난 위인이 유대인들을 구슬리면서까지 FBI를 위해 헌신하고 있었다. 외교관 시절, 어떤 대사도 10미터 거리 이내에서는 조 케네디와 마주치지 않으려고 할 정도로 인간관계가 별로 좋지 않았다는 것을 우리는 알고 있었다. 그랬던 조 케네디가 마치 로터리클럽에라도 가입하듯 FBI에 들어왔다.

그런가 하면 그는 놀라운 수법으로 또다시 에드거를 따돌리기도 했다. 그는 책임이 따르는 공적 자리에 연연해하지 않고 돌연 사업가로 방향을 전환했다. 그는 부동산 시장 쪽으로 방향을 돌리고 플로리다, 라틴아메리카, 텍사스의 석유개발지뿐만 아니라 주택건물과 상가건물로 투자영역을 넓혔다. 그리고 뉴욕의 법률적인 주소지를, 세금도 상속세도 내지 않는 플로리다로 옮겨놓았다.

투자 대상 중 가장 크게 성공한 것은 그 시절 시카고에서 '머천다이즈 마트'라고 불리는 대형 사무실 빌딩이었다. 그는 훗날 '지렛대 효과'(차입금 등 타인자본을 지렛대로 삼아 자기자본의 이익률을 높이는 것-옮긴이)라고 불리는 경제원리를 이용한 최초의 인물이었다. 전쟁 중에는 집세가 오름세를 유지하는 점에 착안하여 은행 부채로 건물들을 매입해서 수익률을 높이겠다는 전략을 세웠는데, 그 예상이 적중하면서 그는 그 몇 년 사이에 재산을 두 배로 불렸다.

"전쟁이 끝나갈 무렵에 죽는다는 건 정말 허무한 일이지요. 우리도 진심으로 마음이 아픕니다, 조."

"에드거, 나는 말이오, 내심 태평양에서 존에게 일어났던 일이 재현되지 않으려나 기대하고 있었소. 그러나 실종되었다가 기적적으로 발견되는 그런 행운이 어떻게 또 일어날 수 있겠소."

"영웅으로 전사한 것 아닙니까?"

"그 아이가 무슨 이유로 그 일을 자청했는지 나는 도무지 이해할 수가 없소. 영영 돌아올 수 없는 임무라는 걸 잘 알고 있었을 텐데……. 자신은 끄떡없다고 믿었던 게 아니고서야……. 그 아이는 도박을 한 거요. V1(Vergeltungswaffe1, 비행폭탄) 독일군 벙커를 폭격할 수 있었던 것은 오로지 그 아이 덕택이었소. B-17기 네 대는 이미 조준선을 향해 출격한 상태였는데 내 아들이 조종하는 단 한 대만 접근하지 못하고 있었으니까. 그 폭격기들은 강력 폭약 TNT 10톤을 적재하고 있었소. 전자유도장치가 표적을 향해 발사되기 전에 탈출할 생각이었는데 그만 비행기가 공중에서 폭발해버린 겁니다."

의자에 구부정하게 앉은 조 케네디는 한동안 멍한 눈길로 구두만 내려다보다가 말을 이었다.

"존은 지금 몹시 가슴 아파하고 있소. 그 아인 조 케네디 2세가 태평양에서 영웅적 행위를 한 동생에게 주역의 자리를 빼앗긴 걸 괴로워했고, 전쟁이 끝나기 전에 반드시 혁혁한 공적을 세우고 싶어했다고 추억을 더듬고 있소. 이건 정말이지 우리 모두에게 비극이오."

"아드님들은 영웅적인 행동을 한 겁니다, 조! 당신이 선의의 경쟁정신을 지니도록 자식들을 가르친 결과입니다. 덕분에 아드님들이 기대 이상의 힘을 발휘한 것이고요."

"난 경쟁이 원인이라고 생각하지 않소, 에드거. 존은 조역으로 만족했을 겁니다. 존은 체격도 좋고, 건강도 훨씬 좋은 형을 능가하겠다는 생각을 한 적이 없는 아이오. 게다가 내 둘째아들이 지금 영웅이 된 것은 에드거 당신 덕분이오. 당신이 아니었다면 전쟁 내내 ONI에 처박혀서 먼지투성이 낡은 서류와 씨름하느라 천식환자가 됐을 것이오. 잉가 아르바트와의 사건으로 쫓겨나는 바람에 어뢰정을 지휘하는 기회가 주워졌고, 그러다가 그런 공로까지 세우게 되었으니 말이오."

"어쨌든 그 사건은 조지 워싱턴이 델라웨어 강을 횡단했던 일만큼이나 유명한 이야기가 됐습니다. 더군다나 어뢰정이 격침될 때 중상을 입은 부하까지 데리고 열 시간을 헤엄쳐 나왔다는 건 건강한 몸이라도 불가능한 일이지요."

"그렇지 않아도 등뼈에 문제가 있는데 배영 자세로 헤엄쳐 나왔으니 오죽했겠소. 어떻게든 상어 떼를 피해야 한다는 생각밖에 없었다고 말하더군요. 바다에서 혼자 버티는 것도 힘든데 부상당한 부하까지 끌고 나와 살렸으니……"

"지금은 어떻게 지내고 있습니까?"

"건강을 회복하는 데에만 전념하고 있소. 곧 척추수술을 받아야 하지요. 첫째는 죽고 둘째는 징집 유예 중이오."

"그런데도 태평하고 느긋해 보이는 건 놀라운 일이 아닐 수 없습니다."

"내가 말하기는 좀 그렇지만 그 아이는 심리적으로 상당히 불안한 상태인 것 같소."

"믿음으로 극복하지 않겠습니까?"

"오, 하느님! 제발 그랬으면 좋겠소."

"바통을 이어받을 자식은 또 있잖아요?"

"에드워드는 아직도 계집애들과 노닥거리는 열세 살 철부지지요. 그나마 로버트는 사람들의 주의를 끌고 싶어서 안달이긴 한데 키가 작은 걸 고민하고 있을 뿐 어떻게 자신을 부각시킬지 아직은 모르고 있어요. 아마 그 아이는 무공을 세우기 위해서라도 전쟁이 좀 더 길게 가기를 바라고 있을 게요. 하느님, 우리를 보호해주소서!"

"사업은 어떻습니까, 조?"

"전쟁으로 1,000만 달러를 벌었지만 아들을 잃었는데 그까짓 돈이 무슨 소용 있겠소. 에드거, 내 장남을 되살릴 수만 있다면 기꺼이 다 내놓고 싶은 심정이오."

"그 심정 충분히 이해합니다, 조. 만나 뵙게 되어 기쁩니다. 어떤 경우에도 나를 믿으셔도 된다는 말씀을 드리고 싶습니다. 겉으로 표현만 하지 않을 뿐 몹시 가슴 아파하고 있는 마음만은 알아주시기 바랍니다."

"당신의 마음을 충분히 알겠소, 에드거."


늘 그랬듯이 조 케네디는 내게 직접 말을 건네지 않았다. 그는 지구상의 인간을 욕심과 야심으로 가득 찬 진취형 인간과 무용한 인간, 두 가지로만 구분했다. 나를 무용한 인간으로 보는 것이 역력했다. 그러나 조 케네디가 어찌나 애처로워 보이는지 나는 그를 용서해주었다.

'돈이 없으면 행복하지 않고, 돈이 지나치게 많으면 너무 불행하다.' 누가 한 말인지 모르겠지만 두 번째 문장은 그의 처지에 딱 들어맞았다. 큰아들 조는 전사했고, 둘째아들 존은 지병인 척추질환이 악화되어 호전될 희망마저 사라진데다 말라리아에 걸려서 얼굴빛이 칙칙했다. 게다가 딸 하나는 뇌수술이 잘못되어 정신지체자가 되었다. 자녀들로 축구팀을 만들겠다던 케네디가는 가장 촉망받는 아들을 잃어버린 데 이어 귀족 출신의 영국인 갑부 — 전쟁이 끝날 무렵 독일군의 총격을 받고 사망했다 — 와 결혼하면서 파란을 일으켰던 딸 캐슬린마저 떠나보내야 했다. 캐슬린은 1948년 자신의 드 아빌랑 도브 경비행기의 추락사고로 실종되었다.

미신을 믿는 사람들은 케네디가의 차감 계정을 보살피는 수호신이 항상 차변과 대변을 똑같이 나눠주는 것이라고 떠들어댔다. 조 케네디는 부자가 되면 될수록 더 비싼 대가를 치를 운명이라는 이야기였다. 평범한 집안 출신의 나 같은 사람에게 위안이 되는 교훈이었다.

나는 적에게 매수당한 요원이 없는지 확인하고 충성심을 시험하는 자체 감사를 실시하자고 에드거에게 제안했다. 에드거는 동의하면서 각별한 주의를 당부했다. 내부 감사를 위한 특별조사반을 만들었다가 1차 조사가 끝나는 대로 해체하기로 결정했다.

나는 특수요원들을 제외하고 우리의 무보수 정보원들, 특히 조 케네디를 조사할 생각이었다. 도청 테이프를 통해 확보한 이런저런 대화에서 나는 특히 조 케네디와 아들 존의 대화에 주목했다. 오래전 일이라 정확한 내용은 기억나지 않지만, 존은 아버지의 야망을 짊어지고 있는 것 같기는 해도 정작 그 자신은 정치에 대한 욕심이 없어 보였다. 존은 우선 '정치는 체력 소모가 많은 직업이며, 속옷 갈아입듯 말을 바꿀 수 있는 이들에게나 어울리는 것'이라는 바람직한 생각을 하고 있었다. 존은 아버지와 많이 달랐다. 존은 신분의 고하를 막론하고 지적 매력이 있는 사람에게는 호감을 가졌다. 그는 혼자 생각하고 정의내리기보다는 어떤 주제에 대해 토론하기를 더 좋아했다. 유행이 지난 넥타이 장사꾼처럼 정치 경력을 내세우면서 아들에게 동기를 부여하려고 애쓰는 아버지의 노력이 가상하게 보일 정도였다.

아들의 정계 진출에 대해 추호의 의심도 하지 않는다는 듯 조 케네디는 어느 날 아들에게 말했다.

"나는 마음만 먹으면 운전기사든 누구든 내 돈을 전부 다 써서라도 미국의 대통령으로 당선시킬 수 있어."

존은 절대로 아버지에게 맞서지 않았다. 언변이 뛰어난 그는 자조적인 유머로 아버지의 요구를 거절하곤 했다. 어느 날, 조 케네디가 정치를 해야 한다고 주장하자 존은 대답했다.

"제가 안고 있는 건강 문제만으로도 즐겁게 살지 못한다는 걸 알면서도 아버지는 제게 형의 삶을 살라고 하시네요. 척추질환과 싸우며 이뤄낸 영웅적 행동이라고요? 그건 어두워서 알아채지도 못했던 일본 전투기에 격침된 어뢰정에서 운 좋게 살아남은 것일 뿐이었어요. 게다가 저는 부족할 것 없이 자라왔고, 세계관도 좁습니다. 이런 것들이 무슨 내세울 거리가 된다고 제가 정치에 뛰어들 생각을 하겠습니까? 어쨌거나 제가 떳떳이 나서려면 먼저 정신과 육체부터 건강해야 합니다."

조 케네디와 우정 어린 대화를 나눈 지 얼마 후, 에드거는 계속 그를 감시할 필요가 있는지 내게 물었다.

"나는 그 늙은이가 이제 지쳤다고 생각해. 상태가 그런 사람은 더 이상 주목할 필요가 없다고 보는데. 장남을 잃은 것으로도 모자라서 딸까지 그렇게 되었으니 망연자실할 만도 하지. 나는 비장감마저 들더군. 비열한 방식으로 재산을 불리는 걸 제외하면 할 줄 아는 게 아무것도 없는데도 정치에만 관심이 있으니. 그렇게 사태파악을 못하니까 저주를 받는 거야. 모든 사람이 그를 '훼방꾼'으로 여긴다는 걸 그는 깨닫지도 못하고 있어. 조 케네디는 남들을 귀찮게 하지. 이제는 존을 하원의원으로 만들려 하고 있어. 너무 심하게 밀어붙이지 않도록 조심해야지, 안 그러면 남은 아들마저 망치고 말 거야. 이런 상황에서도 웃 입고 다니는 거 봤지? 정말 딱한 사람이야. 그런 광신자 때문에 한때 그토록 초조해했던 걸 생각하면!"

내게 말하는 동안 에드거의 얼굴은 환하게 빛나고 있었다. 에드거는 하비 레스토랑으로 저녁을 먹으러 나가다가 청소년 범죄 예방위원회가 선물한 자신의 조각상을 한 바퀴 돌아보면서 미소를 지었다. 자신과 꼭 닮은 조각상을 보고 기분이 훨씬 좋아진 모양이었다.

"정도를 넘어서지는 말아야 하는데. 어쨌든 존은 크게 걱정할 만한 인물은 아냐. 그래도 또 모르니까 늙은이 감시는 그만두고 그 환자에게나 관심을 갖게."

이어서 그는 조 케네디에 대해 조롱을 가득 담은 말로 결론을 내렸다.

"늙은 케네디가 무력해진 지금, 우리가 친구까지 된다면 설상가상이겠지!"

나는 존 케네디에 대한 감시를 한시도 늦추지 않았다. 에드거가 존을 크게 경계할 필요 없는 인물로 간주했는데도 나는 감시를 게을리 하다가 후회하는 상황을 맞고 싶지 않았다. 에드거와는 달리 나는 존을 정치가로 성공할 능력이 있는 젊은이라고 생각했다. 나치 스파이 사건만 없었으면 그는 화려하게 정치에 뛰어들었을 것이다.

그때 만약 내가 그에 대한 조사를 중단했더라면 두고두고 후회하지 않았겠는가. 어떤 경우든 우리는 상대에게 만반의 준비가 되어 있는 것처럼 보여야 했다. 나는 존이 아버지와 나눈 대화를 도청하다가 그를 계속 감시해야겠다고 결심했다. 말투하며 드러나는 야심 때문에 나는 울화가 치밀었다.


"어쨌든 제가 정치인으로 성공하려면 잉가 아르바트와 호텔 방에 있을 때 FBI가 도청한 테이프를 찾아와야 합니다. 후버라는 작자와 아는 사이니까 그 일은 아버지가 맡아주세요."

"그래봐야 소용없어, 존."

"왜요?"

"후버가 복사를 해놓고 테이프를 넘겨줄 게 뻔하니까."

"그렇다면 그는 정말 비열한 인간입니다. 내가 여자와 즐기는 것까지 녹음하다니. 그 여자에 대해 아무런 증거도 없으면서 말입니다."

"그게 그자가 직무를 수행하는 방식이야, 존."

"그자는 인간쓰레기예요."

"네가 미국 대통령이 되는 날 제일 먼저 할 일이 FBI에서 그를 쫓아내는 거야. 그 점만 잊지 말거라."

"그게 바로 인과응보란 거죠."

"신경 쓸 것 없다. 그자는 대통령을 포함해서 정계의 모든 사람에 대한 신상 파일을 가지고 있으니까. 그자가 1924년부터 그 자리를 보존하고 있는 데는 그만한 까닭이 있지 않겠니? 역대 어떤 대통령도 그자를 자르지 못하는 걸 보면 모두 그에게 엄청난 약점을 잡혔다는 거지."

"제 생각에 그자는 오랫동안 권세를 누려서 기고만장해 있는 거예요."

"사람들이 그에 대해 뭐라고 하는지 아니?"

"아뇨."

"후버는 호모야. 유감스럽게도 그 상대는 클라이드 톨슨이고. 완벽한 도덕주의자 행세를 하면서 그렇게 끊임없이 사람들을 괴롭혔으니 언젠가는 그의 비리를 폭로할 사람이 나타나겠지. 존, 걱정할 것 없다. 그자는 약점이 많아서 너를 언제까지고 방해할 수는 없어."


그 시절에 자자하게 떠도는 소문만 빼면 이 대화에서 내가 크게 불안해할 만한 것은 하나도 없었지만, 존 케네디가 정치에 입문할 준비를 하고 있다는 것은 아주 명백하게 드러났다. 따라서 나는 에드거가 지시한 것보다 더 강도 높게 존을 감시했다. 오로지 아들을 위해 정치 일선에서 사라지기로 작정한 듯 보이기도 했지만 나는 조 케네디에 대한 감시를 계속하는 것이 현명하다고 생각했다. 물론 조 케네디에 대한 도청 자료는 에드거에게 보고하지 않았다. 굳이 그를 거역하는 태도를 내보일 필요는 없었기 때문이다.

전쟁터에서 돌아온 후부터 존 케네디는 의병제대를 기다리면서 건강 회복에 전념했다. 그의 표현에 따르면 1944년에 받은 척추수술은 참담하게도 실패했다. 그는 따뜻하고 건조한 애리조나에서 크리스마스를 보내고 돌아온 뒤에 국제연합이 샌프란시스코에 설립한 허스트 그룹의 특파원으로 사회에 첫발을 내디뎠다.

그는 '사냥 코스'를 둘러보기 위해 할리우드를 찾기도 했다. 스스로 섹스에 열중한 시기라고 밝힌 그 시절에 그는 하루가 멀다 하고 여자를 갈아치우면서도 만나는 여자에게 자신의 유일한 사랑이라는 느낌을 주었다. 그는 육체적, 지적 매력뿐 아니라 신체적 약점 때문에 고통스러워하는 얼굴로 연민을 불러일으키는 노련한 매력까지 갖추고 있었다.

그러나 존은 아무 생각 없이 무작정 쾌락에 빠져드는 남자가 아니었다. 그가 할리우드에 매료된 것은 반짝했다가 사라지는 신인여배우들이 쉽게 몸을 바치기 때문이 아니었다. 그는 할리우드의 상업적 요소를 응용하여 내심 미국 가정으로 파고들 이미지 전략을 구상했다. 그는 자신이 마음먹고 뛰어들었을 경우 정계 판도에 대한 전망을 가늠하고 있었다. 트루먼과는 정반대였다. 꿈을 주는 인물로 자신을 부각시키면서 카리스마로 대중을 사로잡아야 한다고 존은 판단했다. 정보원들이 인용한 표현대로 '정치에 적용한 섹스어필'은 당시 그가 좋아하는 대화의 주제였다.

1945년 그는 제일 좋아하는 누나 캐슬린과 여름을 보내기 위해 영국으로 떠났다. 그는 그 기회에 전쟁으로 폐허가 된 유럽 땅에 침투하여 언론사 특파원으로서 처칠의 선거 패배를 예측하고, 변심하는 유권자를 미리 예견할 수 있는 능력을 보여주었다. 그는 형의 사랑을 받았던 마지막 여인인, 오스트레일리아 출신의 팻 윌슨을 방문했다. 그녀의 슬픔은 케네디 일가만 달래줄 수 있는 것인지, 그녀는 미확인 전사자에게 경의를 표하는 뜻에서 존과 추억을 나누며 하룻밤을 보냈다.

$$14$$

"제임스, 보스턴 시장직에 전념하기 위해 의원 선거에 출마하지 않는다는 말이 들리던데 그냥 소문이요, 아니면 당신 생각이요?"

"완전히 근거 없는 소문은 아닙니다, 조. 당뇨병으로 고생을 하고 있는 터라 두 가지 직책을 수행하는 게 무리이긴 하지만 솔직히 말하면 아직 어떤 결정도 내리지 않았어요."

"충분히 이해하오, 제임스. 헌데 상황이 좀 급해서 말이오. 고충이 많다는 건 알고 있소. 그래서 말인데 내가 도와주면 어떻겠소?"

"당신의 도움이 필요할 수도 있겠지요. 하지만 전화로는……."

"설마 하니 그 늙은 악당 후버가 우리처럼 명망 있는 사람들의 통화까지 도청하겠소? FBI와 특별한 관계를 맺고 있어서 내가 기회가 있을 때마다 도움을 주고 있으니 안심하시오."

"하지만 불법 우편물 개봉 사건에 대한 연방재판 때문에 신경이 쓰여서요."

"그 문제는 걱정하지 마시오, 제임스. 그건 그렇고 당뇨병 치료 때문에 지출이 많겠군요."

"말씀을 꺼내시니 하는 말인데 솔직히 어떻게 감당해야 할지 모르겠습니다."

"당신이 너무 청렴해서 금전문제를 쉽게 해결할 수 없는 거요, 그렇지 않소, 제임스?"

"그건 그렇지요."

"당신이 두 마리 토끼를 동시에 잡는 문제로 고심하고 있는 건 이해해요. 그래서 당신은 모든 문제를 해결할 수 있고, 나는 뭐랄까…… 야망을 실현할 수 있는 한 가지 우정 어린 제안을 하려고 하오. 처음에는 내 아들 존을 주지사 밑으로 들여보낼 생각도 했지만, 좋은 해결책이라는 생각이 들지 않는단 말이오. 당신이 의원을 계속하지 않을 생각이라면 내 아들에게 더할 수 없이 좋은 기회가 될 거란 생각이 들었소. 제11 선거구는 존에게 아주 적합한 지역이기도 하고."

"하버드와 매사추세츠 공과대학이 있지만 뉴잉글랜드에서 가장 가난한 지역이라는 것도 잊지 마세요. 내가 알기로 케임브리지 시장 마이크 네빌도 잔뜩 기대를 걸고 있습니다. 그 지역 정신에 아주 잘 맞는 인물이죠. 자수성가한 사람이니까. 그런데 존은 백만장자의 아들로 태어났으니 출생 신분부터 결점이 될 겁니다, 조."

"하지만 내 아들은 전쟁 영웅이라는 이점이 있는 반면에 네빌은 전쟁터에 나간 경험이 없소."

"그 지역이 전통적으로 민주당 표밭인 건 확실하지만 가난한 아일랜드인들과 이탈리아인들밖에 없습니다. 게다가 민주당 예비선거에서 승리할 확률도 없지 않습니까? 네빌은 그 지역에서 인기가 아주 많아요."

"그건 내가 알아서 할 일이오, 제임스. 내 제안을 들어보시오. 알다시피 나는 솔직한 사람이오. 당신의 치료비 일체를 내가 부담하고, 보스턴 시장 재당선에 필요한 자금도 내가 책임지겠소. 이 정도 거래라면 만족하겠소?"

"생각해봐야겠습니다, 조. 하지만 당신과 나 사이에 길은 열려 있습니다. 일단 타협이 이뤄져야 합니다. 아드님의 입후보를 공식적으로 지지하지는 않을 겁니다. 그리고 민주당 투사들이 갑자기 막대한 재력을 가지고 당신이 선거구에 끼어드는 걸 나쁜 눈으로 볼까 봐 걱정입니다. 내 생각에는 그들이 존에게 소방서, 경찰서, 공공장소에서 선거운동을 허락하지 않을 것 같아요."

"문제없소, 제임스. 그건 우리가 알아서 헤쳐 나가겠소. 학교, 교회, 허스트 그룹의 〈보스턴 아메리칸〉이 우리를 지원해줄 거요."

"조, 불쾌하게 들리겠지만, 많은 사람은 당신이 재산 대부분을 술장사로 벌어들였다고 생각하고 있습니다."

"나도 알고 있소. 그래서 나는 이미 그 선거구에 내 자본을 몽땅 투자했어요."

"그리고 존은 너무 젊고, 또 행동이 좀 경박……."

"그 아이가 너무 젊어서 일본군과의 전쟁에 나갈 수 없다고 생각한 사람은 아무도 없었소이다!"

"난 단지 존이 극복해야 할 여러 장애물을 짚고 넘어가자는 뜻에서 말하는 것뿐입니다."


나는 존 케네디가 노련한 정치인처럼 선거운동을 하고 있다는 보고를 받았다. 존은 트롤리버스를 타고 도시를 누비면서 선거운동을 시작했다. 사람들은 언론에서 찬사를 아끼지 않았던, 중상 입은 부하를 구한 영웅을 보기 위해 그에게 몰려들었다. 그는 사람들에게 일일이 악수를 청했다. 선거 캠프의 보좌관 중 한 사람인 브로데릭이 "신사숙녀 여러분, 의원 선거에 출마한 존 케네디 후보입니다" 하고 외치는 사이에 그는 유권자들과 악수를 나누면서 자연스럽게 인사했다.

"안녕하십니까? 저는 존 케네디입니다."

존 케네디는 어머니 로즈 여사를 대동하고서 웨스트버지니아 주에 있는 찰스턴의 어머니들을 찾아가 호소했다. 그들은 그때까지 존재도 모르고 있던 세상의 어느 한 구석에서 아들을 잃은 어머니들이었다. 참전군인이었던 그는 빈민가를 돌며 집집마다 들러 일일이 어머니들을 만나는 것으로 모성애를 자극했다.

"저는 어머님들의 심정을 누구보다도 잘 압니다. 그런 의미에서 저의 어머니도, 여기 계신 어머님들도 모두 금메달 감 어머니들이십니다."

어머니들은 팔다리만 긴 그 왜소한 젊은이에게서 부활한 자식의 모습을 보았다.

존은 예비선거를 위해 선거운동을 하는 동안 여러 차례 위기를 맞았다. 그중 몇 가지 우려할 사건은 대중의 눈을 피했지만 우리 정보원들의 눈을 피하지는 못했다.

개표하는 동안 그의 아버지는 사냥이 끝날 무렵의 사냥개처럼 바쁘게 뛰어다녔지만 존은 조부모를 모시고 영화 「카사블랑카에서의 하룻밤」을 보러 갔다.

예비선거에서 승리를 거두었으니 민주당 우세지역에서 공화당 후보를 이긴 것은 형식적인 절차에 불과했다. 1946년 11월, 본선에서 존 케네디는 공화당 후보를 압도적인 표차로 누르고 승리했다. 내가 다른 사람을 통해 들은, 존의 유일한 반응은 한 친구에게 큰소리치며 털어놓은 속내였다.

"내게는 아버지가 그 막강한 재력으로도 살 수 없는 몇 가지 장점이 있는 게 틀림없어."


1947년 1월에 소집된 제50차 연방의회에서 공화당은 과반수 의석을 차지했고, 민주당은 새로운 하원의원 두 명을 배출하는 등 급격한 변동이 일어났다. 존 케네디는 내셔널 프레스센터에서 또 한 명의 젊은 당선자와 만났다.

"부어히스를 누르고 승리하셨는데, 쾌거를 이룬 소감이 어떻습니까?"

"기뻐서 어쩔 줄 모르겠습니다."

리처드 닉슨이 대답했다.

젊은 초선 의원들 — 존은 닉슨보다 네 살 아래였다 — 의 외모는 판이했다. 청렴결백을 상징하는 이미지와 치약 상품을 광고하듯 깨끗함으로 포장된 이미지, 그러나 그들의 선거 뒷이야기에서는 바닥을 드러낸 습지처럼 역한 냄새가 풍겼다. 하지만 에드거는 나와 마찬가지로 그 문제에 관해서는 그다지 세심한 주의를 기울이지 않았다.

후보자가 어떻게 당선되었든 아무래도 좋았다. 중요한 것은 결과였다. 민주당에 절대적으로 불리한 의회에서 존 케네디는 두려움의 대상이 아니었다. 그는 노동법, 근로환경, 반체제 인사들, 이데올로기 확산 등 관심을 기울이고 싶은 분야를 명시했다. 사회정책 분야에서 약간 엉뚱한 태도를 보이기는 했지만, 노조 대표자들의 신뢰를 얻는 민중선동 방식은 열정적이었고, 반공주의 역시 닉슨이 표방하는 것 못지않게 확고한 태도를 보였다.

제11 선거구에서 존을 위해 입후보를 사퇴했던 컬리는 결국 위법행위로 6개월 징역형을 선고받았다. 대통령에게 사면을 바라는 탄원서가 곧바로 손에서 손으로 전해졌다. 매사추세츠 주에서 가장 명망 있는 민주당 의원 맥코맥과 청렴함의 표본인 공화당 의원이 서명운동에 앞장섰다. 국가의 주요 인사들이 모두 탄원서에 서명했다. 물론 조 케네디는 예기치 않았던 변호사 비용을 추가로 써야 했다. 쿠싱 추기경도 면죄에 찬성했다. 존 케네디는 아버지의 설득에도 불구하고 끝내 서명하지 않았다. 트루먼 대통령도 사면에 동의하지 않았다. 존 케네디는 정치가로 자신의 능력을 측정하는 중이었다.

*15*

"저와 독대를 허락해주시다니 영광입니다, 대통령 각하."

"영광이라고요? 천만의 말씀, 후버 씨. 행정부가 합리적으로 돌아가도록 내가 애쓰고 있다는 걸 알고 있을 텐데요. FBI의 막강한 영향력이 법무장관의 권한을 넘어선다는 소리를 들으면서도 그건 내 소관이 아니라는 생각에 그냥 지켜보고 있었소. 그런데 분명히 잘못이었소. 법무장관은 계속 바뀌고 있는데 당신은 자리를 보존하고 있으니."

"엄밀하게 말하자면 아마도 남들과 달리 제가 정치적 야심이 없기 때문일 겁니다."

"당신은 교활하고 아주 무서운 사람이오. 나는 특히 당신의 방식을 인정하지 않는다는 걸 분명히 했소. 그 방법이 연방경찰이라기보다는 정치경찰의 행동에 속한다고 생각하기 때문이오. 국민과 의원들의 호평을 얻고 있다는 것도 알아요. 나의 재선을 막기 위해 당신이 무슨 일을 하고 있는지도 물론 알고 있소. 당신은 반공주의를 앞세워 공화당을 이용하면서 실속을 차리고 있소. 나는 당신의 윤리의식에도 동의하지 않소. 사생활을 캐내고 약점을 잡아 사람들을 옭아매는 그 방식도 내 상식과는 아주 거리가 멉니다. 나는 당신네 연방수사국이 캐내 오는 뒷 조사 따위에는 관심이 없소. 당신 또한 그걸 모르지 않을 것이오. 나는 매카시 상원의원이 당신 쪽 사람인 걸 알고 있소. 그래서 이 얘기를 꺼내는 것이오. 알코올중독자나 다름없는 의원이 FBI의 도움을 받지 않고서야 어떻게 그 많은 정보를 얻을 수 있었겠소?"

"이의를 제기합니다, 대통령 각하."

"착각하지 마시오, 후버 씨. 나는 복수하겠다는 것이 아니라 정책을 원활하게 펴나가기 위해 진실을 똑바로 세우려는 것이오. 위스콘신 주 상원의원 매카시가 공산주의에 대해 내가 관대하다고 떠들어대는데, 그자가 폭로한 것들이 엉터리라는 건 모두가 알고 있는 사실이오.* 또 공산주의보다는 범죄조직이 훨씬 위협적이라는 사실도 우리 모두 알고 있소. 상당수의 공화당 의원들, 그중에서도 젊은 의원 리처드 닉슨이 앨저 히스 사건에서 보여준 증오심은 좀 지나친 것 아니오?"

"대통령 각하, 감히 말씀드리자면 훨씬 더 젊은 나이에 민주당 후보로 출마해 당선된 하원의원 존 케네디도 그에 못지않습니다. 전미 자동차 노동조합의 활동가 해럴드 크리스토펠을 공산당의 비밀공작원으로 몰아붙였으니까요."

"나도 소련 행동대원들이 정부에 침투하는 것을 철저히 경계하자는 주장을 지지하고 있소. 하지만 할리우드의 조명기사까지 공산주의자

---

* 1950년 2월, 조지프 레이먼드 매카시 상원의원은 "지금 내 손에 공산당원으로 소련 스파이 노릇을 하는 국무부 관리 205명의 명단이 있다"고 주장하면서 엄청난 파문을 일으켰다. 이 '폭로'는 사실적인 근거가 없는 것으로 밝혀졌지만 삽시간에 전국으로 퍼졌다. 2차 세계대전 직후 시작된 미·소 냉전에 편승해 극우 정치인들의 입지를 넓히면서 미국의 외교정책은 정도를 벗어나 반공 노선을 걷게 되었다.

로 몰아세우는 '적색분자 색출 소동'은 생각도 못한 일이오. 사적인 대화를 하고 있으니까 하는 말인데, 우리 정부는 부패 때문에 훨씬 더 큰 위험에 빠져 있다고 나는 확신하오. 나는 오래전부터 신뢰했던 사람들을 요직에 앉혔소. 한데 그들은 얼마 되지 않아 뭔가 켕기는 듯이 행동하고 있소. 그 모습을 본다는 건 정말 씁쓸하기 짝이 없소. 고속도로 통행료만큼이나 익숙해진 부패척결 시스템을 정착시키지 못한 이들이 권력을 이용해 자기들뿐만 아니라 친구들까지 탈세하도록 도와주고 있소."

"그리스도도 제자들 중 한 명에게 배신을 당하지 않았습니까, 대통령 각하."

"미안하지만 그건 짚고 넘어가야겠군요, 후버 씨. 예수 그리스도는 유다에게만 배신당한 것이 아니오. 도마와 베드로도 그를 모른다고 부인했으니까. 베드로는 세 번이나 부인했소."

"그건 좀 놀랍습니다. 제가 경찰에 들어오기 전에는 장로교 성직자가 되려고 했다는 걸 아마 아실 텐데요. 저는 거의……."

"나 역시 성경에 대해 잘 알고 있다고 자부하는 사람이라 그 점에 대해서는 단언할 수 있소. 그래도 내 말을 믿지 못하겠다면 특수요원 몇 명을 시켜서 조사에 착수하든가. 그건 그렇고 내가 말하고자 하는 요점은 그게 아니오. 정부의 오랜 규정에도 불구하고 수장으로 지명되지 않기를 바라는 사람들이 있다는 걸 알고 있소. 그래서 법무장관을 추천해서 승인받을 생각이오. 현 법무장관은 자질에 문제가 많아서 그래야 할 것 같소."

"맥그라스를 해임할 거란 뜻입니까?"

"아직 모르겠소. 하지만 그 사람은 탈세를 눈감아주는 좋지 않은 버릇이 있소. 법무장관에겐 있을 수 없는 일인데 말이오. 그래서 내가 한 사람을 추천하려고 하오."

"그게 누구입니까?"

"바로 당신이오. 뜻밖이라는 얼굴이군요. 방금 도저히 호의적일 수가 없다고 표명해놓고서 어떻게 법무장관으로 임명할 수 있는지 의아하겠지요. 하지만 최소한 당신은 나를 배신하지 않았소. 사생활 또한 한결같소. 고위층 관료를 해고하려면 사실에 근거한 철저한 조사가 필요하오. 그럴 자격이 있는 사람이 당신밖에 없어서 말이오. 어떻게 생각하시오?"

"그런 청을 받다니 감개무량합니다, 대통령 각하."

"이런 제안을 받아본 적이 없었던 건 아니겠지요?"

"한 번도 없었습니다."

"제안을 받아들이겠소?"

"생각해보겠습니다만, 아무래도 선뜻 받아들일 수 있는 일은 아닌 것 같습니다. 어쨌거나 오늘까지 상관으로 모셨던 분에 대해 실사를 벌여야 하는 일인데 명분도 그렇고, 모양새도 그렇고……."

"그럼 내 제안을 거절하겠소?"

"솔직히 말하면 정말 두렵습니다, 대통령 각하."

"알겠소. 그럼 오늘은 이 정도로 해둡시다. 하지만 수사는 잊지 마시오!"

"수사라니요?"

"예수 그리스도에 대한 FBI 수사 말이오."

에드거가 트루먼 대통령의 부름을 받았을 때 나는 대수롭지 않게 여

144

졌다. 우리는 대통령 선거운동에서 편견을 드러낸 적이 없었고, 재선된 대통령이 자신과 정치적 입장이 다른 공무원들을 처벌하기로 결정하는 것은 당연한 일이었다. 나는 얼굴이 일그러질 정도로 난처한 표정을 짓는 에드거를 보면서 그가 최악의 상황에 놓였다고 생각했다. 그는 잠자코 내 맞은편에 앉았다. 내가 감히 물었다.

"문제가 생겼어요?"

멍한 눈길로 나를 쳐다보다가 그는 나직한 음성으로 말했다.

"아니, 난처해서."

"파면된 건가요?"

"아니, 나에게 법무장관직을 제안하더군."

"그래서요?"

"거절했어. 무슨 생각으로 그랬을까? 나를 풋내기 취급하더군. 내가 배후에서 사람들을 청소해주길 바라고 있군. 그래 놓고서 다음 선거에서 나를 쫓아내려는 속셈인 게 뻔해. 법무장관직을 받아들이느니 차라리 당하고 말지. 맙소사……."

"그래도 그게 오히려 긍정적인 것 아닌가요?"

"아니, 그 비열한 인간은 성경 얘기로 감히 나를 시험했어. 아주 기분이 더럽더라고."

그가 벌떡 일어나더니 내 사무실 문을 열고 소리쳤다.

"설리번을 들여보내! 예수 그리스도에 대한 수사를 그에게 맡겨야겠어."

*16*

그날, 에드거와 나는 57번가와 렉싱턴 호텔 사이의 후미진 길을 산책했다. 에드거는 혼자 나가려고 했지만 나는 호텔 방에 처박혀 있고 싶지 않았다. 내가 한사코 우기자, 혼자 있고 싶은 심정과 나를 서운하게 만들고 싶지 않은 마음 사이에서 갈등하던 에드거는 마지못해 수락했다.

우리를 향해 다가오는 뉴욕 폭력조직의 보스 프랭크 코스텔로를 보았을 때, 나는 북대서양에서 언제 불쑥 나타날지 모를 빙산을 살피는 파수병 같은 심정으로 그를 관찰했다. 우연의 일치라고 하기에는 왠지 자연스럽지가 않았다. 나는 밝은 베이지색 양복이 주는 느낌만큼 코스텔로의 마음이 그리 편안한 상태가 아니라는 것을 단박에 알아차렸다. 이를 악물고 있는 듯한 입술, 검은 눈에 난처해하는 기색이 역력했다. 그래도 그는 우리에게 인사를 하기 위해 모자를 벗었다. 불안한 심리상태를 감추기 위해 반사적으로 나오는 행동이었다.

"후버 씨, 이렇게 뜻밖에 만나게 되다니 정말 믿기지가 않습니다."

"내 눈을 믿을 수 없군요, 코스텔로 씨. 정말 오랜만입니다."

"마침 잘 만났습니다, 만나서 꼭 할 얘기가 있었는데."

"클라이드 톨슨이 FBI의 2인자이자 나의 분신이나 다름없는 사람이라는 것은 아시지요? 이 사람 앞에서는 무슨 말이든 기탄없이 해도 됩니다."

코스텔로는 일단 고갯짓으로 나에게 인사를 하고는 한참 훑어보다가 악수를 청했다. 나를 알아보았던 것이다. 우리는 경마장에서 만난 적이 있었다.

"문제가 좀 생겼습니다, 후버 씨. 범죄조직과 밀거래 관계를 수사하는 상원 특별위원회에서 우리를 조사하고 있습니다. 상원의원 키포버와 그 일당이 엄청난 서류를 작성해놨다는데, 그 정보의 출처가 어딘지 그리고 왜 우리를 죽이려고 하는지 그 이유를 아십니까?"

"키포버는 민주당 의원이고, 요즘 주도권을 잃었기 때문에 민주당이 위원회를 구성한 거죠. 민주당은 공산침략의 위험보다는 오히려 범죄조직이 훨씬 더 위험하다고 주장하고 있어요. 하지만 우리는 계속해서 범죄조직의 존재를 부인하고 있지요."

"우리라면?"

"공화당과 FBI 말이오."

"심문수사는 누가 하고 있습니까?"

"우리는 분명히 아니오. 키포버 의원이 내게 두 번이나 수사 협조와 몇몇 증인의 신변보호를 요청했는데 나는 두 번 다 거절한 바 있소."

"하지만 증인들은 분명히 신변보호를 받고 있지 않았습니까?"

"어쨌든 우리는 아닙니다. 우리의 규정상 법무장관과 대통령을 제외한 어느 누구도 밀착경호를 할 수 없소."

"그럼 누구일까요?"

"마약위원회죠. 앤슬링거가 현장검증과 증거서류를 작성한 걸 보면."

"망할 자식!"

"프랭크 씨, 텍사스 출신의 영향력 있는 내 친구들이 증인으로 나서 줄 것이오."

"예를 들면요?"

"머치슨, 조 케네디, 윈첼, 빌링즐리, 로젠스틸과 스킨."

"키포버는?"

"민주당이 대선 후보로 자신을 지명해줄 것으로 믿고 있는 대통령의 생각을 읽고 그가 주제넘게 나서고 있는 거지요. 선의의 표시로 알려주는데, 그는 곧 위원회의 수장 자리에서 물러날 겁니다."

"왜요?"

"내가 그만두게 할 수 있으니까요."

"이번 일에 FBI가 아무 관련이 없다고 단언할 수 있습니까?"

"단언합니다, 프랭크. 맹세하겠소."

"계속 연락을 드리겠습니다, 후버 씨."

"좋습니다, 코스텔로 씨."


나는 이 만남이 우연이었다고 생각하지 않았다. 에드거는 비밀리에 유지하고 있는 범죄조직과의 관계를 결국 내게 알리는 쪽으로 마음을 바꾼 것이다. 앞으로 몇 달 동안은 분명히 이 관계의 중요성이 커질 것이다.

미국 역사상 처음으로 의회 조사가 텔레비전으로 방송되었다. 2,000만 명 이상의 시청자들이 키포버 위원회의 심문 과정을 텔레비전으로 지켜보았다. 그들은 루치아노, 감비노, 콜롬보, 루케스, 트래피칸트, 마르첼로 등 마피아 보스들의 흥분한 얼굴도 똑똑히 보았다. 에드거와 나도 텔레비전으로 그 과정을 지켜봤다. 코스텔로는 카메라가 지나갈 때, 아니라고 부인하듯 뼈마디 굵은 손으로 얼굴을 가렸다. 증인 둘은 주눅이 들어서 증언을 하지 못했다.

1951년 5월, 자신의 이름까지 붙인 위원회에서 범죄조직에 대한 첫 번째 대대적인 조사를 벌였던 상원의원 키포버는 예상을 뒤엎고 여러 가지 납득할 수 없는 이유를 들어 사퇴 의사를 밝혔다. 50개 도시에서 800명의 증인이 그를 찾아와 그는 테네시의 무명 상원의원에서 1952년 대통령 선거 민주당 후보로 공천을 받을 정도로 유명세를 타고 있었다. 때문에 사임은 뜻밖의 일이었다.

사실은 테네시 주 선거운동의 협력자이자 친구인 허버트 브로디가 3주 전 내슈빌에서 경찰에 체포되었기 때문이었다. 1948년의 선거운동 자금 중에서 증발한 거액의 돈과 후보자 개인의 계좌에 입금된 출처불명의 수표 금액이 일치하는 것으로 밝혀졌다. 그런데 문제는 그 돈이 선거법 위반에 해당되는 불법자금이었다. 키포버가 현금으로든 여자로든 대가성 상납을 받은 부패 정치인이었다는 것이 우리에게는 다행이었다. 그의 사임으로 에드거는 코스텔로에게 한 말을 입증한 셈이었다. 비록 코스텔로에 대한 수사가 중단된 것은 아니었지만.

17

트루먼이 선거 전날이 되어서야 뒤늦게 불출마를 선언했을 때, 존 케네디는 우리 머릿속에 중요한 자리를 차지하고 있지 않았다. 우리의 촘촘한 연락망을 통해 거의 자동적으로 전달되는 정보가 없었다면 그는 아마도 우리의 뇌리에서 까맣게 지워졌을 것이다. 물론 언론은 우리와 같은 입장을 표명하는 젊은 의원을 입이 마르도록 칭찬했다.

존 케네디는 열렬한 반공주의자였다. 민주당 동료의원들조차 조합에 잠입한 공산주의자들에 대한 그의 거센 공세를 곤혹스러워할 정도였으니, 이 점에서 있어서는 리처드 닉슨에게 뒤지지 않았다. 존은 뉴잉글랜드의 민주당 고참 의원들과 적당한 거리를 두었고, 당의 방침을 거부하고 신념에 따라 행동했다. 최연소 하원의원인데도 늙은이처럼 보이는 자신의 신체적 약점을 가리기 위해 그는 놀라운 에너지를 발휘했다. 또 자신의 건강상태에 대한 질문은 일절 사절했다. 그가 허약한 이유가 척추질환 때문이라고 믿는 사람은 아무도 없는 것 같았다. 신체적으로 허약하다고 지성이 약화되는 것은 아니어서 그는 공산주의에 대한 투쟁 외에 근로환경에 대한 문제에도 전념했다.

그는 체질이 허약한 남자치고는 놀라운 정력을 보이며 여자들을 농락했다. 신체적 약점 때문에 성행위가 너무 급한 남자라고 노골적으로 평가하는 여자들도 있었다. 하지만 그의 세련된 매너를 인정하지 않는 여자는 한 명도 없었다. 그는 섹스를 하기 전에 긴 대화를 하면서 여자의 기분을 맞출 줄 알았다. 그는 한번 눈독 들인 여자에 대해서는 관심을 끊지 않고 그 관계를 즐기다가 스캔들 없이 조용히 매듭을 지었다.

포식동물 같은 그는 몇 달 후, 때로는 몇 년 후 먹이를 버릴 때 처음부터 오로지 쾌락을 원했을 뿐이라는 듯 야비한 모습을 드러냈다. 그는 실제로 일시적인 관계를 맺은 남자처럼 행동하면서도 영원한 사랑을 하는 듯한 느낌을 주었다. 그는 아버지가 마련해준 집으로 여자를 불러들이는 등 생활이 문란했다. 새로 온 여자는 이미 그 집을 거쳐 간 여자의 흔적―소파 틈새에 끼어 있는 새틴 팬티, 먹다 남은 음식, 두 권의 국제정치서 사이에 긴 채로 곰팡이가 슨 햄버거 조각―을 발견했다. 남자친구들도 지성과 유머에 매료될 정도로 그는 언변이 뛰어났다.

나는 마음 한편으로 그를 좋아한다고까지는 아니지만, 적어도 존중해줄 수는 있다. 존 케네디는 정치사상을 전략으로 이용하기보다는 오히려 스타일로 창조하려고 애쓰고 있었다. 하지만 에드거와 나, 우리가 속한 세대에는 그를 상징하는 모든 것이 허용될 수 없었다. 그는 너무 부자고, 너무 경솔하고, 너무 지성적이고, 너무 방탕하고, 너무 부도덕했다.

내 기억이 틀리지 않다면, 의회 회기가 끝났을 때 존 케네디는 유럽 조합들의 실태를 조사하기 위해 영국으로 떠났다. 공산주의자들이 미국의 조합 내부에 세포를 조직하지 않았을까 하는 불안이 점점 더 커지고 있었기 때문이다. 그는 그 기회에 아일랜드에 들러서 여동생을 만날 겸 가족 순례의 길에 오르는 여유를 가졌다. 예외 없이 그는 여동생의 친구를 유혹했다. 하지만 그는 지병이 악화되어 런던으로 실려 가는 바람에 그 여성과 헤어졌다.

그가 모든 걸 털어놓고 지내는 절친한 친구를 통해 그의 건강상태에 대한 소문의 진위를 파악할 수 있었다. "의사들이 마침내 내가 쓰러진 건 에디슨병(부신피질이 결핵이나 암 또는 원인불명의 이유로 양쪽 다 침해당하여 부신피질호르몬의 분비가 감소하여 일어나는 병-옮긴이) 때문이라고 진단하더군. 백혈병처럼 불치병인가 봐. 부신피질이 점차 파괴되는 이상 장애로 인해 심장의 주요 근육이 타격을 받는 건데……, 클럽의 대모 제인 오스틴이 바로 이 병으로 마흔한 살에 사망했어. 군의관은 예의상 그랬는지 내게 자세한 얘기는 해주지 않고, 많이 살면 마흔다섯이라고 하더군. 부신피질호르몬제인 코르티손 처방이 효과가 있다면, 앞으로 살날이 한 15년은 남아 있다는 거니까 그만하면 괜찮은 편이지. 모든 사람에게 이런 행운이 있는 건 아닐 테니까. 근데 웃기는 건 내가 꼭 갑작스런 죽음으로 생을 마감할 거라는 생각이 든단 말이지. 내가 근육기능 저하로 서서히 죽을 거란 상상은 해본 적이 없어. 그래서 그 의사의 예감은 헛소리 이상도, 그 이하도 아냐."

퀸메리 호를 타고 미국으로 돌아오던 중에 존 케네디는 상태가 악화되었고, 가톨릭 신부에게 병자성사까지 받았다.

그 정보가 입수되었을 때, 나는 그의 기록을 들춰볼 필요가 없다고 확신했다.


논설위원들의 일반적인 의견에 따르면 1952년의 대통령선거는 미국 역사상 가장 추잡한 선거였다. 어떤 점에서 그런지 나는 몰랐다. 맥아더 장군이 공화당 후보로 출마하는 것이 문제가 되었다. 결국 유럽 연합군 사령관 맥아더는 드와이트 아이젠하워에게 자리를 넘겨주었다.

예비선거에서 태프트를 누르고 승리한 아이젠하워는 리처드 닉슨을 러닝메이트로 삼아 선거운동을 벌였다. 닉슨은 마흔 살도 안 됐지만 백전노장 정치가처럼 처신하고 있었다. 게다가 반공 투쟁에서 얻은 명성으로 확실한 기반을 갖추고 자신의 서부지역 캘리포니아 선거지반에서부터 보수층의 마음을 사로잡았다.

에드거는 아이젠하워 후보를 좋게 보고 있었고, 젊은 닉슨에 대해서도 만족감을 감추지 않았다. 닉슨은 아주 대중적인 방식으로 경쟁후보들에게 우스꽝스런 별명을 붙여 조롱했다. 아이젠하워가 점잖은 선거운동을 하려고 노력하는 동안 닉슨과 그의 측근인 매카시와 제너는 중상모략과 비방을 일삼았다.

매카시는 텔레비전을 이용해 민주당 후보 아들라이 스티븐슨에게 결정타를 날리기로 계획을 짰다. 그 공세는 일리노이 주와 메릴랜드 주의 지방경찰청에서 FBI가 얻어 그들에게 제공한 정보를 근거로 한 것이었다. 두 개 주에서 스티븐슨은 동성애 혐의로 체포되었다. 일리노이의 주지사는 석방되었다. 에드거는 동성애 주장을 순전히 주지사라는 자리에서 끌어내리기 위한 고의적인 인신공격이라고 비난했다.

스티븐슨의 전 부인은 심각한 편집병에 시달리고 있었다. 그녀는 초대받은 파티석상에서 자신의 전 남편은 동성애자가 틀림없다고 단언했다. 그녀는 남편이 셀 수 없을 정도로 외도를 많이 했다고 덧붙이면서 누군가를 죽였다는 주장까지 했다. 닉슨은 축복 받은 양식과도 같은 이 모든 정보를 언론사에 흘렸다. 그 정보를 한 언론사에 흘리는 것보다 모든 언론사에 알리는 것이 훨씬 효과적이라는 점을 이용한 조치였다.

매카시는 스티븐슨이 동성애자라는 주장을 감히 공식적으로 공개하지 못했다. 아이젠하워의 비리를 폭로하겠다는 민주당의 역공이 있었기 때문이다. 민주당의 한 인사는 마셜 장군의 편지를 가지고 있다고 알렸다. 이이젠하워는 운전기사였던 케이 서머스비라는 여성과 결혼하기 위해 전쟁이 끝난 뒤에 이혼 계획을 세우고 있었는데, 이를 통렬히 비난하는 내용이 담긴 편지였다.

공방전은 선거당일까지 계속되었고, 그 외중에 442표를 얻은 늙은 장군이 89표를 얻은 스티븐슨을 누르고 압승을 거뒀다. 비록 20년째 지속되는 민주당의 표밭에서 거둔 승리였지만, 아이젠하워는 우리가 퍼뜨린 소문이 그 승리에 적지 않은 영향을 미쳤다는 것을 의식하고 있었다.


아이젠하워의 대통령 재임 기간에 우리의 생활은 그 어느 때보다 아주 편안했다. 우리의 행동을 인정해주는 몇 차례의 연설 외에도 아이젠하워는 에드거에게 그 이전의 어떤 대통령도 하지 않았던 존경을 표시했다. 아이젠하워는 백악관과 에드거의 집을 연결하는 직통 전화를 설치했다. 그는 전화선이 설치되자 거의 날마다 에드거에게 전화를 걸었다.

부통령 리처드 닉슨도 보통 하루에 두 번은 전화를 걸었다. 아이젠하워와 닉슨은 특별히 서로를 좋아하는 사이는 아니었다. 그 사실을 잘 알고 있는 에드거는 자기에게 나쁜 감정을 갖지 않도록 두 사람 사이에서 적당한 거리를 유지했다. 에드거는 직업의식 때문에 둘 중 누구도 전폭적으로 신뢰하지 않았다.

에드거에게 호의적인 공직자들이 늘어나면서 백악관 내부의 감시시스템이 용이해졌고, 그 점을 이용해서 그는 완벽하게 백악관을 장악했다. 아이젠하워는 확실한 지지기반을 다지기 위해 자신의 선거운동을 주도했던 허버트 브라우넬을 법무장관에 임명했다. 허버트 브라우넬과 1957년에 그 뒤를 잇게 될 보좌관 윌리엄 로저스는 FBI와의 유동적인 협력 관계를 받아들였다. 그들은 트루먼이 걸핏하면 비판하던 정부인 사들의 충성도 심사를 우리가 할 수 있도록 법령으로 공포했다. 우리를 지지해준 것이다.

브라우넬 법무장관은 충성도 심사보고서를 근거로 새 정부 들어서 임명한 관리 33명을 해임했다. 법무부와 FBI 간의 서신교환도 폐지했다. 이제부터는 신뢰의 표시로 더 이상 글을 쓰지 않기로 결정했던 것이다. 서로에 대한 기대가 높아지고 우호적인 관계가 유지되면서 직무 방식도 달라졌다.

우리와 윌리엄 로저스는 사적으로 아주 친밀했다. 크리스마스 때마다 거의 우리는 마이애미로 함께 휴가를 떠났다. 부통령 리처드 닉슨도 그곳에서 합류했다. 닉슨이 유일하게 이해하지 못하는 것은 에드거가 수영장에서 가능한 한 멀리 떨어진 곳에서 저녁을 먹어야 할 정도로 물 공포증이 있다는 사실이었다.

의미 있는 전진의 시기이기도 했다. 1954년 연방 최고재판소는 캘리포니아 주 얼바인에서 일어난 사례를 들어 침실 같은 사적인 장소에서의 도청은 헌법에 위배되지 않는다는 판결을 내렸다. 이를 사생활 침해라고 보는 존 케네디를 포함한 몇몇 하원의원이 거세게 비판하고 나섰다. 그러나 브라우넬은 도청의 필요성을 강조하면서 은밀한 장소에서의 도청을 금하지 않는다고 선언했다. 그 순간부터 국익 차원의 도청은 허용하는 것으로 결정되었다.

새 정부는 경찰의 역할을 넘어서는 도청을 이용한 수사에 힘을 실어주었다. 에드거와 나는 정치세력과 경제세력 사이에서 중요한 중재 역할을 했다. 우리의 친구들은 아이젠하워 선거운동 자금을 위해 많은 도움을 주었다. 에드거가 그 빚을 대통령에게 상기시키는 것은 당연한 일이었다.

우리는 특히 텍사스의 백만장자인 머치슨, 리처드슨과 친분이 두터웠다. 텍사스 주에서는 경마도박이 금지되어 있었기 때문에 우리는 경마 아마추어들에게 호의적인 캘리포니아 남부의 라졸라로 두 사람을 불렀다. 만날 때마다 머치슨은 호텔의 한 층을 통째로 빌렸다.

그러던 어느 날 한 층을 다 내줄 수 없다고 하자 머치슨은 당장 호텔 하나를 매입해서 옥상에 텍사스 깃발을 꽂았다. 머치슨의 소유가 된 르델 코로로는 규모가 작지만 숙박비가 엄청나게 비싸서 우리 같은 공무원 봉급으로는 도저히 투숙할 수 없었다. 머치슨도 그 사실을 모르지 않았다. 그곳을 즐겨 찾는 존 웨인, 자자 가보르, 엘리자베스 테일러 같은 유명배우들이 대거 몰려와서 객실이 부족할 때도 머치슨은 우리를 그 호텔에 머물게 했다.

머치슨이 스위트룸을 마음대로 사용할 수 있게 해주었지만, 우리는 식사비와 음료수비만은 반드시 치르는 것을 철칙으로 삼았다. 머치슨과 리처드슨은 텍사스 주에서 이윤이 많이 남는 석유 투자도 할 수 있게 해주었지만, 에드거는 대가성이라는 의혹을 살 수 있기 때문에 단호히 거절했다.

아이젠하워 정권이 들어서면서 1955년까지 16개에 불과했던 석유채굴권이 60개로 늘어났다. 그런데 이 폭발적인 석유채굴권 증가가 마치 우리의 책임인 양 비난 공세가 빗발쳤다. 우리의 친구 리처드슨이 텍사스 사람들이 특혜를 받도록 재무차관을 매수했다는 비난이 만만치 않게 제기됐다. 전후 우리의 경제방침 전환에 따른 대대적인 경제대책의 일환이었다는 점이 전혀 고려되지 않는 것 같았다.

아이젠하워는 매카시를 좋아하지 않았다. 그는 매카시가 공산주의에 대한 반감을 자극하여 여론을 조성하는 능력이 탁월하다는 것을 인정했다. 하지만 매카시라는 인물 자체도, 그가 하는 방식도 마음에 들어 하지 않았다. 매카시는 일관성이 없고, 말이 앞서는 허풍쟁이였다. 또 굉장히 야무지지 못했고, 예측이 자주 틀렸다.

때문에 에드거는 그의 장점과 약점을 냉철하게 분석하는 코치처럼 행동했다. 매카시는 여느 아일랜드계 젊은이와 마찬가지로 정직한 인상을 주어 단번에 호감을 사는 장점이 있었다. 그의 성격을 좀 더 파악하려면 자주 만날 필요가 있었다. 다른 사람들의 약점을 이용하는 방식에서 우리와 생각이 같은 매카시는 어디서나 에드거의 정신적 아들로 자처했다. 에드거가 처음에 그를 환대한 것은 그 때문이었다. 그 역시 독신자였고, 워싱턴에 있을 때는 거의 우리와 함께 저녁을 먹었다. 그가 경쟁자를 공격하는 매몰찬 방식 또한 그가 지닌 약점이었다. 그러나 그는 진정한 반공주의자였고, 우리의 입장을 끝까지 지지하는 투사였기 때문에 우리에게는 유용한 사람이었다. 그리고 남자뿐 아니라 어린 여자를 향한 변태성욕과, 알코올중독을 속죄하는 뜻에서 그림자처럼 움직이는 것으로 우리와의 관계를 누구도 눈치 채지 못하게 주의했다.

당의 방침보다 더 지나친 주장을 펴는 의원이 다 그렇듯이 그는 최고의 영예를 누리다 1953년 동료 의원들의 세력 다툼에서 위기를 맞았다. 그 싸움에서 탈출할 수 있는 유일한 길은 에드거를 만나는 것이라고 확신한 그는 필사적으로 애를 썼지만 에드거는 비정하게 외면했다. 곤경에 처해 있던 매카시는 3년 후 간경변증으로 사망했다. 그렇게 해서 그는 최고의 흔적만을 남기고 싶은 듯 요절한 이들의 명단에 이름을 올렸다.

매카시와 관련된 일화는 아직도 생생하게 내 기억 속에 남아 있다. 에드거는 매카시에게 콘이라는 조언자를 구해준 적이 있었다. 콘은 매카시가 입대하지 않도록 군에 압력을 가하는 등 여러모로 도움을 주었다. 정치 인생의 최대 위기를 맞아 종말이 가까워지고 있음을 느낀 매카시는 어떻게든 에드거를 만나려고 했지만, 우리는 라졸라에 있었다.

그는 콘과 함께 비행기를 타고 날아왔다. 호텔 프런트의 여직원이 급한 일로 우리를 만나겠다며 두 남자가 로비에서 기다리고 있다고 알렸다. 그러나 콘이 이름을 말했을 때 여직원은 마치 악마와 맞닥뜨리기라도 한 듯이 공포에 질렸다.

"콘 씨, 유대인이십니까?"

"그렇소."

콘이 대답했다.

가슴이 철렁한 여직원은 거의 울먹이는 소리로 눈까지 두리번거리면서 에드거에게 난처한 입장에 대해 길게 호소했다.

"죄송합니다, 후버 씨. 저희는 명을 어길 수가 없습니다. 머치슨 씨께서 흑인과 유대인은 누구를 막론하고 호텔 투숙을 금하셨습니다."

콘은 가만히 있을 수 없었다.

"머치슨 씨에게 내 이름을 말하시오. 내가 뉴욕 주 최고재판소 판사의 아들이라는 것도 상기시키시오!"

여직원은 에드거에게 애원했다.

"후버 씨, 제발 도와주세요. 머치슨 씨를 잘 아시잖아요."

"알겠소."

에드거는 그 상황을 재미있어 하면서 아주 차분하게 대꾸했다.

"하지만 경우에 따라서는 예외라는 것도 있습니다. 나의 강아지 두 마리를 생각해보시오."

"네, 하지만 지금은 상황이 다릅니다."

"알고 있소."

그는 싱글벙글 웃으며 대답했다.

"자, 그럼 이제는 이 두 분을 배웅하는 일만 남았군요."

매카시는 벌떡 일어나서 고함을 질렀다.

"하지만 에드거, 우리는 당신의 손님입니다. 머치슨이 어떻게 FBI 국장에게 이럴 수 있단 말입니까?"

에드거는 미소를 지으면서 조용히 말했다.

"알고 있소, 조지프. 하지만 우리는 그의 손님이니 주인의 관례에 따르는 것이 예의요."

"하지만 이건 국사에 관련된 일입니다!"

"알아요, 조지프. 나는 우리를 초대한 호텔 주인의 뜻을 존중하자는 것이오."

우리는 분개하는 매카시와 콘을 호텔 주차장까지 배웅했다. 에드거는 자신의 운전기사에게 두 사람을 공항까지 모시라고 지시했다. 콘이 차 안으로 들어가기 위해 몸을 숙일 때, 에드거는 그에게 귀엣말을 건넸다. 그 소리는 내게 들릴 정도로 컸다.

"콘, 당신은 남성 취향만으로도 충분한 것 같은데…… 더구나 유대인이기까지 하니 난들 별수 있겠소."

그는 방탄 장치가 된 리무진의 문을 쾅 닫고 나서 다정한 손짓으로 작별인사를 대신했다.

*18*

아이젠하워의 집권 기간은 에드거의 생애에서 가장 영화로운 때였다. 법무장관과 대통령의 관계가 원만한 것은 유례가 없는 일이거니와 다시 되풀이되지도 않았다. 그렇다고 이 축복 받은 시기가 아무런 장해 없이 지나간 것은 아니었다.

줄리어스 로젠버그라는 스파이가 소련에 핵무기 기밀사항을 팔아넘긴 죄로 기소된 사건이 있었다. 이 사건을 시작으로 우리는 과학분야에 관한 일련의 수사를 할 수 있었다. FBI는 '푹스'라는 이름으로 영국에서 암약하는 소련 첩보원의 신원을 확인했고, 전쟁이 끝날 무렵에 파악된 KGB와 이스라엘의 정보원, 게슈타포의 기록이 포함된 다양한 정보에 대한 본격적인 수사에 착수했다.

소련 첩보원 푹스는 미국인 접선자가 해리 골드라고 자백했다. 그러자 해리 골드는 원자탄 개발계획에 참여했던 육군 중사 데이비드 그린글래스와 처남, 매부 사이인 줄리어스 로젠버그에게서 정보를 넘겨받았다고 자백했다. 여러 가지 정황상 핵무기 정보를 소련에 넘긴 스파이

행위가 의심스러웠지만, 로젠버그는 모든 혐의를 부인했다.

이때까지 공식적인 입장을 삼가고 있던 에드거는 공산주의자들의 위험에 대해 일침을 가하기로 결정하고, 이번에는 줄리어스 로젠버그의 아내 에셀을 체포했다. 두 자녀를 둔 어머니를 기소하긴 했지만, 그린 글래스의 자백 외에 유죄를 증명할 만한 물적 증거가 없었다. 에드거는 아내가 수감되어 있으면 로젠버그가 어쩔 수 없이 실토하리라고 판단했다. 그 때문에 에셀은 체포된 것이었다.

그러나 에드거의 뜻대로 되지 않았다. 로젠버그는 입을 열지 않았다. 우리는 에셀이 사형을 선고받을 수 있도록 조서를 꾸몄다. 이 협박에도 로젠버그는 끄떡도 하지 않았다. 그제야 암묵적으로 수사에 관여했던 각 당은 도가 너무 지나쳤다는 것을 깨달았다. 어린 자식 둘만 남게 될 어머니의 사형은 미국 주부의 이미지를 훼손시킬 뿐만 아니라 여론에 파장을 일으킬 것이 틀림없었다.

에드거는 로젠버그가 아내의 사형이 선고되기 전에 굴복할 것이라고 확신했다. 그 예상도 빗나갔다. 에드거는 에셀이 30년형을 선고받을 것이라 예상했지만, 판사는 그만한 인정이 없었다.

"당신은 원자폭탄 A를 소련인들의 손에 넘겨 한국전쟁을 촉발했다. 그 결과 사상자가 5만 명 이상 났다. 당신의 역적 행위로 앞으로도 수많은 무고한 생명이 그 대가를 치르는 끔찍한 결과를 초래할 수 있다. 그러므로 사형을 선고한다!"

그러나 로젠버그 부부의 범행이라고 단정 지을 만한 물적 증거는 없었다.

에드거는 마지막 순간까지도 에셀이 먼저 처형되면 로젠버그가 견딜 수 없는 상실감에서, 결국은 입을 열고 말 거라고 예상했다.

1차 전기의자 사형 집행은 실패였고, 2차 집행에서 에셀은 사망했다.
그 다음 날 물적 증거 없이 사형이 집행된 사건에 대해 심정을 묻는
기자에게 에드거는 대답했다.

"우리도 그 부부가 죽기를 바란 건 아니오."


두 번째 사건은 에드거에게 형언할 수 없는 모욕을 주었다. 에드거는
이 굴욕감을 자기에게 유리한 상황으로 바꾸는 대단한 능력을 보여주
었다.

1957년 11월 14일, 뉴욕 주 아팔라친의 경찰관 크로스웰은 아내가
점심식사를 준비하는 동안 ─ 텔레비전은 살 엄두도 못 낼 형편이라 토
요일이면 맥주나 마시며 빈둥거리는 남편이 저녁때까지 낮잠을 푹 자
게 하려고 ─ 순찰을 돌고 있었다. 한적하고 조용한 작은 마을은 평소보
다 활기가 넘쳤다. 크로스웰은 캐나다 드라이(알코올이 들어 있지 않은 샴
페인-옮긴이)의 공급책인 마피아 조지프 바브라의 저택으로 이르는 사
거리에 서 있었다.

외딴 시골에서 직무가 너무 따분한 그는 이따금 경찰이라는 사명감
을 느낄 만한 수사를 갈망하고 있었다. 부자들은 늘 감출 것이 많다는
생각에서 크로스웰은 바브라에 대한 수사를 계속해왔다. 그 수사는 바
브라가 무기 소지 허가증을 지니고 있기 때문에 더 정당했다. 크로스웰
은 펜실베이니아 주 경찰청에서 제공한 범죄기록도 확보했다. 바브라
와 관련이 있는 마피아 열두 명이 체포되었는데, 그중 두 명이 살인에
연루되어 있었다. 그러나 몇 명만 유죄판결을 받은 상태였다.

크로스웰의 임무는 바브라를 비밀리에 감시만 하는 것이었다. 이날
아침, 그는 장난감 가게의 진열장 앞에 선 아이처럼 바브라의 저택 방

향으로 꼬리를 물고 이어지는 캐딜락, 링컨 같은 검정 리무진의 긴 대열에 눈이 번쩍 뜨였다. 승용차 다섯 대가 지나갔는데 하나같이 다른 주의 번호판을 달고 있었다. 크로스웰은 아침에 만난 정육점 주인의 유난히 싱글벙글 좋아하던 얼굴이 떠올랐다. 정육점 주인은 1등급 스테이크용 고기를 대량으로 준비하느라고 정신이 없었다. 바브라의 집으로 보낼 고기였다. 그뿐만이 아니었다. 짜증이 난 얼굴로 어디 가면 방을 구할 수 있냐고 묻던 한 세일즈맨도 수상쩍었다. "아팔라친에 모텔이 하나 있어요" 하고 크로스웰이 대답하자 그가 응수했다.

"알아요. 그런데 이미 만원이더라고요."

아팔라친 모텔은 만원이었던 적이 한 번도 없었다. 이 모든 정황으로 보아 바브라가 많은 사람을 초대한 것이 분명했다.

리무진을 탄 사람들이 몰려온다는 것이 법에 위배될 일은 아니었다. 하지만 크로스웰은 뭔가 냄새가 나는 중요한 사건이라고 직감했다. 동부지역에서 주말을 보내기 위해 휴양객들이 놀러온 것일 수도 있었다. 다른 주에서 오는 차량의 등록서류를 확인하는 것은 합법적이기 때문에 바브라의 손님들이 그곳을 떠나갈 때가 조사할 수 있는 기회였다.

크로스웰은 동료 경찰 세 명과 함께 바브라의 저택으로 가는 도로에 바리케이드를 설치했다. 검문할 준비를 마치자마자 리무진 수십 대가 바브라의 저택에서 몰려나오더니 일제히 줄행랑치기 시작했다. 고기를 배달하러 들어간 정육점 점원이 그들에게 경찰이 바리케이드를 설치해놓았다고 귀띔한 모양이었다. 그 말에 대대적인 마피아 소탕작전이라고 지레 짐작한 마피아들이 혼비백산해서 들판을 가로질러 달아났다.

자동차 등록서류, 호텔 장부, 자동차 임대업자들의 장부를 검사하면서 크로스웰은 63명의 명단을 작성하기에 이르렀다. 그중 62명이 현역 또는 은퇴한 사업가들이었다. 모두 이탈리아 출신이었다. 그들은 바브라의 건강상태가 걱정되어 문병 차 온 것이라고 둘러댔다.

크로스웰이 이 사실을 지방 언론사에 전하자 이내 국영 언론이 바통을 이어받아 전국에서 모인 마피아 보스들의 연회를 보도했다. 참석자들의 이름은 하나하나가 사건이었다.

그러나 그들의 관계와 소속된 조직을 밝힐 시기가 적절해 보이지는 않았다. 이 사건은 엄청난 파장이 예상되었다. 범죄조직을 수사하기 위해 상원이 구성한 맥켈란 위원회가 특히 그랬다. 수사의 책임자는 작은 키에 목소리가 커서 발바리 같은 인상을 주는 젊은이였다. 그는 조 케네디의 셋째 아들 로버트 케네디였다.

로버트는 범죄조직을 방관하고 있다는 비난으로 우리를 자극하고 있었다. 상황은 그에게 유리하게 흘러갔다. 에드거는 담대하고 침착하게 대처했다. 더 이상 범죄조직의 존재를 부정할 수 없게 된 에드거는 범죄조직에 대한 대대적인 수사에 착수하는 것으로 비방하는 사람들을 일단 안심시키고, 조직의 주변과 실제적인 구조를 파악하는 데 주력했다.

"그 발바리가 쓰레기더미를 파헤치려고 하니 우리가 협조해줘야지. 자기 어머니가 그 쓰레기 농축액으로 만든 젖을 먹였다는 걸 깨달을 때까지. 클라이드, 이참에 본격적인 수사에 들어가야겠어. 이번 기회에 마피아 조직에 대해 낱낱이 알아봐야지. 하지만 나를 이렇게 만든 자들은 모두 자기들이 지금 어디로 가고 있는지도 몰라. 그들은 자네와 내가 부메랑 세계 챔피언이라는 걸 모르고 있어. 자네도 곧 알게 되겠지만 그들의 기대를 저버리지 않게 해줄 거야."

FBI의 지국장들을 동원하는 데는 시간이 약간 걸렸다. 우리는 예전에 범죄조직이 허상이라는 생각을 그들의 머리에 심어놓았다. 선뜻 나서

기를 꺼리는 이들도 있었고, 에드거가 정말로 마피아를 소탕하기로 결심한 거라고 생각하고 발 빠르게 움직이는 이들도 있었다. 사방에서 압박을 받은 에드거는 흥분을 자제해달라고 당부했다.

그러나 범죄조직 소탕작업으로 발생하게 될 결과에 대한 조치도 준비해두어야 했다. 마피아 조직을 파악하기 위해 FBI가 시작한 방대한 작업 때문에 에드거는 특별수사를 직접 지휘하지는 않았다. 우리는 죄질만 파악하면 되었다. 그 집단과 싸우려면 몇 년이 걸릴지 모를 많은 시간과 막대한 자금이 필요할 것이고, 그렇게 되면 그 사이 여러 차례 선거를 치르면서 사태의 추이가 바뀔 수도 있었다.

에드거의 지시에 열성적으로 움직인 인물은 시카고 지국장이었다. 에드거는 그에게 모든 수사권을 주되 비밀 공표는 허락하지 않는다고 알렸다. 최신 장비를 갖춘 도청 시스템이 두 곳에 설치되었다. 하나는 지앙카나의 본거지 아모리 라운지였고, 하나는 시카고의 보스들이 일상적으로 모이는 노스-미시건의 한 양복점이었다.

수집된 정보는 도청 전문가가 기대했던 것 이상이었다. 우리는 마이크를 통해 그들의 활동 하나하나뿐만 아니라 조직 간의 관계 목록, 죄질의 정도, 범죄의 등급까지 파악할 수 있었다. 엄청나게 수집된 정보 덕분에 우리는 FBI의 수장자리를 고수할 수 있었다. 물론 누군가 우리를 쫓아낼 생각을 하고 있었을지 모르지만.


1960년 선거는 최상의 후원을 받으며 치러졌다. 한쪽은 우리가 속속들이 꿰고 있어서 상대하기 쉬운 리처드 닉슨이었다. 또 한쪽은 우리의 '친구'가 된 정치인의 아들이자 경험 부족으로 배짱도 없으면서 시끄럽게 짖어대는 '발바리'의 형 존 케네디였다. 두 후보자는 대통령직을 거머쥔다면 존 에드거 후버를 FBI의 수장으로 유임시킬 거라고 서둘러서 언론에 흘리고 있었다. 어느 쪽이 되더라도 우리는 손해 볼 일이 없었다.

*19*

나는 존 피츠제럴드 케네디가 1948년 하원의원으로 당선되었을 때부터 그의 사생활과 관련된 파일을 만들었다. 그 파일은 시간이 흐를수록 양이 점점 늘어났다. 수도꼭지에서 똑똑 떨어지는 물이 낡은 욕조를 천천히 채우듯 케네디의 기록이 파일 속에 차곡차곡 쌓이고 있었다. 나는 존 케네디에게 거의 관심을 기울이지 않고 있었다. 우선 건강 때문에라도 존은 미래가 밝지 않았다. 계속 관심을 기울일 만한 인물로 여기기에는 특별한 일도 전혀 없었다.

나는 케네디 일가의 이미지 만들기 전략에 관심이 많은 열성 정보원들에게 감시를 맡겼다. 노인네처럼 힘없는 발걸음과 앙상하게 마른 몸뚱이, 등에 통증이 심할 때는 목발까지 짚고 다니는 존 케네디에게 동료의원들조차 눈길을 주지 않았다. 여동생의 죽음은 존에게 치명타가 되었다. 게다가 척추질환이 회복 불가능하다는 진단까지 겹쳤다.

존 케네디에게 정치는 늘 긴장하고 있어야 하는 생활 때문에 신체장애를 잊을 수 있는 한 가지 이점밖에 없었다. 그는 정치에 권태를 느끼고 있었다. 그는 기회가 있을 때마다 무료하다는 말을 했다. 나무꾼처럼 규칙적으로 넘어뜨리는 여자들이 없었다면 그의 삶은 훨씬 더 우울했을 것이다. 케네디는 29세 최연소로 하원의원이 되면서 비범한 능력을 선보였다. 그러나 같은 세대의 상원의원 스메더스와 닉슨에게 뒤쳐지고 있었다. 자존심이 허락하지 않았는지 존 케네디는 1952년 대통령 선거와 동시에 치르는 상원의원 선거운동에 뛰어들었다.

같은 아일랜드 출신의 명망 있는 정치가 집안의 상원의원 로지 캐벗이 존 케네디에게 패배한 것은 아이젠하워의 대통령 선거운동에 전력을 다했기 때문이다. 특히 공화당 예비선거를 치르는 동안 태프트에 맞서는 아이젠하워를 지지하느라 자신의 선거구에 신경을 쓰지 못했다. 존 케네디는 코카콜라나 포드 같은 유명 상표를 광고하듯 텔레비전에 출연해 유명세를 타는, 이미지를 만드는 정치인 중 하나였다.

케네디는 그때그때 형편에 따라 정치 연설을 바꿀 줄도 알았다. 자기 선거구의 민생에 관련된 사안일 때는 진보주의자로, 국가적 또는 국제적 중대 현안에 대해서는 보수주의자로 공화당이 표방하는 반공주의 투쟁과 냉전주의를 지지했다. 젊은 정치인의 빼어난 정치적 수완은 심지어 매카시 상원의원조차 혀를 내두를 정도였다. 한편으로 그는 아버지의 조종을 받는 꼭두각시놀음에 지쳐 있었다. 그는 조 케네디가 선거자금지원과, 재정난 위기에 처한 보스턴 포스트에 대출해주는 것 외에는 선거운동에 일절 개입하지 못하게 했다.


에드거와 나는 신비함과 순수함을 겸비한 정숙한 여성을 찬양했다. 물론 방향키가 없는 쪽배처럼 도덕성이 표류하는 시대에 그런 여성이 드문 것은 사실이었다. 우리가 여자를 좋아하지 않는다는 주장은 우리를 너무 모르고 하는 말이었다. 우리가 여자를 싫어하는 것처럼 보이는 이유는 여성으로서 가치 있는 여자에게조차 관심을 보이지 않는 경향 때문이었다.

정반대로 케네디는 사랑하지 않는 여자와도 육체관계를 맺을 수 있는 남자였다. 그의 성욕은 도덕성이 결여된, 지칠 줄 모르고 반복되는 성행위에 불과했다. 독신자 성향이 강한 존 케네디가 재클린 부비에와 결혼한 것은 독신자는 국가 최고 수반으로서 안정된 정치생활을 할 수 없다는 단 한 가지 이유 때문이었다.

케네디는 '돈을 밝히는' 여자들을 두려워하고 있었다. 자신은 사랑이 불가능하다는 것을 알고 있었고, 그러한 생각을 숨기지 않는다고 해도 부자이기 때문에 사랑 받고 싶지는 않았다. "여자들이 나를 좋아하는 한 나는 상관하지 않는다. 순전히 내가 가진 돈 때문이라고 해도. 어쨌든 내 돈이 그만 한 가치가 있다는 거니까"라고 어느 돈 많은 추남이 하는 말은 존에게 해당되지 않았다. 그는 엄청난 갑부이자 매혹적인 남자였다.

재클린 부비에는 그 시절 미인의 기준과 무관한 미모를 지니고 있었다. 간격이 너무 넓은 눈, 납작한 가슴, 너무 큰 발에 막대기 같은 다리. 세련된 이미지를 지녔다는 평판은 사진효과의 덕이 컸다. 존은 그녀가 사리사욕이 없는 여자라고 생각했다. 그가 우리에게 물어왔다면 우리는 그렇지 않다고 대답해줬을 것이다.

유서 깊은 귀족 출신이라고 자부하는 재클린의 아버지는 개척자 집안의 후손이었다. 그는 대공황으로 파산한 뒤 방탕한 생활에 빠져 살았고, 결혼식장에서도 술에 취해 딸의 손을 잡고 입장할 수 없을 정도로 알코올중독자였다. 리라는 이름으로 불리는 그녀의 어머니는 본명이

레비였다. 그녀는 유대인이란 사실을 속이고 프랑스-아일랜드계라고 주장했다. 그녀는 유대인이라는 것을 비밀로 하고 있었다. 그녀는 딸을 공주처럼 살게 해줄 돈 많은 남자와 재혼했지만 유산이 전부 적자들에게 돌아가면서 한 푼도 받지 못했다.

재클린은 호감은 가지만 가난한 젊은이 존 허스테드와 헤어지고 어머니가 '진짜 대박'이라고 부르는 남자와 결혼하기로 결정했다. 존 케네디와 재클린의 결혼식 소식이 신문 1면에 보도되었기 때문에 우리는 모른 척 넘어갈 수가 없었다. 결혼식이 끝난 직후 에드거는 조 케네디에게 축하의 말을 건네면서 이렇게 덧붙였다.

"아주 멋진 커플입니다. 내가 아는 당신은 유대인 배척자인데 아들을 유대인 여자와 결혼시키셨으니 앞으로 손자들을 미국의 유대인 갑부로 만들게 생겼습니다. 혹시 무슨 저의가 있는 게 아닌지 사람들이 궁금해하겠어요."

조 케네디는 당혹스러움을 감추기 위해 고개를 돌렸다. 그래도 그는 재클린이 존을 떠날까 걱정이 되어 머느리와 아주 다정하게 지냈다. 그는 가족 중에서 유일하게 재클린이 아들의 이미지에 줄 영향력을 인정했다. 그러나 신혼여행 중에도 존의 바람기는 여전했고, 이내 이전의 문란한 생활로 돌아갔다.

시어머니 로즈는 다른 가족과 마찬가지로 재클린에게 겉으로만 관대한 태도 보이고 있었다. 재키 케네디는 FBI가 기밀서류를 작성할 만한 가치가 있는 여자였다. 우리가 촉망받는 부부의 평판에 위협을 줄 수 있는 사건을 수사하는 것은 지극히 당연한 일이었다.

재키의 행동을 살펴보면, 그녀는 케네디 집안에서 한식구가 되지 못한 채 겉돌고 있는 듯했다. 그녀는 혹시 존이 갑자기 죽기라도 하면 그 순간부터 자신은 아무것도 아닐 수 있다는 두려움 속에 살고 있었다. 규칙적인 간격으로 존을 괴롭히는 척추질환 발작으로 봐서 충분히 일어날 수 있는 가설이었다. 나는 그녀가 돈과 관련된 어려운 문제에 처해 있다는 보고를 들었다. 그녀는 마음에 들지 않는 결혼선물을 내다 팔고 있었다. 그녀는 불안감에 휩싸인 사람처럼 행동했다. 그녀는 자신이 신데렐라처럼 존이 사라져야 하는 운명적 시간인 자정이 지나면 누더기 차림으로 돌아갈 것이라고 상상하고 있었다.

"많은 사람이 아부를 할 정도로 대단한 인물이지만 정작 나를 사랑하지 않는 남자와 사는 것이 쉽다고 생각하세요?"

"그런 얘기는 전화로 하고 싶지 않네. 재키, 우리 만나서 얘기하지."

"그럴 문제가 아니예요. 저는 알고 싶어요. 제가 이 집안에 들어온 뒤부터는 시어머니를 비롯해 형제들, 심지어는 동서들까지 제게 반감을 표시하고 있어요. 아드님은 남 앞에 나설 때 떳떳해 보이기 위해서 저와 정략적으로 결혼한 거예요. 그이가 죽으면 저는 돈 한 푼 없는 과부에 불과하겠지요. 게다가 최소한의 예의도 갖추지 않고 보란 듯이 나를 모욕하고 있으니 이제 더는 참을 수 없어요. 이혼하겠어요."

"그건 허락할 수 없네, 재키."

"그럼 저에게 뭘 해주실 건가요?"

"내가 뭘 해주길 바라지?"

"존에게 무슨 일이 일어나도 저를 이 집안의 식구로 보호해주시기 바랍니다. 자동차나 부동산처럼 제가 이 집안 재산의 일부에 지나지 않는다는 느낌이 들어서 드리는 말씀인데, 제 가치를 얼마로 평가하시나요?"

"생각해보겠네, 재키."

"때가 늦을까 걱정이군요."

"설사 내가 이미 그 문제를 생각해놨을 거란 생각이 들더라도, 시간은 좀 줘야 하지 않겠나? 어쨌든 앞으로 자식을 낳을 텐데 그 아이들을 위해 금액을 올려줄 생각은 하고 있네. 만약 자식이 없다면 그 돈은 당연히 자네에게 돌아가겠지. 그 금액은 내일 전화로 알려주겠네. 하지만 다시는 이혼 얘기는 꺼내지 말게, 알겠나?"

"아드님이 제게 성병이라도 옮긴다면 그 금액을 두 배로 올려주셔야 한다는 것도 유념해 주세요."

에드거와 나는 대외적 이미지와 판이하게 다른 케네디 집안의 현실이 재미있었다. '뉴 프런티어'(1960년 케네디가 미국의 건국정신을 시대에 맞춰 주창한 정책-옮긴이)를 슬로건으로 내세운 존 케네디는 자신의 세상을 만들기 위해 어제의 세상을 부수는 개척자였다. 텔레비전에 선보이는 커트 머리가 어떤 확고한 신념보다 더 멋져 보이고, 욕망이 믿음을 제치는 시대, 여론을 수렴하는 것으로 인기몰이가 가능한 1960년대에 걸맞은 리더였다.

사실 가톨릭교도인 존은 지난 세기 말 영국 프로테스탄트 명문가 자식들의 전형적인 인물에 불과했다. 특히 금전적으로나 도덕적으로나 무분별한 귀족적 방랑자의 면모를 지니고 있었다. 헨리 제임스(1843~1916, 주로 유럽과 미국의 문화 충돌을 사실적으로 그린 미국의 소설가-옮긴이)식 작중 인물의 경박함을 지닌 존은 백만장자의 아들로서 절박한 위기의식이나 의무감이 없는 무기력에 빠져 살았다. 하원의원 시절에는 오랫동안 의석을 비운 채 빅토리아 시대 젊은 귀족 같은 허약한 몸을 이 나라 저 나라로 끌고 다니며 위원회 의장으로서 국가원수들을 만나면서 나름대로 내

일을 준비했다. 아마 그는 타고난 자존심에 야망의 힘을 불어넣는 것이야말로 심약한 정신을 극복하는 유일한 방법이라고 생각한 듯싶다. 오로지 단 하나의 야망 때문에 존 케네디는 아침에 일어날 수 있었다. 미국의 대통령이 되겠다는 야망.


"아드님이 문란한 생활을 접을 거란 생각이 들지 않아요."

"하지만 재키, 세월이 흐르다 보면……."

"아드님은 여자들을 정복하는 데 정력을 소모하고 있어요. 집요할 정도로 여자들을 농락하는 버릇은 아버님의 무분별한 생활이 그 원인이에요. 체념만 하는 어머니의 굴욕적인 모습을 보고 자랐기 때문에 그가 여자들을 멸시하는 거라고요."

"재키, 그만하게. 말이 너무 심하지 않은가."

"아니, 그 반대로 저는 뭐든 말할 수 있어야 한다고 생각해요. 존이 성공하려면 우리가 다 같이 협력해야 하는 것 아닌가요? 제가 어머님께 아들의 바람기를 불평했던 것이 잘못이었어요. 어머님은 존이 아버님을 닮았다고 대답하셨지요. 그러면서 용기를 내어 당신이 하셨던 것처럼 그 상황에 순응하라고 제게 당부하셨어요. 어쩌다가 스스로의 행동을 진지하게 돌아볼 때에도 존은 아버님에게서 받은 불가항력적인 성욕과 과도한 야망을 감내하느니 차라리 전쟁터에서 죽는 편이 더 낫다는 말을 해요. 그러면서도 존은 정치에 열중하고 있으니까 아버님께는 다행한 일이네요. 어쨌든 이런 것들은 중요하지 않아요. 아버님이 늘 말씀하시는 것처럼 '중요한 것은 우리의 대외적 이미지'니까요. 존이 심리학을 '중앙유럽의 유대인들이 심리분석을 통해 죄의식에서 벗어나려고 만든 최면학' 정도로 여기는 건 유감스러운 일이에요. 자기 자신을 잘 알수록 존의 가치는 더욱 올라갈 텐데요."

1954년, 나는 한 번 더 케네디의 파일 만드는 일을 중단했다. 보좌관들의 부축을 받아야 사무실에 갈 수 있을 정도로 척추질환이 악화된 존은 더 이상 상원에 등원할 수 없었다. 공화당 의원들 사이에서도 그의 총명함은 인정하지만 그에게 더는 상원의원의 직무를 맡길 수 없다고 비판하는 목소리가 커지고 있었다.

우리가 확보한 전화도청 테이프에는 존과 그의 아버지가 척추수술에 대해 나눈 대화가 녹음되어 있었다.

"의사가 50퍼센트라고 했어요."

"뭐가 50퍼센트야?"

"수술 후의 생존 가능성이요. 에디슨병은 치명적인 감염을 일으킬 수 있대요."

"수술을 받지 않으면?"

"머지않아 휠체어 신세를 지게 되겠죠."

"그래서 선택은?"

"수술을 할 겁니다. 저는 위험을 무릅쓰겠어요."

"난 반대다, 존."

"왜요?"

"그러다 잘못되면 대통령이 될 수 없어. 반면에 휠체어는 네가 대통령이 되는 걸 막지 못해. 루스벨트도 됐잖아."

"저는 서 있는 대통령이 되고 싶어요."

"잘못 생각하는 거야."

"제가 얼마나 고통스러운지 아버지는 모르세요."

"알아, 존. 하지만 자식을 또 잃는 위험한 짓은 하고 싶지 않다."

"대통령 선거 준비는 다음으로 미루면 됩니다. 물론 좀 오래 기다려야 겠지만 바비(로버트 프랜시스 케네디의 애칭-옮긴이)와 테디(에드워드 무어 케네디의 애칭-옮긴이)가 남아 있으니까요."

"바보 같은 소리 마라, 존."


1954년 10월 10일, 존은 뉴욕 동부 42번가에 위치한 병원에 입원했다. 외과의사들은 열흘 간 테스트를 한 뒤에 21일 수술하기로 결정했다. 수술실로 들어가기 직전에 존은 마지막으로 이런 말을 했다. "매카시 의원을 멀리한 것에 대해 어떻게 생각하는지 질문하려고 몰려온 수많은 기자들을 보면서 깨어나지 않기를 바라오."

수술한 지 사흘 이 지났을 때 그의 상태는 절망적이었다. 뉴욕에서 우연히 에드거를 만난 조 케네디는 이렇게 말했다.

"지금 내 아들이 거의 죽어가고 있소."

"절망하면 안 됩니다, 조. 존은 탈출하는 데 전문가 아닙니까. 아드님은 운이 좋은 사람이고 또 대통령이 되고 싶어하는 강한 의지가 있어요."

재키는 신부에게 병원으로 방문해서 병자성사를 해주기를 부탁했다. 그녀는 존의 목숨을 살리는 데 희망이 될 만한 것은 뭐든 마다하지 않았다. 예비선거를 치르는 날처럼 천장을 온통 풍선으로 장식했고, 존의 친구는 침대 머리맡 위에 짧은 반바지 아래로 맨다리를 드러낸 메릴린 먼로의 포스터를 붙였다. 11월 말에 기적처럼 존은 다시 일어났다.

존은 대통령이 되지 않는다면 위대한 작가로 인정받으며 살고 싶다고 입버릇처럼 말했다. 미국에서 가장 권위 있는 퓰리처 문학상을 받고 싶다는 의미였다. 그는 2차 세계대전 중에 발표한『영국은 왜 잠자고 있는가』로 이미 베스트셀러를 낸 경력이 있었다.

그는 미국의 정치사에 남다른 용기로 발자취를 남겼던 상원의원들에 관한 정치론으로 다시 도전하고 싶어했다. 자신의 미약한 정치 활동으로는 불가능하기 때문에 언론을 통해 자신을 부각시키려는 계산이 깔려 있었던 것이다. 출판사는 적극적이었지만, 케네디는 그 상태로 출판하기를 꺼려 했다.

존 케네디는 혼자서 썼다고 주장했다. 하지만 나는 테드 소렌슨이 넉 달치 월급에 해당하는 6,000달러를 받고 중요한 부분을 대필했다는 증거자료를 가지고 있다. 그 책이 바로 양심적인 판단력을 발휘한 정치인들을 다룬『용기 있는 사람들』이었다. 1957년, 존 케네디는 마침내 이 작품으로 퓰리처 문학상을 받았다.

존 케네디는 1952년 대통령 선거에서 아이젠하워에게 참패한 이후 1956년에 다시 대권에 도전한 스티븐슨의 부통령 후보로 출마했다. 그러나 민주당 내에서는 존 케네디가 부통령직에 적격한 자질을 갖추고 있지만, 가톨릭교도라는 점은 본선에서 불리하다고 판단했다.

존은 후보지명전에서 키포버에게 패했다. 그래도 존은 주목을 끌고 있었다. 그는 선거운동에도 아랑곳하지 않았다. 그는 다만 수많은 사람들이 자신의 얼굴을 기억해주기를 바랐을 뿐이었다. 미국 가정에 텔레비전 수상기 보급이 급속도로 늘어나면서 4,000만 명에 이르는 국민이 전당대회를 지켜봤다. 존은 당시 눈여겨보고 있던 닉슨의 행로를 따를 생각을 하고 있었다. 그런데 부통령 후보 탈락으로 당시에 닮고 싶은 모델로 여기고 있던 인물보다 8년이나 먼저 대통령이 되리라는 것을 존 케네디 자신은 물론 그 누구도 예상치 못했다.

전당대회가 끝난 후, 정상적인 남편이라면 그 기회에 당연히 휴식을 취하면서 임신한 아내에게 시간을 할애했을 것이다. 그러나 존은 동생 테드와 함께 방탕한 면에서 죽이 맞는 두 친구를 동행하고 프랑스 남부의 코트다쥐르로 떠났다. 그들은 요트를 빌려 품행이 좋지 못한 젊은 여자들을 태웠다.

8월 23일, 재키는 갑작스런 출혈로 딸을 사산했다. 딸의 이름은 아라벨라로 정해져 있었다. 동생 바비는 죽은 딸을 매장하려 한다는 메시지를 형에게 보냈다. 하지만 존은 그 문제 때문이라면 돌아갈 필요가 없다는 답을 보냈다.

존의 마음을 돌리기 위해서 상원의원 조지 스매더스까지 나서야 했다. "존, 1960년 대선에서 미국의 모든 여성이 자네에게 등을 돌리는 걸 원치 않는다면 아내의 침대로 돌아오는 것이 좋을 걸세."

울화가 치민 존 케네디는 마지못해 미국 동부행 비행기에 올랐다.

*20*

"그자는 위험해요, 에드거."

"그게 자네 생각인가, 클라이드?"

"수년간 그의 파일을 작성해온 사람의 견해입니다. 나는 누구 못지않게 그자를 알고 있다고 생각해요. 그를 좋아하는 사람들은 그도 자기들을 좋아한다고 믿고 있어요. 그러면서 아주 잘 안다고 생각하죠. 그 인물에 대해 우리가 알고 있는 것의 절반도 모르면서요. 우리 일이 이 사회에 소금 같은 역할을 하고 있는 게 이 때문이죠."

"자네 배우 기질이 농후한 그 40대에게 반한 거 아냐?"

"아뇨. 나는 그를 경박하고, 교양 없고, 역설을 즐기는 위험한 인물이라고 생각해요."

"위험하다?"

"그는 전혀 겁내지 않고 반대파의 의견을 수용하니까요. 다른 사람들이 자기를 알고 있다는 것도 알아요. 그런데도 그는 전혀 개의치 않는 거 같아요. 그는 어떤 적도 두려워하지 않아요. 자기를 해치려고 하는 사람도, 사후에 자신의 평판을 더럽힐 우려가 있는 사람도 두려워하지 않고 있어요."

"난 자네만큼 염세주의자가 아냐, 클라이드. 그가 두려워하지 않는 건 위협이 눈앞에 닥치지 않았기 때문이라고 봐. 위기 상황이 오면 그는 야비하게 배반을 할 거야. 누군가가 그의 행위를 짚어서 공개한다면 상황은 싹 달라질 거라고 확신하네. 하지만 우리가 할 일은 아니지. 백악관으로 향하는 그의 행보를 가로막는 것이 우리에게 과연 이로울까? 난 아니라고 생각해. 물론 닉슨의 사고방식이 훨씬 더 우리와 가깝지만 일단 워싱턴에 입성을 하고 나면, 그가 우리가 해준 일을 고마워할 거란 생각이 들지 않아. 닉슨은 한술 더 떠서 우리에게 독재를 행사할 수 있는 인물이야. 불법선거자금과 속임수 전략에 대한 몇 가지 미심쩍은 점을 빼면 닉슨에 대해서는 특별히 발목을 잡을 만한 게 없어. 결국 우리는 굴복할 수밖에 없겠지. 하지만 케네디와는 그럴 일이 없어. 우리가 케네디 집안에 대해서는 그 아버지 때부터 낱낱이 알고 있다는 걸 존도 알고 있으니까. 한마디로 코가 꿰었다는 걸 알고 있다는 거지. 우리는 존이 수면에 떠오르지 않기를 바라는 많은 코르크 마개를 깔고 앉아 있는 셈이니, 그는 절대로 자기가 지나갈 때 우리에게 일어나라고 하지 못해. 클라이드, 자네도 알다시피 케네디는 확실한 반공주의자야. 매카시는 로버트 케네디 2세들의 대부야. 공민권에 대해 말을 아끼는 걸 보면 존은 흑인을 외면해서라도 남부의 백인 유권자들을 잃지 않으려는 것 같아. 물론 상원 위원회에 끼어서 부정사업을 반대하고 있지만, 그건 신념에 따른 것이라기보다는 여러 가지 입장 때문이라고 봐야지. 하지만 당선되면 그는 그 위원회를 쓰러뜨릴 거야. 하물며 진흙탕을 파헤쳐 봐야 그에게 무슨 이득이 있겠어. 우리에게 케네디 대통령은 아이젠하워 선거 때부터 경험했던 것과 비견할 만한 휴양지가 될 거라고 확신해. 로버트 케네디 얘기가 나왔으니까 말인데 존이 친족특혜라는 비난을 받지 않고, 집 지키는 셰퍼드 역할에 딱 좋은 동생에게 뭘 맡길지 미지수야. 소모적인 선거운동은 이제 끝났어. 게다가 우리는 그 식구들을 다 잘 알고 있어. 그리고 일단 당선되고 나면 재선될 생각만 할 거야. 처음에는 그 꿈이 이뤄질 거란 확신이 없지만 두 번째부터는 다시 못할 이유가 없다는 자신감을 갖게 되니까. 사람은 실패에 대한 두려움이 커지면 훨씬 더 용의주도해지기 마련이거든. 첫 대권에서 패배는 단순히 지는 것이지만 재선에서 패배는 그것이 상징하는 부정적 요소 때문에 훨씬 더 큰 상처를 받아. 우리가 지금 해야 할 일은 대통령 후보들에게 우리가 그 선거를 도와줄 거란 인상을 심어주는 거야."

우리는 이 이야기를 FBI 사무실 복도에서 하고 있었다. 말을 마친 에드거는 뒤로 돌아섰다. 얼마 전부터 정보관리를 담당하고 있는 피스크라는 이름의 요원이 에드거 바로 뒤에 서 있었다. 그 순간 나는 에드거가 그에게 달려들어 목을 비틀어버릴 것이라고 생각했다. FBI에서 마지막 날이라고 확신한 요원은 아연실색한 얼굴로 에드거를 쳐다보고 있었다. 피스크의 바로 코앞에서 에드거가 고함을 질렀다.

"이보게, 다른 사람이라면 최악의 사태를 불러왔을 행동이지만 경험이 없는 탓으로 돌리겠네. 무슨 말인지 알겠나?"

"모르겠습니다, 국장님."

겁먹은 요원이 대답했다.

"예의가 없는 사람이군. 감히 내 그림자를 밟았으면서."

"하지만 저는 …… 국장님, 저는 몰랐 ……."

"글로 써줘야 안단 말인가? 국장 그림자를 밟지 말아야 한다는 정도의 판단력도 없단 말인가?"

"정말 죄송합니다."

"자네는 이미 조커를 사용했다는 걸 명심하게."

"정말 죄송합니다, 국장님."

"내 눈앞에서 당장 사라져."

금발의 잘생긴 피스크는 일 잘하기로 소문이 나서 얼마 전에 워싱턴으로 전출 온 젊은이였다. 그러나 에드거의 그림자를 밟는다는 것은 대관식에서 왕의 흰 담비 망토 자락을 밟는 행위나 다름없다는 말을 아무도 해주지 않았던 모양이었다.

분노에 사로잡혀 있을 때 늘 그렇듯이 에드거의 얼굴이 벌겋게 달아올랐다. 그의 안색이 정상으로 돌아오기까지 몇 분이 걸렸다. 그 사소한 사건이 일어난 지 며칠 후, 에드거는 심장발작을 일으켰다. 그는 엄청난 충격을 받았다. 위험한 징조 그 자체보다는 갑자기 죽을지도 모른다는 위기의식 때문이었다. 불안해할 만큼 심각한 증상이 전혀 없는 심기증(자기가 중병에 걸린 것으로 생각하는 병증-옮긴이)이었다.

문제는 과체중이었다. 의사는 그에게 식이요법과 운동을 지시했다. 에드거는 잘못된 처방이 아니라고 확신하기 위해서 또 다른 의사의 진찰을 받고 나서야 그 지시를 따랐다. 에드거는 건강해야만 요원으로 받아들인다는 원칙을 세우고, FBI의 요원은 체중이 너무 많이 나가면 능률이 떨어진다면서 엄격한 식이요법을 강요했다.

에드거는 어느 날 갑자기 자신이 사라질 수도 있다는—FBI에서 사라지는 것뿐만 아니라—강박관념에 사로잡혔다. 특히 세균 공격의 위험에 대해서는 거의 병적으로 예민했다. 악의를 가진 어느 요원은, 에드거는 화장실에서 손을 씻는 데만 반나절을 보낸다며 FBI 수장자리에 앉은 시간은 36년이 아니라 18년이라고 주장했다. 에드거는 자신의 사무실이나 집에 실내공기조절기를 들여놓지 않았다. 세균을 옮기는 매개물로 생각했기 때문이다.

존 케네디의 명백한 부도덕성에도 불구하고 에드거가 그에 대해 보이는 관용은 군비에 관한 정치적 입장 때문이었다. 케네디는 핵 장착 미사일 준비가 너무 늦었다면서 아이젠하워 행정부를 통렬히 비난했고, 소련의 공격에서 미국을 안전하게 하기 위한 에너지 정책을 공약했다. 닉슨이 같은 공약을 했더라도 에드거의 지지를 받을 수는 없었을 것이다. 그것이 바로 레임덕에 빠진 대통령의 약점이었다. 정권을 잡은 기간이 8년이었는데 앞으로 더 잘하겠다는 말이 무슨 설득력이 있단 말인가.

*21*

FBI 수장자리가 더욱 확고해지면서 우리는 그 어느 때보다 진정한 행복을 누리고 있었지만, 에드거는 오히려 설명할 수 없는 괴로움에서 헤어나지 못했다. 나는 그가 이제는 정말로 정신분석을 받아야 하는 것이 아닌가 걱정이 되었다. 에드거는 감히 정신을 가지고 장난을 치는데도 벌 받지 않는 그 패거리를 몹시 싫어했다.

옷을 벗기듯 심리를 벗기는 행위는 성적 능력을 내보이는 행동이라며 정신과의사들을 '나체주의자'로 치부하는 에드거는 그들에게 도움을 호소하는 이들을 오랫동안 비웃어 왔다. 정신과의사는 '남의 정신세계를 함부로 드나드는 침입자'라는 편견에다 정치 분야에서 일하는 온갖 심리분석가들에게서 받은 나쁜 이미지까지 더해져 있었다. 정신에 관련된 전문가들은 대부분 자유주의 사상에 물들어 있었다. 간단히 말해서 에드거는 그들의 세계를 공산주의자들의 소굴로 간주하고 있었다. 그는 그들의 행동이 반체제 사상에 어울리는 책임 면제 운동을 이끌고 있다고 생각했다.

오랜 망설임 끝에 에드거는 워싱턴의 상류층 인사들이 드나드는 클리닉에서 정신분석 상담을 받기로 결정했다. 그는 입이 무겁기로 유명하고 공산주의자 혐의가 전혀 없는 사람을 선택했다. 그 인물에 대한 예비 조사를 하는 데만 몇 주가 걸렸고, 에드거가 만날 결심을 하는 데도 두 달이 필요했다.

에드거는 막연한 괴로움에 시달리고 있다면서 그 인물에게 정신분석가를 추천해 달라고 부탁했다. 정신과의사는 자진해서 자신이 하겠다고 나섰다. 에드거는 부끄러운 일은 아니지만 남의 눈에 띄어서는 안 되는 신분인 만큼 잦은 병원 출입으로 인한 구설수를 피하기 위해 상담은 자신의 집에서 해야 한다는 조건을 내세웠다. 에드거가 상담 장소를 자택으로 결정한 이유는 그들의 대화를 몰래 녹음하는 사람이 아무도 없다는 확신을 갖기 위해서였다. 그는 좀 더 부드러운 분위기를 만들기 위해서라는 핑계를 대며 현관에서 웃옷을 벗으라고 할 정도로 정신과의사에 대한 경계를 늦추지 않았다. 그리고 그 상담의 내용에 대해서는 나에게도 말해주지 않았다. 마치 두 사람이 들어가 있는 영역은 우리 둘의 관계보다 훨씬 더 사적이라는 듯이.

에드거는 결코 웃옷을 벗는 일이 없어서 모든 사람이 주머니에 늘 감시장치를 지니고 다니는 것이 아닐까 의심할 정도였다. 콘과 함께 저녁 식사를 하던 날, 감히 에드거의 웃옷을 벗게 한 유일한 사람은 조지프 매카시였다. 나는 에드거가 정신과의사와의 대화를 녹음했다고는 상상도 하지 못했지만, 그는 마치 환자가 자기가 아닌 다른 사람인 양 녹음을 했다. 정말 철두철미한 사람이었다. 나는 그 태도를 모른 척했다. 어쩌면 에드거는 정신과의사와 상담하는 남자가 정말로 자기 자신이 아니라고 생각하고 있는지도 몰랐다. 이상하게도 나는 그의 집에서 그 테이프들을 찾지 못했다. 의사의 이름이 적힌 그 테이프들은 기밀서류로 분류되어 미스 갠디 바로 등 뒤 캐비닛에 보관되어 있었다.


"아주 편안한 마음으로 나에 대해 말하지 못하는 걸 이해하시오. 내게는 아주 자연스럽지 않은 일이라서."

"이해합니다, 후버 씨. 이건 잘 알지도 못하는 제삼자의 손에 자신의 내면을 맡겨야 하는, 아주 특수한 치료방식이니까요. 하지만 마음이 편안해지기 위해 치르는 대가라고 생각하고 감수하셔야 합니다. 자기 자신을 좀 더 잘 알고, 있는 그대로의 자신을 받아들이는 것이 치료의 목적이니까요."

"있는 그대로의 나를 받아들이라고요? 하지만…… 나는 지금도……."

"그렇지 않다는 말이 아닙니다, 후버 씨. 당신이 상담을 하기로 결심한 것은 신경장애, 정상적인 생활을 방해하는 극도의 불안상태, 흥분상태, 걷잡을 수 없는 기분, 참을 수 없는 불쾌감으로 고통을 받고 있기 때문이라는 걸 확인했습니다."

"이 불쾌감을 약으로 해결할 수는 없겠소?"

"실패할까 걱정됩니다. 어쨌든 지금은 안 됩니다. 당신이 불안해하는 원인을 찾아내고 나서 생각해보겠습니다."

"내가 뭘 해야 합니까?"

"아주 간단합니다. 내가 당신에게 난처할 수도 있는 몇 가지 질문을 할 텐데, 우선 당신에게는 그 질문이 논리적으로 여겨지지 않을 겁니다. 그 질문은 당신을 좀 더 성가시게 할 수도 있습니다. 당신 자신도 모르는 정신의 영역 속에는 당신이 안고 있는 문제의 근원이 살고 있으니까요. 그 정도에서 좀 더 진전하기를 원한다면 당신은 솔직하게 답변해야 하고, 또 나를 완전히 신뢰해야 합니다. 만약 당신이 솔직하지 않는다면 이 치료는 아무 소용이 없게 됩니다. 결정은 당신이 하세요."

"박사가 주제넘은 질문만 하지 않는다면 아주 솔직해질 생각이오."

"우리가 맺은 관계에서 주제넘은 질문이란 없습니다. 당신이 견디고 있는 고통이, 있는 그대로의 당신을 보여줄 수 있는 능력보다 더 큰지 아닌지 판단하는 것은 당신의 몫입니다. 당신이 게임을 하지 않겠다면 더 나아가지 않는 편이 낫습니다. 배를 가르지 않고서는 간을 수술할 수 없지요. 정신분석도 마찬가지입니다. 당신의 정신을 열어야 하는데 허락하지 않는다면 그 이상은 진척이 없지요."

"알겠소, 박사. 하지만 우리끼리 합의한 사항이니 내게는 언제든 모든 걸 중단할 수 있는 권리가 있소이다."

"그건 알아서 하세요. 하지만 우리가 끝까지 가지 못하면 당신은 어떤 성과도 기대할 수 없다는 걸 알아두세요. 아까 우리가 말했던 문제 외에 특별히 불편한 것이 있다면 시작하기 전에 말씀해주시겠습니까?"

"아니, 그런 건 …… 없는 것 같소. 하지만 여자들과의 관계에 대해서 말해두고 싶소. 여자들은 나를 아주 매력적이라고 생각하지요. 그러나 나는 여자들과 의사소통 하는 데 문제가 있어요. 교제하는 것도."

"구체적으로 설명해주시겠습니까?"

"특별하게 설명할 건 없고. 내 가슴속에 자리 잡고 있는 이상적인 여성상은 있지요. 아주 고결하고 완전한 여성상 말이오."

"그 기준에 일치하는 여성을 만난 적이 있습니까?"

"네, 두 번."

"어떻게 됐습니까?"

"무슨 뜻이오?"

"그 여자들과의 관계에 대해 묻는 겁니다."

"첫 번째 여자는 내가 아주 젊었을 때 만났는데 나를 버리고 다른 남자에게 가버렸소."

"버림받았군요. 그럼 두 여자와 모두 교제를 했다는 뜻입니까?"

"사람들이 보통 생각하는 의미의 관계는 아니었소. 서로에게 마음이 끌려서 그냥 뭔가를 설계하자고 약속하는 정도였으니까."

"여자가 떠났을 때 어떤 느낌이 들었습니까?"

"엄청난 굴욕을 느꼈소."

"다른 느낌은 없었습니까?"

"없었소. 아니 정직하게 말하면 안도감이 들었지요."

"그 느낌을 어떻게 설명하시겠습니까?"

"설명할 것도 없소. 그냥 홀가분해졌으니까."

"좋습니다. 그럼 두 번째 여자는?"

"아주 대단한 여자였지요. 아주 특별하고."

"그 여자의 직업을 물어도 실례가 되지 않겠습니까?"

"희극배우였소. 지금도 계속 연락하는 사이요."

"이번에는 뭐가 잘 안 됐습니까?"

"반대로 아주 순조로웠소. 우리는 아주 강렬한 사랑을 서로 주고받았소."

"그럼 잘돼가고 있는데 무슨 문제가 있습니까?"

"모르겠소. 내가 그녀를 약간 실망시켰던 것 같소."

"어떻게요?"

"교제한 지 몇 달이 지난 어느 날, 아주 당연하긴 한데…… 그녀는 우리가 좀 더 진전되길 바랐어요."

"어떤 방향으로 말입니까?"

"그녀는 우리 사이가 좀 더 진전되길 원했지요. 무슨 말인지 알겠소?"

"잘 압니다. 그래서요?"

"거절했소. 나는 그 여자에 대해 아주 절대적인 이미지를 가지고 있어서 뭐랄까……, 욕보일 생각은 추호도 없었으니까."

"그래서 어떻게 됐습니까?"

"그녀는 결혼했고, 그녀와 그녀의 남편, 그 부부와 친구 관계를 유지하고 있소. 그 부부와 자주 만나지요."

"그녀의 남편이 불편해하지는 않습니까?"

"내가 알기로는 아니오. 나를 친구로 대하고 있고, 나 역시 그들을 극진히 대우하고 있소. 일주일에 한 번씩은 꼭 꽃다발을 보내면서."

"그녀와 사귀고 있는 동안 그녀를 갖고 싶은 욕망이 일지 않았습니까?"

"오, 아뇨. 그녀를 존중해주고 싶었소."

"그 말은 존중하는 여자에 대해서는 육체적 욕망이 일지 않는다는 뜻입니까?"

"그건 아니오."

"그럼 다른 여자들은?"

"음 ……."

"솔직하게 대답하셔야 합니다. 후버 씨. 다른 여자들에게는 욕망을 느낍니까?"

"아니오."

"그럼 예를 들어서 포르노에 나오는, 개인적으로 아는 여자가 아닐 때도 그렇습니까?"

"모르겠소."

"그렇다면 자신이 없는 겁니까?"

"아니, 모르겠소. 이제 중단하고 싶소. 좀 피곤하군요."

"그럼 오늘은 여기서 끝내기로 하지요."


"지난 몇 주에 걸쳐 나눴던 대화를 곰곰이 생각해봤는데 유익했던 것 같습니다. 당신의 답변이 늘 솔직하진 않았지만, 나는 거짓말에 당황하지는 않았습니다. 때로는 그 거짓말이 도움이 되었다고 말할 수 있으니까요. 당신 문제를 해결해줄 것이니 기대하세요. 아주 당연한 거니까요. 어쨌든 정상적인 생활을 방해하는 부담을 덜어드리겠습니다. 오늘은 대화를 시작하기에 앞서 내 마음이 아주 불안하다는 것을 고백합니다. 내가 말하려는 내용보다는 내가 분석하는 방식을 당신이 어떻게 받아들일지 걱정이 되기 때문입니다. 그 주제에 대해 먼저 설명하고 싶은데 괜찮겠습니까? 후버 씨, 우리는 오늘 아주 이색적으로 프로이트의 학설과 빅토리아 시대의 윤리를 대표하는 뛰어난 학설을 대조할 것입니다."

"어떤 의미로 그 말을 하는 겁니까?"

"연방경찰의 수장이라는 직책상 당신은 이 나라의 도덕적 위신을 수호해야 하는 가장 중요한 인사 중 한 분이라는 뜻입니다. 그리고 당신은 내적 충동을 그 절대적인 도덕에 맞추려고 하면서 고통스러워합니다. 그 까닭은 이중인격에 원인이 있기 때문입니다."

"글쎄요, 난 도무지 무슨 뜻인지 모르겠소, 박사."

"괜찮다면 간단하게 설명해보겠습니다. 교회의 전통을 이어받아 우리 문화를 지배하는 성도덕이 당신이나 내가 알고 있는 행동 규범을 정하고 있습니다. 최종목적인 종족번식을 위해서는 누구나 일부일처제 결혼이라는 엄격한 범주 내에서 성욕을 채워야 할 책임이 있습니다. 이런 의미에서 우리의 뇌 한쪽에 새겨진 윤리의식은 우리 문화의 가치관을 수호하면서 사회적 규범에 위배되는 모든 욕구를 억압하는 요인으로 작용합니다. 이 자동 검열이 충분치 않더라도 당신은 그 탈선을 징계할 임무를 사회에 맡겨도 되는지 누구보다도 잘 알 수 있는 위치에 있는 분입니다. 그래서 두 가지 차원의 경찰이 있는 거지요. 하나는 우리가 우리 자신을 다스리는 경찰이고, 또 하나는 당신이 책임지고 있는 경찰이죠. 우리 자신의 경찰은 어떤 벽과 힘을 합해 충동과 싸우고 있지요. 그 결과로 충동의 힘과 각자의 심리적 사연에 따라 개인에게는 다소 드라마틱한 결과를 초래하는 난처한 혼란이 생기는 겁니다. 성년이라는 게 뭡니까, 후버 씨? 우리에게 어린 시절을 이해하고 받아들이라고 자연이 준 시기입니다. 후버 씨, 당신은 어린 시절에 몇 가지 특별한 사건이 일어났다고 할 수 있습니다. 그 결과로 생긴 충동이 도덕의 벽에 부딪히면서 억압된 갈망이 견디기 힘든 고통으로 변한 겁니다. 비록 당신은 말하고 싶어하지 않았지만, 나는 당신의 아버지가 일상생활에 지장이 있을 만큼 정신병에 시달리다 요절할 정도로 정신장애가 심각했다는 걸 알았습니다. 그래서 당신의 어머니가 아버지를 대신하게 되었지요. 당신이 부모님을 표현하는 비율로 봐서 바지를 입고 있는 사람은 당신의 어머니입니다. 당신은 어머니 본래의 성 자체를 결코 인정하지 않고 있습니다. 페니스가 없다는 것만으로도 이미 어린 아들에게는 충격인데 하물며 그 여자가 남자로 처신할 경우에는 말할 것도 없지요. 그래서 여성의 성기가 불쾌한 기관이 되어 있는 것이고, 이 불쾌감이 혐오감으로 바뀌어버린 겁니다. 당신이 머릿속에서 갈망하는 성기는 여성의 성기가 아니라 당신이 페니스로 상상하는 어머니의 것입니다. 때문에 당신은 여자들에 대해서는 전반적으로 혐오감을, 몇몇 여자에 대해서는 범접할 수 없는 신성함을 느끼는 겁니다. 그래서 당신이 녹초가 될 정도로 억제하려고 애쓰는 강한 동성애 충동이 존재하는 겁니다. 도덕의 벽과 동성애 충동이 대립하고 있는 거지요.”

“동성애? 뭘 근거로 그런 말을 하시오? 동성애가 뭐 어쨌다고요? 지금 나를 변태로 몰고 있는 거요, 박사?”

“나는 변태라는 단어를 당신과 같은 의미로 말한 것이 아닙니다. 내가 말하고자 하는 것은 자신의 성과 다른 성으로 향해야 할 욕망이 정도에서 일탈하는 것을 뜻합니다. 그러나 이 확증된 사실에 도덕적 의미는 전혀 없습니다. 나는 정도를 벗어나는 것이 문화라고 봅니다, 후버 씨. 깊은 갈망에서 벗어나라고 하는 것이 바로 문화입니다. 나 같은 정신과의사의 관심을 끄는 것은 오직 환자들의 고통이지요. 정상을 벗어난 행위가 본인에게도, 타인에게도 고통이 되지 않는 경우는 나와 상관없습니다. 나는 그 가치를 판단하는 것이 아니라 환자가 있는 그대로 자신을 받아들이고 남과 다르다는 것에 익숙해지도록 도와주지요.”

“나는 마르크스와 레닌보다 더 파괴적인 인간이 존재한다고 생각하지 않소, 박사.”

“더 이상 존재하지 않지요, 후버 씨. 그들은 전쟁 중에 죽었으니까요.”

“비록 완전히 이해하지는 못했어도 나는 당신의 동성애 주장을 반박하오. 내가 그런 경우라면 나는 우리 사회를 부패시키는 규범일탈 행위에 대해 이런저런 신랄한 비판을 하지 않았을 것이오. 좀 실망했소, 박사. 기꺼이 이 심리분석 게임에 임했더니 증거도 없이 나를 괴상망측한 죄인으로 몰아붙이다니! 내가 우러러 받들면서 신성화하는 여자들과의 문제에 대해 말해줬더니 당신은 그 고결한 태도를 소름끼치게 저속한 규범일탈 행위로 폄하하면서 나를 형편없는 인간으로 만들어버렸소. 프로이트가 정말 이 학설의 대가라면 그자는 미국을 위협하는 위험인물로 분류해야 할 것이오. 이 마당에 프로이트-마르크스 당까지 생긴다면 설상가상이 될 것이오. 자, 상담은 이제 여기서 끝냅시다. 나는 당신의 분석에 찬동할 수 없소. 당신은 직업상 비밀을 양심적으로 지키기 바라오. 그리고 당신의 연구실까지 동행하여 나와 관련된 모든 기록을 회수할 것이오. 만약 우리의 대화를 누설할 생각을 했다면 내가 전부 녹음해놨다는 것만 알아두시오. 당신의 연구에서 반체제 사상이 뚜렷이 드러나는 구절만 남기고 나와의 관계는 싹 지워버릴 수 있다는 것도 알아두시오. 이제 떠날 시간이오. 마지막으로 나는 이른바 정신분석이라는 것이 신문조서와 꼭 닮았다는 점을 용서할 수 없소. FBI 국장을 감히 그런 식으로 신문할 사람은 아무도 없다는 것도 알아두시오."

에드거는 그 녹음테이프를 편집할 수 없었다. 전문가가 해야 하는 작업인데 숨기고 싶은 내용이 유출될 우려가 있기 때문이었다.

그 시기에 그는 쉽게 흥분하는 증상을 치료하기 위해 한 정신과의사와 열 번 정도 상담했다고 내게 털어놓았다. 그러면서 그는 정신과의사들은 사회에 해로운 위험인물이라는 결론을 내렸다. 그는 다시는 그런 실험을 하지 않겠다고 내게 맹세하면서 정신분석가들에게 도청장치를 설치하겠다고 말했다.

사실 에드거는 그 정신과의사와 냉담해진 뒤에도 죽기 얼마 전까지 아주 비밀리에 정기적으로 상담을 계속했다. 상담을 한다고 고통이 가라앉지는 않았지만, 정기적으로 상담을 한다면 호전될지도 모른다고

믿은 그의 속마음을 충분히 알 수 있었다. 승화할 것이 전혀 없었다면
에드거는 힘없이 무너지고 말았을 것이다. 에드거는 중력의 법칙을 견
뎌내는 오래된 건물 같았다. 에드거를 이해하고 치료하는 데는 딱 한
가지 방법밖에 없었다. 다시 세울 수 없다는 확신을 갖고 건물을 분해
해야 했다.

22

　로버트 케네디는 결코 혼자서 범죄조직을 공격할 작정이 아니었다. 그의 형 존이 부통령 선거에서 낙마했다는 사실은 그에게도 가능성이 남아 있다는 의미였다. 만약 존이 1956년 대통령 선거에서 스티븐슨과 함께 참패했다면 그의 정치인생은 산산조각이 나서 뉴잉글랜드의 하늘로 흩어졌을 것이다.

　로버트는 형을 위해서라면 지옥에라도 갈 수 있는, 형을 사랑하는 동생이었다. 유치한 아일랜드 도덕주의자 티를 낸다며 대놓고 '애송이 보이스카우트'라고 자신을 놀려대는 형의 정치행보를 위해 고군분투하던 로버트는 1956년 패배 이후 본격적으로 존을 부각시킬 방법을 찾고 있었다. 그때 조합을 협박하는 폭력조직에 대한 수사를 상원에서 추진하라고 로버트를 설득한 사람은 〈디모인 레지스터(Des Moines Register)〉(1849년부터 아이오와 주 디모인에서 발행된 조간신문-옮긴이)의 워싱턴 특파원 클라크 말렌호프였다. 로버트는 손사래 치면서 일언지하에 거절했다. "데이브 베크(트럭운송조합의 노동위원장-옮긴이)나 지미 호퍼(1957~1967년 동안 트럭

운수 노조를 조합원 200만 명의 거대 노조로 키운 전설적인 인물-옮긴이)에 대한 애기를 들은 적이 없는데 그걸 들춰서 무슨 이득이 있겠소.”

말렌호프는 범죄조직과 암거래의 관계를 조사할 당시 키포버가 얻은 유명세를 이유로 내세우면서 조사를 벌여야 한다고 주장했다. 그 주장을 받아들인 로버트는 〈시애틀 타임스〉의 탐문조사 전문기자와 만났고, 그 자리에서 기자는 트럭조합의 노조 활동에 관한 기록을 보여주었다. 로버트는 이제껏 난폭함이라고 해봐야 아내를 임신시키려고 열중하다 실크시트와 맨살의 마찰로 화상을 입은 정도가 고작이었다.

그는 상상도 할 수 없는 사건이 상세히 기록되어 있는 자료를 보았다. 자료에는 트럭운전사들의 압력에 굴복하지 않던 조합의 한 경영자가 폭행을 당해 병원에 입원했는데 그의 직장 속에서 오이 한 개가 통째로 발견되었다는 사례가 있었다. 꼬리표처럼 그의 목에 둘린 쪽지에 이런 글귀가 적혀가 있었다.


다음에는 멜론이 들어 있을 것이다.


나는 로버트가 그 기자를 자주 만나면서부터 신비교파에 들어간 것으로 생각한다. 그 광신자 무리는 어떻게 살아야 할지 몰랐다. 종교적으로 고귀해 보이는 동기를 찾아 몰려든 그들은 하나같이 두 눈에 신념이 없는 인간들과는 눈도 마주치지 않겠다는 미친개의 눈빛을 하고 있었다. 로버트는 여러 조합에 마피아가 개입되어 있다는 보고서를 작성한 뒤에 상원의원 맥켈란을 설득해 노동조합과 고용주조합의 부정 거래 조사를 위한 상원위원회를 구성하기에 이르렀다.

동료의원 두 명을 포함하여 네 명으로 구성된 위원회는 존의 참석을 허락했다. 맥켈란은 법학자들과 수사관들로 팀을 이룬 로버트에게 조사권한을 주었다. 그 위원회가 나중에 케네디 사단이 될 줄이야 누가 예측이나 했겠는가.

에드거와 나는 그 조사위원회의 중요성을 과소평가하고 있었다. 전 FBI 요원 셰리던을 포함한 백 명의 인사들과 구트맨, 샐린저, 세이젠탈러 같은 저널리스트들이 합세하면서 그 파장은 절정에 달했다. 일찍이 워싱턴의 국회의사당에 이렇듯 대규모 단체가 집합한 적은 없었다. 그러나 우리는 일단 존 케네디가 당선되고 나면 이 열기가 가라앉을 거라고 확신했다. 만약 존이 당선되지 않으면 닉슨이 그 불길을 진화해주리라 믿었다.

이 문제를 두고 조 케네디와 존의 대화를 녹음한 테이프를 통해 그것이 훗날 실제로 일어날 것임을 알 수 있었다.


"존, 그 자살행위에 가담하겠다는 말은 하지 마라."

"자살행위에 가담하는 게 아니예요. 바비는 대의에 따라 행동하고 있어요. 이제 바비도 내 그늘에서 벗어나 자신의 길을 찾을 필요가 있어요."

"그건 미친 짓이다. 그 아이는 자신이 누구에게 덤비고 있는 건지도 모르고 있어. 그들은 보스턴의 와스프 명문가의 자식들이 아냐. 너희를 압박해올 수도 있어. 네 동생이 지금 자기가 무슨 짓을 하고 있는지 알고 있다고 생각하는 거냐? 리틀 야구 리그전쯤으로 착각하는 거 아니냐? 그 아이가 어떻게 그런 일을 할 수 있겠니? 모든 조합이 너를 탓할 게다. 대통령 선거에 치명적인 타격을 받을 수도 있어. 이건 아주 멍청한 짓이야. 민주당보다 훨씬 더 폭력조직과 엮여 있는 공화당이 직격탄을 날리려 들게다. 그들은 가만히 있지 않을 거야. 네 동생은 지금 네 야망을 망가뜨리고 있어. 네가 어떻게 동생이 그런 일에 뛰어들도록 내버려둘 수 있단 말이냐? 그 아이는 그럴 능력이 없어. 베크를 공격할 생각이겠지? 그건 괜찮아. 베크는 해볼 만하니까. 하지만 거기까지다. 그 다음은 문제가 전혀 달라. 지미 호퍼와 상대할 때는 이상한 기류를 느끼게 될 거다. 그 배후에는 엄청난 이탈리아 세력이 있으니까. 지앙카나는 호퍼가 쓰러지게 내버려두지 않아. 너희는 궁지로 몰리게 되어 있어. 거기에다 후버를 건드리게 되면 문제가 커진단 말이다. 무엇보다도 그 위원회가 후버의 친구들인 공화당 의원들을 곤란하게 한다고 생각하는 경우에는 ……. 후버는 절대 전면에 나서지 않지만 결코 만만한 사람이 아냐. 이 나라에는 우선권이라는 게 있다. 너는 동생을 말렸어야 했어. 그런데 말리기는커녕 어쩌자고 그 아이를 부추기는 거냐?"

"말씀드렸잖아요. 바비는 그 자신만의 독자적인 길을 찾아야 한다고요. 집안의 후광에서 벗어날 필요가 있어요. 더구나 키포버 이후로 이런 진취적 기질이 선거 전략에 어떤 영향을 주는지 입증됐어요."

"너무 쉽게 생각하는구나."

"저는 아버지가 생각하시는 것만큼 부정적으로 생각하지 않아요. 우리의 평판에 득이 되면 됐지 해가 되지는 않아요. 바비를 부추긴 것이 아니라 면밀히 검토해본 결과 그 진취적 기질이 상당한 득이 될 거라 판단한 거예요. 정계에서 우리를 확실히 부각할 수 있는 방법이에요. 그 체제에서 이러지도 저러지도 못하는 말단 노동자들에게 보이는 내 이미지에도 유리하고요."

"존, 넌 도대체 어느 쪽이니? 좌파니?"

"제가 좌파가 아니라는 건 아버지도 잘 아시잖아요. 저는 그저 현실주의자일 뿐이에요. 하지만 굳은 결심으로 대담해질 거예요. 저는 획일적인 건 싫어요. 선거에서 이겨야 하니까요."

"하지만 네가 굳이 그런 물의를 일으킬 필요는 없다. 그들은 너를 용서하지 않을 게다, 존."

"오늘이 선거일이라면 닉슨이 53퍼센트고 저는 47퍼센트일 거예요."

"너는 너에게 맞는 이미지가 있어. 네가 어느 연회장에 온다는 게 알려지면 많은 손님이 몰려올 거다. 제임스 스튜어트나 게리 쿠퍼도 그렇게 많은 사람을 불러 모으지는 못해."

"그 이미지가 다는 아니예요, 아버지. 내가 세탁제 상표처럼 팔리고 있다는 건 알지만 그것으로는 충분하지 않아요. 노동계의 지지가 필요해요. 그건 현실적인 프로그램을 갖고 임해야 얻을 수 있어요. 상징적인 인물로는 만족할 수 없다고요. 그리고 일관성을 보여줄 필요가 있어요."

"다시 말하지만 너희는 최선을 선택하지 않았어. 그들은 절대 용서하는 법이 없어. 한번 앙심을 품으면 끝장을 보는 자들이니까. 나는 바비의 방식이 마음에 들지 않아. 그 아이는 도덕을 문제 삼고 있는데 우리 집안에 모럴리스트는 없단 말이다. 정 그러고 싶으면 중앙아프리카에 가서 선교사나 하라고 해, 빌어먹을!"

"여기까지 왔으니 짚고 넘어가야겠어요. 아버지는 지금까지 해오셨던 대로 자금을 맡아주시고, 오랜 친구 분들도 동원해주세요. 정치는 우리에게 맡기고요. 네 명이나 같은 일에 매달리면 우리는 절대 성공하지 못해요. 서로 들이받게 되니까요. 바비가 유세하는 동안 만화영화 주인공처럼 톡톡 튀면서도 어눌한 언변으로 나를 난처하게 만들 거라고는 생각하지 않아요. 바비는 나를 절대 배신하지 않아요. 또 웬만한 사람보다 열 배의 에너지를 발휘하고 있다는 것도 알아요. 몇 천 표에 희비가 엇갈리는 아주 치열한 선거가 될 거예요. 위험을 무릅쓰지 않으면 우리는 지게

돼 있어요. 바비는 폭력조직과 공화당의 관계가 드러난 정보로, 나의 건
강상태와 몇 가지 좋지 않은 일을 문제 삼아 헐뜯는 비방에 맞설 수 있습
니다. 그건 바비에게 기막힌 탄약이 되어줄 거예요. 후버는 최선을 다해
회유해 보겠지만, 그가 계속 버티면 범죄조직과의 싸움을 주저했던 이유
를 캐낼 때가 오는 거지요."

"원하는 걸 말해 봐, 존. 너희는 궁지에 빠져 있어."

"걱정하지 마세요."

"내 말 명심해라, 존. 놈들은 새벽에 너희 집에 배달된 신문이나 우유
옆에 200킬로그램짜리 폭발물 정도는 식은 죽 먹기로 갖다 놓을 사람들
이라는 걸. 그럼 너희는 발을 어디에 디뎌야 할지도 모르게 돼."

"걱정 마세요. 바비를 너무 멀리 가지 못하게 할 테니까."


그렇게 해서 존 케네디를 위한 물밑 작업이 본격화되었다. 존이 텔레
비전의 덕을 봤다고들 했다. 라디오가 지배하던 불과 몇 년 전이었다면
그는 분명히 선거에서 패배했을 것이다. 존의 음성은 로버트의 목소리
보다 차분하지 못했다. 그렇다고 존이 로버트를 부러워할 정도는 아니
었다. 그러나 오지까지 뉴딜 정책을 알리는 루스벨트의 열정적인 음색
에 비하면 비교가 되지 않았다. 닉슨의 우렁찬 목소리와 비교해도 그는
적수가 될 수 없었다.

그러나 닉슨은 텔레비전에 출연할 때마다 하루에 세 번이나 닭을 놓
치고 절망하는 여우같이 보였다. 반면에 존은 나라의 미래와 새로운 시
대를 구현할 사람이 바로 자신이라는 인상을 심어주었다. 뭐라고 꼭 집
어 말하기는 어렵지만 존의 세련된 용모가 결정적인 변수로 작용한 것
같았다. 그는 에디슨병 치료 때문에 복용한 코르티손 호르몬제 덕분에

야윈 몸에 보기 좋을 만큼 살이 붙어 있었다. 결과적으로 신체적 약점이 장점으로 바뀐 셈이었다.

전 세계적으로 공산주의의 압력이 거세지는 추세였다. 가까운 쿠바도 예외는 아니었다. 선거 전세는 전혀 변하지 않았지만 젊은 케네디는 약간 여유를 보이고 있었다. 그는 뛰어난 배우 기질로 만족할 수도 있겠지만 정계에 뛰어든 이상 신화의 성격을 띠는, 미국의 국내정세를 모른 척하고 있을 수만은 없었다.

그는 '텔레비전이 스타로 만들어준 흑백 브라운관의 인물'이라는 평판에서 벗어나기 위해서는 대중에게 실물로 깊은 인상을 심어줘야 했다. 그 예로 냉담한 태도를 보이는 서민을 의식한 존은 우선 광부들을 찾아갔다. 그는 진심으로 관심을 가지고 있다는 인상을 주면서 삶에 지친 사람들이 던지는, 때로는 당혹스런 질문에 아주 솔직하게 답변했다. 늙수그레한 광부가 물었다.

"아버지가 미국 최고의 갑부라는 게 사실이오?"

"사실입니다."

"이제껏 부족한 것이라곤 전혀 없었고, 또 필요한 것이면 뭐든 가졌다는 것도 사실이오?"

"그 말씀이 맞을까 두렵습니다."

"제 손으로 일해본 적이 없었다는 것도 사실이오?"

"사실입니다."

"사실이라는데 어쩌겠소? 응분의 대가를 치러야지."


요령을 피울 수도 있었지만 존은 허세를 부리지도, 거짓말을 하지도 않았다. 그는 자신에게 신화를 만들어준 미국을 순회하는 전국 투어로 인기를 끌었다. 게다가 양분된 여론도 존 케네디에게 힘을 실어주었다.

여전히 정정한 '늙은 올빼미' 엘리너 루스벨트가 '매카시즘 테러'*가 일어나는 동안 존의 모호한 태도를 공개적으로 비난했다. 이에 맞서서 자유주의 성향의 지식인들은 제 의견을 표명한 인물이라며 존을 옹호하고 나섰다. 아버지와 꼭 닮은 프랭클린 루스벨트 2세까지 존 케네디에게 적대적인 어머니의 단호한 입장에 개의치 않고, 빈곤의 시대에서 국민을 구했던 지도자를 상기하면서 존을 지지했다.

기독교도들은 확실한 보장을 원했다. 교황의 명을 따를 것인가, 그것을 기회로 정교 분리를 공언할 것인가? 존 케네디는 일단 그들을 모두 안심시켰다. 가톨릭교도들은 물론 그를 압도적으로 지지했다. 관대한 기증에도 불구하고 그에게 등을 돌린 교회가 있기도 했다. 성직자 복장을 한 스펠만 추기경은 5번가(뉴욕 맨해튼의 번화가-옮긴이)에서 주저 없이 닉슨 후보의 차에서 내려 열렬한 갈채를 받았다.

존은 법조계에 있는 로버트의 힘을 빌려 살해될 우려가 있는 마틴 루서 킹을 석방했다. 마틴 루서 킹은 평화시위를 주도한 혐의로 4개월형을 선고받고 복역 중이었다. 그러나 존은 공개적으로는 마틴 루서 킹을 두둔하지 않고 흑인 공동체에 석방 사실을 알리는 것으로 만족했다. 그렇게 해서 존은 마틴 루서 킹의 호감을 얻었고, 남부 유권자들조차 흑인 문제에 대한 그의 주장을 받아들였다. 케네디 집안에 대해 아무 원한이 없는 유대인들도 대부분 그에게 투표했다.

---



* 1950년대 미국에서 일어난 극단적인 반공사상을 말한다. 공화당 상원의원 매카시가 국무부의 진보적 성향을 띤 100여 명의 추방을 요구하고, 많은 지도층 인사들을 공산주의자로 몰아 공격한 이른바 '적색분자 적발 사건'.

선거 당일, 존은 『아주 긴 하루』를 쓴 작가 코넬리어스 라이언과 함께 보스턴에 있었다. 존은 "상륙작전 전야의 연합군 병사 같은 심정"이라고 말했다. 저녁 7시 15분, CBS의 방송 화면은 닉슨의 승리를 예측했다. 시가를 빨고 있던 존이 연기를 내뿜으면서 한마디 툭 던졌다.

"이 컴퓨터가 돌았나."

한 시간 후, 개표 상황은 그의 과반수 득표를 표시했다. 그는 개표 결과를 끝까지 지켜보지 않고 잠을 자러 가면서 측근에게 한마디를 남겼다.

"이 순간을 음미해야겠소. 어차피 아무것도 할 수 없고, 아직은 기뻐할 순간도 아니니."

9시에 일어났을 때 존 케네디는 대통령이 되어 있었다. 그는 선거 결과에 대한 공식발표를 기다리면서 해변으로 산책을 나갔다. 검은 복장의 무리가 그를 에워쌌다.

"이 사람들은 뭐요?"

"비밀정보국 요원들입니다, 대통령 각하."

"그냥 대통령이라고 부르시오. 그럼 이 사람들이 4년 동안 계속 이렇게 나를 쫓아다니는 건가?"

나는 그 경호원들 중에 우리 요원 한 명을 심어놓았다.

*23*

친애하는 존 에드거

늙어가면서 너무 뻔뻔스러워지는 것 같지만 내가 믿고 신뢰하는 정치인은 오직 후버라는 같은 이름을 가진 두 명밖에 없다오. 한 사람은 존 에드거, 또 한 사람은 허버트. 두 분 다 나를 존중해주었던 걸 나는 자랑스럽게 생각하고 있소. 저널리스트 월터 윈첼이 차기 대통령 후보로 당신 이름을 언급하는 걸 들었소. 그런 날이 온다면 미국 최고의 경사가 될 것이오. 그리고 당신이 공화당으로 나오든, 민주당으로 나오든 나는 그 누구보다도 당신에게 협력할 것이오. 당신은 충분히 그럴 만한 자격이 있소. 아울러 나는 진심으로 그렇게 되길 바랄 뿐이오.

조 케네디

책상 옆 벽에 걸린 액자 안의 편지를 다 읽은 로버트 케네디는 애써 태연한 얼굴로 에드거를 향해 돌아섰다. 뜻밖이라는 표정을 짓는 로버트에게 에드거가 대답했다.

“그건 내가 FBI 수장으로서 해왔던 행동을 고마워하는 가장 멋진 증언 중 하나요. 당신 아버님이 보낸 편지라는 것만으로도 대단한 가치가 있지요. 존 케네디 상원의원이 부통령후보에서 낙마했던 1956년 선거 이전에 받았던 것이오.”

“그런데 왜 진지하게 받아들이지 않았습니까?”

“나는 권력자가 아니오. 국가를 위해 봉사하는 것이 좋고, 또 이 자리에서 장수하는 것이 낫다고 생각하는 사람이오. 정치나 타협은 내 취향이 아니니까. 나는 우선 경찰이고, 이 나라의 가치관을 꿋꿋이 수호하는 것으로 만족하고 있소. 게다가 난 선거운동을 할 만큼 재력도 없고, 돈을 버는 감각도 없소. 그래서 당신 아버님의 찬사를 만인이 볼 수 있도록 액자에 걸어 간직하고 있는 것이오. 나는 아버님을 몹시 존경했소. 늘 사이좋게 일해왔으니 무척 가까운 사이라고 말할 수 있겠군. 인생을 살면서 이런 친분이 있다고 자신 있게 말할 수 있는 사람이 몇이나 되겠소? 이건 완벽하게 마음이 통한다는 증표지요. 이 자리를 빌려 형님의 당선을 진심으로 축하하오. 형님은 나라를 새롭게 비약시킬 것이오. 린든 존슨을 부통령으로 삼은 건 아주 탁월한 전략이었소. 또 이렇게 나를 찾아와줘서 아주 기쁘오. 자, 내가 뭘 도와드리면 되겠소?”

“아버님의 권고에 따라 상의를 드리러 온 겁니다. 뛰어난 지략과 오랜 경험을 바탕으로 귀한 조언을 해주시리라 믿습니다. 사실은 형님이 나를 법무장관으로 임명하기로 결심했다는 소식을 듣고 몹시 고심하는 중입니다. 하지만 친족특혜라는 비난을 받게 될까 봐 나는 그 생각에 반대하고 있습니다. 이런 임명을 어떻게 생각하시는지 고견을 듣고 싶습니다.”

“갑작스런 질문이라서…… . 하지만 그것이 대통령과 아버님의 뜻이라면 마다할 이유가 뭐가 있겠소? 물론 대통령과 법무장관이 한 집안에서 배출된다는 건 처음 있는 일이지만 그렇다고 절대로 안 될 일은 아니지요. 당신이 그 임무를 수행할 자질을 갖추고 있다는 것이 중요하오. 어쨌든 내 의견을 물어보다니 감동적이오. 당신의 젊은 혈기와 나의 노련미가 자연스럽게 어우러지면 우리는 멋진 협력자가 될 거란 생각이 드는군요."

에드거의 사무실을 나오다 나와 마주친 로버트 케네디는 마지못해 인사를 했다. 일류대학 졸업장이 정말 가치가 있긴 한 건지, 그에게서 고학력 젊은이의 편협한 사고방식이 엿보였다. 바람에 날린 건지, 손으로 가다듬으려다가 헝클어진 건지 모를 머리. 잘 때는 벗을까 싶은 양복에, 너무 꽉 졸라매서 숨은 제대로 쉴까 걱정되는 넥타이. 심약함을 무마하려고 겉치레에 신경 쓰는 사람의 표정. 자기 진로를 찾으려고 애쓰는 젊은이의 모습이었다.


내가 사무실에 들어갔을 때, 에드거는 양순해 보이는 온화한 미소를 짓고 있었다. 굉장히 흡족할 때가 아니면 그에게서 거의 보기 힘든 표정이었다.

"격세지감을 느껴, 클라이드."

"왜요?"

"몇 년 전만 해도 아무개 법무장관을 모시라는 강요를 받았는데, 오늘은 나한테 아무개를 승낙해달라고 부탁을 하니까 말이야."

"로버트가 뭘 승낙해달라고 했는데요?"

"그의 형과 친애하는 아빠가 자기를 법무장관직에 앉히려고 한다는군. 그래서 그 어린애가 혼란스러운 얼굴로 내 의견을 묻겠다고 찾아온 거야."

"그래서 뭐라고 했어요?"

"기꺼이 맡으라고. 아직도 젖비린내가 나는 주제에 어디서 건방지게! 법을 제대로 알기를 하나, 경험이 많길 하나, 경험이라고는 트럭기사들을 사냥한 것밖에 없는 애송이를 법무장관으로 앉혀? 대통령의 동생이라는 이유 하나로? 장난감을 쥐어주며 한쪽 구석에 앉혀놓고는 훈련을 시키려는 거겠지."

"정말이에요?"

"그런 거 같아. 그의 파일을 작성하면서 우리는 그가 성인 클럽에 들어가기에는 너무 어리다고 판단하지 않았던가?"

"파일은 있어도 자료가 별로 없어요. 맥켈란 위원회에서 활동하는 동안에도 감시를 게을리 하지 않았어요. 하지만 당신이 자기 주관이 없는 멍멍이에 불과하다고 해서……."

"그럼 다시 수집해야지. 무슨 약점이 있지 않겠어? 여자, 남자, 술?"

"글쎄요."

"꼬투리 잡을 만한 게 없으면 다른 가족에게서라도 찾으면 돼. 그런 다음에 그를 절제력 있고 정숙한 인물로 만들어버리는 거지. 우리가 살아남으려면 그를 박제로 만들어야 해. 조가 이번에는 로버트에게서 한쪽 눈을 떼지 않을 거야. 난 그걸 상기시켜줄 거고. 어쨌든 우리 가까이에 있는 것이 덜 위험하다고 판단했겠지. 그래도 존이 동생을 그 자리에 앉히는 건 우리를 염탐하기 위해서라는 느낌이 들어. 속이려다가 속는 수가 있다는 걸 내가 가르쳐주고 말겠어. 슬슬 오기가 발동한단 말씀이야. 클라이드, 나는 더 줏대 있고 더 노련한 인간들과도 수없이 상대해왔어. 나는 그런 거에 이골이 난 사람이라고. 나는 존이 우리를 이

빨 빠진 호랑이로 보고 있다고 생각하는데, 자네 생각은 어떤가?”

참석자가 많다는 점을 이용해 정보를 수집하러 잠입한 우리 정보원이 1월 20일 만찬에서 케네디 대통령이 동생의 임명에 대해 가볍게 던진 농담을 보고했다.

“바비를 법무장관으로 임명한 것을 두고 왜 그렇게들 말이 많은지 정말 이해하지 못하겠어요. 법무 경험을 주려는 것뿐인데.”

공식 만찬이 끝나자, 격분한 로버트가 주먹을 불끈 쥐고 형에게 대들었다.

“형, 나에 대해 꼭 그런 식으로 말해야 했어?”

“바비, 네가 몰라서 그래. 정치 세계에서는 제 자신을 웃음거리로 만들 줄 알아야 해.”

“형이 웃음거리로 만든 건 형 자신이 아니라 나라고.”


조금만 더 젊었더라면 우리는 적응할 수 있었을 것이다. 전쟁 때 세운 무공을 내세우는 케네디 사단은 ‘뉴 프런티어’의 주축 세력이었고, 그 중심에는 이른바 지식인층이라 불리는 진보주의자들이 있었다. 전쟁에 너무 늦게 뛰어든 로버트는 해군에서 무장을 하지 않은 함대밖에 탈 수 없었다. 그러나 집안의 다른 형제들이 그렇듯이 로버트는 영웅이 되고 싶었다.

에드거에게 상의하러 왔던 예의 바른 젊은이는 이내 버릇없는 부잣집 어린애로 변모했다. 법무부에서의 동거생활을 시작한 첫 몇 주일은 불쾌한 분위기 속에서 흘러갔다. 에드거를 찾아와 조언을 구하면서 현명한 삼촌의 역할을 부탁했던 소심하고 자신감 없던 젊은이는 무슨 마법의 주문에라도 걸린 듯이 며칠 사이에 오만불손한 안하무인으로 돌변했다.

에드거는 아침마다 제일 먼저 출근해서 사무실의 전기 스위치를 올렸다. 그가 36년 동안 의식을 치르듯 계속해온 일이었다. 로버트는 젊음과 혈기를 앞세워 에드거보다 좀 더 일찍 출근했다. 국장이 직접 전기 스위치를 올리는 것이 관례라고 분명히 알렸는데도 로버트는 끝내 우리의 오랜 전통을 존중하지 않았다.

에드거는 즉시 응수했다. 날마다 '후버의 성역'을 견학하러 지방에서 몰려오는 사람들을 위한 법무부 안내책자에 이런 문장을 실었다.


후버 국장은 법무장관이 태어나기 1년 전부터 FBI 수장의 직무를 수행하고 있습니다.


로버트는 주저하지 않고 사실을 적어놓은 그 글을 장관의 권한으로 없애버렸다.

이에 질세라 에드거는 FBI의 신입요원들을 환영하는 연설에서 전 부통령 닉슨은 공격적인 면이 부족한 인물로, 현 법무장관은 '지나치게 자만'하는 인물로 평가했다.

법무부 청사의 체육관 사용 문제로 로버트가 한발 물러났을 때, 에드거는 1차 승리를 거두었다. 담당자는 체육관은 국장의 엄명에 따라 훈련 중에 부상한 FBI 요원들의 재활 교육을 위한 곳이라면서 아무리 장관이라도 무단으로 사용하는 것은 잘못이라고 알렸다. 로버트는 정식 신청서를 내지 않았던 것이다.

로버트 케네디의 태도는 모든 면에서 도전적이었다. 일할 때는 소매

를 걷어붙이고 넥타이를 풀어헤치는 돌출행동을 보였다. '뉴 프론티어'
는 로버트 사단이 옷차림에 신경 쓰지 않는 행위로 시작되었다.

뿐만 아니라 로버트는 서열을 무시하고, 관례도 무시했다. 무례한 정
도를 비교하자면 그 아버지의 그 아들이었다.

로버트는 비서를 통해 기별도 않고 느닷없이 에드거의 사무실에 들
이닥치는 무례한 행위를 서슴지 않았다. 그러던 중에 에드거가 눈을 감
은 채 휴식을 취하는 현장을 잡게 되었다. 그는 "나이가 나이니만큼 이
해할 만한 행동"이라는 무례한 말을 지껄였다. 이 사건을 빌미로 로버
트는 고지문을 인쇄해서 법무부에 돌렸다.

정치권에서 장수하고 싶은 사람을 위한 충고: 잠도 자고 소변도 보시
오. 하지만 후버처럼 두 가지 일을 동시에 하지 마시오.

로버트는 우리 요원 몇 명을 직접 불러서 문의하는 식으로 교묘하게
에드거의 신경을 건드렸다. 그것은 FBI의 불문율을 깨뜨리는 행위였
다. 그밖에도 그는 사사건건 우리를 불쾌하게 만들었다. 로버트는 '브
루무스'라는 이름의 사냥개를 키우고 있었다. 개를 사랑하는 취향에서
는 에드거와 공통점이 있었다. 그들은 가까이 지냈으면 좋았을 사람들
이었다. 로버트는 홀로 남아 있을 부르무스가 안쓰러워서 데리고 출근
하기로 결정했다. 에드거는 법무부 청사에 개 출입을 금하는 조항이 있
는지 내규를 찾아보았다. 그러나 그런 조항은 없었다.

어느 날 로버트는 감히 에드거의 사무실에 개를 데리고 들어갔고, 뭘
모르는 개가 그만 국장의 책상다리에 오줌을 갈기고 말았다. 그런데도
로버트는 도저히 용납할 수 없는 그 행위를 되풀이했다. 다트 게임을

즐기는 로버트는 과녁판을 벽에 붙여놓고 다트를 던지는 것으로 스트레스를 풀었다. 다트가 번번이 과녁판을 빗나가자, 보다 못한 에드거는 그러다가 공공건물의 벽을 훼손하겠다고 충고하기에 이르렀다. 로버트는 그 충고를 받아들이기는커녕 오히려 고집스럽게 다트 게임을 즐겼다. 예상했던 대로 에드거에게 모욕을 주려는 의도가 다분했다. 심지어 자기 사무실에서 우리를 맞을 때는 의자에 몸을 파묻듯 앉아 두 다리를 책상 위에 올려놓는 방자한 행동도 서슴지 않았다.

게다가 로버트는 무례한 언사로 남에게 상처를 주었다. 내가 외과수술 때문에 며칠 결근했을 때 그는 여지없이 본심을 드러냈다.

"무슨 수술을 받는다는 겁니까, 톨슨? 자궁절제술이라면 또 몰라도."


우리 둘에 대한 무조건적인 악의, 되풀이되는 조롱, 말끝마다 노인 운운하는 로버트를 나는 증오했다. 그는 부하직원들에게 우리의 나이를 고려하면 FBI 수장으로 앉아 있을 날도 얼마 남지 않았으니 조금만 참고 지내라는 당부까지 했다.

"존 형님과 나는 그 늙다리 커플을 차기 선거 이전에 제거할까, 이후에 할까 고심하고 있습니다. 당연히 은퇴할 사람들이니까."

로버트의 아내 에셀까지 나서서 에드거의 후임자로 우리와 앙숙인 로스앤젤레스 경찰청장 파커가 기용될 것이란 언급을 했다. 우리의 퇴임설이 곳곳에서 들려왔다.

긴박감이 절정에 달한 것은 로버트가 전용 승강기를 회의실로 삼았을 때였다. 청사의 모든 사무실에 도청장치가 되어 있다고 확신한 로버트는 측근들과의 비밀회의를 자신의 전용 승강기 안에서 하기로 결정했다. 그가 우리를 너무 모르고 저지른 무모한 행동이었다. 어떤 대화도 우리의 귀를 벗어나지 못했다.

그 사실을 알아차리고 달려간 로버트에게 존은 참으라고 충고했다. 그러나 혈기 왕성한 젊은이에게 인내는 무리한 요구였다. 존 케네디는 에드거와의 알력 다툼은 괜한 소모전에 불과하다는 것을 알고 있었다.

우리가 입수하는 정보에 대해 그는 다음과 같이 예상하고 있었다.

"내가 살아 있는 한 그는 감히 그걸 이용하지 않을 거야. 언젠가 내가 죽게 되는 날은 그게 걱정되려나?"

에드거와 나는 케네디가 1964년 재선을 치를 때까지는 우리를 해임하지 않으리라는 것을 알고 있었다. 따라서 그때까지 우리는 괴롭히려는 의도가 다분한 온갖 수작과 모욕, 신랄한 조롱을 참고 견뎌내야 했다.

로버트는 우리를 과소평가하고 있었다. 하지만 그는 언젠가 우리에게 보복당하여 후회할 수도 있다고 생각했을 것이다. 그는 우리에게 예의 없이 행동했다. 1964년 선거를 기다리면서 양측은 외부에 사이가 좋은 이미지를 보이기로 암묵적으로 동의를 하고 있었다. 에드거는 습지에 사는 개구리의 '정지상태' 전략을 택했다. 우거진 덤불에 반쯤 몸을 숨긴 채 죽은 듯이 있다가 다가오는 먹이를 눈 깜짝할 사이에 삼켜버리고는 언제 무슨 일이 있었냐는 듯 천연덕스럽게 양순한 모습으로 돌아가는 전략이었다.

나는 법무부와 FBI의 첫 번째 업무회의에 참석했다. 에드거는 나와 동행했고, 로버트는 자신의 최측근과 동행했다. 일종의 정상회담이었다.

"내 임무를 완수하려면 국장이 필요합니다, 에드거. 그 어느 때보다도 절실합니다. 두 가지 목표가 있는데, 하나는 범죄조직과의 싸움이고, 또 하나는 공민권 신장입니다. 무엇보다도 공갈단, 더 나아가서 폭력조직과의 싸움은 FBI의 협조가 필수적이지요. 국장에게는 수사권이 있고 내게는 소추권이 있으니까요. 국장께서 아주 이례적으로 소극적인 대처를 하고 있다는 건 알지만 지금이야말로 FBI가 범죄조직을 허구라고 보는 생각을 단념할 때라고 생각해요."

"외람된 생각인지 모르겠지만, 장관께서 예전에 폭력조직에 대한 상원위원회를 주도할 당시 우리는 상당히 적극적으로 협조했던 것으로 압니다. 수사는 1956년에서 1959년까지 계속되었지만 내가 알기로 그 당시 마피아들에게 유죄를 선고할 만한 범죄행위를 찾아내지 못했지요. 따라서 나는 범죄조직의 존재를 부인하지 않았더라도 그 수사에 망설이지 않을 수 없었습니다."

"후버 국장, FBI 뉴욕 지국을 방문했다가 공산주의와의 싸움에는 요원이 400명 투입되었지만 폭력조직과의 싸움에는 기껏 10명이 투입됐다는 걸 알았습니다. 내가 마피아 관련 서류를 가져오라고 했더니 아주 자랑스럽게 보여주더군요. 그런데 뭐가 들어 있었는지 압니까? 신문기사가 스크랩되어 있더군요. 후버 국장, 내가 공산주의에 관대하다는 비난은 할 수 없을 겁니다. 나도 매카시 위원회를 위해 뛰었던 사람이고, 또 모든 사람이 등을 돌렸을 때도 나는 그를 지지했어요. 하지만 공산주의가 더 위험한 건 아닙니다. 공산당원 중에는 진정한 행동대원보다 FBI의 정보원이 더 많단 말입니다. 간첩망에 관련된 모든 것에 꼼꼼하게 주의하지 않으면 안 됩니다. 게다가 간첩행위에 대한 수사는 국장의 소관이 아니라 CIA의 일이오. FBI는 정치인을 감시하는 데 에너지와 예산을 소모하기보다는 경찰 본연의 업무인 수사에 집중해야 합니다."

"잘 알겠습니다, 장관. 그런데 범죄조직에 대한 우리의 행동을 아주 정당하지 않은 것으로 생각하는 것 같군요. 우리가 갖고 있는 수십 킬로미터의 녹취록을 보면 우리가 그 문제에 어떤 관심을 갖고 있는지 알

겁니다. 게다가 나는 보좌관 클라이드 톨슨에게 녹음기를 가져오라고
했습니다. 원하신다면 우리가 수상쩍다고 생각해서 수집한 정보 중 하
나를 들어볼 수 있습니다."

"반대할 일이 아니지요.

나는 녹음기의 버튼을 눌렀다.


　그 망할 자식 윌리엄 잭슨이 어떻게 됐는지 알잖아. 그 자식에게 자신
이 얼마나 쓸개 빠진 놈인지, 얼마나 멍청한 놈이었는지 깨달을 시간은
충분히 줬다고 생각해. FBI의 끄나풀이었다는 게 발각되었는데도 아니라
고 죽어라 우기는 거야. 어찌나 잡아떼는지 이거 혹시 우리가 잘못 안 게
아닐까 의문이 들 정도였다니까. 우리가 잘못 안 거면 그래도 괜찮지. 그
얼간이가 우리 행적을 낱낱이 FBI에 고해바치는 건지 아닌지도 모른 채
막연히 의심만 하고 있는 것보다는 훨씬 나으니까. 그놈에게 귀빈들을 위
한 진수성찬을 차려줬지. 요리 접시가 얼마나 많은지 가서 봐. 얼마나 처
먹는지, 그 자식을 역사상 길이 남을 대식가로 모셔야겠더군. 처음에는
갈고리에 꿰었고, 그 다음에는 펄펄 끓는 물을 끼얹은 다음 용접용 인두
로 치골부위를 지지고, 얼음용 곡괭이로 주요 관절을 빠개버렸어. 그러고
나서 일단 중지하자, 녀석이 돼지 멱따는 소리를 질러댔어. 다시 석유램
프로 그을리다가 성기를 까맣게 태워버렸지. 못 믿겠으면 가서 확인해
봐, 아직 살아 있으니까. 야구 방망이로 남은 뼈마저 으스러뜨렸어. 산송
장이나 다름없는데도 …… 인간의 저항력은 정말 대단해, 여전히 눈을
움직이는 걸 보면. 그래서 내가 현대판 그리스도의 모습이 되도록 두 발
과 두 손을 좀 만져놨지. 그 자세로 인생의 의미를 깊이 생각하라고.

로버트 케네디는 입술을 앙다문 채 손가락으로 책상을 톡톡 치고 있다가 벌떡 일어났다.

"그만 됐소!"

우리도 그의 측근과 함께 일어났다. 에드거가 다가가더니 로버트에게 속삭였다.

"독대를 허락하겠습니까, 시간이 괜찮다면."

"15분밖에 내줄 수 없는데 충분하겠습니까?"

"충분합니다."

"어디로 갈까요?"

"원하시면 장관의 사무실도 괜찮지요."

"그건 좋은 생각이 아닌 것 같소. 내가 자유롭게 답변하지 못할 테니까. 우리의 대화가 또 FBI의 기록에 남는 일은 없어야겠지요."

"일리 있는 말씀이네요."

"청사 지하실로 내려갑시다. 거기까지 설치하진 않았을 거라고 생각하니까."

"장관 사무실에는 도청장치를 하지 않았다고 보증할 수 있어요. 하지만, CIA는 또 모르죠, 도청하고 있을지도. 그 사람들은 우리와 윤리의식이 다르니까."


나는 그 자리에 참석하지 않았지만 에드거가 구체적인 내용을 전해주었다. 그는 자신에게 유리하도록 만들었던 영화 같은 장면을 몇 번이고 재연해주었다.

"나는 이 비밀면담을 고대해왔지요. 장관께서 전혀 모르는 아주 중요한 정보를 알려주고 싶었기 때문이죠."

"어떤 문제에 관한 겁니까?"

"우리가 유일하게 관심을 갖고 있는 범죄조직에 관련된 것입니다. 아까 나를 곤경으로 몰아넣었을 때 나도 나 자신을 변호하기 위해 몇 가지 사실을 폭로할 수도 있었지요. 그런데 장관이 계속 모르고 있다가 거북한 상황에 처하는 건 내가 원하는 바가 아니라서요."

"어디 들어봅시다."

"몇몇 주와 특히 일리노이 주 선거에서 형님이 부당하게 표를 얻었다는 항간의 소문에 대해서는 알고 있을 겁니다. 실망한 공화당이 꾸며낸 음모론으로 보고 서둘러서 수사에 착수할 수도 있습니다만, 대단한 소득을 얻지 못할까 걱정입니다. 닉슨 후보 자신도 못난 패자로 비춰질까 봐 직접 나서려고 하지 않는 상황이고, 또 알다시피 우리나라 선거 역사상 결과가 뒤집힌 선례도 없습니다. 간단히 말해 장관의 주장과는 달리 FBI가 늘 그랬던 대로 완벽하게 처리하지 않았다면 악성 루머만 무성했을 겁니다. 아팔라친에 집결했던 여러 패밀리들의 신원을 조회하는 과정에서 드러난 사실을 근거로 나는 시카고 마피아 조직의 활동 거점에 도청장치를 설치해놓고 특히 샘 지앙카나의 활동을 예의주시하고 있었지요. 내 기억이 맞는다면 지앙카나는 장관이 맥켈란 위원회에서 활약할 당시 조사했던 마피아 보스 중 한 사람이었지요. 당시 오고 갔던 대화도 아주 생생하게 기억하는데, 5차 심문까지 갈 정도로 모든 질문에 묵비권을 행사했기 때문에 아주 진땀을 빼야 했던 인물이었지요. 시간이 없다고 하셨으니 본론으로 들어가겠습니다. 그 녹취록은 불법으로 얻은 것이기 때문에 법적 효력은 없습니다. 그렇지만 녹취록은 엄연히 있습니다. 어떤 정보가 있는지 압니까? 샘 지앙카나와 당신 아버지가 두 번 만났는데 한 번은 예비선거 이전에, 또 한 번은 대선 이전이었지요. 이 두 번의 만남이 확인되지는 않았지만 녹취록 내용과 일치하는 두 건의 정보를 입수했는데 출처가 분명합니다. 샘 지앙카나와 친분이 두터운 것으로 알려진 프랭크 시나트라가 그중 하나죠. 시나트라는 말을 지어낼 사람이 아닙니다. 어쨌든 그게 단지 소문인지 여부는 시나트라와 개인적으로 친분이 있는 대통령께서 직접 확인해볼 수 있겠지요. 또 한 사람은 일부러 우리에게 와서 알려줬습니다. 지앙카나의 오른팔인 험프리라는 사람인데 이탈리아계가 주축을 이루는 마피아 조직에서 아일랜드계가 아니었다면 벌써 오래전에 일리노이 주의 보스가 되었을 인물이지요. 그 두 사람은 돈을 써서 여론 몰이를 했으며, 지앙카나가 여러 조합에 개입해서 케네디에게 표를 찍게 했다고 단언했습니다. 또 다른 녹취록에서 험프리는 지앙카나가 대통령과 당신에게 마피아에 대한 압력을 완화해주겠다는 약속을 받았다고 하더군요. 그래서 자신의 조직에 존 케네디를 지지하라는 지시를 내렸던 거라고 주장하고 있어요. 나는 들은 대로 전하는 겁니다. 게다가 존 케네디의 입후보를 위해 미국 마피아 조직들이 두 발 벗고 뛰고 있다는 소식을 접하고 노조협회장 지미 호퍼가 불쾌감을 드러냈다는 험프리 아내의 증언도 있어요. 하지만 나는 호퍼가 장관께서 주도한 맥켈란 위원회의 조사로 당연히 원한을 품고 있었을 텐데도 장관과 마피아 조직 간에 화해를 원하는 차원에서 그 의견에 따르기로 했던 거라고 생각합니다. 그리고 험프리는 그 협상에 전혀 호의적이지 않았다는 느낌이 들어요. 험프리는 금주법이 시행되는 동안 부친과 사업을 하던 시절에 안 좋은 기억을 간직하고 있더군요. 장관은 언제든 그를 만날 수 있기 때문에 알고 있는 것이 좋겠다는 생각에서 말하는 것일 뿐입니다."

　에드거는 그 순간 핏기가 싹 가신 로버트의 얼굴을 봤다고 내게 말했다. 그는 잠시 침묵하는 것으로 긴장감을 고조시킨 뒤에 덧붙였다.

"내가 시간을 너무 많이 뺏은 것 같습니다만, 알리시아 다르라는 이름의 여성이 과거에 대통령과 관계를 맺었다고 떠벌리고 있다는 것도 알려드리지 않을 수 없군요. 그 여성에 대한 조사도 시작했습니다. 1차 자료에 따르면 직업여성인 것 같아요. 원하신다면 우리가 재조사를 할 수도 있습니다."

24

1950년대 독신 남자에게 쿠바는 그 어느 곳과도 비교할 수 없는 환상의 섬이었다. 마이애미에서 불과 130여 킬로미터 떨어진 섬에 발을 내딛으면, 레스토랑과 나이트클럽을 전전하며 며칠 즐기고 싶은 이들에게 쿠바가 최상의 파라다이스라는 것을 깨닫게 된다. 그곳에서는 카지노에 입장하는 것이 아니라 도박에 푹 빠지는 것이다.

쿠바는 미국의 지배를 받는 독립국이었다. 미국 자본이 계속 유입되면서 모든 기업이 미국기를 달고 있을 정도로 미국이 재계를 장악하고 있었다. 특히 쿠바 대통령 바티스타의 비호를 받으며 지앙카나, 로셀리, 트라피칸테 등 마피아 보스들이 섬나라를 지배하고 있었다.

나는 1910년대 초에 홀로 쿠바에 갈 기회가 있었다. 아침에는 몇몇 억척스러운 사업가들밖에 보이지 않았다. 점심시간이 되어서야 진정한 일상이 시작되었다. 오후에 수영장 부근을 지나다 보면 산책 나온 화려한 차림의 매혹적인 여성들을 볼 수 있었다. 늦은 오후에 시작된 왈츠 칵테일파티는 저녁때까지 이어졌다. 새벽녘까지 도박도 하고 춤도 추면서 떠들썩하게 놀다가 혼자든, 누군가와 함께든 호텔 방으로 하나둘씩 모습을 감추는 것으로 쿠바의 하루는 끝이 났다.

인간은 항상 가까운 사람에게 배신을 당한다. 피델 카스트로는 자기 아버지의 사회적 현실 때문에 반란을 일으킨 부르주아의 아들이었다. 따라서 카스트로의 혁명은 가족사가 혁명으로 바뀐 것이라고 해도 과언이 아니다. 카스트로는 혁명 초기에 공산주의 이데올로기를 드러내지 않았다. 그러나 미국이 케네디를 선택할 채비를 하고 있을 무렵, 쿠바 민중의 지지를 등에 업고 혁명을 성공한 그는 쿠바에 투자한 미국기업의 재산을 몰수하기 시작했다.

대통령 선거운동이 시작됐을 때 아이젠하워와 닉슨, CIA 국장 앨런 덜레스는 쿠바에서 극비리에 공산체제를 전복하기 위한 쿠데타가 준비되고 있음을 알고 있었다. 에드거와 나는 제외되었다. CIA는 리처드 닉슨을 '신뢰할 만한 인물'로 생각하지 않았다. 닉슨이 뉴욕에 정착하기 전 나치에 이어 공산주의의 도움으로 재산을 축적한 루마니아인 갑부를 위해 손을 써준 대가로 10만 달러짜리 수표를 뇌물로 받은 증거 자료를 갖고 있었기 때문이다.

1960년 8월 말, CIA는 마피아와 결탁하여 카스트로의 쿠바 공산정권을 전복하기 위한 작전을 세우기 시작했다. CIA에서 그 작전을 맡고 있는 비셀은 안보국장 에드워드와 그의 부관 오코넬에게 마피아와 손이 닿는 믿을 만한 중개인을 물색하라고 지시했다. 마침 FBI 출신의 사립탐정 로버트 A. 마흐가 로스앤젤레스와 라스베이거스의 마피아와 친분이 있는 것으로 정평이 나 있었다. 오코넬은 마흐에게 도박의 대가로 이름난 마피아 보스, 조니 로셀리와 접촉해달라고 부탁했다.

CIA는 쿠바에 수립된 혁명 정권 때문에 몇 주 사이에 주식에서 수천만 달러의 적자를 보았고, 소득도 줄어든 데다 사업체가 약탈까지 당하고 있는 마피아들이 가만히 방관만 하지 않으리라는 것을 알고 있었다. 처음에 마흐는 CIA와 마피아 같은 괴물 집단 사이에 끼는 것이 영 꺼림칙했지만 결국 로셀리를 만났고, 로셀리는 수뇌부에서 정식으로 협력 제의를 요청해줄 것을 요구했다.

그러던 중 아바나에 침투한 CIA 요원 세 명이 체포되는 바람에 상황이 급진전되었다. 9월 중, 마흐는 마이애미에서 마피아 보스 샘 지앙카나를 만났고, 그 자리에서 역할을 분배했다. CIA가 혁명 정권을 무너뜨리기 위한 상륙작전을 준비하는 사이에 지앙카나는 피델 카스트로를 제거할 방법을 모색하기로 했다. 이 두 작전은 연달아 개시되어야 해서 자앙카나의 책임이 막중했다.

닉슨은 이 작전의 성공 여부가 대통령 선거의 당락을 좌우할 것이라고 확신했다. 대통령직 수행 능력은 외교정책에서 결정된다는 것을 케네디도 모르고 있을 리 없었다. 따라서 미국 연안에서 불과 수십 킬로미터 떨어진 곳에 수립된 공산주의 정권이 '뜨거운 감자'로 떠오를 수밖에 없었다.

닉슨은 케네디 진영을 무너뜨릴 수 있는 확실한 작전을 기대했다. 한판 승부의 포커 게임이 시작됐다. 다만 닉슨은 케네디가 그의 패를 읽고 있다고는 상상도 못하고 있었다. CIA 국장 앨런 덜레스는 여러 가지 이유로 닉슨보다는 케네디에게 호의적이었다. 그들은 자주 만나는 사이였다. 따라서 지앙카나의 보호를 받는 암살단이 카스트로를 제거하는 계획과, 쿠바 침공 상륙작전이 임박해 있다는 정보를 덜레스가 케네디에게 흘렸을 것이란 추측이 가능하다.

앨라배마 주 민주당 소속의 주지사 존 M. 피터슨이 발뺌을 하면서 정보를 유출했을 가능성도 배제할 수 없다. CIA는 피터슨에게 상륙작전에 대해 알리면서 앨라배마 공군이 니카라과에서 조종사들의 작전훈련을 맡아달라는 제안을 한 바 있었다. 케네디는 쿠바에 대한 아이젠하워 행정부의 미진한 정책을 비판하면서 그 비밀공작을 들먹이며 대통령 선거의 맞상대 닉슨을 궁지에 몰아넣었다.

선거일이 11월 8일로 결정되었다. 날짜는 가는데 아무 일도 일어나지 않았다. 닉슨과 CIA는 우리를 감쪽같이 따돌렸다고 굳게 믿고 있었다. 에드거는 심한 모욕감을 느꼈다. 비록 닉슨을 위해 한 일은 없어도 자신에게 우호적이었던 닉슨에게서 받은 배신감이었기 때문에 더욱 수치스러웠다.

그러나 CIA도, 닉슨도 이중플레이를 하는 지앙카나도 우리가 닉슨의 시카고 자택과 사무실까지 일거수일투족을 감시하고 있다는 것을 모르고 있었다. 내가 볼 때 한 가지는 확실했다. 지앙카나는 거사 시기를 선거가 끝난 뒤로 정하고 때를 기다리고 있었다. 주도면밀한 전략가로 이름난 지앙카나는 카스트로가 살아 있는 한 CIA가 행동에 나서지 않을 것이라고 예상하고 있었다.

만약 카스트로가 반격해오면 과테말라의 캠프에서 훈련 중인 쿠바 망명자들은 빠져나갈 구멍이 없었다. 지앙카나는 케네디가문에 협력하기로 마음을 바꿨다. 존 케네디는 마지막 텔레비전 토론에서 카스트로의 위협에 안이하게 대응한 정부의 책임론을 들며 닉슨을 재차 공격했다. 1,500명의 목숨을 미끼로 이용한 비밀공작에 발목이 잡힌 닉슨은 꼼짝없이 당했다. 케네디는 외교 무대에서 공산주의와 싸움에서 훨씬 믿을 수 있는 대통령감이라는 인상을 남길 수 있었다.

지앙카나는 처음에 저격수를 이용해 암살하는 전통적인 방법을 생각했다. 그러나 카스트로를 처치하더라도 저격수들이 살아서 돌아오기가 어려울 것이란 생각이 들었다. 그는 독살을 택했고, 독극물에 관해서는 CIA에 맡겼다. 찬물과 뜨거운 물에 쉽게 녹는 물질을 구하려면 몇 주가 필요했다.

CIA가 독이 든 시가 한 상자를 준비했지만 아바나에 전달하지 않았다. 지앙카나는 카스트로를 독살할 쿠바인 공무원을 물색했다고 알렸다. 독이 든 알약 여섯 개가 코르도바라는 인물에게 배달됐지만 그는 이미 카스트로에게 가까이 갈 수 없는 상태였다. 케네디가 당선된 뒤, 쿠바 침공 작전은 준비기간이 너무 오래 계속되었기 때문에 비밀이 새기 시작했다. 소문은 유럽에까지 퍼졌다.


1961년 3월 17일, 공격이 시작되었다. 과테말라에서 여러 달 훈련을 받은 쿠바 망명군이 피그스 만에 상륙했지만 참패했다. 비밀작전이 완전히 누설되지 않고서야 있을 수 없는 일이었다. 쿠바 망명군 1,400명 중에서 1,200명이 생포되고 114명이 사망했다. 큰 어려움이 없을 것으로 보이던 특수작전이 실패한 원인은 기밀이 유출되었기 때문일 것이었다.

상륙작전이 실패한 이상 1차적인 책임은 미리 카스트로를 제거하지 못한 지앙카나에게 돌아갔다. 그러나 케네디에게도 참패의 책임이 있었다. 그는 그 특수작전이 국제공동체에 미국의 이권 싸움으로만 비치는 것을 우려해서 망명자들의 지원을 받는 제2진의 폭격을 반대했던 것이다.

케네디는 그 상황에서 CIA를 희생물로 삼는 정책 능력을 발휘했다. 그는 비밀공작을 주도했던 비셀을 파면하는 것으로 자신의 첫 번째 외교정책이 실패했음을 인정했다. 정직한 시민의 입장에서 에드거와 나는 미국 국경에서 공산주의의 위협을 결정적으로 막을 수 있었던 그 작전이 실패한 것을 아쉬워했다. 그러나 그 참패로 자신의 능력을 드러내며 고개를 떨어트린 CIA와 대통령을 보는 것이 불쾌하지는 않았다.

피그스 만 침공이 있기 전인 3월 22일, 에드거는 백악관의 점심식사 초대를 받고 대통령의 전용 식당으로 향했다.

대통령은 동생 로버트의 격한 행동으로 인해 에드거가 케네디 일가에 대해 품고 있을 원한의 깊이를 알아보고 싶은 듯했다. 에드거는 FBI 국장과 행정부 수장의 의례적인 점심식사 정도로 대수롭지 않게 여겼다. 그러나 나중에 그가 아주 구체적으로 들려준 이야기를 통해 나는 그 대화의 큰 윤곽을 재구성할 수 있었다. 에드거는 오후 늦게 돌아왔다. 식사시간이 오래 걸렸다는 것은 대통령이 그 면담을 그만큼 중요하다고 판단했다는 의미였다. 존 케네디는, 속마음은 어떤지 몰라도 친절하고 부드러운 태도로 집안의 오랜 친구를 대하듯 깍듯이 에드거를 맞았다. 식사는 제시간에 시작되었다.

"후버 국장, 나는 우리가 적어도 석 달에 한 번씩은 만나는 것이 좋다고 생각했습니다. 내가 1월에 취임했으니 이제 때가 된 거지요. 더 미루지 말라고 우긴 사람이 로버트였으니 동생이 국장에게 그렇게 악의를 품은 건 아니라는 점을 알아주십시오. 요즘 법무장관과 사이가 어떻습니까?"

"동생은 물론 총명하지만 혈기가 좀 지나치게 왕성하더군요. 세대가 달라서 그런지 나와 방식이 좀 다른 것 같습니다. 그러나 최근에는 우리 관계가 다소 좋아졌다고 말할 수 있지요. 직무를 완벽하게 수행하려면 현실을 좀 더 직시할 필요가 있어요. 기회가 있을 때마다 내가 그 점을 상기시키지만, 동생은 받아들기가 힘든 모양입니다."

"후버 국장, 위험이 닥치면 대책 없이 시끄럽게 구는 바비의 방식을 나도 좋게만 보는 건 아닙니다. 하지만 정열이 넘치고 부지런한 젊은이입니다. 헌신적으로 선거운동을 해준 동생이 없었다면 나는 지금 대통령이 되지 못했을 겁니다. 하지만 나를 보호하겠다는 의욕이 앞서서 동생이 졸렬하게 행동하고 있다는 건 인정합니다."

"하지만 그가 이끌어가야 하는 건 법무부지 대통령을 보호하는 것이 아니라고 생각합니다. 계속 이러다간 엄청난 위험을 초래할 수 있다는 점을 대통령께 알려드려야 할 의무가 내게 있습니다."

"위험이라니…… 무슨 말입니까?"

"동생은 범죄조직을 공격하는 방식이 굉장히 서툽니다. 그리고 공민권에 대한 주장은 일부에서 대통령에게 심각한 적의를 품게 할 위험이 있습니다."

"왜죠?"

"이런 자리를 마련해주셨으니 실례를 무릅쓰고 한 가지 불쾌한 지적을 하겠습니다. 동생은 과거에 형과 부친이 했던 몇 가지 약속에 대해 거의 모르고 있는 것 같은 느낌이 듭니다. 법무장관의 업무 수행을 위해 FBI가 입수한 몇 가지 사실을 알려주지 않을 수 없었는데, 그 얘기를 하지 않던가요?"

"그게 무슨 얘기입니까?"

"솔직히 말씀드리지요. 동생은 형과 부친이 마피아 최고의 보스, 샘 지앙카나와 맺고 있는 관계에 대해 잘 모르고 있었습니다. 그 문제를 감히 비판하겠다는 것이 아니라 다만 FBI가 입수한 녹취록에서 지앙카나와 케네디 집안이 몇 가지 약속을 했다는 정황이 포착되었다는 것을 알리는 겁니다."

"구체적으로 말씀해주시지요."

"부친께서 일리노이 주와 버지니아 주 서부지역 선거가 아들에게 유리하게 작용하도록 지앙카나에게 도움을 청했지요. 그래서 이탈리아인은 의기양양했습니다. 지앙카나가 그 대가로 법무부 쪽에서 적어도 자신에게 관대한 조치를 내릴 거라고 기대하는 말이 녹음테이프에 실려 있거든요. 그리고 아주 최근에 지앙카나는 CIA를 도와 피델 카스트로를 제거하는 계획으로 전 행정부와 접촉했던 사실을 우리에게 폭로했습니다. 그는 협력하기로 약속했지만 닉슨을 꼼짝 못하게 만들기 위해 거사 시기를 늦췄다고 시인했지요. 그건 마피아가 국제무대로 부상하게 되는 극히 민감한 사건이었습니다. 세계 최대의 민주주의 국가가 자기 나라 이권에 장애가 되는 이들을 제거하기 위해 마피아를 이용했다고 누군가가 폭로한다면 미국의 이미지는 물론 자유세계의 이미지도 엄청난 타격을 입게 될 겁니다. 한 번 더 말씀드리는데 나는 원칙에 대해 말하는 것이 아닙니다. 나는 국가를 위한 일을 편견 없이 처리합니다. 그 기술에 일가견이 있는 사람입니다. 하지만 논리적인 사고로 어느 정도 선에서 그칠 줄도 알아야 한다고 생각합니다. 이런 몇 가지 사항을 감안하여 지앙카나를 이용하거나 괴롭히는 건 좋지 않습니다. 언젠가 아주 불미스러운 일을 당할지도 모릅니다. 그리고 우리의 도청으로 드러난 여자관계에 대해서도 미리 알려드리는 것이 괜한 일이라고 생각하지는 않습니다. 그중 주디스 캠벨은 지앙카나와 로셀리의 연인이고, 또 시나트라의 연인이기도 하다는 건 분명한 사실이지요. 그런데 이 세 남자가 그 사실을 비밀로 하지 않는다는 게 문제입니다. 대단히 매혹적이지만 다분히 정서가 불안정한 메릴린 먼로가 불러일으키는 소문에 대해서도 그들이 입을 열지 않을 거란 보장이 없습니다. 먼로가 미국의 대통령에게 품고 있는 몰지각한 사랑에 대한 소문이 봇물처럼 터져 나오고 있습니다. 나는 대통령직을 압박하는 이런 위협을 알리는 것이 FBI 국장의 의무라고 생각합니다."

"그러니까 나 개인에 대한 위협을 말하는 겁니까?"

"확실한 증거는 없습니다. 익히 알려진 거침없는 입담으로 마피아들이 자기네 실망에 비례해서 대통령과 법무장관에 대해 말을 쏟아내고 있습니다. 협박성 발언은 위험 수위를 넘고 있습니다. 하지만 아직 실제로 위험한 것 같지는 않습니다."

"후버, 나는 운명론자입니다. 자기 목숨을 내놓을 각오로 죽이려고 달려드는 사람은 아무도 막을 수가 없다고 봅니다. 죽고 사는 건 약간의 운이 필요하지요. 그런데 나는 운이 없는 사람이라고 생각하지 않아요. 설사 운이 따라주지 않는다고 해도 뭘 바라겠습니까? 나머지 당신의 의견에 대해서는 유념하지요. 당신의 기밀서류를 내게 공개해줘서 고맙습니다. 그게 사실인지 아닌지 따져보는 건 기회가 있을 때 다시 얘기합시다."

"내 의견에 대해 말씀하시는 겁니까?"

"오, 아닙니다! 그들의 주장에 대해 말하는 겁니다."

"나는 이 일을 아주 중요하게 생각하고 있습니다. 그래서 말씀드리는데 동생이 그 문제를 그만 다뤄야 한다고 생각합니다."

"동생은 국장이 범죄조직의 존재를 부정한다고 하더군요. 그게 사실입니까?"

"내가 그 존재를 부정한다면 이렇게 구체적인 정보를 드릴 수가 없었겠지요. 지금까지 말씀드린 몇 가지 사실이 바로 FBI가 오래전부터 범죄조직의 주요 보스들을 밀착감시해왔다는 증거입니다."

"인정합니다. 내 동생에 대해 말하자면, 그 아인 내가 경험하지 못한 상황과 사람들을 이상화하는 경향이 있습니다. 그 점이 바로 우리 두 형제의 가장 큰 차이점이죠. 나는 실용주의자입니다. 범죄조직을 괴롭히는 것에 찬성하지는 않지만, 그렇다고 해서 동생에게 대뜸 중단하라고 말할 수는 없어요. 더구나 지금은 국민이 그 결과에 주목하고 있습니다. 어쨌든 동생도 나도 아버님이 벌여놓은 일에 대해 자세히 알지 못하고 있습니다. 하지만 나는 전 행정부가 그 불법 작전을 위해 지앙카나를 끌어들였다는 건 알고 있어요. 나야 이 정보를 참고하여 마피아 문제에 대해 다른 방식으로 모색해 보려고 하겠지만, 동생은 이해하지 못할 겁니다. 금전적으로 어려운 일이 생기지 않는다면 자신의 상속분도 요구하지 않을 성격이라 쉽지 않을 겁니다. 그런데 공민권 문제는 뭡니까?"

"동생은 공민권 신장을 최우선으로 삼고 있습니다. 재임을 목표로 삼고 계시다면 중립적인 태도를 취하는 게 현명하다고 생각합니다."

"하지만 피부가 검다는 이유만으로 흑인을 학대하는 사람들에게 어떻게 중립적일 수 있겠습니까?"

"물론 그렇지요. 다만 공민권에 대해 흥분하는 소수를 만족시키는 것보다는 남부의 백인들을 격분시키는 것이 선거에 훨씬 손해라는 말씀을 드리고 싶을 뿐입니다."

"동생과 나는 흑인들의 민권운동을 열렬히 지지하는 게 아닙니다. 다만 우리가 도저히 묵인할 수 없는, 도를 넘는 것이 있다고 생각합니다."

"잘 알겠습니다."

헤어지려는 순간 케네디가 덧붙였다.

"만나 뵙게 되어 기뻤습니다, 후버 씨. 당신 없이는 안 된다는 걸 입증해주셨습니다."

"글쎄요."

케네디는 '내가 그 속을 모를 줄 아느냐'는 듯한 눈빛으로 에드거를 쳐다봤다.

"그렇게 하지요. 어쨌든 처음에 말했던 대로 석 달에 한 번 정도는 만나도록 노력합시다. 그리고 조금이라도 위급한 일이라고 생각되시면 바비를 통해 알려주세요."

*25*

나는 우리가 대통령 전속 안기부에 심어놓은 요원의 이름을 굳이 밝히지 않을 것이다. 그는 임무의 중요성을 인식하고 있는 열성적인 젊은이였다. 대통령을 가까이에서 모시게 해준 것에 대해 고마워하면서 이따금 백악관에서 일어나는 일을 상세히 알려주었다.

나는 대통령의 부부생활에 대한 내 정보원의 느낌과 언론이 전달하는 일반적인 견해를 비교하는 것이 꽤 재미있었다. 대다수 국민에게 케네디는 새로운 세기의 부흥을 구현하는 대통령이었다. 그토록 기대하던 워싱턴과 할리우드가 융합하면서 전후의 먹구름이 사라져버렸다. 미국인들은 처음으로 스타를 국가원수로 받아들였다. 오스카상 시상식장을 방불케 하는 대통령의 공식만찬장 정경이 신문지상에 화려하게 보도되었다. '미소는 약속보다 가치가 있다'라는 말이 백악관의 표어가 될 정도였다.

새로운 세대가 정권을 잡으면서 현대적 이미지를 보여준 적이 없는 미국이 미래지향적으로 바뀌고 있었다. 경제와 과학 분야에서도 이제껏 보여준 적이 없는 도전 정신이 표출되었다. 식민지 해방운동과 끝없는 이념 갈등으로 지친 유럽이 우울한 기색을 드러내는 반면에 백악관에 입성한 존 케네디와 그의 아내는 현대적 이미지의 희망찬 모습을 보여주었다. 현대적 이미지가 구현하는 자유주의가 처음으로 인간의 얼굴을 한 영웅의 완벽한 모습을 띠었다. 케네디 부부는 젊음을 찬양했고, 알렉산더 대왕과 나폴레옹 이후로 잊고 있던 강력한 힘을 보여주었다. 케네디 정권이 들어서면서 전쟁에 책임이 있는 많은 노장들이 스스로 역사의 박물관으로 퇴진했고, 40대의 시대가 열리고 있었다.


"노먼, 백악관에서 몇 달 지낸 소감이 어떤가?"

"요직에 있도록 애써주셨는데……, 정말 그분을 비난하고 싶지는 않지만, 너무 실망스럽고, 무엇보다도 불안합니다."

"무슨 일인데 그러나, 노먼?"

"정말 난처한 일이라서……."

"내 앞에서 못할 말이 있겠는가."

"대통령 경호를 하다가 제가 먼저 죽을 것 같아요. 정말이지 그런 일은 상상도 못했습니다."

"뭔데?"

"대통령은 정말 무분별한 사람이에요. 도저히 있을 수 없는 위험한 짓을 서슴지 않고 저지르고 있어요."

"이동하면서 군중과 무절제한 접촉으로 위험에 노출된다는 뜻인가?"

"아니, 그것뿐이면 괜찮죠. 솔직히 말씀드리면…… 혼자만 알고 있겠다고 약속하시겠습니까?"

"약속하겠네."

“백악관은 풍기 문란한 곳이에요. 대통령이 움직이는 곳마다 시궁창으로 변하고 있어요.”

“어떤 점에서?”

“최근에 노스웨스트 주의 한 도시를 공식 방문할 때 대통령을 모셨지요. 시내 한 호텔에 묵으셨고, 우리는 노스웨스트 주 경찰의 협조를 받아 1층 전체를 통제했습니다. 대통령은 연설을 마치고 무사히 스위트룸으로 돌아오셨고, 우리는 별도의 허가 없이는 모든 출입을 통제했어요. 대통령이 도착한 얼마 후, 보안관이 여성 둘을 데리고 왔어요. 연설하는 동안 대통령의 안전을 맡았던 사람이었어요. 우리가 막아서자 보안관은 대통령의 지시를 따르는 것이라고 주장하는 거예요. 그러자 대통령 수행원 중 한 사람이 나오더니 고맙다고 하면서 보안관과 함께 온 두 여성을 데리고 들어갔어요. 보안관이 나가기 직전 두 여성에게 오늘 저녁 일에 대해 한마디라도 발설했다가는 정신병원에서 평생 썩게 해주겠다고 위협하던 말이 똑똑히 기억나요. 백악관 여직원이 아닐 때는 워싱턴에서 출발할 때부터 대통령 수행단에 끼어서 가는 식이에요.”

“그런데 그런 일이 백악관에서도 가능하단 말인가?”

“네. 대통령이 백악관 수영장을 정비시켰는데 마치 할리우드를 방불케 했죠. 물속에서도 음악이 들리는 시스템까지 갖춰져 있어요. 수영장이 바로 그런 일이 일어나는 곳이고, 대개 점심시간이에요. 한두 여자가 대통령과 합류하는데 모두 알몸으로 수영을 해요. 그러다가 그 상태로 전용 엘리베이터를 타고 사라지죠. 대통령의 지시로 직원들과 마주치는 일이 없도록 설치한 것이거든요.”

“그런데도 영부인이 가만히 있단 말인가?”

“영부인은 몰라요. 영부인이 있을 때는 그런 일을 하지 않으니까요.

파티가 끝나고 영부인이 들어간 뒤에도 그런 일이 일어나죠. 한번은 영부인이 갑자기 수영하러 나타난 적이 있었어요. 대통령이 보고 받았을 때는 영부인이 이미 바로 밑에 있었지요. 바닥에는 두 여자의 발자국이 선명하게 나 있었어요. 영부인은 눈치 챈 것 같았어요. 슬픈 표정이라고 해야 할까, 아무튼 저는 그런 얼굴을 본 적이 없어요. 그 표정은 잡지에서도 본 적이 없었어요. 도덕적으로 비판을 하겠다는 것이 아니라 미국 대통령인데 그런 행동을 하면 안 되는 거 아닙니까? 완전히 돌았어요. 제가 가장 걱정되는 건 관원들이 여자들을 대통령 관저로 데리고 들어오기 때문에 보안에 구멍이 생긴다는 거예요. 그렇게 되면 여자들이 무기나 독극물, 또는 사진기까지 들여와서 대통령이 곤란에 처할 가능성도 배제할 수 없다고요."

"알았네, 노먼. 정보를 줘서 정말 고맙네. 그리고 또 무슨 일이 생기면 내게 연락 주게."


그 정도일 줄은 정말 몰랐다. 다른 사람들이라면 억지로라도 유혹을 물리치려고 하겠지만, 케네디는 섹스 스캔들이 재선에 결정적인 걸림돌이 될지언정 여성 편력만은 절제할 수 없는 인물이 틀림없었다.

나는 에디슨병이나 척추질병과는 아무 관계가 없는, 어떤 치료를 위해 케네디가 그런 무절제한 행동을 하는 것이 아닐까 생각해보았다. 대통령의 지병인 만성척추질환은 섹스 상대에게 악영향을 줄 수 있기 때문에 심각하다고 말하는 이들도 있었다. 나는 정상적인 성생활을 위한 일종의 치료가 아닐까 생각도 해봤다. 여러 가지 소문의 공통점은 케네디는 여자들을 유혹했다가 쉽게 배신하는 바람둥이의 수준을 훨씬 넘어선다는 것이었다.

그의 행동은 유혹과는 거리가 멀었다. 어느 잡지에 실린 기사를 읽고 나는 케네디의 행동을 돈 후안과 비교해볼 수 있었다. 스탕달이라는 작가는 쾌락을 위해 끊임없이 여자를 유혹했던 돈 후안의 애정행각 밑바탕에는 기독교정신이 있다고 주장했다. '인간이란 어차피 재로 돌아가기 마련인데 하늘에 용감히 맞서면서, 동시에 하늘을 믿었다고 해서 달라질 것이 뭐가 있을까?'

존 케네디의 바람기는 이미 하늘에 도전하기를 즐기면서 죄의식 없이 여자를 정복하는 바람둥이의 차원을 넘어섰다. 알코올이나 마약에 의존하는 사람들과 마찬가지로 존은 자제력을 잃었기 때문에 섹스 행위에 의존하고 있는 것이었다. 남의 시선을 생각할 여력이 없을 만큼 그의 성적 충동은 불가항력이었다.

에드거와 마찬가지로 나는 심리학에 관심이 없었고, 정신분석을 직업으로 삼은 이들을 무조건 불신했다. 그러나 나는 그 걷잡을 수 없는 정복욕은 혹시 어머니에 대한 애정결핍을 벌충하기 위한 것은 아닌지 궁금했다. 존은 어린 시절 금지되었던 여자와의 친밀한 관계에 대한 강박적이고 영속적인 욕망을 추구하는 것인지도 몰랐다. 보통사람에게서 찾아볼 수 없는 욕망은 그의 성격 형성에 중요한 요인이 된 것 같았다.

에드거와 나는 우리를 세상에 낳아준 어머니들의 절대적인 정성과 사랑을 받았다. 케네디에게는 뿌리를 깊이 내리는 힘이 부족했다. 심약할 수밖에 없는 내력을 이해한다고 해서 그를 용서할 수 있는 것은 아니었다. 그는 평범한 인간이 아니라 국민의 신임을 얻어 대통령이 된 사람이었다. 이런 의미에서 그는 자기를 선택한 사람들을 기만했다.

*26*

　피그스 만 사건 이후로 존 케네디는 갑자기 극도로 외로워하면서 자신을 보호해줄 사람이 아무도 없다는 것을 깨달았다. 케네디는 자신이 주도하지 않은 작전을 사전 검토 없이 수락했던 잘못을 통감하고 실패에 대해 책임을 졌다. 하지만 그는 작전을 수행할 준비도 안 된 사실을 숨긴 담당자들에게 화가 치밀었다. 그 실패로 인해 자신의 이미지는 물론 미국의 위신이 대외적으로 크게 실추됐고, 소련이 예전보다 활발히 쿠바를 지원할 것이라고 예상했다.

　아무런 보람 없이 희생된 이들에 대한 자신의 냉랭한 태도에 원한을 품고 있을 사람들도 의식해야 했다. 어떤 형태로든 그 작전에 연루되어 있는 사람들이 자신을 그저 멋모르는 애송이, 아마추어 정치인으로 보고 있다는 것도 마음에 걸렸다. 실망감과 모욕감, 그로 인한 편집증상까지 생기면서 케네디는 움츠러들 수밖에 없었다.

　자기를 무조건 지지하면서 에너지를 쏟아주고, 헌신해줄 수 있는 측근은 선거운동을 하는 동안 그의 손발이 되어 결함을 보완해주었던 동생 로버트밖에 없었다. 로버트는 열렬한 사명감으로 맹목적일 정도로 형의 현실주의에 자신의 낭만적 열정을 불어넣었다. 로버트는 오직 형의 그림자처럼 행동하고 있을 뿐 거대한 야망을 보이지 않았다.

이렇게 해서 우리의 법무장관은 '피그스 만 사건'이 터진 지 몇 주 만에 거의 총리급으로 정치적 입지가 격상되었다. 우리는 로버트의 잦은 출장이 법무부의 일과는 아무 관계가 없는 것임을 이내 알아차렸다. 그 일에 관한 면밀한 조사를 마친 뒤에 에드거와 나는 케네디가의 남자들과는 달리 로버트는 여성편력이 없다는 결론을 내리기에 이르렀다. 로버트는 아내와 자식을 열한 명이나 낳을 정도로 종족번식 본능에 충실한 가톨릭 신도였고, 순응주의자였다.

그러나 모든 규칙에는 예외가 있는 법, 우리는 나중에 메릴린 먼로에게서 그 예외를 발견했다. 나는 로버트가 그 외의 여자에게는 죄를 짓지 않았을 것이라고 생각한다. 이 불륜은 혈연관계와도 성관계를 맺는 케네디가 남자들의 내력에 속하는 문제였다.

로버트를 감시하던 중에 우리는 중요한 사실을 포착했다. 그는 볼샤코프라는 이름의 소련 여기자와 접촉하고 있었는데, 그녀는 직업을 위장한 것이 분명했다. 대통령의 동생이 소련을 위해 활동하는 이중첩보원이라는 것은 생각도 할 수 없는 일이었다. 소설에서나 가능할까. 곧장 수사에 착수했지만 특별한 증거를 찾지 못했다.

그들 관계의 내막은 훨씬 나중에서야 밝혀졌는데, 그 해명이 아주 놀라웠다. 아버지가 영국 주재 대사였던 시절에 당했던 일로 외교관이라는 사람들에 대해 깊은 원한을 품고 있었던 케네디 형제는 국무성을 거치지 않고 상대국과 직접 교섭하는 외교정책을 펴나가기로 결정했다. 역사상 전례가 없는 일이었다. 케네디는 강한 국가의 초석이 되는 고위 공직자들을 불신하고 있는 속내를 드러냈다.

볼샤코프는 케네디와 흐루시초프를 연결하는 '핫라인' 역할을 하고 있는 셈이었다. 소련은 입으로만 '용맹한' 케네디 형제에게 겁을 주었을 것이다. 케네디는 겉으로 굽힐 줄 모르는 대통령의 이미지를 주면서, 실제로는 막후교섭을 하기 위해 비공식 통로를 만들었던 것 같다. 소련 스파이는 크렘린에 다음과 같은 케네디의 메시지를 전달했다.

"나는 겉으로 보이는 것만큼 고약한 사람이 아니다."

케네디의 입장 표명이 밝혀질 경우 자칫 대통령 해임 사건으로 악화될 수도 있었다. 그러나 그 일은 극비에 부쳐졌다. 존 케네디는 비엔나 정상회담에서 두 번째로 외교정책에 실패했다.

공산주의 국가 진영의 최고지도자는 베를린 장벽 건축을 반대할 경우 핵전쟁을 일으키겠다고 케네디를 위협했다. 베를린의 서쪽을 봉쇄하는 것은 동쪽 자원과 우수한 두뇌의 유출을 막기 위한 불가피한 대책이었다. 이 경우에는 국가 정상 간의 '핫라인'이 효력을 발휘한다. 단호한 태도를 보이던 케네디는 흐루시초프가 핵전쟁을 일으킬 가능성이 크다는 확신이 들자 결국 베를린 장벽에 반대하지 않겠다는 입장을 알렸다.

그러나 케네디는 임기 초기에 소련에 주었던 이미지, 비굴하게 보일 정도로 타협적이었던 자신의 이미지를 너무 의식하고 있었다. 나는 흐루시초프가, 실패로 끝난 쿠바 침공 작전을 섣불리 승인하여 군대를 파견하는 엄청난 실수를 저지른 케네디를 조롱하고 있었다는 것을 훨씬 나중에 알았다. 케네디는 흐루시초프에게 심약한 이미지를 심어주었던 것이다.

두 번째로 정책 실패를 하고 난 뒤 케네디 형제는 쿠바 문제를 뿌리

뽑고, 그들이 모욕당한 대가를 카스트로에게 톡톡히 갚아주려고 했다. 물론 '몽구스'라고 명명한 새로운 작전에 대해서는 어떤 정보도 새나가지 않았다. 극비리에 계획된 이 작전은 피그스 만 침공 실패로 실추된 위신을 만회하기 위한 야심작이었다. 그러나 확고한 의지를 보여줄 필요가 있었던 대통령은 베트남에서 미국의 위상을 높이기로 결정했다.

로버트 케네디의 지휘로 실시된 '몽구스 작전'에 또다시 CIA가 개입했고, 마이애미 대학 캠퍼스에서 훈련받은 쿠바 망명군이 지원해주었다. FBI는 이번에도 배제되었다. 대통령이 음모가 획책되고 있는 것은 아닌지 상황 파악을 해야 한다고 에드거를 설득했기 때문이었다. 특공대는 본토에서 징발하기로 했지만 어린아이 장난 같은 이 비밀공작은 애초부터 허술하기 짝이 없었다.

로버트가 베테랑 군인들을 막무가내로 밀어붙이고 있다는 소문이 들렸다. 그 작전은 카스트로를 타도하려는 케네디 형제의 사적인 복수전 양상을 띠었고, 도덕은 뒷전으로 밀어두기로 잠정적인 합의가 이루어진 것 같았다. 장교 600명이 미국 국민의 세금으로 양성한 쿠바 망명자 3,000명을 훈련시키라는 임무를 받았다. 몽구스 작전이 사전에 치밀하게 꾸민 계획이 아니라는 것은 전문가가 아니라도 단박에 알아차릴 수 있었다.

특공대가 쿠바에 침투하여 카스트로를 처단하고 이를 쿠바 전역에 알리면 즉시 민중 봉기가 일어나고 공산주의 정권이 전복될 것이라는 계획이었다. 순진한 것일까, 오만한 것일까, 케네디 형제와 CIA의 어리석음이 그대로 드러나는 대목이었다. 카리스마 넘치는 지도력으로 당시 최고 인기를 누리는 지도자를 살해한 침략군을 위해 민중 봉기가 일어날 것이라고 믿었다는 말을 어떻게 해석해야 할까?

나는 그의 바보 같은 짓에 '구원자 콤플렉스'라는 이름을 붙였다. 케네디는 특공대 지휘관으로 필리핀과 베트남에서 이미 경험을 쌓은 공군 장군 렌스데일을 임명했다. 그레이엄 그린의『조용한 미국인』에 등장하는 영웅에게서 착상을 얻은 것 같았다.

행정을 맡은 윌리엄 하비가 조니 로셀리와 그의 마피아 친구들을 접촉했다. 한 번 실패했던 이들에게 또다시 카스트로 암살기도를 맡겼다는 것도 놀라웠다. 나는 로셀리가 그 제안을 받아들이는 척만 했을 뿐 끊임없이 마피아를 공격하는 사람을 도와줄 생각이 전혀 없었던 것이라고 확신한다. 로셀리는 약속을 지키지 않는 케네디 형제를 이미 신뢰하지 않았다.

에드거는 CIA와 케네디 형제가 카스트로를 죽이기로 합의한 증거를 입수하고 싶어했다. 에드거는 처음으로 범죄조직에 압박을 가하기 시작했다. 그렇다고 해서 그가 입장을 완전히 바꾼 것은 아니었다. 마피아에게 싸움을 걸겠다는 것이 아니라 그의 입장에서는 그 작전의 주동자 중에서 한 명 정도는 내버려둘 수가 없었다.

우선 우리가 말하는 관용주의에 대한 로버트의 비판적인 시각 때문에 우리는 적극적인 태도를 보여주지 않을 수 없었다. 에드거는 '제2의 알 카포네'라고 불리는 시카고의 거물 지앙카나를 감시하고 있다가, 주로 공항에서 실시하는 관례적인 통관 검사를 통해 단속하고 있다는 사실을 그에게 넌지시 알려주었다. 그 대가로 지앙카나는 케네디 집안과 CIA에 대한 많은 정보를 보내주었다.

지앙카나는 우리가 팔짱을 긴 채 구경만 하지 않으리라는 것을 알고 있었다. 동시에 그는 우리의 단속이 의례적이라는 것을 의식하고 있었다. 마약단속반이나 국세청의 조사라면 몰라도 물증을 확보하지 못한 우리가 그를 법정에 세우는 데는 무리가 있었기 때문이다. 시카고에 도청장치를 설치해놓은 것은 에드거의 기발한 발상이었다. 도청은 모든 것을 알 수 있다. 합법적인 절차가 아니기 때문에 테이프를 법정에 제출할 수 없으니 법적으로는 아무런 효력이 없었다.

지앙카나 쪽에서도 우리만 들을 수 있다는 점을 이용해 게임을 하고 있었다. 케네디의 당선을 도왔다는 물증이 없거니와, 그런 일을 폭로해봐야 대통령 못지않게 자신도 위태로워진다는 것을 잘 알고 있었다. 그러나 CIA에 협력한 사실에 대해서는 자신들에게 이롭다는 것을 간파했다. 지앙카나도, 로셀리도 쿠바의 지도자를 암살할 생각이 전혀 없었다. 그것은 케네디가에 너무 호화로운 선물을 주는 것이고, 만약 그 일이 밝혀지는 날에는 아주 난처한 일을 당할 위험이 있었다.

따라서 지앙카나는 카스트로 암살기도를 사주한 CIA를 택했다. 나는 그가 CIA 담당자들과 나눈 대화를 녹음해놓았다고 확신한다. 또 우리가 자기를 도청하고 있다는 사실을 알고 있기 때문에 그는 아주 지능적으로 CIA와의 관계를 넌지시 암시했던 것이다. 로버트 케네디가 '피그스 만 사건'에 대한 모든 진실을 폭로하지 않고서는, 또 '몽구스 작전'의 평판에 대한 부담을 감안하지 않고서는 절대로 그들을 세상에 알릴 수 없을 것이라고 지앙카나는 생각했다. 누군가 편집된 테이프를 들고 법정에 출두할 생각을 하더라도 변조된 증거물은 법적 효력이 없었다.

내 생각에 로버트가 범죄조직에 대한 압박을 완화하지 않은 것은 지앙카나와 로셀리가 암살을 기도하지 않을 수 없도록 여건을 만들기 위한 조치였다. 한편 에드거는 우리의 자리를 위협하는 심각성의 정도에 따라 입장 차이를 보이고 있었다. 에드거에게는 반공 투쟁이 우선이었다.

우리가 반드시 뚫고 나가야 했던 아주 긴장되고 극적인 시절이었다.

모순되고 상반되는 이해관계는 결코 같은 목표를 향하지 않는 법이다. 그 시기에 내가 아는 것은 오로지 한 가지 사실이었다. 우리 모두 커다란 고름 덩이 속에 살고 있으며, 고름이 터질 날이 그리 멀지 않았다는 것, 그리고 이번에도 에드거는 의기양양하게 고름 속에서 빠져나가리라는 것.

로스앤젤레스의 한 전화부스에서 녹음된 지앙카나와 익명의 상대가 나눈 통화내용을 들어보면 1961년 가을의 상황에 대해 대강 짐작할 수 있다.


"그 망할 놈의 시나트라가 거짓말을 했어. 그 형제와 막역한 사이라서 좋은 방향으로 되돌려놓을 수 있다고 큰소리치더니, 형편없는 놈 같으니라고!"

"그가 말을 꺼내긴 했는데 바비가 들으려고도 하지 않은 것 같아."

"그 인간이 자기 형을 위해 우리가 한 일을 안다는 거야, 모른다는 거야? 그 망할 놈이 알면서도 그런단 말야?"

"알면서 무시하고 치우는 거 같아. 물증이 없으니까."

"자네가 뭘 안다고 그래? 그놈은 개자식이야. 더러운 개자식, 미치광이라고. 인생관이 뭔지는 모르겠지만 곤란한 일이 생겼다 싶으면 무조건 들이대고 있으니. 대체 자신을 뭐라고 생각하는 거야? 자기가 백마 탄 기사라도 된다는 건가? 난 도무지 믿기지가 않아. 나만 그를 싫어하는 게 아냐. 자기가 만들고 있는 적들을 감당할 힘도 없는 주제에. 나이를 어디로 처먹었는지, 아무 능력도 없는 어린애를 장관에 앉히다니, 전동기차나 쥐어줬으면 딱이겠구만. CIA에는 우리보다도 못한 놈들이 수두룩해. 덜레스 국장은 쫓겨났어. 하지만 그 둘은 죽고 못 사는 사이지. 특수공작을 여짓까지 떠맡고 있는 욕심쟁이 비셀도 멀지 않았어.”

“후임은 누가 될까?”

“CIA 국장에는 매콘. 이자도 아일랜드계 가톨릭교도인데 우리와는 아무 상관이 없어. 비셀의 자리에는 헬름스가 앉을 거야. 헬름스는 ‘바비 케네디에게 시달림을 받지 않는 한 압력이라는 게 뭔지 모르게 될 것이다’라고 말했어. 그는 바비를 정신병자라고 하더군. 자기 형을 똥통에 빠트린 카스트로만 노리고 있으니까. 요즘 하비와 만나고 있는데, 이젠 단짝으로 보일 만큼 절친한 사이가 됐지. 내가 마이애미에 내려갈 때마다 같이 점심을 먹는데 아예 내 신발을 핥을 정도야. CIA는 우리 도움 없이는 카스트로를 제거하지 못한다는 걸, 그리고 카스트로를 없애지 않으면 군사작전은 절대 성공하지 못한다는 걸 알고 있으니까.”

“어떻게 할 생각인가?”

“때를 기다리고 있어.”

“그 형은 뭐라고 하던가?”

“만나지는 않고 그 계집을 통해 듣고 있지.”

“계집이라니, 누구?”

“누구긴, 우리의 요부 주디스 캠벨이지. FBI 요원들이 감시를 하고 있어. 아주 그림자처럼 따라다닌다니까. 늙은이 후버가 그 여자와 케네디, 내가 무슨 짓을 꾸미고 있는지 궁금해서 죽겠는 모양이야.”

“그래?”

“케네디는 동생을 너무 못 다루는 것 같아. 케네디가 말로는 우리에 관한 소문은 신경 쓸 필요가 없다고 하는데, 그게 너무 지나치단 말이야. 그가 회복하기에는 시간이 너무 없어. 1964년 선거에서 내가 자기를 도와주지 않을 거라고 생각하고 있을지도 모르지. 난 그 얼간이 형제가 무슨 짓을 할지 모르겠어. 그 아비는 더 한심한 인간이긴 해도 자기가 위험에 처해 있을 땐 상황을 알아채는 눈치가 있었는데……. 얼마 전까지만 해도 나는 그 천하의 바람둥이를 이해하려고 했어. 우리가 여러 번 도움을 줬으니까 그래도 믿었지. 근데 동생이 우리를 이렇게 들쑤셔놓고 있는데도 모른 척하고 있어. 미치지 않고서야 어떻게 그럴 수가! 정치를 한다는 건 세상을 이끄는 지도자들, 결정권자들, 돈을 가진 자들과 잘 지내는 거야. 그자들을 무시하고 싶다면 위대한 사상으로 국민을 정복하는 것밖에 없어. 그 잘난 도덕적인 설교로 국민을 회유했으면 적어도 자기가 비난받을 짓은 말아야지. 안 그런가? 카스트로의 똥자루를 봐. 아무리 살펴봐도 그건 말 그대로 그냥 똥이야. 그래도 그 똥은 일관성이 있지, 무슨 뜻인지 이해하겠나? 그들이 어떻게 카우보이들을 믿겠나? 쿠바인들이 미국인들을 구세주로 받아들이겠나? 그들의 돈을 훔치게 도와달라고 몇 년 동안이나 바티스타를 매수해온 게 우리야. 그런데 그런 우리를 위해 쿠바인들이 반란을 일으켜주길 바란다는 게 말이 되나? 그들은 아마 카스트로의 뒤를 이을 만한 지도자들은 모조리 죽이려고 들 거야. 망상에 빠져 있는 거지!"

27

주디스 캠벨 엑스너는 눈부신 미인이었다. 솔직히 말해 나는 그녀를 사진으로만 봤다. 평범한 여성도 미의 여왕으로 만들어내는 사진작가가 아니라 우리 요원들이 찍은 사진이었는데도, 그녀는 완벽에 가까운 미인이었다. 캠벨에 비하면 메릴린 먼로나 에바 가드너는 미스 아이다호 선발대회에 나온 여자들 같았다. 부드러움과 대담성을 겸비하고 있어서일까, 그녀는 정상적인 가정에서 안락하게 성장했음에도 타고난 끼 때문에 직업여성 같은 이미지를 지녔다. 그녀에게 존 케네디와 지앙카나가 오랫동안 애착을 갖는 것은 그리 놀라울 일이 아니었다.

캠벨은 그들의 중개역할을 하고 있었다. 에드거와 나는 그녀를 살피면 그 관계의 내막에 대해 흥미로운 사실을 알 수 있을 것이라고 생각했다. 그녀는 아주 조심스럽게 우편배달부와 가방 운반자의 역할을 번갈아 하고 있었다. 그녀는 케네디의 여자들이 걷는 정석 코스를 밟고 있었다.

케네디의 '마담뚜'는 시나트라였다. 자신의 섹스 콤플렉스에 빠져들기를 기꺼이 응하는 여자라면 몰라도 케네디는 한 여자에게 집착하는 타입이 아니었다. 캠벨은 케네디가 대통령이 당선된 뒤에 정복한 여자였다. 그녀 역시 사소한 이야기도 기억해줄 정도로 상대를 배려해주는 케네디를 사랑하고 있다고 친구들에게 털어놓았다. 물론 케네디는 매혹적인 여자가 보여주는 소탈함과 차분함을 고맙게 생각했다. 그렇다고 케네디가 그녀에게 특별히 더 성실한 것은 아니었지만, 본심을 속여 헛된 꿈을 불어넣지도 않았다.

우리는 로스앤젤레스 지국 요원들에게 그녀를 감시하게 했다. 캘리포니아의 서부 도시, 폰테인 애비뉴에 있는 캠벨의 집 부근에서 잠복하고 있던 요원 윌리엄 카터는 1962년 8월 7일 발코니로 침입하는 두 청년을 목격했다. 카터는 그 집에 설치한 도청장치가 발각될까 봐 관할경찰서에 신고하지 않고, 자동차 임대업소까지 강도범들을 미행해서 신원을 알아냈다. 그들은, 전 FBI 요원이었다가 방위산업업체 제너럴 다이나믹스의 보안국장으로 있는 I.B. 헤일의 쌍둥이 아들로 밝혀졌다.

헤일은 에드거에게 아무 말도 하지 않았다. 우리는 회유도 하고 협박도 했지만, 헤일은 끄떡도 하지 않았다. 그는 여자의 집에 도청장치를 설치하려 했다고 자백하느니 목숨을 끊는 쪽을 택했을 것이다. 우리는 곧장 수사에 착수했고 제너럴 다이나믹스에 대해 흥미로운 사실을 발견했다. 제너럴 다이나믹스는 마지막 회계 연도에서 4억 달러의 손실로 인해 그룹의 재정 상태가 파산 위기에 처해 있었다. 그리고 수천 대의 전투기 계약을 따기 위해 경합을 벌이고 있는 중이었다. 기술자들은 보잉사가 제출한 전투기 설계에 만장일치로 동의한 상태였다. 전문가들로 구성된 선정위원회도 어느 모로 보나 모든 기준에서 월등한 보잉사가 승리할 것이라고 확신했다.

그러나 국방장관 맥나마라는 모든 예상을 뒤엎고 충격적인 발표를 했다. 제너럴 다이나믹스 측의 전투기로 최종 결정했다는 것이었다. 그 일로 조사위원회가 구성될 정도였다. 맥나마라는 조사위원회에서 제너럴 다이나믹스가 만드는 전투기는 공군과 육군이 공통으로 사용할 수 있기 때문에 장기적인 전략에 적합하다고 주장했다. 그러나 중량 문제 때문에 그런 전투기는 제조 자체가 불가능하다는 반발이 만만치 않았다.

업체 선정을 변경한 것에 대해 많은 논란이 일어난 가운데 케네디 대통령은 기자회견에서 국방장관의 손을 들어주었다. 그러나 훗날 제너럴 다이나믹스가 만든 F111기는 무용지물이 되고 만다. 4년 후, 그 전투기의 가격은 세 배로 뛰었다. 해군이 사용할 수 있도록 제조한 전투기는 중량이 무려 1,600파운드였기 때문에 항공모함에서 이륙할 수가 없었다. 해군은 주문을 취소하기로 결정했다. 공군은 애초 2,400대에서 600대로 전투기 주문량을 대폭 줄였다. 1962년에 280만 달러로 추산했던 전투기 가격이 1972년에는 한 대당 2,200만 달러를 호가했기 때문이다.

우리는 제너럴 다이나믹스의 전투기를 선정하게 된 동기를 알아낼 수 없었다. 케네디가 이전보다 훨씬 치열할 것으로 예상되는 1964년 선거를 위한 자금 확보 때문에 매수되지는 않았을 것이다. 집안에서 재선을 위해 자금을 대지 않기로 결정한 것이었다면 모를까. 어쩌면 케네디는 각종 비리를 폭로하겠다는 협박을 받고 있었는지도 모른다. 아니면 단순히 무능함을 내보인 것이었을지도 모른다. 아무려면 어떤가, 어차피 결과는 같았을 것이다. 어둠 속에서는 새로운 강력한 적들이 번성하고 있었다.

*28*

1962년 5월 7일, 법무장관 로버트 케네디는 CIA와 회동했다. 잔뜩 찌푸린 법무장관 앞에서 안보국장 에드워드는 '피그스 만 작전'에서 CIA의 활동을 보고했다. 에드워드는 중앙정보국 첩보활동과 마피아와의 관계를 언급했다. 카스트로 암살에 대한 대가로 마피아에 15만 달러를 지불했다는 과정에서 지앙카나의 이름이 거론되었다.

그 순간 로버트의 얼굴이 굳어졌다. 이윽고 그는 입을 열었다.

"또다시 CIA가 갱단들과 거래하는 일이 발생할 경우 법무장관에게 사전에 보고하지 않은 것으로 간주하겠소."

이틀 후, 로버트는 에드거와 면담을 했다.

"지앙카나에 관한 일로 몇 가지 알려야 할 것이 있어서 뵙자고 했습니다. CIA와 마피아가 긴밀하게 협력하고 있다는 보고를 받았는데, 마호의 중개로 카스트로를 죽이는 대가로 15만 달러를 마피아에 줬다는 겁니다."

"경악을 금치 못하겠군요."

에드거는 금시초문이라는 듯이 깜짝 놀라는 얼굴로 대답했다.

"동감입니다. 그래서 앞으로는 CIA가 어떤 일도 사전 보고를 하지 않고 주도하는 것을 금했습니다."

"잘하셨어요. 그 사건에 대한 보고문을 작성하라고 하세요. 그래야만 법무장관이 사전에 모르고 있었다는 걸 증명할 수 있지요. 장관이 그토록 원하는데도 내가 지앙카나를 공격하지 않은 것은 케네디 집안과 친분이 두터운 시나트라와 지앙카나가 아주 가까운 사이기 때문입니다."

"지앙카나를 기소하기가 그리 쉽지 않다는 걸 이젠 알겠습니다."

"지앙카나는 CIA로부터 카스트로를 제거해달라는 사주를 받았다고 판사에게 알릴 수도 있는 인물입니다."

로버트는 기세가 한풀 꺾인 듯한 어조로 말을 이었다.

"그래도 그자를 꼭 잡아넣고 싶습니다."

"심정이야 이해하지만 그리 좋은 생각은 아닌 것 같습니다."

"그만둬야겠지요."

로버트는 아주 못마땅한 표정을 지었다.

에드거는 그 면담의 내용을 전해주면서 기쁨을 감추지 않았다. 에드거는 밝은 미소를 지으며 내게 말했다.

"표면적으로는 지앙카나를 계속 공격하되 고소는 하지 않기로 합의를 봤지."

로버트는 CIA의 함정에 걸려든 것이었다. 그는 애초에 마피아에 대한 협박을 치밀하게 구상하고 주도했다. CIA는 그가 처음부터 내막을 알고 있었다는 것을 공식적으로 알리려고 의도한 것이었다.

사실 로버트는 1960년 대통령 선거 때 자기 집안과 마피아의 첫 번째 거래에 대해서 알고 있었다. 그러나 그 사실을 모르는 체하면서 그는 마피아에 대한 압박을 완화해주는 대가로 새로운 조건을 붙였다. 마피아 조직은 로버트를 전혀 믿지 않았다. 그들이 설사 카스트로를 제거하려고 애를 쓰더라도 로버트는 신세를 졌다고 느낄 위인이 아니라고 판단했다.

나는 에드거에게 탄복하지 않을 수 없었다. 케네디 정권 초기에 나는 나이가 든 에드거가 세대교체가 이루어진 젊은 정치인들과 어떻게 싸울지 궁금했다. 싸움을 벌이더라도 그는 예전보다는 덜 타산적이고, 덜 신랄하고, 덜 열렬했다. 하지만 그의 양동작전은 여전히 위력이 있었다. 그는 마치 네트 가까이에 공을 떨어뜨리는 드롭샷으로 점수를 따내고는 어린아이처럼 활짝 웃는 노련한 테니스 선수 같았다.

누군가가 사무실에 의식적으로 진열해놓은 물건을 둘러보며 그 사람을 파악하는 것은 항상 흥미롭다. 에드거의 사무실에 놓인 실내장식품에는 그의 성품이 그대로 묻어났다. 로버트의 사무실도 주인의 면모가 명확하게 드러나 보였다. 그는 아내와 아이들의 사진으로 가장의 이미지를 연출했고, 자신이 되고 싶은 영웅을 상징하는 녹색 베레모도 놓아두었다. 눈을 가린 원숭이 조각상 발치에 이런 문구가 새겨져 있었다.

악마는 보지 않는다.

1961년 12월 19일 아침, 팜비치 그린에서 골프를 치던 조 케네디는 갑자기 의식을 잃고 쓰러졌다. 진단 결과 뇌졸중이었다. 그는 언어기능을 상실했다. 그가 발음할 수 있는 단어 중에서 유일하게 알아들을 수 있는 말은 "No"였다.

그의 측근은 최근에 그가 꼭 넋이 나간 사람 같았다고 말했다. 그토록 거침없고 당당하던 조 케네디는 두 아들이 대통령과 법무장관에 오른 뒤로 오히려 자신만만한 기색이라곤 내보이지 않았다. 막연한 불안에 시달리는 것 같았다고 말하는 이들도 있었다.

조 케네디는 아무에게도 속을 털어놓지 않았다. 우리는 그가 뉴잉글랜드에서 돌아온 지 몇 달 후 그의 집에 잠깐 들렀다. 그날 그는 머리를 약간 기울인 채 흔들의자에 앉아 있었다. 눈빛은 흐리멍덩했고, 꽉 다물지 못한 입아귀에 침이 괴어 있었다. 에드거는 그와 마주 보고 앉았다. 그러고는 마치 여러 가지 노쇠 증상을 검사라도 하듯이 한동안 아무 말 없이 그를 살폈다. 그는 관찰을 끝냈다는 듯이 미소를 지으며 말을 건넸다.

"좀 더 일찍 찾아왔어야 했는데 미안합니다, 조."

에드거는 조의 고개가 묘하게 흔들리는 동안 잠시 말을 중단했다. 이윽고 초점 없이 흔들리는 조의 눈을 뚫어지게 보면서 말을 이었다.

"말을 못한다는 얘기는 들었습니다, 조. 도무지 믿을 수가 없군요. 말은 못해도 알아듣기는 하시지요?"

조는 턱을 약간 떠는 것으로 대답을 대신했다.

에드거가 계속했다.

"나는 늘 당신을 존경할 만한 맞수라고 생각해왔습니다. 맞수라는 말은 내가 생각하는 우정의 정의니까 오해하진 마세요. 그런데 이렇게 쇠약해진 모습을 뵈니 정말 마음이 아프군요. 우리는 뜻이 잘 맞아서 좋았는데, 말도 못하고 글도 쓰지 못한다니 정말 안타깝습니다. 두 아드님에게 앞으로 일어날 일에 대해 주의를 주셔야 하는데……."

에드거는 상의 가슴주머니를 매만지면서 일어서더니 두 손을 호주머니에 찔러 넣었다.

"시간이 있을 때 왜 두 아들에게 이성적으로 행동하라는 충고를 하지 않으셨습니까? 그랬으면 마피아와의 관계는 비밀로 남을 수 있었을 텐데요. 나는 그들의 삼촌이 되어줄 수도, 대부가 되어줄 수도 있었어요. 조금만 노력했다면 우리는 멋진 팀을 이뤘을 텐데. 두 아드님은 왜 그렇게 증오심에 차서 근거 없는 말로 상처를 주었는지……, 클라이드와 나는 따뜻한 가족이 되어주고 싶었습니다. 나는 당신을 위해 노력했습니다, 조. 언제 돌아간다는 기약도 없이, 끝없는 수평선만 바라보고 있는 물 떠난 고기처럼 곤경에 처해 있는 당신을 보고 있자니 정말 마음이 아프군요. 이제는 더 이상 숨길 때가 아니기에 말씀드리지요. 당신이 끝없는 비극을 가르쳤던 겁니다. 나는 그들을 용서해주고 싶었지만 이젠 용서할 수가 없습니다. 미안합니다, 조."

우리와 헤어지려는 순간, 갑자기 서늘한 바람이라도 불어온 것처럼 불구가 된 노인의 관자놀이 위로 머리칼이 흩날렸다. 조 케네디의 두 눈이 커지는 것 같았다. 하지만 그것은 중환자의 병세가 호전되기를 간절히 바란 나머지 이따금 정말 완쾌된 듯한 느낌을 주는 눈이었을지도 몰랐다.

$29$

막중한 직무에도 불구하고 우리는 그해에 벌써 50번이나 경마장을 출입했다. 어느 갑부는 경마에 대한 에드거의 열정을 찬양하고 싶은 마음에서 순종 말에 'J. E. 후버'라는 이름을 붙였다. 그 말이 처음으로 시합에 나서기로 예정된 특별한 날, 우리는 경마장을 찾았다. 비록 처녀 출전한 자신의 말이 꼴찌에서 두 번째로 들어오는 성적에 그쳤지만 에드거는 몹시 흐뭇해했다.

유일한 공통점이라고는 죽는 날까지 빈둥거리며 살고 싶어하는 수많은 경마 도박꾼 속에서 우리는 메이어 란스키와 마주쳤다. 란스키는 헐렁해 보이는 흰 양복 차림에 파나마모자를 쓰고 한껏 멋을 부렸다. 회칼 같은 코와 툭 불거진 눈은 기분에 따라 자칫 살인범 같은 험악한 인상을 풍기기도 했다.

그를 만난 것은 정말 우연이었다. 불과 며칠 전에 우리는 우연히 도청 테이프에서 란스키가 동료와 허심탄회하게 나누는 대화를 듣게 되었다. 그는 FBI 고위층에 첩자를 심어놨다고 자랑삼아 떠들어댔다. 때문에 우리 사무실은 발칵 뒤집혔다. 물론 고위층이 에드거나 나라고 말한 것은 아니었지만 직원들 사이에 서로를 의심하는 분위기 때문에 한동안 어수선했다.

에드거는 마피아들의 허풍은 노상 있는 일이어서 란스키의 말은 생각할 가치가 없다면서 그 소문을 일축했다. 그런데 자기가 며칠 동안 우리의 화젯거리였다는 것을 까맣게 모르는 사람과 경마장에서 맞닥뜨리다니, 세상일은 참 묘했다. 란스키는 먼 친척을 만난 것처럼 우리에게 다가왔다. 란스키는 유대인이었고, 약간 무식했다. 그에게는 이탈리아인 특유의 걸쭉한 입심도 없었다. 그는 우리와 만난 것을 우연으로 생각하고 싶지 않은 얼굴로 다가오더니 몇 시간 전부터 자기를 찾는 사람을 만난 듯 불쑥 내뱉었다.

"후버 씨, 내가 당신 말을 우승하게 해드릴까요, 아니면 오늘 우승할 말을 찍어드릴까요?"

"란스키 씨, 그건 아무래도 좋소. 이렇게 우연히 만난 것만으로도 기쁘니까."

"그래도 당신 이름으로 말을 출전시키겠다는 갸륵한 생각을 한 조련사의 성의를 봐서라도 그냥 넘어가서야 되겠습니까? 조합과 친구들을 조사한 것에 대한 감사의 표시를 하고 싶은데…… 혹시 무슨 다른 이유가 있다고 생각하는 겁니까?"

에드거는 난처한 내색을 보이지 않으려고 애를 썼다.

"란스키 씨, 잘못 생각한 것 같소. 내가 최소한의 조치도 취하지 않았다면 마피아를 봐준다는 비난을 받았을 것이오. 법무장관 로버트 케네디는 그 기회에 나를 해임시켰을 게요. 만약 내가 잘리면 당신들 상황은 최악의 상황을 맞이할 것이오."

"그자는 마지노선을 넘었습니다. 우리는 지금 아주 불쾌합니다. 긁을 수도 없는 등판 한가운데에 파리 떼가 우글우글 들러붙는 것 같아서 기분이 아주 더럽습니다. 친구들과 나는 인내심을 잃어버릴까 걱정하고 있지요."

"그건 당신 혼자 생각하는 것이고, 기소되는 일은 없을 것이오. 당신 조직의 누군가가 마약 단속에 걸려 수갑을 찼다면 도가 지나쳤기 때문일 것이오. 내가 움직이면 크게 걱정할 일은 일어나지 않아요. 나는 허튼 사람이 아니오, 란스키 씨. 오랜 세월 동안 그 점은 충분히 입증해 보였다고 생각하오. 나는 지금 당신들을 가만두지 말라는 법무장관의 압력에 시달리고 있소. 그래서 비판을 면할 수 있는 정도의 조치만 취하고 있는 것이오. 내가 쫓겨난다면 몰라도, 당신에게 별일 없을 거라고 약속하겠소. "

나는 그 순간 에드거의 얼굴이 굳어지는 것을 보았다.

"현재 상황을 분명히 해둬야겠소, 란스키 씨. 당신들을 괴롭히는 건 내가 아니라 케네디 형제라는 걸 친구들에게 알리시오. 불리한 결과가 발생하지 않도록 상황을 조절하여 당신들 중 누구도 중형을 받는 일이 없을 것이라 약속하겠소. 그러나 내 입장이 여의치 않으면 수사하지 않을 수 없다는 것도 알아두시오. 그리고 악의를 품은 사람들이 쓸데없는 사진을 공개할 경우에 나는 주저치 않을 것이오. 내가 하는 말이 무슨 뜻인지 당신은 잘 알 것이오. 당신네들과는 달리 내가 케네디의 선거를 돕지 않았다는 것도 친구들에게 말해두시오. 그 형제에 대한 문제 때문에 무고한 희생자가 생긴다면 나는 결코 용납하지 않을 것이오. 만약 어떤 방법으로든 사진이 수면에 떠오르거나, 당신들 중 누군가가 어떤 소문이라도 내는 날에는 당신 조직의 총 자산 내역과 당신들이 관련된 범죄의 증거를 낱낱이 폭로할 것이오. 그리고 혹시 나에게 책임을 덮어 씌우려는 생각을 하고 있을까 봐 미리 말해두겠소. 내가 행방불명되더라도 나를 그 사건과 아무 관련이 없는 것으로 처리해줄 권리 승계자가 얼마든지 있다는 것도 알아두시오. 나는 케네디 형제가 위험한 게임을 하고 있다는 걸 알고 있소. 로버트는 아버지의 재산과 자신의 재산이 어떻게 해서 만들어진 건지 잘 알고 있소. 그는 집안의 좋지 않은 기억을 지우려고 싸움에 애를 쓰고 있소. 하지만 나와는 아무 관련이 없는 싸움이란 말이오. 사진을 돌려달라는 말은 하지 않겠소. 당신들이 필요한 만큼 복사해놓을 게 뻔하니까."

"그 사진은 나만 소유하고 있습니다."

"그걸 찍은 사람이 누군지 이번에는 말해줄 수 있겠소?"

"우리 쪽 사람이 망원렌즈로 찍은 겁니다. 하지만 내 생각에는 CIA 이전에 정보를 담당하던 OSS 사람들이 사진을 갖고 있는 것 같아요. 당시 주도하던 사람은 도노번이지만 지금은 이 세상 사람이 아니니까 CIA가 그 사진을 물려받았을 가능성이 있어요. 하지만 한 가지는 확신합니다. 사진을 그들에게 팔아넘긴 사람은 나도, 로셀리도, 지앙카나도 아닙니다. 그 점은 분명히 해두고 싶습니다."

"좋습니다. 서로 이해가 된 것 같군요."

"그 형제가 우리를 끝장낼 거라고 생각합니까?"

"의심의 여지가 없소."

"그 영감이 말을 못하게 되었으니 그 형제에게 충고해줄 사람이 아무도 없다는 거죠?"

"아니, 있지요."

"그게 누굽니까?"

"나요."

"후버 씨, 나도 그걸 아니까 이런 말을 했던 겁니다. 그럼요, 의심할 나위 없지요. 그런데 그 형제가 1964년 선거가 끝난 뒤에 당신을 해임할 거란 말이 들리던데요."

"알고 있소, 그 형제가 무슨 말을 하고 다니는지. 란스키 씨, 나는 해임당할 사람이 아니오. 또 퇴직할 사람도 아니오. 내가 살아 있는 한, 아무도 나 대신 FBI 수장자리에 앉지 못할 것이오. 난 이 나라를 너무 사랑하고 있소. 내가 없으면 나라꼴이 엉망이 될 거라고 확신합니다. 진정한 우선권이 뭔지 알고 있는 사람은 나밖에 없으니까. 내가 당신들을 공격하지 않는 것은 공산주의야말로 이 나라를 위협하는 암적인 존재라고 생각하기 때문이오. 나는 공산주의를 그 형제와 다르게 생각하고 있소. 공산주의는 어디로 전이되어 치명적인 결과로 발병할지 모를 암 덩어리처럼 갖가지 위험을 내포하고 있습니다. 위험은 카스트로, 소련 등 외부에 있소. 그러나 적은 바로 여기, 그림자 속에 웅크리고 있습니다."

"당신의 생각에 동의합니다. 자, 그럼 나는 경마를 감독하러 가죠. 혹시 부정행위가 있을지도 모르니까요."

란스키는 자신이 한 말에 아주 흡족한 듯 큰 소리로 웃었다. 우리는 악수를 나눴다. 에드거는 란스키의 손을 잡은 채로 그에게만 들릴 만큼 속삭였다.

"당신이 알고 있는 사실에 대해 어떤 소문이라도 내 귀에 들리는 날에는 내가 가차 없이 잡아들일 것이오. 이 사실을 다른 사람들에게 알려줄 것이라 믿소."

에드거는 한동안 입을 꾹 다물었다. 그는 승산이 없는 싸움을 하고 있는 병사처럼 얼굴이 초췌했고, 이마에 땀방울이 맺혀 있었다. 그는 손수건으로 축축해진 손을 닦았다. 계단식 관람석을 돌아서 귀빈석으로 가는 동안 나는 그에게 말을 걸지 않았다. 그러다 도저히 궁금해서 참을 수 없는 질문을 내뱉고야 말았다.

"그 사진 얘기는 뭐예요?"

그가 대답하기로 마음먹기까지는 한참 걸렸다. 설명하지 않으려나 보다 단념하고 걸어가고 있는데, 에드거가 바짝 다가서더니 마치 경마에 관한 정보를 주는 것처럼 내 귀에 대고 소곤거렸다.

"옛날 얘기지, 클라이드. 자네와는 아무 관련이 없는 아주 오래전 일이야."

얼굴이 잠시 어두워졌다가 그는 이를 악물면서 속삭였다.

"그 망할 놈들에게 나는 절대 걸려들지 않아, 절대로. 정치와 범죄의 풍향을 정확하게 읽으면서 이 나라의 방향키를 쥐고 있는 사람은 나밖에 없어. 이 사실을 톡톡히 알게 해줄 거니까."

## 30

에드거는 자신의 집 2층으로 이르는 층계 벽에 전시관처럼 사진을 붙여놓았다. 그 많은 남성 사진 속에 홍일점으로 메릴린 먼로의 모습이 있었다.

에드거는 그녀를 여러 번 만났다. 그의 기억 속에 먼로는 감미롭고 심약하고 애틋한 미녀로 남아 있었다. 남자들과 숱한 염문을 뿌리는 여자건만, 에드거는 그녀에게 놀라울 정도로 관대했다.

에드거는 그녀를 비난하기는커녕 접근하는 남성들을 물리치지 못하는 외로운 여인의 절망을 이해했다. 미국에서 최고로 매혹적인 여자를 최고의 바람둥이가 가만 놔뒀을 리 없었다. 존 케네디의 억제할 수 없는 여성 편력을 생각하면, 모든 남성이 흠모하는 세기의 섹스 심벌에게 관심을 갖지 않는다는 것은 생각할 수 없는 일이었다.

메릴린 먼로를 케네디에게 소개해준 이가 프랭크 시나트라였는지, 아니면 그의 여동생 파트리시아와 결혼한 처남이자 조연급 배우인 피터 로포드였는지 기억이 나지 않는다. 어쨌든 내 기억에 두 남자는 그녀와 절친한 사이였다. 시나트라 같은 부류는 기회가 있을 때마다 틀림없이 그녀를 이용했을 것이다.

메릴린 먼로와 교제하는 동안에도 케네디는 여전히 다른 여자들을 만나고 있었다. 존은 여자와 관계를 끊을 때 명확하게 선을 긋는 법이 없었다. 결별이라는 것 자체가 그의 성미에 맞지 않았다. 때문에 그는 시간이 허락하는 대로 곳곳에서 많은 여성과 관계를 유지할 수 있었다. 우울증에 시달리고 있는 메릴린은 그를 깊이 사랑하는 반면에, 케네디는 그녀를 다른 여성들에 비해 그 이상도 그 이하도 사랑하지 않았다.

나는 로버트 역시 메릴린 먼로와 교제하고 있다는 사실을 알고 경악했다. 그토록 신중하게 나무랄 데 없는 가장의 이미지를 관리해오던 로버트가 더구나 형의 여자인 줄 뻔히 알면서도 그녀에게 접근한 것이다. 메릴린 먼로에 대해서만은 그도 어쩔 수가 없는 모양이었다. 그 집안은 아버지에서 아들로, 형에서 동생으로 이어지는 역겨운 섹스 경쟁을 하고 있었다.

존은 잠자리를 같이하는 여자에게 국가 기밀을 누설하지 않고서는 배기지 못하는 인간이었다. 그것은 이따금 숨통을 조일 정도로 막중한 책무에서 벗어나 잠시나마 부담을 덜어보려는 그 나름의 해소방식이었다. 존은 그렇게 속내를 이야기하면서 상대에게 그 순간만은 대통령의 특별 자문으로 인정받는 느낌을 주었다. 자만이나 다름없는 과신에서 비롯된 순진함이라고 할까, 그는 자기가 털어놓는 정보가 자신에게 불리한 결과를 초래할 줄은 꿈에도 생각하지 못했다. 이해관계를 따져보지 않고 늘 그런 식으로 행동한다는 것은 그가 다른 사람들을 무시하고 있다는 표시였다.

존은 다른 한편으로 교제하는 여자마다 속내를 털어놓으면 위험에 처할 수 있다는 것을 틀림없이 알고 있었을 것이다. 메릴린 먼로는 시간이 흐를수록 케네디 형제의 안식처이자 편안한 섹스 휴식처가 되었다. 그들은 그녀가 결국에는 '저속한 몸뚱이'처럼 농락당하고 있음을 느끼게 되리라는 것을 알아채지도, 걱정하지도 않았다.

서로 한창 열정을 불태울 때 존은 그녀를 위해 백악관과 직통 전화선을 설치했다. 그녀는 언제든 통화하고 싶을 때 전화해서 자신의 의혹과 불안에 대해 오랫동안 이야기할 수 있었다. 마흔다섯 번째 생일 축하 파티를 끝내고 나서 얼마 후, 존은 예고 없이 직통 전화선을 끊었고 로버트를 통해 더 이상 자기를 찾지 않기 바란다는 말을 전했다. 존은 우울증에 걸린 여배우가 차츰 귀찮아졌다. 그러나 그가 결별을 선언하는 방식은 그녀에게 가증스러운 모욕이었다.

그녀는 사랑은 아니라도 하다못해 최소한의 인간적인 배려가 없을 경우에는 케네디와의 관계와 국가 안보에 관련된 베갯머리송사, 특히 피델 카스트로 암살 계획을 공개석상에서 언론에 폭로하겠다고 협박했다. 메릴린 먼로에 대한 애정에도 불구하고 에드거는 국가를 붕괴시킬 수도 있는 중대발언이라는 생각에 그녀의 협박을 대통령에게 보고하지 않을 수 없었다.

그녀는 기자회견을 열고 전 세계에 케네디 형제와의 관계를 폭로할 계획까지 세우고 있었다. 그러자 로버트가 그녀에게 금전적 타협안을 제시한 것 같았다. 경제적 파산 상태에 직면했으면서도 오기가 발동한 그녀는 타협을 거절했다.


대통령의 생일 파티가 있은 지 두 달 후인 1962년 8월 초였다. 새벽 5시, 그 이른 시간에 에드거는 내게 전화를 걸어 FBI 로스앤젤레스 지국에서 메릴린 먼로가 약물 과용으로 사망했다는 소식을 알려왔다고 말했다. 그렇지 않아도 그녀의 신상서류에는 자살미수가 여러 번 기록되어 있는데 마침내 제 뜻대로 된 모양이었다.

에드거와 나는 케네디 형제를 이전보다 더욱 증오했다. 한편으로 젊은 여인을 치명적인 절망 속에 빠뜨린 것에 대해 자책하며 마음 아파했다. 우리의 요원이 명백한 자살이라고 볼 수 없는 갖가지 의혹을 알려주지 않았다면, 우리가 그녀의 공식적인 사인을 의심할 이유는 전혀 없었을 것이다.

그러나 우리는 아무런 권한이 없어서 수사에 개입할 수 없었다. 만일 살인사건이었다면 연방경찰이 아니라 수사권이 있는 로스앤젤레스 경찰에서 맡았을 것이다. 당시 로스앤젤레스 경찰국의 국장 파커는 FBI 국장 에드거의 권위에 유일하게 맞서는 인물이었다. 앞에서도 언급했듯이 그는 에드거의 불구대천의 원수였다. 사교계와 남편의 공관에서 폭넓게 활동하는 로버트의 아내 에셀 케네디는 후임 FBI 국장은 파커가 적임자라고 주장하고 있었다.

비밀리에 수사에 착수한 결과 우리는 앞뒤가 맞지 않은 석연치 않은 점을 밝혀냈다. 에드거는 메릴린 사건의 진상을 밝혀내면 케네디 형제에 관한 실상이 드러날 것이라 생각하고 몹시 흥분했다.

일요일 새벽 4시 25분, 클레먼스 경사는 자신을 엔젤버그 박사라고 소개하는 한 남자가 걸어온 전화로 메릴린 먼로가 자살했다는 신고를 받았다. 클레먼스는 즉시 출동했다. 현장에서 먼로의 집사 유니스 머레이, 주치의 엔젤버그, 정신과의사 랠프 그린슨이 그를 맞았다. 클레먼스가 하늘색 시트에 덮인 여배우의 시신을 향해 다가가자 엔젤버그 박사는 그에게 넴뷰탈 약병을 가리켰다.

그녀는 알몸으로 엎드려 누운 채 베개에 얼굴을 파묻고 팔다리는 곧게 편 상태였다. 약물 복용으로 자살한 사례를 많이 봐왔던 터라 클레먼스는 사체의 얌전한 자세가 사인과 다르다는 것을 대번에 알아봤다. 수면제 과다복용으로 인한 죽음은 심한 경련이 동반되기 때문에 사체의 자세가 발작한 것처럼 보여야 정상이었다. 게다가 반드시 나타나기 마련인 구토 흔적이 전혀 없다는 것도 이상했다.

세 증인의 엇갈린 진술, 석연치 않은 징후, 사체의 경직 상태로 볼 때 클레먼스 경사는 단순 자살이 아니라는 생각을 했다. 집사는 한밤중에 화장실에 가다가 여주인의 침실 문틈으로 새나오는 불빛을 보고 방문을 두드렸다. 하지만 문은 안에서 잠겨 있었고 아무런 기척이 없어서 주치의 그린슨에게 전화를 걸었다고 했다.

그런데 집사가 화장실에 가려면 메릴린의 방 앞을 지나갈 필요가 없었고, 침실에는 아주 두꺼운 카펫이 깔려 있어서 불빛이 새나올 수 없었다. 침실의 창을 깨고 들어갔다고 했는데 이상하게도 유리 파편은 모두 밖에 떨어져 있었다. 게다가 많은 양의 수면제를 삼키려면 물이 있어야 했을 텐데 사체 부근에 컵은커녕 그릇이라곤 보이지 않았다.

사체검시 과정에서 나온 정보는 가장 충격적이었다. 사체부검을 맡은 법의학자는 경험이 많지 않은 노구치 박사였다. 당시 부검실과 영안실은 보통 외딴 곳에 위치해 있었다. 시체를 훔쳐가는 도둑도 있었고, 시체를 간음하는 행위가 횡행했다. 또한 담당 직원에게 돈만 집어주면 사인을 날조하는 일 정도는 식은 죽 먹기였다. 더욱이 자살한 시신들은 시신 보관용 냉장시설 사이로 쥐들이 돌아다니는 흉흉한 곳에 안치되었다.

장례는 이미 치러졌고, 방부처리를 시작한 터라 장의사는 먼로의 시신을 내주려고 하지 않았다. 장의사는 세기적인 스타의 시신을 공개하는 대가로 만 달러까지 제시하는 사진기자들의 제안을 일언지하에 거절했다. 막무가내로 건물에 침투하는 사진기자들 때문에 장의사는 결국 시신을 청소 도구함에 감췄다.

시신은 부검을 위해 안치실로 옮겨졌고, 이례적으로 검시관이 입회했다. 검시관은 부검이 결정적인 사망증명서가 된다는 것을 알고 있었다. 간에서 녹은 독극물의 농도는 수면제 60~90알을 섭취한 것에 해당하는 수치였다. 그러나 위와 장을 검시한 결과 약물은 전혀 발견되지 않았다. 내장은 노란 빛깔도 띠지 않았고, 독극물로 죽은 사람의 내장에서 풍기는 특유의 배 냄새도 나지 않았다. 살균된 사체의 울혈 상태 역시 충격에 원인이 있는 죽음으로 추정할 수 있었다. 약물 섭취로 사망한 경우가 아니었다. 혈종 여러 개와, 특히 왼쪽 엉덩이에 난 찻잔 받침접시만 한 멍 자국은 사망하기 전에 다툼이 있었다는 물증이었다.

콩팥과 위, 장에서 내용물을 추출하고 소변을 채취해서 독극물 분석을 의뢰했다. 그런데 그것이 온데간데없이 사라졌다. 검시조서에는 주사바늘 자국과 주사액이 있는지 조사했지만 아무것도 발견되지 않았다고 적혀 있었다. 그러나 겨드랑이 아래쪽 피부는 살피지 않은 모양이었다. 사인은 자살이 아닌 것이 분명했다. 증인들의 진술과는 달리 사망 후 경직되기 시작했을 때 시신이 옮겨진 것이 분명했다. 납빛 살색이 이를 입증하고 있었다.

로스앤젤레스에 어둠이 내린 일요일 저녁, 〈라이프〉의 사진기자 리위너는 위스키 한 병을 뇌물로 주고 안치실에 들어갔다. 그는 33호 냉장 보관함에서 내장을 드러낸 여배우의 시신을 찍을 수 있었다. 할리우드 최고의 스타 메릴린 먼로는 허망하게도 한낱 살덩어리에 불과했다.

먼로 사건 수사를 총괄적으로 주도한 클라크 반장은 자살이 아니라는 추측을 뒷받침할 만한 증거를 아무것도 남지 않게 조치했다.

케네디 형제를 제외하고는 메릴린 먼로를 죽여서 이로울 사람은 아무도 없었다. 로버트 케네디는 사건이 일어난 주말에 캘리포니아 북부 지역에 머물고 있었다. 그는 사건 당일에 메릴린의 집에 얼마든지 갈 수 있었다.

메릴린의 집 전화 통화내역을 조사한 결과 사고가 일어난 날 로버트가 그녀에게 전화를 걸었고, 케네디 형제에게 화가 난 그녀를 달래주기 위해 만나기로 약속한 사실이 드러났다. 그날 저녁 로버트는 두 번 찾아왔고, 한 번은 화해를 시도했던 것 같다. 협박하는 그녀를 두고 그 집을 나온 로버트는 의사와 로슨을 데리고 다시 그녀를 찾아갔다. 의사는 안정이 필요하다는 핑계로 치사량의 수면제를 먹인 것이 틀림없다.

공식적인 출두 형식은 아니었지만 로버트는 수차례 소환되어 사건이 일어난 시간의 행방에 대한 조사를 받았다. 로버트는 친구의 초대로 로스앤젤레스에서 700킬로미터 떨어진 곳에 위치한 집에서 주말을 보냈으며 이틀 동안 밖으로 나간 적이 없었다는 진술을 반복했다. 그 말을 믿는 사람은 단 한 명도 없었다.

교통단속 경찰관 린 프랭클린은 그날 저녁, 과속으로 달리는 검정 메르세데스의 뒤를 쫓았다. 그는 갓길에 차를 정지시켰고, 차에 앉은 세 사람의 얼굴에 손전등을 비췄다. 그는 배우 피터 로포드와 미국의 법무장관을 대번에 알아보고 아연실색했다. 또 다른 인물은 저명한 심리학자 랄프 그린슨 박사였다.

이 모든 것이 완전히 묻혔다. 케네디 형제가 발 빠르게 조치를 취한 것이 분명하다. 그 형제는 로스앤젤레스 경찰국을 철저하게 장악했다.

로버트는 법무장관의 권한을 이용하여 사법부를 장악하고 있었다. 자살로 위장된 살인사건 중에서 성공적인 사례 중 하나였다. 그래도 우연치고는 너무도 묘한 일이 일어났다. 메릴린 먼로의 시신을 부검했던 법의학자 노구치 박사는 그로부터 6년 후 로스앤젤레스에서 피살된 로버트 케네디의 시신을 부검하게 됐다.

*31*

케네디 형제는 몇 달 전부터는 더 이상 세간의 눈을 속이지 않았다. 그들은 우리의 힘이 미치는 범위 안에서 더 이상 아무도 기만하지 못했다. 케네디 형제를 둘러싼 40대 민주당의원들, 대통령과 법무장관이라는 막강한 권력을 등에 업고 요직에 앉은 몇몇 각료를 제외하고는 오래 전부터 국사를 책임져온 인사들은 케네디 형제에게 우려의 눈길을 보냈다. 그들은 그 형제의 댄디즘, 형의 오만한 안일주의, 마치 투표를 통해 합법적으로 선출된 듯이 처신하는 동생의 야비한 짓거리에 진저리를 쳤다. 미움을 많이 받았던 정치인 중에서도 이들 형제처럼 본성과는 정반대되는 위선적인 이미지를 풍기는 인물은 없었다.

갱은 최소한 갱다워야 할 의무가 있다. 그러나 이상적인 신사로 가장한 케네디 형제는 우리가 만난 최고의 악질이었다. 아무도 그들을 용서하지 않았다. 그들은 기회주의자이자 무법자였다. 에드거와 나는 그 정도로 독단적인 정치인을 겪어본 적이 없었다. 그들이 꺼진 욕망을 되살리는, 젊고 현대적인 이미지로 대중의 절대적인 지지를 받는 것은 사실이었다. 때문에 그래도 된다는 생각을 하고 있는 것일까. 우리는 케네디 형제를 타락한 인간의 전형으로 간주했다. 그 판단이 옳든 그르든 아무래도 좋았다. 두 가지 경우 다 원칙에 따라 충실히 이행해야 했다.

세월이 흘러야만 이해되는 모순된 인생이 있다. 정치인으로서 대성공을 거두었던 케네디 형제가 어떻게 그렇게 돌이킬 수 없는 몰락의 길로 접어들 수 있었는지 이해하려면 시간이 필요했다. '쿠바 미사일 위기' 이후로 그들의 전성기도 끝을 보이고 있었다. 미국의 유능한 관리들이 책임을 다해 잘못 운영된 국가를 바로 잡으려면 최소한 1년이 필요했다.

내가 아는 한 인류 역사에는 드라마틱한 순간이 많았다. 그러나 어떤 순간도 파멸로 이르는 것 같은 느낌을 준 적은 없었다. 1962년 10월, 케네디 사단은 두 가지 일에만 전념했다. 그들은 카스트로 문제를 해결하기 위해 궁리했고, 정책에 대한 중간 평가를 가늠할 수 있는 상원의원 선거를 준비하고 있었다.

10월 중순, 쿠바 상공을 정찰하던 U-2기는 이전에 관측되지 않던 수상한 기지를 촬영하고 돌아왔다. 필름을 현상해본 결과, 소련의 미사일이 쿠바에 배치되고 있었다. 6분이면 반경 2,800킬로미터 이내 미국의 동부 도시들을 모조리 파괴할 수 있는 핵탄두 탑재 가능 중거리탄도 미사일이었다. 케네디는 인류 역사상 최초의 핵전쟁 위기에 직면해 있었다. 그 어느 때보다 위협적인 소련의 공격 의지가 명백히 드러났다.

그러나 아이젠하워 임기 말에 터키에 설치한 미사일 '주피터'가 이 사건 못지않게 붉은 제국을 위협했다는 것을 잊지 말아야 한다. 소련도 카스트로를 제거하고 쿠바의 공산주의 체제를 전복하려는 케네디 행정부의 계획을 모르지 않았다. 게다가 쿠바 방위를 위해 소련군 5만 명이 섬에 주둔하고 있었다.

케네디는 쿠바 문제를 타협이 아닌 군사행동으로 해결하려고 했다. 케네디는 쿠바 망명자들의 도움을 받아 CIA가 주도한 공작으로 조직한 군대로 쿠바를 공격했다. 그는 매번 속전속결 방식의 카드를 썼다. 경험 없는 존 케네디는 시간이 더 있다면 쿠바 침공이 성공할 것이란 수뇌부의 견해에 따라 쿠바에 작전을 강행했다.

1962년 10월 16일 아침, 나는 미숙한 존 케네디가 병 속에 갇혀서 허우적거리는 파리처럼 눈앞에 닥친 난국에 당황해서 어쩔 줄 모르고 있다는 보고를 받았다. 낙천적인 존 케네디가 처음으로 대통령이 된 것을 후회한다고 고백했을 정도였다. 미국은 전례 없는 최대의 위기를 맞았다. 케네디는 13일 동안 섹스행위를 중단하지 않을 수 없었다.

최고참 장교들은 미사일 폭격으로 쿠바를 침공하자는 데 찬성했다. 케네디는 폭격으로 소련군이 희생될 경우 선전포고나 다름없다며 반대했다. 케네디는 소련이 보복으로 베를린을 폭격할 것이라고 확신했다. 군은 소련이 감히 그러지 못할 것이라고 주장했다. 고참 측근들은 케네디가 결단력 결여로 피그스 만 침공을 강행하고, 지나친 타협으로 베를린 장벽이 세워진 대가를 치르고 있다고 확신했다. 그들은 강경 대응 방침을 권고했다.

케네디는 그들의 충고를 듣지 않을 수 없었다. 케네디는 노련한 민주당 정치인이자 UN 대사인 아들라이 스티븐슨의 조언을 따르기로 했다. 케네디는 모든 라디오 방송과 세 개 채널의 텔레비전 방송을 통해 소련이 서반구에 대해 핵공격을 가할 수 있는 기지를 쿠바에 건설 중이라고 공포하고 쿠바에 해상봉쇄 조치를 선포했다. 핵전쟁이 임박한 분위기

속에서 온 나라가 얼어붙었다.

다음 날 아침 10시, 미해군이 쿠바 해상을 둘러싸고 포위망을 구축하고 있는데 소련 함대가 다가왔다. 존 케네디와 로버트 케네디, 맥나마라 국방장관은 군의 자존심을 건드릴 위험을 무릅쓰고 직접 작전을 지휘했다. 소련 함대는 포위망을 뚫기를 포기하고 하나둘 되돌아가기 시작했다. 이 소강상태를 이용해서 케네디 형제는 핫라인을 통해 소련의 흐루시초프 서기장과 다시 접촉했다.

흐루시초프는 미국이 다시는 쿠바를 침략하지 않겠다는 협약을 체결하면 쿠바에 배치한 미사일을 철수하겠다는 조건을 제시했고, 케네디는 수락했다. 미군의 입장에서 항복이나 다름없는 이 협약은 결국 쿠바 정부를 인정하는 셈이 되었다.

위기사태가 해결되는가 싶더니 다시 새로운 사건이 발생했다. 미사일 철수 문제로 크렘린에서 입지가 약해진 흐루시초프는 또 다른 조건을 내세우지 않을 수 없었다. 그는 불가침 협정 이외에도 터키에 배치된 미사일 주피터를 철수할 것을 요구했다. 그러나 주피터는 냉전시대에 상징적인 의미가 큰 미사일이었다. 로버트는 소련 대사를 만나 미사일을 철수하는 데 6개월의 유예기간을 줄 것과 이 비밀협약은 어떤 상황에서도 비밀에 부친다는 조건하에 그 제안을 받아들이겠다는 대통령의 뜻을 전했다. 일촉즉발의 미사일 위기사태는 그렇게 종결되었다.

여론 조사에서 케네디는 세상을 구원한 평화주의자로 평가되었다. 그가 대통령으로 부임한 지 1년이 약간 넘은 시점에서 지지율이 77퍼센트로 대폭 상승했다.


에드거는 이 시기에 정말 힘든 일을 겪고 있었다. 미사일이 동부 도시를 겨냥하고 있으니 워싱턴도 화를 면할 수 없었다. 백악관에서 대통령의 텔레비전 연설을 통해 우리는 일반 시민과 똑같은 경로로 핵전쟁이 임박해 있음을 알았다. 케네디가 연설을 하기까지 얼마나 불안한 시간을 보냈는지 여실히 얼굴에 드러났다. 그는 막막해 보이는 사태의 심각성을 전혀 감추지 못했다.

에드거는 나라가 전시 체제에 돌입해 있었는데도 자신에게 알리지 않았다는 것에 분개하다가 두려움에 휩싸였다. 처음에는 걷잡을 수 없는 감정에 분통을 터트리더니 상황이 급박하다는 것을 알아차리고 공포에 사로잡혔다.

"미국 역사상 전혀 승산이 없는 싸움에 직면하기는 처음이야."

에드거는 쿠바 해상봉쇄 조치를 선언하는 대통령의 연설을 시청하기 위해 갈색가죽 소파에 앉아 팔걸이를 신경질적으로 탁탁 치면서 한마디 했다.

"하느님이 이런 돌발 사건을 그냥 놔두실 리 없어요."

나는 방금 알게 된 놀라운 사건에 몹시 흥분해 격앙된 어조로 내뱉었다.

에드거는 마치 방금 선포된 긴급경보에 놀란 듯 눈을 깜빡였다. 자신이 전혀 개입하지 않은 사건 때문에 자신이 위험에 빠진 듯이 놀란 모습이었다. 그는 머릿속으로 이미 아주 멀리 가 있으면서도 애써 내 말에 응수했다.

"하느님을 믿어야 하는 건지 모르겠군. 그 어리석은 케네디는 더더욱 그렇고."

"어떻게 그런 말을 할 수 있어요?"

뜻밖의 불경한 말에 나는 기겁했다.

에드거는 내가 한 번도 보지 못한 표정을 지었다. 분노에 휩싸였다가 공포에 사로잡힌 듯 눈을 부릅떴다. 창백한 그의 낯빛은 마치 유령의 얼굴 같았다.

"하느님이 우리를 이 지경으로 만들어놨어. 클라이드, 우리는 이제 죽은 목숨이라고."

"농담하지 마요, 에디."

"아주 진지하게 말하는 거야. 클라이드, 아무래도 묵시록의 종말이 가까워진 것 같아. 하긴 놀라울 일도 아니지, 하느님이라고 우리를 저버리지 말라는 법 있나. 그래도 우리는 살아남아야 해. 국방부 놈들, 정신 나간 것들 아냐? 워싱턴이 원자폭탄 대피소라도 되나, 여기 살고 있는 우리에게는 정작 아무것도 알려주질 않다니……. 동부 지역을 떠나야겠어. 우리 요원들에게 캘리포니아 남부에 피신처를 찾으라고 지시하게. 거기에 1년치 식량과 물을 확보해 놔야겠어. 군용 통조림 따위는 필요 없어. 위스키, 화장지, 종자, 비료, 농사를 지어야 할 경우를 대비해서 『초보자를 위한 농학개론』은 반드시 챙겨두게. 근데 캘리포니아 남부는 안전할까……, 아니 알래스카가 낫겠어."

"왜 하필 알래스카예요, 에디?"

"소련과 가까운 곳이니까. 국경이 가까운데 소련이 폭격할 리 없지."

"동부 연안만 위험하다면서요!"

"그걸 누가 알겠나. 상황이 악화되면 서부가 표적이 될 수도 있지. 하지만 알래스카는 아냐."

"알래스카 주민들이 우리랑 똑같이 생각하고 이미 피신처를 만들어 놨다면 우리를 받아주겠어요? 설령 받아주더라도 농기구는 필요하지 않을 겁니다. 가을과 겨울밖에 없는 곳에서 무슨 곡식을 재배할 수 있겠어요?"

"그거야 요원들을 시켜서 빨리 알아보면 될 일 아닌가. 내 생각에는 무기가 필요하겠어. 권총, 포탄, 유탄 등등. 피신처에서 나오는 날 누구와 마주칠지 모르니까."

"하지만 캘리포니아 부자든 알래스카의 부유한 사냥꾼이든 자기들 피신처에 자리를 내어줄 거라고 생각해요?"

"그들은 FBI의 1인자와 2인자가 곁에 있는 것으로 안심할 거야."

"원자폭탄 대피소로 숨으러 가는 마당에 우리가 누구를 안심시킬 수 있다는 겁니까?"

"어쨌든 피신처를 나눠주는 대가는 충분히 보상해줄 거야."

"은신처 주인들이 침입자들에 대한 대비책을 세우지 않고 있을까요? 난 이미 너무 늦었을까 두려워요, 에디."

에드거는 나의 집 거실을 뱅뱅 돌면서 족히 15분을 노발대발하다가 꼬박 한 시간 전부터 운전기사가 시동을 걸고 있는 자신의 차에 올랐다.

나는 그가 집이나 FBI 사무실에서 멀리 나와 있을 때 운전기사에게 시동을 끄지 못하게 하는 이유를 물은 적이 있다. 에드거는 시동을 거는 데 필요한 시간이 때로는 생사를 가르는 시간이 될 수 있다고 대답했다.

에드거는 어떤 방식으로든 자신의 자리를 위협할 만한 사람은 절대 용서하지 않았다. 케네디는 이런 무례함이 도를 넘어섰다. 에드거는 무능한 대통령 케네디 때문에 자기의 목숨이 위태롭다고 생각했다.

미사일 위기가 종결되자, 그 긴장감은 원한과 두려움으로 전이되었다. 국방부, CIA, 국무성은 케네디가 체제를 무시한 양동작전으로 자신들을 몰아넣었던 13일 동안의 지옥에서 벗어났다. 존 케네디는 로버트와 수석보좌관 케니 오도넬과 함께 그 위기를 헤쳐나갔다.

군부가 볼 때 케네디는 부족한 용기를 멍청하고 은밀한 행동으로 감추는 미성숙한 지도자였다. 쿠바 망명자들은 어떤 의혹도 품지 않고 순전히 공산체제를 전복하기 위해 케네디의 군사작전에 참여했다. 하지만 그들은 케네디 때문에 조국을 되찾을 희망을 잃어버렸다. '피그스만 침공' 때부터 캠프에서 죽도록 고생했던 이들은 몸값을 치른 뒤에 미국으로 돌아왔다. 자기들이 저지른 짓에 대해 변명하겠다는 생각을 품은 채.


케네디는 백악관 수영장에서 무분별한 행위를 해왔던 창녀 엘렌 로매치를 내쫓기에 이르렀다. 우리를 통해 그녀가 동독 스파이였다는 사실을 알게 된 케네디는 즉시 그녀를 추방했다. 이때부터 워싱턴에서는 대통령이 통탄할 성욕 때문에 시나트라 같은 가수들에게 놀아나고 있다는 소문이 사실로 받아들여지고 있었다.

존 케네디는 나라에 위험한 존재가 되어 있었다. 그러나 대통령의 행동에 대한 폭로가 전혀 없었다. 케네디의 정적들이 그런 평판으로 국가 원수의 명예를 손상하는 것만은 원치 않았기 때문이다. 많은 사람이 우리 같은 책임자들에게 놀라움을 금치 못할 것이다. 왜 당신들은 케네디의 변태성욕을 알고 있으면서도 그의 권력 남용을 막지 못했느냐고.

나는 대통령은 암살될 운명이었다는 견해에 반대하지 않는다. 내가 누가 언제 어떻게 실행했는지 알고 있었다고 말한다면 케네디 암살 사건에 대한 수사가 조작된 위장이었다는 것을 폭로하는 셈이 될 것이다. 우리는 이 나라 최고 실력자들의 사적인 비밀을 덮어주는 것만으로도 그 숙명적인 죽음에 대해 어떤 의혹도 남기지 않을 수 있었다. 나는 그

일을 1944년 연합군의 상륙작전에 비유하고 싶다. 그 작전은 분명 한 점
의 의혹도 없었다. 그 전술만 비밀로 남아 있을 뿐이다.

*32*

대통령이 사망하고 나서 몇 년 동안 나는 내심 존 피츠제럴드 케네디 암살 사건에 대한 갖가지 추측을 즐기고 있었다. 불시에 일어난 끔찍한 비극에 충격을 받았던 공포가 어느 정도 가라앉자, 많은 사람이 그 전례 없는 암살 사건에 열중하면서 진실을 규명하려고 노력했다. 진실에 근접한 추론을 내놓은 사람은 아무도 없었다. 난다 긴다 하는 사설탐정들조차 케네디가 사회의 암적 존재였다는 것을, 그는 사슴의 뿔이나 뱀의 허물처럼 살아 있는 세포에서 저절로 떨어져 나간 것임을 간과했다. 가장 거대한 음모론을 제기하는 사람들은 암살 사건에 개입한 세력들이 단합하여 법정에서 모의를 벌이고 있다는 상상까지 했다. 그야말로 옛날에나 있을 법한 음모 사건을 연상하는 즉흥적인 발상에 불과했다.

실제로 그런 모임은 전혀 없었다. 나는 케네디에게 원한이 쌓인 사람들이 결탁하여 쥐도 새도 모르게 저지른 사건이었다고 생각한다.

시간이 흐르면서 케네디를 바라보는 관점이 두 가지로 갈라졌다. 한쪽은 존을 비방하는 사람들이 주축을 이뤘다. 그들은 케네디의 정치적,

도덕적 이중적인 태도와 억제할 수 없는 성 충동에 따른 극단적 증상을 폭로했다. 그들은 신의 계시를 받은 사람이 요술을 부리는 교주 같은 인간을 끝장내려고 온 것이라는 다소 황당한 결론을 내렸다. 실화가 소설이 된 꼴이었다. 다른 한쪽은 새로운 세상을 꿈꾸게 해준 케네디를 지지하는 사람이었다. 그들은 피할 수 없는 죽음이었다는 것을 이해하지 않은 채 당치 않은 고집으로 음모론을 주장했다.

나는 그 사건을 처리하는 과정에서 권모술수 같은 것은 없었다고 생각한다. 숙명적인 죽음이었다는 의미로 귀결되는 논리적 연관성이 있을 뿐이다. 세계 제일의 경제력과 군사력을 자랑하는 국가가 붕괴하는 모습을 보고 싶지 않은 사람들은 모두 케네디가 1964년 대선에서 재선되지 말아야 한다고 생각했다.

우리는 대통령 암살 계획이 있다는 소문을 존과 로버트에게 전하면서 여러 번 주의를 당부했다. 그러나 자만심이 강한 케네디 형제는 안중에 두지 않았다. 화술이 뛰어난 존 케네디는 평화의 전도사로 변신해 있었다. 그의 연설을 접한 소련 서기장 흐루시초프는 루스벨트 이후 가장 위대한 미국 대통령이라고 찬사를 보낼 정도였다. 노벨상 수상식에서나 할 법한 인상적인 연설이었다.


내가 지금 말하고 있는 것은 어떤 평화일까요? 무력으로 세계 여러 나라에게 강요하는 미국의 평화에 대해 말하는 것이 아닙니다. 무덤의 평화나 노예의 안전에 대해 말하는 것이 아닙니다. 나는 진정한 평화, 우리 자식들이 보다 나은 삶을 살아갈 수 있는 평화, 미국인들을 위한 평화뿐만 아니라 전 세계 모든 여성과 남성을 위한 평화, 현재를 위한 평화가 아니라 영원한 평화에 대해 말하는 것입니다. 미국과 소련의 지도자들은 공통의 이해관계를 확인하고, 정의롭고 진지한 평화를 위해 군비 경쟁을 중단하기로 체결하였습니다. 우리가 이데올로기의 차이를 좁힐 수 없을지 몰라도, 다양성 속에서 적어도 안정된 세계를 만들 수 있습니다. 우리 모두는 이 작은 지구에 함께 살고 있습니다. 우리 모두 같은 공기를 마시고 있습니다. 우리 모두 우리 자식들의 미래를 소중히 여기고 있습니다. 그리고 우리 모두 죽습니다.

우리가 빠뜨렸던 것일까, 로버트가 증오하는 인물 마르첼로의 대화를 도청한 테이프 중에서 케네디 형제에게 알리지 않은 것이 있었다.

"이젠 내 구두에 박힌 돌멩이를 제거해야겠어. 그 망할 놈의 바비에 대해서는 걱정하지 말게, 내가 알아서 할 테니까. 우리 조직원을 시키지는 않을 걸세. 정신이상자를 찾을 거야. 하지만 지금 우리가 신경 써야 할 사람은 바비가 아냐. 그자를 죽이면, 우리를 죽이려고 혈안이 된 그의 형에게 5년 동안 시달리게 될 게 뻔해. 지금은 바비를 없앨 때가 아니야. 자네가 꼬리를 자르면 개는 계속 물어뜯으려고 달려들 거야. 하지만 목을 따버리면 죽지."

나는 정말로 무슨 일이 있었는지 밝힐 수 있는 유일한 사람이다. 후회 때문도 아니고, 생을 마감할 시간이 다가와서 마음의 짐을 덜기 위해 쓰는 것도 아니다. 후대를 위해서는 다른 해결책이 없었다는 점을 분명히 밝혀야 하기 때문에 쓰는 것이다. 나라를 통솔하는 지도자가 그 정도까지 이미지를 손상했다면 별다른 해결책이 없다. 그의 밑에서 국정을 함께 책임졌던 이들이 그를 쓰러뜨리는 것 외에는.

존 케네디는 지은 죄 때문에 죽었다. 마피아가 신을 대신하여 케네디에게 대통령직이라는 최고의 선물을 주었다가 도로 뺏은 것이다. 우리가 속한 무리의 가호를 받으면서 그는 죽었다.

존 케네디는 죽음과 기묘한 인연이 있었다. 죽음은 어린 시절부터 그의 주위를 기웃거렸다. 그는 척추질환이 점점 악화되면서 자신이 에디슨병에 감염된 것을 알았다. 암살되던 날도 그는 코르셋을 착용하고 있었다. 총알이 머리를 절반이나 날려버렸는데도 몸통이 꼿꼿했던 것은 그 때문이었다. 그는 날마다 뇌신경 중추를 흥분시키는 암페타민과 아편을 복용하고 있다는 비밀을 숨길 수 없게 되었다. 약물은 그의 판단력이 점점 흐려지는 원인 중 하나였다.

에드거와 나는 존 케네디를 좋아하지 않았다. 케네디와 우리가 도저히 화해할 수 없는 상극 관계였음을 알아챈 이들도 있었다. 우리는 같은 세계에 속해 있지 않았다. 케네디가 우리의 세계를 떠나도록 많은 역할을 해왔던 것이 사실이다. 우리를 대하는 그의 태도는 정말 좋지 않았다. 누군가가 에드거가 나름대로 오로지 나라를 위해 충성했던 점을 말할 때마다 케네디는 시가 연기를 토해내면서 이렇게 내뱉는 것으로 만족했다.

"후버는 정말 싫증나는 사람이야. 그는 우리를 해칠 수 있지만, 우리는 그를 다룰 수 있지."

만약 존 케네디가 대통령으로 부임된 후 곧바로 우리를 해임할 저의를 품지 않았다면, 우리에게 충성을 기대해도 좋았을 것이다. 그러나 그는 도가 지나쳤다. 그는 에드거와 내가 생각할 수 없을 정도로 극단적인 쾌락주의자였다.

우리는 암소의 발에 족쇄를 채우듯 우리의 발에 로버트라는 족쇄를 채웠던 케네디의 태도를 용서하지 않았다. 케네디는 잘못된 교육을 받은 오만하고 건방진 젊은이였다. 미국이 어쩌다가 그런 대통령을 받아들였는지 이해할 수가 없다. 그러나 당시 우리는 전쟁 중이었고—물론 냉전이었지만—공산주의가 시시각각 세계를 위협하고 있었다. 공산주의자들이 그 정도로 강한 적은 없었다. 당시 미국은 결코 위선적 이상주의자로 만족할 수가 없었다.

댈러스로 이동하기 전날, 기분이 좋지 않은 존 케네디는 자신의 대변인 피어 샐린저에게 텍사스에 가고 싶지 않다는 말을 했다. 샐린저는 얼마 전에 한 여성이 보낸 편지를 받았다.

대통령을 이곳으로 모시지 마십시오. 대통령께 무슨 일이 있을까 몹시 불안합니다. 뭔가 끔찍한 일이 일어날 것 같아 두렵습니다.

샐린저는 편지 내용을 전할 용기가 나지 않았다. 우리가 알고 있는 케네디는 틀림없이 다음과 같이 대답했을 것이다.

"미국의 대통령을 죽이고 싶을 정도로 정신이 돈 사람이라면 그런 짓을 저지를 수도 있겠지. 대통령 목숨 대신에 자기 목숨을 내놓을 각오만 하면 되는 것 아니오."

케네디는 자신도 모르는 사이에 이미 암살자의 심리에 대해 나름대로 이론을 세웠다. 댈러스로 향하는 비행기 안에서 케네디는 아내에게 아주 친근한 태도를 보였는데, 재클린은 마치 그런 모습을 처음 보는 것 같았다고 한다.

에드거는 수화기를 들고 법무장관이자 대통령의 동생에게 전화를 걸었다. 그는 냉정했고 사무적인 목소리로 말했다.

"알려줄 소식이 있습니다."

"무슨 소식입니까?"

에드거는 찬바람이 느껴질 정도로 아주 사실적으로 말했다.

"대통령께서 저격당했습니다."

로버트 케네디는 충격을 받았다.

"뭐라고요? 지금 농…… 농담하는 겁니까?"

"농담이 아닙니다. 좀 더 자세한 정보를 얻으려고 애쓰고 있습니다. 추가 사항이 있으면 다시 전화하겠습니다."

에드거는 전화를 끊고 방금 배달된 것인 양 전날 신문을 읽는 데 몰두했다.

30분 후, 에드거는 FBI 댈러스 지국에서 걸려온 전화를 받았다. 그는 내가 들을 수 있도록 목소리를 높여 통화했다.

"대통령은? 나 후버요. …… 그래서? …… 대통령이 운명하셨다고?"


에드거는 전화를 끊고 잠시 생각에 잠겼다가 다시 수화기를 들었다.

"생클린?"

"네, 국장님."

"텍사스 경찰이 범행 현장을 지휘하고 있을 거야. 대통령 암살에 대한 수사권이 누구에게 있는지 확실히 모르겠는데…… 어쨌든 우리에게 수사권이 있는 듯이 발 빠르게 움직이게. 알겠나?"

"잘 알겠습니다, 국장님."

"생클린! 내 말 잘 들게. 나와 수시로 전화통화를 해야 해. 그리고 수사 상황을 낱낱이 내게 보고해. 무엇보다 아주 사소한 정보도 누설하지 못하게 요원들 입단속에도 신경 써. 알아듣겠나? FBI가 다뤄본 적이 없는 가장 굵직한 사건이야. 중대한 사안이니만큼 아무리 사소한 것이라도 허위보고는 절대 용납하지 않겠네."

"명심하겠습니다, 국장님."


오후 3시, 고든 생클린은 대통령과 댈러스 경찰관을 저격한 용의자 리 하비 오즈월드를 체포했다는 소식을 우리에게 알렸다. 아울러 용의자에 대한 신상기록이 FBI에 있다고 덧붙였다.

6시 5분, 대통령의 시신과 미망인이 탑승한 '에어포스 원(대통령 전용기)'이 미국의 모든 정치인들과 정부 요인들이 기다리고 있는 앤드류 공군기지에 착륙했다.

에드거는 공군기지에 가지 않았다. 그는 집으로 돌아가서 독주를 마시고 싶어했다. 우리는 에드거의 집에서 새로운 대통령의 첫 전화를 기다렸다. 몇 시간 전만 해도 존과 로버트에 가려 3인자로 밀린 것에 불만이 가득했던 린든 존슨 부통령이 정확하게 7시 26분에 에드거에게 전화를 걸어왔다.

"나요, 에드거. 당신 생각에는 정부를 겨냥한 음모사건인 것 같소, 아니면 케네디 개인을 겨냥한 범행인 것 같소?"

"내 생각에는 케네디만 겨냥한 것 같습니다, 대통령 각하."

"내 신변도 위험합니까?"

"그럴 수도 있겠지요. 원하신다면 경호원을 증원해 드리겠습니다."

"그게 좋을 것 같소. 케네디를 보호하지 못한 그 멍청한 정보국 놈들을 내가 어떻게 믿겠소?"

"두고 봐야겠지만 제 생각에 각하를 제거할 생각을 하는 사람은 아무도 없다고 생각합니다."

"수사 상황은?"

"현장에 요원 70명이 출동해 있고, 30명을 추가로 투입하려고 합니다."

"가능한 한 빨리 철저하게 조사해서 정확한 보고를 해주시오."

"물론입니다."

"에드거, 우리끼리는 매사가 투명하기를 바라오. 음모가 있었다는 건 있을 수 없는 일입니다. 여론을 생각해서라도 안 될 일이오. 이 점에 대해서는 동의하지요?"

"완벽하게 일치한다고 생각합니다. 이런 말을 할 때가 아니라는 건 알지만 대통령으로 임명되신 걸 축하드립니다."

"고맙소, 에드거. 댈러스 경찰이 그 사건에서 손을 떼도록 지시를 내려놓았소. 나는 FBI에 수사를 맡기고 싶소."

얼마 후 리처드 닉슨이 에드거에게 전화를 걸어왔다. 여우가 냄새를 맡으려고 킁킁거리고 있었다.

"에드거, 정신 나간 극우파의 소행이라고 생각하지 않습니까?"

"공산주의자의 소행이라고 볼만한 소지도 많죠."

"그럼 공산주의의 음모란 말입니까?"

"음모 같지는 않아요. 미치광이 공산주의자가 저지른 단독 범행이라고 생각하고 있어요."


다음 날 아침, 에드거는 대통령에게 리 하비 오즈월드가 단독으로 존 F. 케네디를 암살한 것으로 잠정 결론을 내렸다는 1차 수사결과를 보고했다. 그러고 나서 우리는 날씨가 화창하다는 구실을 대고 경마장으로 향했다.

이튿날 새벽 3시 15분, 생클린은 에드거와 옆방에서 자고 있던 나를 깨웠다.

"주무시는데 죄송합니다, 국장님. 꼭 알려드려야 할 중요한 정보가 있습니다. 댈러스 지국 사무실로 제보가 들어왔습니다. 댈러스 경찰서에서 주 교도소로 이송하는 도중에 오즈월드가 살해될 거라는 내용입니다."

"지방경찰국장 커리에게 연락해서 이송 시간을 비밀에 부치라고 전해. 잘못되면 자네는 해고야."

같은 시각, 커리 국장도 생클린이 받은 똑같은 전화를 받았다. 그는 대책을 세워놨기 때문에 크게 걱정하지 않았다.


밤 12시 21분, 오즈월드는 이송 중에 잭 루비가 총구를 들이대고 쏘는 저격을 받았다. 2시 7분, 그는 파크랜드 병원에서 사망했다.

NBC가 저격 장면을 생중계했다.

다음 날 아침, 에드거는 오즈월드의 조서를 보내되 사본을 남겨놓지 말라는 지시를 내렸다. 조서 분량은 1.5페이지밖에 되지 않았다.

에어포스 원 기내에서 케네디를 승계하는 대통령 선서를 했던 린든 존슨은 우리에게 아주 중대한 임무를 맡겼다. 국가를 위해 바람직한 방향으로 수사를 매듭지으라는 것이었다. 존슨 덕에 우리는 제2의 전성기를 맞이하는 것 같았다.

로버트는 여전히 법무장관으로 근무하고 있었다. 하지만 형이 암살된 이후 우리는 두 달 동안 그를 보지 못했다. 로버트는 직접 나서서 진상을 캐려고 하지 않았다. 모종의 합의가 이루어지고 있다고 판단한 것일까, 그는 오히려 수사 상황을 관망하는 눈치였다.

진실을 숨기려면 사건을 완벽하게 알고 있어야 한다. 수사과정이 투명하고 신뢰할 수 있는 수준까지 올라가지 않는다면 진실을 숨길 수 없다. 우리는 암살 행위가 일어나기까지의 과정을 상세히 알지 못했다. 하지만 돌발 사건이었다는 점에 대해서는 추호의 의혹도 품지 않았다.

우리는 범죄를 재구성해야 하는 막중한 책임이 있었다. 형을 암살하는 것으로 케네디 형제와 결판을 내려고 했던 인물들을 찾기 위해 사소한 단서라도 수집해야 했다. 사건의 정황을 정확하게 파악하는 것 못지 않게 그 암살 계획을 세울 만한 조역은 없는지 생각해봐야 했다.

동기 없는 범죄가 있을까? 이 가정을 적용하면 우리에게도 동기는 분명히 있었다. 폭력조직은 존 케네디를 위협하고 있었다. 케네디 형제로부터 암살 위협을 받았던 피델 카스트로 지지자들도 혐의에서 자유로울 수 없었다. 우리는 쿠바에 대한 여론을 조성하고, 미국 군대의 지원을 받아 쿠바에 침공하여 카스트로 암살 기도에 협력했던 자들에 대해서는 혐의를 두지 않았다. 그 배후에서 거대한 문어처럼 웅크린 채 그 사건을 다양한 비율로 조절하고 있는 이들이 분명 존재하고 있었다. 모두 산발적이지만 톱니바퀴가 맞물리듯 결정적으로 협력하고 있었다.

에드거와 나는 당연히 일을 분담했다. 나는 수사를 맡았고, 에드거는 그 결과를 담당했다. 나는 사건을 둘러싼 관계자들을 심문하기에 앞서 사건을 재구성하는 일에 전념했다. 그때까지 나는 그처럼 절박한 상황에서 일해본 적이 없었다.

존슨 대통령은 에드거에게 조사위원회를 구성하지 않을 수 없다고 말했다. 그는 이미 퍼지기 시작한 에드거에 대한 갖가지 소문을 부채질할지 모른다는 말도 덧붙였다. 존슨은 연방최고재판소 소장인 얼 워렌을 위원장으로 임명하고, 에드거와 배석판사들의 명단을 상의했다. FBI가 쉽게 조사할 수 있도록 편의를 제공한 것이었다. 또한 수사를 주도하라는 뜻도 담겨 있었다.

그렇게 하려면 사건의 전말을 분해하여 허점이 없는 완벽한 상태로 재구성해야 했다. 에드거는 우리의 결론에 반대하는 사람들이 있을 경우를 대비하여 조사위원회 위원으로 사전교섭을 받은 인물들의 신상기록을 살펴보았다. 그동안에 나는 지체 없이 그 일에 전념해야 했다.

단독범행으로 결론을 내리려면 대중이 이해하기 쉬운 논리와 복잡하지 않은 추론에 근거를 두어야 했다. 저격범은 소련과 관계가 있지만 배후에 소련이 있다고 의심할 정도는 아닌 공산주의자여야 했다. 또한 카스트로 체제를 지지했다는 것을 쉽게 증명할 수 있어야 했다. 이러한 설정은 그 계획을 사전에 은밀하게 꾸몄다는 추론에 따른 것이었다.

군인 출신으로 정서가 불안정한 공산주의자 오즈월드는 자신이 몇 주 전부터 일하고 있던 교과서 창고에서 케네디 대통령을 향해 세 발의 총격을 가한 것으로 추정됐다. 초기 수사 과정에서 나는 책임자들이 원하는 방향으로 수사의 가닥을 잡아나갔다. 나는 한 점의 의혹도 남지 않도록 치밀하게 조서를 꾸미면서 혹시 결함은 없는지, 특히 우리를 곤경에 빠뜨릴 만한 것은 없는지 세심하게 검토했다.

댈러스에서 케네디에 대한 경호가 허술했다는 것은 알고 있었지만, 이 정도로 허술했는지 놀라지 않았다. 대통령을 보호해야 할 경호원 상당수가 밤새도록 자리를 비우고 술에 잔뜩 취해 있었다. 그 점에 대해 가장 비판적인 인물은 정보국 최초의 흑인 볼든이었다. 볼든은 사건이 조직의 기강 해이에서 비롯된 것이라며 잘못을 시인했다. 그는 11월 초에 시카고에서 케네디를 시해하려는 음모에 대한 정보를 받았는데 정보국은 경각심을 갖기는커녕 경계를 늦췄다고 주장했다. 볼든은 국가기밀 사항을 폭로한 죄로 기소되었다.

안보에 관한 규정을 어긴 것은 사실이었다. 대통령을 태운 무개차 세단 링컨은 댈러스 시내를 퍼레이드하면서 딜리 플라자 광장으로 진입했다. 곧이어 하우스턴 거리에서 우회전했다가 다시 급하게 좌회전을 하면서 시속 17킬로미터로 속도를 줄이고 엘름 거리에 이르렀다. 대통령이 탄 차가 댈러스 학교의 교과서 창고 건물을 등지고 도는 순간 총성이 울렸다.

대통령이 탄 차는 90도 이상 회전을 돌지 못하는 규정이 있었다. 하우스턴과 엘름의 각도는 120도였다. 경호 업무에 대한 태업이 아닌 한, 기강 해이론을 굳혀주는 일이 벌어졌다. 처음 총성이 울렸을 때, 리무진은 속력을 내기는커녕 오히려 늦췄다. 더구나 지붕도 없고 창문도 다 열려 있었는데 아무런 조치도 없었다.

이날은 군 보안대도 대통령의 퍼레이드가 시작되기 전에 댈러스로 출동하지 않았다. 게다가 평소에는 상상도 할 수 없는 사건이 잇달아 벌어졌다. 대통령 행렬이 다가오자 한 남자가 가까이 왔다는 신호를 보내듯 우산을 펼쳤다. 범행이 일어나기 얼마 전, 한 구경꾼이 간질발작을 일으켰다. 그를 옮기기 위해 경찰력이 동원되었지만 댈러스의 어떤 병원에도 그 남자가 다녀간 흔적이 없었다. 암살이 벌어진 순간, 경호원은 열다섯 명이었다. 총성이 울렸을 때는 요원 세 명만 움직였다.

많은 사람이 하우스턴에서 엘름 거리를 향해 급회전을 돌고 난 뒤에 첫 번째 총성이 들렸다고 증언했다. 처음에는 모두 폭죽 소리라고 생각했다. 첫 번째 총격에 케네디는 벌에 쏘인 것처럼 목구멍이 따끔한 느낌을 받았던 모양이다. 그는 두 손을 목에 가져갔다가 피를 보고 외쳤다.

"맙소사, 맞았어."

운전기사가 사태의 심각성을 알아차리는 순간 두 번째 총알이 케네디의 흉곽을 관통했다. 그 상황에서는 속도를 내는 것이 당연했지만 운전기사는 브레이크를 밟았다. 총격이 끝난 뒤에야 리무진의 후미등이 켜지는 것을 보았다는 증언도 있었다. 케네디가 중상을 입었지만, 신속한 조치가 이루어졌다면 아직은 화를 면할 수 있었던 순간이었다.

세 번째 총알이 두개골 후두부를 날려버렸다. 케네디는 재키의 무릎 위로 고꾸라졌다. 공포에 질려 자동차 트렁크 쪽으로 엉금엉금 기어 나오던 재키는 재빨리 달려온 정보국 요원의 보호를 받을 수 있었다. 코넬리 주지사의 자리는 대통령과 운전석 사이의 중간이었다. 케네디 바로 앞에 앉아 있던 주지사는 등과 가슴, 허벅지, 손목 등 네 군데를 맞았지만 치명상은 아니었다.

에드거는 '뻔한 거짓말일수록 잘 통한다'라는 히틀러의 말을 인용하면서 세 발의 총알만 교과서 창고에서 발사되었다는 견해에 동의했다. 먼저 케네디를 맞히고 튕겨 나온 총알 세 발이 모두 주지사에게 상처를 입혔다는 것이었다. 세 발에 일곱 군데의 상처……. 총알 한 발이 여러 갈래로 방향을 바꾸어 케네디와 주지사를 관통했다는 이른바 '마법의 탄환' 이론을 내세웠다. 탄피 세 개가 교과서 창고에 그대로 떨어져 있었다는 것으로 또 다른 저격범이 있다는 추측을 일축했다.

그러나 아마추어작가 재프루더가 찍은 필름을 보면 단독범이 세 발을 발사했다는 추측은 가능성이 낮다. 네 번째 총알이 있었으며, 이는 또 다른 저격수가 있음을 증명한 것이라며 음모론이 제기되었다. 게다가 케네디와 코넬리는 저격수를 등지고 있었던 것으로 예측됐다. 처음 두 발은 그 말도 안 되는 논리에 적용할 수 있다고 해도, 케네디의 두개골 왼쪽 후두부가 공중분해 되었다는 것은 세 번째 총알이 오른쪽에서 발사된 것임을 입증하고 있었다. 만약 등 뒤에서 쏜 것이었다면 총알이 안

면을 뚫고 나오지 않는 한 후두부를 그런 식으로 날려버릴 수 없었다.

치명상을 입힌 총알은 처음 두 발과는 구경이 다른 총을 사용했거나 같은 구경의 총알을 동시에 쏜 것이라고 추론할 수 있었다. 존 케네디는 총격을 받은 지 30분 후에 사망한 것으로 발표됐다. 그의 시신은 부검을 위해 텍사스 법을 어기면서, 국방성의 감시하에 메릴랜드 주의 베데스다 해군병원으로 옮겨졌다. 존슨 대통령이 부검 과정에서 예기치 않은 변수가 작용하여 암살에 대해 결정적으로 다른 해석이 나올 수도 있다며 그곳으로 옮길 것을 제안했기 때문이다.

부검이 실시되는 현장은 굉장히 공포스러웠다. 부검에 참여한 의사들이나 국방성 관계자들은 아무리 사소한 것이라도 정보를 유출할 경우에는 군법재판에 회부된다는 통보를 받았다. 마치 죽음을 면치 못한다는 생각이 들 정도로 섬뜩했다.

그 추측은 정확한 것으로 판명되었다. 그로부터 3년이 지난 어느 날, 한 텔레비전 방송사의 고문직을 수락한 직후 육군중령 피처는 베데스다 병원의 자기 숙소에서 45구경 총알을 맞고 암살되었다. 피처는 부검 과정을 촬영했다. 촬영 목적은 케네디가 뒤에서, 즉 교과서 창고의 창문에서 발사된 총탄에 쓰러졌다는 추론을 입증하기 위한 것이었다. 그런데 불행히도 대통령의 머리는 통조림 깡통이 폭파되듯 터졌다. 그 순간 쏟아져 나온 뇌조직은 링컨 세단의 트렁크 위로 흩어졌다. 부검 기록에는 뇌를 수거해서 원상태로 돌려놓았다고 적혀 있었지만, 그것은 절대 불가능한 일이었다.


내가 보고받은 정보에 따르면 리 하비 오즈월드는 CIA가 조련한 인물이 확실했다. 나는 오즈월드가 조커로 쓰이기 위해 몇 년 전부터 주도면밀한 계획하에 조작된 인물이었다고 확신한다. 마피아가 개입했으나 CIA가 그 작전을 주도한 것이 확실하다. 그 이유는 감히 대통령을 죽이겠다는 발언과 저격범으로 오즈월드 같은 인간을 준비한 것은 마피아의 방식도, 관례도 아니었기 때문이다.

정교한 전략을 귀찮아하는 조직이 계획하기에 너무 교활하고 위선적인 방식이었다. 마피아는 당시 '갱 스타일'이라고 불리는 것 이외의 방식으로 결코 사람을 죽이지 않았다. 한 명 혹은 여러 명이 불쑥 나타나 표적물에 총구를 들이대고 벌집을 만들 듯 사정없이 쏴대는 것이 그들의 방식이었다. 대통령을 시해했던 이들처럼 매복하고 있다가 뒤에서 총격을 가하는 행위는 마피아의 수법이 아니었다. 살인사건이 잠잠해지는 동안 범인을 숨겨주는 것이라면 몰라도 위장살인은 마피아가 하는 행동이 아니었다.

그렇지만 나는 마피아가 쿠바인들의 도움을 받아 저격수들을 조직했다는 확신에는 변함이 없다. 카스트로 암살기도 사건과 케네디 암살을 위해 '미치광이 킬러'를 준비한 것 사이에는 철통같은 벽이 가로놓여 있다.

*33*

　24세 청년, 오즈월드의 삶은 그 나이치고는 파란만장했다. 우리는 오즈월드가 청소년 시절, 상습 배회증 때문에 유치장에 붙들려 있을 당시에 한 심리분석가가 작성한 기록을 통해 그의 어린 시절 심리상태를 접할 수 있었다. 폭력적인 태도만 보이지 않았을 뿐 그는 어린 시절부터 연쇄살인범이 될 수 있는 성향을 보였다.

　이혼한 뒤에 재혼했으나 또다시 과부가 된 그의 어머니는 아들에게 거의 관심이 없었다. 또 가정 형편상 열한 살 때까지 어머니와 같이 잠을 자야 했다. 오즈월드는 자신을 사랑하지 않았고, 그 때문에 다른 사람들을 사랑하는 일이 쉽지 않았다. 친구를 사귀기 힘든 성격이라서 그는 늘 외톨이였다.

　심리분석가는 오즈월드를 보통 성인보다는 지능이 높으나 심각한 인격장애, 정신분열증이 있으며, 공격적이면서도 절대 복종적인 상반된 성향을 보이는 소년으로 묘사해놓았다. 그는 어머니에게 버림을 받고 애정 결핍증에 빠져 있는 고립된 아이였다. 또 학교에서는 국기에 대한 경례를 거부하는 반항아였고, 놀라울 정도로 게을렀다.

오즈월드와 그의 어머니는 1954년 1월에 뉴올리언스에 사는 그의 이모와 이모부의 집으로 이사했다. 찰스 더츠 머렛이라는 이름의 이모부는 도박꾼이었고, 카를로스 마르첼로와 관계가 있는 것으로 알려졌다. 오즈월드의 어머니도 마르첼로와 관계가 있었다. 그녀는 마르첼로의 변호사 클렘 서트의 정부였다가 헤어졌지만, 마르첼로의 전 보디가드 샘 테르미네와는 여전히 가까운 사이였다.

열여섯 살 때, 오즈월드는 데이비드 페리라는 이름의 퇴역 파일럿이 지휘하는 민간 항공사의 노조에서 일했다. 페리는 유능한 조종사이자 투철한 반공주의자로 정평이 나 있었으나 미성년 성희롱 성벽 때문에 1955년 공군 정찰대에서 축출됐다. 페리는 신부가 되고 싶었다. 그러나 성격이 변덕스럽다는 이유로 그의 사제 서품 청원은 거부됐다. 그는 키가 작고, 대머리라서 가발을 쓰는 데다 신경과민이 있었다. 그는 결국 뉴올리언스 상공을 비행하는 정기항로 조종사로 일하던 이스턴 에어라인에서도 쫓겨났다. 그가 조정하는 기내에서 청소년과 성관계를 한 사실이 발각됐다. 곧이어 페리와 오즈월드의 동성연애는 계속되고 있으며 루이지애나 주의 라콩브에서 반카스트로 훈련 캠프에도 같이 있었다는 투서가 빗발쳐서 해고될 수밖에 없었다.

페리는 대통령 제거 작전을 계획했던 용의자들과 관계를 맺고 있었다. 암살사건이 일어날 당시 페리는 마르첼로를 위해 일하고 있었다. 그는 잭 루비와 뉴올리언스의 갑부이자 동성애자인 클레어 쇼를 자주 만나고 있었다.

클레어 쇼는 뉴올리언스의 지방검사 짐 개리슨의 집요한 추적 끝에 미국 대통령 시해를 음모한 용의자로 지목되었다. 1967년 2월 22일, 그는 기소된 지 몇 시간 만에 돌연 사망했다. 사인은 약물과다복용으로 인한 내출혈이었다. 여러 군데에서 심한 타박상도 발견되었다. 그 음모에 연루된 그의 친구 엘라디오 델 발레 역시 클레어 쇼와 같은 시간에 암살되었다.

페리는 FBI 시카고 지국장 시절 부당한 폭력행위로 조기 퇴직이 불가피했던 기 바니스터와도 밀접한 관계가 있었다. 바니스터는 뉴올리언스에서 술에 빠져 살면서 자신이 창단한 극우파 단체에서 열렬히 투쟁했다. 그의 비서가 폭로한 바에 따르면 1963년 11월에 바니스터와 오즈월드는 자주 만났다. 오즈월드는 카스트로를 지지하는 공산주의 단체를 창설했는데 회원이 두 명밖에 없었다. 한 명은 오즈월드였고, 다른 한 명 역시 가명을 사용한 그 자신인 것 같았다. 페리는 케네디 암살 작전에서 사건 이후 텍사스에 있는 총잡이들을 내보내는 역할을 맡았다.

그러나 그는 총괄적 전략에서 중요한 역할을 했을 것이다. 신학자이자 정기항로 조종사인 페리는 심리학과 최면술에 관한 공부도 많이 했고, 강력한 카리스마를 지닌 타고난 지략가였다.

오즈월드는 1957년 열일곱 번째 생일이 지나자 곧바로 해군에 입대했다.

그의 어머니는 아들이 좋아하는 텔레비전 프로 그램은 공산당에 침투한 FBI 요원의 이야기를 다룬 〈레드 쓰리 라이브즈(Led Three lives)〉 시리즈였다고 말했다. 오즈월드는 입대하기 이틀 전에 사회당에 입당을 희망하는 편지를 보내기도 했다. 그는 도쿄에서 32킬로미터 떨어진 아쯔기 시에 위치한 해군항공대 기지 무선기사로 배치되었다.

입대하면서 치른 시험에서 그는 대부분 과목에서 평균 이하의 점수를 받았다. 특히 시력장애가 있는 그에게 사격 테스트는 불리했다. 아쯔기는 당시 소련을 정찰하며 사진을 찍기 위한 U-2 정찰기 주둔기지였다. 해군에서 복무하는 동안 오즈월드는 동기생들로부터 '오즈월드-스코비치'라는 별명으로 불릴 정도로 소련에 관한 것이라면 무엇이든 관심을 보였다. 그는 평가시험에서 인정받아 러시아어 강의를 받았다. 여러 차례 소련으로 극비여행을 다녀왔던 것도 사실로 확인되었다.

아쯔기 기지는 CIA가 'MK/ULTRA'라는 암호명으로 '마인드 컨트롤 프로젝트'를 시험한 곳이었다는 사실을 염두에 두어야 한다. 정신력 강화 훈련은 명령을 무조건 받아들이는 로봇으로 만들기 위해 마인드 컨트롤의 가능성을 테스트하는 실험이었다. 오즈월드는 어머니의 지병 악화를 이유로 조기 제대했다.

1959년 9월 4일, 그는 핀란드 행 여권을 신청했다. 여권은 9월 10일 발부되었고, 11일 그는 해군에서 제대했다. 뉴올리언스로 돌아온 오즈월드는 홉킨스라는 여행사 직원을 만났다. 그가 망명 질문서를 작성해 주었다. 그 서류에 오즈월드의 직업은 CIA 요원들의 대외적 명칭인 '해상무역 에이전트'로 기록되어 있다. 여행사의 주소가, 개리슨 검사가 음모 용의자로 지목한 클레어 쇼의 회사 '인터내셔널 트레이드 마트'의 주소와 동일한 것도 흥미롭다.

오즈월드는 뉴올리언스에서 프랑스 르아브르 행 배를 탔다. 일주일 후 그는 핀란드를 거쳐 소련에 들어갔다. 소련 비자를 받으려면 여러 주가 걸리는 것이 관례인데 그는 이틀 만에 비자를 받았다. 그는 소련을 두루 여행했고, 비자 기간이 만료되었는데도 불안해하지 않고 얼마 동안 불법체류를 하다 소련 국적을 신청하기에 이르렀다.

그는 시민권을 포기하기 위해 미국 대사관에 갔지만 시민권 포기를 위해 필요한 서류를 작성하지는 않았다. 소련 정부는 그에게 생활비를 넉넉히 벌 수 있는 일자리를 주었다. 그 시기에 오즈월드가 접촉한 사람은 대부분 KGB 요원들이었던 것으로 확인되었다.

그가 소련에 도착한 지 7개월 후, 1960년 5월 1일, 개리 파워스가 조종한 U-2 정찰기가 소련 상공에서 격추되었다. 파워스는 훗날 오즈월즈가 정보를 제공하지 않았다면 소련이 정찰기를 탐지한다는 것은 불가능한 일이라고 주장했다.

오즈월드는 소련 여성 마리아 쿠사코바와 결혼도 했다. 귀화신청을 확인하기 위해 소련 당국이 소환하자 오즈월드는 그 자리에게 미국으로 돌아가고 싶다고 말했다. 1962년 6월, 그의 요청이 수락됐다. 그의 변심은 각별하게 살펴봐야 할 것인데도 그는 처벌도, 수사도 받지 않았다. FBI의 신문을 받는 과정에서 그는 누군가 믿는 구석이 있는 것처럼 몹시 거만하게 굴었다.

그가 돌아오자 주변사람들이 불안해했다. 오즈월드의 친형은 동생이 많이 변했다고 생각했다. 많이 말랐고, 머리카락도 거의 없었다. 형이 가장 놀랐던 점은 동생의 키가 작아졌다는 것이었다. 병역 서류에 적힌 신장 치수와 체포되었을 때 경찰이 작성한 서류에 적힌 키는 아주 명확한 차이가 있었다.

실제로 그의 형은 동일인물이 아니라고 확신했지만 목숨이 위험할까 두려워서 내색할 수가 없었다. 오즈월드를 조사했던 수사관들 중에도 소련에서 돌아온 사람은 그가 아니었다고 주장하는 이들이 있었다. 러시아 여성과 결혼했기 때문에 오즈월드는 반공주의자들로 유명한 러시아인들의 댈러스 백인 공동체와 자연스럽게 친분을 쌓았다. 그중에서도 텍사스 석유 제조업자협회의 일원인 데모렌쉴트는 오즈월드의 절친한 친구가 되었다. 이 우정에 영향을 준 것은 아무것도 없었다.

데모렌쉴트는 상류층 출신이었고, 재클린 케네디 집안과 친분이 두터웠다. 또한 피그스 만 침공작전을 준비하는 동안 함께 행동했던 CIA와도 밀접하게 연결되어 있었다. 오즈월드와 CIA, 아니 어쨌든 그 사건에서 개인적인 역할을 했던 몇몇 CIA 간부들과의 관계는 더 견고했을 것이다.

오즈월드는 공산주의자를 반대하는 쿠바인들과 텍사스 석유업계에 소개되었고, CIA의 '마인드 컨트롤 프로젝트'에도 참여했다. 오즈월드는 데모렌쉴트의 중개로 러시아 백인 단체를 열심히 드나들었다. 그는 사교적이고 교양 있는 매력적인 젊은이로 통했다. KGB 요원들이 확인한 이전의 기록과는 상당히 다른 평가였다. 스파이 색출을 위한 심사위원회에 참석했던 전직 KGB 요원의 주장에 따르면 오즈월드 부부는 모든 위원들이 소련 안보에 위험이 없다는 판단을 내릴 정도로 지적 수준이 평균 이하였다.

미국으로 돌아온 뒤로 오즈월드는 아무런 계획도 세우고 있지 않는 것 같았다. 성격이 변덕스러운 그는 여전히 한 직장에 오래 있지 못했다. 그와 가까웠던 이들이 모두 한결같이 이러한 그의 성격을 인정했다.

그래픽 예술회사 제이거스에 그를 취직시켜준 이도 데모렌쉴트였다. 그 회사는 특히 사진작업을 많이 했는데 그 대부분이 국방에 관련된 기밀 사항이었다. 나는 그런 회사가 어떻게 공산주의자로 이름난 인물을 고용했는지 이해할 수 없다. 그 입사 시기를 보면 어리둥절하다. 때는 U-2 정찰기가 찍은 쿠바 사진으로 미사일 위기가 촉발되었던 1962년 10월이었다. 당시 오즈월드는 공산주의 투사로 보이려고 많은 노력을 하고 있었다.

1963년 5월 중순, 오즈월드는 대통령을 암살한 범인으로 의심받을 만한 결정적인 행동을 저질렀다. 며칠 간격을 두고 맨리처 카르카노 소총과 38구경 권총을 댈러스 사서함 주소로 주문했던 것이다. 그 총은 어떤 무기상에서나 구입할 수 있는 총기였는데, 더구나 오즈월드가 우편으로 주문해서 흔적을 남겼다는 것은 납득할 수 없다. 텍사스에서 우편으로 무기를 주문하는 것은 에스키모인이 우편으로 얼음을 주문하는 것이나 다름없는 어리석은 짓이다.

내가 조사했던 증거물 중 가장 어처구니없는 것은 오즈월드의 사진이었다. 그는 아내를 위해 집 앞에서 포즈를 취했다. 한 손에는 맨리처 카르카노 소총을, 또 한 손에는 혁명서를, 그리고 허리춤에는 티피트 경관을 죽이는 데 사용했던 38구경 권총을 차고 있었다. 그의 목에 드리워진 그림자와 벽의 그림자가 논리적으로 일치하지 않는다는 점을 빼면 그 합성사진은 모든 것이 완벽해 보였다.

그것은 정말 CIA의 유치한 아마추어적 발상에서 비롯된 일이었다. 암살이 일어나기 몇 주 전 사격 클럽에 요란스럽게 등장한 한 남자가 자기 이름을 외치면서 구멍이 뻥뻥 뚫린 표적물이 케네디가 아닌 것이 얼마나 유감스러운지 모르겠다면서 단골손님들에게 윽박질렀다는 증언까지 있었다.

1963년 4월 6일, 오즈월드는 공개적으로 공산주의를 지지했다는 이유로 제이거스 회사에서 해고당했다. 5월 9일, 그는 뉴올리언스에 있는 라일리 커피 회사에서 일자리를 찾았다. 그러나 그가 그 회사에서 일하는 것을 본 사람은 아무도 없었다. 그는 공산주의를 찬양하는 전단 제작에만 전념했던 것이다.

그런데 한 가지 확실한 것은 그가 해고되고 나서 얼마 후 그의 직장동료 네 명이 NASA(National Aeronautics and Space Administration, 미국항공
우주국)에서 일하기 위해 그 회사를 그만두었다는 사실이다. 그들 중에
는 클레어 쇼의 친구인 마라키니가 있었다. 같은 시기에 오즈월드는 카
스트로를 지지하는 뉴욕의 한 단체에 가입했다. 그러고는 뉴올리언스에
서 그 단체의 분파를 창설했다. 회원이라고는 달랑 두 명이었는데 한 명
은 오즈월드, 다른 한 명 역시 하이델이라는 가명을 사용한 그 자신이었
다. 주소지는 기 바니스터가 자리 잡고 있던 건물의 맞은편이었다.

8월 5일, 오즈월드는 건물 앞에서 공산주의를 지지하는 전단을 뿌리
던 중 카스트로를 반대하는 사람과 위장 싸움을 벌인 죄로 체포되었다.
싸움이 벌어진 순간에 현장을 지나던 경찰의 증언에 따르면 그는 상대
에게 자기를 때리고 떠나달라는 부탁을 했다고 한다.

11월 10일, 오즈월드는 루비가 경영하는 캐러젤 클럽을 수없이 들락
거렸다. 케네디 대통령 암살이 일어난 당일, 오즈월드는 정상적으로 사
무실에 출근했다. 대통령이 사망하자 그는 일할 분위기가 아니라며 사
무실을 나왔다. 그러고는 공교롭게도 그날 누군가와 만나기로 약속이
되어 있던 극장으로 향했다.

케네디 암살 사건이 일어나고 얼마 안 되어 티피트라는 이름의 형사
가 시내에서 암살되었다. 사고 현장은 대통령이 저격당한 현장에서 멀
지 않은 곳이었다. 댈러스에서는 12년 동안 암살 사건이 일어난 적이
없었다. 경찰관 살인사건은 두 가지 사실을 증명해주었다. 첫째, 범인
은 결정적인 흔적을 쉽게 없애기 위해 딜리 플라자 광장 밖으로 경찰력
을 빼돌리려고 했다. 둘째, 범인은 티피트 형사가 케네디를 암살한 용
의자에게 당했다는 것처럼 보이기 위한 속셈이 있었다.

소파에 편안하게 앉아 접선자를 기다리고 있던 오즈월드는 갑자기 들

이닥친 경찰에게 티피트 살인범으로 체포되었다. 사용된 무기는 38구경 권총이었다. 그가 우편으로 주문했던 권총과 같은 것이었다.

이런 추론이 그나마 마음에 놓이는 것은 비록 터무니없어 보일지라도 그럴듯해 보일 수도 있었기 때문이다.

댈러스에서 체포되었다가 살해당한 리 하비 오즈월드는 결코 케네디를 암살한 진범이 아니다. 그는 케네디 제거 작전에 직접 참여한 적이 없었다. 그는 속임수로 쓰이기 위해 몇 달 전부터 조작되고 있던 인물이다. 나 역시 소련에서 돌아온 오즈월드라는 남자는 소련으로 떠났던 사람과 동일인이 아니라는 의심을 계속하고 있었다.

그는 처음에 이중간첩이 되기 위한 훈련을 받았지만, 막상 소련에 가보니 KGB가 생각보다 훨씬 엄격해서 마음이 흔들렸을지도 모른다. 소련 당국은 오즈월드를 돌려보내려고 하다가 민스크에 있는 전자제품 공장에 일자리를 마련해주고 훈련시킬 생각을 했을 수도 있다. 오즈월드가 정보를 줬기 때문에 자신의 정찰기가 격추된 것이라고 주장했던 파워스의 말이 사실이었을지도 모른다. 오즈월드를 변절자로 만들기 위해 조작된 것이 아니었다면 가능한 일이다.

케네디 암살작전에 연루된 CIA 요원들은 오즈월드를 미끼로 삼을 기회를 잡은 것이었다. 그러나 그들은 소련에서 돌아온 오즈월드라는 인물이 동일인이 아니라는 것을 전혀 생각하지 못했을 수도 있다. 오래전부터 준비된 미국 스파이에 대해 소련이 별로 의심을 하지 않았다는 점은 영원한 미스터리로 남을 것이다.

나는 소련의 관대함이 의심스러웠다. 케네디가 카스트로 제거 계획을 포기한 마당에 미국 대통령 암살에 협력하는 일은 소련에 이로울 것이 전혀 없기 때문이다. 그러나 암살기도 계획은 훨씬 오래전으로 거슬러가서 두 나라의 정보국 간에 도저히 상상할 수 없는 공모가 있었을 가능성도 배제할 수 없다. 만약 그것이 사실이라면 얼마나 경악할 일인가. 몇 가지 진실은 이 사건의 주동자들 중 마지막 인간이 죽을 때가 되어서야 밝혀질 것이다. 미국의 대통령 암살행위는 시효가 소멸되지 않는 범죄이기 때문이다.

CIA 수뇌부는 물론 그 작전에 직접 개입하지 않았다. 그 사건은 하급직원들이 케네디에게 원한을 품을 충분한 이유가 있는 사람들과 결탁하여 저지른 일이었다. 그러나 부하직원들이 깊이 연루되어 있다는 것을 수뇌부에서 몰랐을 리 없다. 따라서 CIA는 그 일을 누군가에게 덮어씌우는 것 말고 선택의 여지가 없었다.

모욕당한 이들의 모임을 주도한 우두머리는 마르첼로였다. 케네디 형제에게 과테말라로 추방된 것에 대해 마르첼로는 연방법원에 소송을 냈다. 그 판결은 1963년 11월 22일로 예정되어 있었다. 오즈월드는 심약한 위인이라서 조작은 가능해도 그대로 두었다가는 단 며칠도 견디지 못하고 결백을 증명하기 위해 음모를 폭로할 가능성이 있었다. 마피아는 CIA 요원들이 속임수를 써서 철저히 조작한 오즈월드의 입을 틀어막는 일을 맡았다.

일명 ‘루비’로 불리는 잭 루빈스타인은 범죄조직의 전형적인 총잡이가 아니었다. 그는 시카고에 살던 시절부터 암흑가에서 지냈지만, 댈러스에서는 케네디가 암살된 직후 살해된 형사 티피트를 포함하여 많은 경찰 사이에서 일종의 ‘연락원’으로 활동했다.

그는 트라피칸테와 메이어 란스키와도 관계를 맺고 있었다. 케네디 암살작전에서 그가 한 역할에 나는 경악을 금할 수 없었다. 작전의 조

직책 중 한 사람인 루비가 그런 단순한 역을 맡았다는 것이 아무래도 앞뒤가 맞지 않았다. 그러나 나는 마르첼로가 그 사슬의 마지막 고리는 실력을 갖춘 확실한 인물이기를 원했던 것이라고 생각한다. 게다가 루비는 함구할 것이라고 믿을 만한 충분한 이유가 있었다.

사건이 일어난 순간에 루비는 사형선고나 다름없는 엄청난 빚에 시달리고 있었다. 루비는 협력자들에게 자신이 거느리는 패밀리에 대한 애정을 숨기지 않았다. 오즈월드 살해범으로 사형선고를 받은 뒤에도 루비는 믿는 구석이 있는 것처럼 당당했다는 것도 의심스러운 부분이었다.

루비는 기회가 있을 때마다 우리를 위해서도 정보원이 되어 주었다. 우리는 1959년에 그와 아홉 번 접촉했고, 그 만남에 대해서는 워렌 위원회에서 누설하지 말라고 당부했다. 투옥되고 나서 암으로 사망하기 얼마 전부터 루비는 암살 사건이 존슨 대통령의 머리에서 나온 것이라는 헛소리를 늘어놓았다. 에드거와 나는 근거 없는 비난이라고 생각했다.

그러나 에드거는 존슨이 역할을 맡을 수 있을 만한 가능성이 있는 것이면 뭐든 수집하라고 내게 지시했다. 나는 암살사건이 일어나기 오래 전에 존슨이 정부에게 털어놓은 말 외에 확실한 단서가 될 만한 것을 찾지 못했다.

"케네디가 사망하게 되면 내가 대통령이 되겠지. 하지만 마흔두 살 대통령이 임기 중에 내 나이의 부통령에게 대통령직을 승계할 가능성에 대해 내기할 사람은 아무도 없을 걸, 단 1달러도."

다만 텍사스 출신이라 댈러스를 훤히 아는 존슨이 대통령 행렬의 코스를 정하는 전담반을 지휘했다는 것, 친구인 코넬리 주지사가 아니라 자기가 싫어하는 상원의원 '멍청한 늙은이' 야보로를 대통령의 차에 태

우려고 했던 점은 석연치 않았다.

그 작전에서는 역할 분담이 아주 자연스럽게 이루어졌다. 각자 자신의 권한 안에서 행동했다. 마피아는 범죄조직만이 할 수 있는 계획을 세웠다. 피해망상에 빠져 있는 마피아가 아니고서는 겁도 없이 "대통령을 죽여야 한다, 반드시"라는 말은 개인이든 단체든 누구도 내뱉을 수 없다. 게다가 당당하게 전문 총잡이들에게 대통령 청부살인을 의뢰하고, 미끼로 사용했던 암살범까지 처형하는 행동은 연방정부 공무원의 머리에서는 도저히 나올 수 없었다.

그런데 내가 수사한 바로는 마피아의 사주를 받은 킬러는 암살 사건에 연루되지 않았다. 교과서 창고와 작은 언덕 뒤에 배치된 팀은 CIA 캠프에서 훈련된 반 카스트로 전사들이었다. 그리고 이들에게까지 수사가 좁혀올 경우를 대비해 킬러들은 세 명의 코르시카 출신으로 구성되었다. 이 팀은 1963년 초가을 마르세유에 집결했다가 멕시코로 이동하여 3주 동안 조용히 때를 기다렸다. 그들은 텍사스 주의 브라운스빌을 거쳐 댈러스에 들어갔고 일본인 관광객들처럼 사진을 찍으러 다니면서 암살을 준비했다.

그들 중에는 CIA의 협조를 받아 파트리스 루뭄바(콩고공화국 초대총리—옮긴이)를 암살하고, 1962년 OAS(Organisation Armée Secrète, 비밀 군사 조직)와 공조하여 드골 장군 제거 작전에 연루되었던 것으로 유명한 뤼시앵 사르티가 있었다. 사르티는 전문 청부살인자였다. 그는 눈이 하나밖에 없는 장점이 있었다. 한쪽 눈을 감고 생활하는 습관이 들어야 하는 총잡이에게는 애꾸눈이 유리하기 때문이다. 그래서 케네디의 머리를 날려버렸던 치명적인 총을 쏘는 저격수로 그가 지명된 것이었다. 코르시카의 마피아도 케네디를 원망할 충분한 이유가 있었다. 그는 쿠바 사태로 마약 밀거래의 온상인 아바나를 떠나 기후가 온화하지 않은 몬트리올로 옮기지 않을 수 없었다.

몇 달 전 어느 날 아침, 에드거가 출근 준비를 하는 동안 나는 그의 책장에서 책 한 권을 꺼냈다. 가장자리에 금박을 입힌 빨간 가죽으로 장정한 총서 중 한 권이었다. 한 번도 펼쳐본 적이 없는 것 같은 그 책의 저자는 유명하지 않은 19세기 프랑스 작가였다. 꼭 읽겠다는 생각 없이 책을 대강 훑어보다가 우연히 한 구절에 눈길이 머물렀다.


시칠리아 사람들은 사랑이나 증오심 때문에 흥분하게 되면 그 순간부터 불가능이라는 말은 그들에게 존재하지 않는다고 말할 수 있다.


신대륙에서 범죄조직을 지배하고 있는 그 머나먼 반도의 사람들은 아바나에서 활동 무대를 접게 만들었고, 미국 땅에서 활동을 방해했던 케네디에게 원한을 품고 있었다. 그들의 증오심은 약속을 부인했다는 한 가지 이유밖에 없었다. 그들은 위선도 고도의 기술처럼 발휘되는 정치판의 생리를 용납하지 못했다.

한편으론 암살 계획은 마피아의 단순한 머리에서 나올 수 없다고 주장할 수도 있다. 미끼를 이용하는 속임수를 썼기 때문이다. 나는 몇 달 동안이나 그 정도로 치밀하게 음모를 꾸밀 수 있는 조직은 CIA 말고는 없다고 생각한다. 어쩌면 뻔한 말을 하고 있는 것으로 보일지도 모른다.

그러나 과연 어느 단체가 CIA와 FBI를 완전히 따돌리고 미국 대통령을 암살한다는 것이 가능한 일일까? 그렇다고 CIA가 그 암살에 직접 참여했다고 할 수는 없다. 나는 대통령에 대한 원한을 숨기지 않았던 카벨 장군, 앨런 덜레스(전 CIA 국장), 그리고 암암리에 명백한 사실을 은폐하고 안개 속에 숨어 있는 제2의 실력자들도 배제하지 않는다. 자기들에게 권한이 있는 결정을 대통령의 동생에게 일임하는 것 때문에 여러 번 모욕을 당했던 군 수뇌부 역시 비극이 일어나도록 방조했을 수도 있었다.

막중한 책임을 의식한 워렌 위원회는 관례에 따라 조사를 하고 있었다. 나중에 닉슨 정부의 부통령이 되는 제럴드 포드는 우리에게 소중한 도움을 주었다. 존경하는 조사위원회의 수사결과가 꼼꼼하게 기록된 수천 쪽에 이르는 문서를 통해 위원회가 범인의 모든 행적을 낱낱이 파헤치고 있는 것을 알 수 있었다. 그러나 오즈월드의 단독범행이라는 전제하에 짜맞추기식 수사에 그친 조악한 수준이었다.

뉴올리언스의 검사 짐 개리슨은 우리에게 불안을 주었다. 그는 객관적인 입장에서 문제를 제기하면서 이 사건에는 음모가 관련되어 있음을 입증해 보였다. 우리는 포섭한 인사들을 통해 개리슨 검사의 수사를 방해했다. 그러나 우리가 파악하고 있는 자료를 밝혀내기 시작한 개리슨은 퍼즐의 조각을 하나하나 맞췄다. 음모의 윤곽이 점점 드러나고 있었다.

개리슨이 목적지에 거의 이를 즘 우리는 그를 제거할 생각까지 했다. 그러나 그는 놀랍게도 마르첼로와 범죄조직의 역할을 감쪽같이 은폐하면서 스스로 사건에서 물러났다. 나는 개리슨이 마르첼로의 덫에 걸려 소송을 취하했다는 것을 나중에 알았다. 무슨 영문인지 알 수 없지만, 마르첼로는 더 이상 문제 삼지 않기로 했던 라스베이거스 호텔 숙박비 사건을 꼬투리 잡아 개리슨의 발목을 잡고 모종의 타협을 했던 것이다.

마르첼로는 개리슨에게 수사를 해봤자 아무 소용이 없다는 것과 애송이 검사가 감히 루이지애나의 대부에게 그런 모욕을 줄 수 없다는 것을 아주 조용히 가르쳤던 것이다. 개리슨이 마피아가 연루된 사실을 낱낱이 파헤치는 일은 곧 케네디 신화를 깨트리는 짓이기 때문에 그 문제에서 좌절할 것이 확실했다. 개리슨이 그랬던 것처럼 케네디 가문을 열렬하게 숭배하는 사람은 누구든, 대통령의 친동생도 원치 않는 정의를 찾기 위해 우상을 파괴하는 짓을 저지르지 못할 것이다. 로버트 케네디는 형의 이미지를 훼손하면서까지 형의 죽음에 대한 진실이 밝혀지는 것을 원치 않았다. 존 케네디 암살에 대한 진실은 로버트의 정치인생에 종말을 고할 수도 있었다. 그는 그 사실을 너무 잘 알고 있었다. 그리고 존을 사랑하는 사람들도 너무 잘 알고 있었다.

## 34

만약 제럴드 포드의 현 정부에서 누군가 내가 이 글을 쓰고 있다는 것을 안다면 원고를 빼앗기 위해 킬러를 보낼 것이다. 하지만 그들이 알고 있을 것이란 생각은 전혀 들지 않는다. 정치권에는 비밀이 없다. 오로지 알아도 모른 체하는 사람들이 있을 뿐이다.

지난 달 내 몸에서 위험한 조짐이 나타났을 때 담당의사는 내게 사실대로 알려주었다. 그는 내가 회고록을 끝맺지 못할 것이라고 말했다. 나는 존슨 대통령, 마틴 루서 킹과 로버트 케네디의 암살, 그 여우 같은 늙은이 닉슨 대통령과 그의 몰락에 관해 앞으로 100페이지 가량은 더 써야 한다고 말했다. 의사는 그러지 못할 것이라고 단언했지만, 나는 가능한 한 짧게 줄여서라도 써볼 생각이다.

이따금 왜 이 작업을 시작했을까 하는 의문이 든다. 민주주의는 철부지 자식들이 있는 가정과 흡사하다. 어느 날, 그 아이들이 왜 자식을 낳느냐고 물어오면 우리는 선뜻 대답하지 못한다. 시간이 흐르면서 그들은 스스로 이해하게 된다. 어떤 시기에 대한 증언을 남기고 싶었던 것이냐고 내게 물어온다면 꼭 그런 의도에서 이 글을 쓴 것은 아니라고 대답하겠다. 10년, 20년, 50년, 몇 세기가 지나도 영원히 똑같을 것이다.

유권자는 늘 우리에게 더러운 일을 맡길 것이다. 유권자는 저 높은 곳에서 일어나는 일은 명쾌하지 않다는 것을 잘 알고 있다. 그러나 어느 정도인지는 모른다. 그것을 알게 될 때는 화난 표정을 짓는다. 싸구려 맥주라도 들고 텔레비전 앞에 앉아 있을 수 있는 한, 내 자동차에 기름이 채워져 있는 한 다른 사람들이야 더러운 일을 하든 말든 상관하지 않는다. 유권자는 하나같이 이상과 현실 사이에 놓여 있다. 케네디는 이상이었지만, 우리는 마냥 이상만 꿈꾸고 있을 힘이 없었다.

우리의 직업에는 항상 두 가지 유형의 인간이 있다. 사랑 받고 싶어하는 이들과 그것을 비웃는 이들. 에드거와 나는 후자에 속했다. 사실상 정권은 국가의 이익을 위한 일을 하고, 국가가 바라는 것만 국민에게 알린다.


대통령직을 받아들인 린든 존슨은 오래전부터 우리와 아는 사이였다. 존 케네디의 대통령 선거 직전, 그는 상원에서 FBI 국장에게 소득 감소가 없는 은퇴를 보장하는 법안을 통과시켰다. 케네디 암살사건 수사를 계기로 우리는 관계가 더욱 돈독해졌다.

존슨은 보이는 것보다 훨씬 교활한 늙은이였다. 그는 목축지와 유정탑만 보고 성장한 텍사스 촌놈이었다. 거기서 생산되는 쇠고기와 펑펑 솟는 석유는 미국의 번영을 보증하기에 충분했다. 그는 공화당 우파보다도 훨씬 더 반공주의자였기 때문에 민주당 내에서도 지지세력이 없었고, 엉뚱하기로도 유명했다.

백악관에 입성한 존슨은 실내에서 의자식 변기에 앉았던 유럽의 옛

왕들이 부러워서였는지 화장실 변기에 앉아서 볼일을 보는 자세로 참모들을 맞는 일도 서슴지 않았다. 에드거는 이제는 퇴물이나 다름없으니 그만 잘라버리라고 말하는 이들에게 존슨은 이렇게 대답했다.

"나는 텐트 밖에서 안쪽으로 오줌을 갈기기보다는 텐트 안에서 바깥쪽으로 오줌을 갈기는 에드거 같은 사람을 곁에 두는 것이 더 좋소."

로버트 케네디를 '미숙아'라고 부르면서 싫어한다는 점도, 현실을 직시하는 방식도 그는 우리와 닮은 데가 많았다. 존 케네디가 존슨을 부통령으로 삼은 것은 텍사스를 얻기 위한 수단이었다. 텍사스를 무시하고서는 전국적인 정책을 펼 수 없기 때문이었다. 다른 주 출신의 대통령은 누구를 막론하고 텍사스 출신이 아닌 것을 미안해할 지경이었다.

텍사스 사람들은 아주 단순했다. 그들의 눈에는 부유한 사람들과 가난한 사람들이 있을 뿐이었다. 가난한 사람도 세계 최고의 갑부가 될 수 있다는 것을 자기들이 보여주었다는 자부심 때문에 그들은 미국인은 아무리 가난해도 참고 버티기만 하면 잘될 거라고 생각했다.

존슨은 변두리 가난한 동네에서 태어났다. 그가 텍사스 재산가들에게 빌붙어서 사는 삶을 선택했더라면 그저 그런 인생을 살았을 것이다. 텍사스 갑부들은 정치에 관심이 없을 뿐만 아니라 정치할 시간도 없었다. 텍사스는 북부 지역과는 아주 달랐다.

텍사스 석유산업을 위해 뛰는 정치인이 되기, 군복무 마치기, 부유해질 수 있는 방법 찾기, 불공평한 어린 시절에 대해 복수하기, 협력자는 절대 배신하지 않기, 장애물을 만나면 부딪치지 말고 우회하기……. 정치인이 되기로 결정한 존슨이 세운 생활 신조였다.

나는 정치인을 존경한 적이 없었다. 그러나 존슨은 정치인치고는 아주 독특한 인물이었다. 그는 사춘기에 들어선 청년처럼 변함없이 졸렬하고 미련했다. 모든 사람이 존슨은 위장술을 쓴다고 생각할 정도였다. 하지만 존슨은 자신의 목적지가 어디까지인지 정확히 알고 있었다. 나는 그가 자신의 한계를 의식했던 것이라고 생각한다. 그는 하찮은 채소나 재배해온 농촌 청년이 군중의 마음을 선동할 수 없다는 것을 알고 있었다. 그러나 그는 대통령이 꼭 되어야겠다는 것이 아니라 그저 되고 싶었고, 그 목적을 달성하는 것이 얼마나 어려운 일인지 모르고 있었다. 에드거 곁에서 만났던 사람 중에서 존슨은 내가 가장 과소평가한 인물이었다.

나는 위장이라고 부르는 케네디 암살사건을 수사하면서 존슨이 그 작전의 진행사항을 알고 있었던 것으로 여겨지는 몇 가지 정황을 포착했다. 그렇다고 존슨이 심각하게 연루되어 있다고 생각하지 않는다. 어쩌다가 덫에 걸려든 사람에게 폭발물을 가져오라고 하지는 않는 법이다.

누군가 존슨에게 그 계획을 알렸고, 그는 술주정뱅이들의 대화에 끼어든 바보처럼 고개를 끄덕였을 것이다. 그 조악한 수사를 종결하기에 앞서 에드거가 존슨에 대해 검토하라고 했던 것은 어떤 허점이 없는지 확인하라는 뜻이었지 결코 깊이 파고들라는 뜻은 아니었다. 나는 존슨이 고향에 대한 애착이라는 그럴듯한 명분을 내세워 암살 계획에 어떤 도움을 준 것은 틀림없는 사실이라고 결론을 내렸다.

나는 파일을 뒤지다가 로버트 케네디의 녹취록을 발견하고 깜짝 놀랐다.


"협조해줘서 아주 고맙습니다, 마셜 씨."

로버트가 말했다.

"당연히 도와드려야지요, 장관님."

"당신의 애국심에 경의를 표합니다. 존슨이 그 사건에 가담했다고 확신합니까?"

"장담합니다. 그는 주모자입니다."

"당신이 내 부하직원에게 했던 말은 국사에 아주 중대한 것입니다."

"수백만 달러의 농경 보조금을 횡령한 사건인데 불문에 붙일 수는 없습니다."

"반대한다는 게 아닙니다. 그러나 미국의 부통령을 쓰러뜨릴 만한 증거서류가 있다고 확신합니까?"

"의심의 여지가 없습니다."

"좋습니다, 마셜 씨. 긴밀하게 협조하도록 합시다. 한 가지 마음에 걸리는 건…… 내가 당신의 안전을 보장해줄 수 없다는 겁니다. 이런 말하는 게 좀 쑥스럽기는 하지만…… 당신의 충성심을 믿고 알려주지요. 나는 후버와 존슨이 정확하게 어떤 관계인지 모르겠습니다. 난 FBI가 개입하는 걸 원치 않아요, 그리고 물론 텍사스 기마경찰대도 믿을 수가 없어요. 대책을 생각해보겠소."


나는 농림부에서 일하던 마셜이라는 직원이 살해되었다는 이야기를 들은 적이 있다. 하지만 그 사건은 FBI가 관여할 사건이 아니어서 우리 사무실에서는 전혀 관심을 갖지 않았다. 얼마 후, 나는 에드거가 직접 개입하여 말콤 에버렛 월리스라는 남자의 신원을 바꿔준 것을 알았다. 이름난 청부살인업자 월리스는 존슨의 오른팔 클리프 카터의 해결사였다. 나는 에드거가 킬러 문제를 신속하게 처리해버린 것을 알고 깜짝 놀랐다.

"그자의 신원이 밝혀지면 텍사스 농림부 공무원 암살과 케네디의 죽음에 대한 역추적이 가능하게 돼."

에드거는 신경질적으로 내게 대답했다.

나는 담배에 불을 붙이고 연기를 훅 내뱉으면서 그에게 물었다.

"그렇게 중요한 인물인데, 왜 제거하지 않는 거죠?"

"클라이드, 자네가 그런 질문을 하다니. 대통령은 핏자국도 남기지 않고 그가 사라지기를 바라고 있어."

"그자는 확실한 보장을 받았겠죠?"

"그거야 모르지. 어쨌든 존슨은 자기 협력자 뒤를 끝까지 봐주는 것 같아."

존슨의 의리만은 높이 사는 것 같던 에드거가 갑자기 태도를 싹 바꿔 비웃듯이 말을 이었다.

"클라이드, 자넨 그 텍사스 인간을 전혀 모르고 있군. 존슨은 보안관이 항상 악덕지주들의 편을 들고, 결국에는 심판자들이 죽고 마는 서부 사람이란 말일세. 카터는 그 보안관의 보좌관이었고, 월리스는 카터가 고용한 청부살인자였어."

그렇게 말하고 나서 에드거는 다시 심각해지더니 나를 쳐다보지 않고 말했다.

"존슨은 우리 둘을 쫓아낼 생각을 전혀 하지 않는 유일한 대통령이야. 그러나 유일하게 우리를 죽일 수 있는 대통령이기도 하지. 그자는 황소 같은 인간이라서 욱하면 물불 안 가리고 받아버리거든. 이제 알겠나?"

에드거가 말하는 것만큼 존슨이 정말 위험한 인간인지 아닌지는 알 수 없다. 어쨌든 존슨은 늙어가면서 항상 약간 과장해서 생각했고, 목숨에 연연했다. 우리와의 관계에서 그는 아주 투명하게 처신했다. 존슨은 어떤 압력에도, 어떤 협박에도 굴복하지 않는 것 같았다. 우리는 같은 배를 탔다. 기자들이 에드거를 FBI의 국장에 재임명할 거냐는 질문을 할 때마다 존슨은 이렇게 대답했다.

"후버 씨는 FBI의 종신 국장이오."

재임되자마자 에드거는 로버트 케네디와 백악관의 직통 전화선을 끊어버렸고, 아이젠하워 대통령 시절부터 끊어져 있던 자신의 직통 전화선을 복구했다. 에드거가 이 사실을 보고하자 존슨은 그런 일에 무슨 의논이 필요하냐는 듯이 칭찬하면서 이참에 아예 모든 전화통화를 녹음하는 도청장치를 설치하라고 지시했다. 존슨은 수시로 전화를 해서 걸려든 얼간이가 있는지 확인했다. 그는 자신을 심술 사나운 동물쯤으로 여기는 자들이 무슨 음모라도 꾸밀까 봐 전전긍긍했다.

에드거는 알릴 필요가 있는 테이프를 전사한 녹취록을 존슨에게 보냈다. 존슨이 우리를 특별히 배려해주고 있는 건 사실이었지만, 언제고 본격적으로 맞서게 될 경우를 대비해 모든 패를 쥐고 있으려는 것이었다. 형이 암살된 뒤로 로버트 케네디는 거의 입을 열지 않았다.

세네카(기원전 1세기 로마의 스토아학파 철학자-옮긴이)의 말이 떠올랐다. "슬픔이 약하면 말을 하고, 슬픔이 깊으면 목소리가 나오지 않는다."

로버트와 그의 친구가 나누었던 대화도 생각났다. 우리가 전혀 모르는 분야에 관한 것이었는데, 로버트는 형의 죽음으로 인해 신경쇠약증과 우울증을 합리화하려고 애쓰는 것 같았다. 나는 그 대화가 철학적이라고 생각했다.

"알베르 카뮈에게 점점 빠져들고 있네. 그의 실존주의를 다시 접하고 어릴 적에 읽었던 그리스 작가들의 작품을 다시 접하면서 기분이 많이 좋아졌어. 카뮈는 어떻게도 면할 수 없는 이 가혹한 고통을 견딜 수 있게 도와주고 있어. 부조리한 현실과 근본적으로 의미를 상실한 존재를 받아들이는 것이 훨씬 수월해졌네. 보다 큰 뜻을 이루기 위해서는 부조리에 짓눌리는 대신에 거기서 영감을 얻는 게 낫다는 것도 알았네. 지금 이 순간에도 카뮈와 나는 같이 있어. 카뮈와 내가 친밀해지고 있는 것 같아. 그가 이 정치판에서 내 신념을 지켜 가도록 도와주고 있어."

존슨의 반응은 즉각적이었다.

"에드거, 궁금한 게 하나 있는데 그 알베르 카뮈라는 사람이 누구요? 그 망할 녀석이 동성애자가 된 건가? 에드거, 그럼 당신도 잘하면 사각 관계에 빠질지도 모르겠소!"

그렇게 말하면서 존슨은 통쾌한 웃음을 터트리며 전화를 끊었다.

에드거는 존슨의 비아냥거리는 말에 화내지 않았다. 그는 제 분수에 맞지 않게 백악관에서 생활하는 저속한 인간을 혐오하는 표정을 짓고 나서 초연하게 어깨를 으쓱했다. 에드거는 그런 말에 발끈해서 감정을 드러낼 나이가 아니었다.

그래도 카뮈라는 사람이 누군지는 알고 싶었는지 그는 나에게 우리가 전혀 모르는 그 남자에 대해 철저하게 조사하라는 지시를 내렸다. 그 남자가 8년 전 프랑스에서 사고로 사망했다는 것을 알고 나서 나는 관심이 없었다. 그러나 그의 이데올로기에 대해서는 좀 더 알고 싶었다. 우리는 공산주의에서 견제하고 있는 이념적 요소를 지지하면서 사회 질서를 파괴하는 새로운 형태의 사상이 조직화될 조짐이 있는지 확인해야 했다.

마틴 루서 킹과 카뮈에게는 선동하는 자들에게 상을 주는 것으로 유명한 학술원의 노벨상을 탔다는 공통점이 있었다. 에드거는 30년을 그래왔던 것처럼, 카뮈의 전 작품을 읽는 데 전념할 수는 없었다. 그러나 나는 그 작품의 내용을 반드시 알아야 했다. 1968년에 로버트 프랜시스 케네디의 대권 도전을 배제할 수 없었다. 세계 최강국의 미래가 달려 있기 때문에 우리는 그가 향후 정치활동의 기본으로 삼을 사상에 대해 조사할 의무가 있었다.

카뮈를 전공한 교수를 수배하는 데 몇 주가 걸렸다. 오리건 주에 있는 대학에서 불문학을 가르친다는 것 말고는 교수 이름도, 대학 이름도 기억나지 않는다. 방학 기간이라는 것을 생각하지 못하고, 교수를 만나기 위해 FBI 지국장과 함께 두 시간을 달려서 어느 평원지대에 이르렀다.

산 정상에는 크레이터 호가 있고, 중턱에는 저무는 겨울의 잔설이 하얗게 덮여 있었다. 국도에서 샛길로 접어들자, 얼어붙은 계곡으로 에워싸인 통나무집이 보였다. 곰과 퓨마의 낙원이었다.

내가 여러 사람이 탄 차에 갇혀 있는 것을 못 견디기 때문에 우리는 두 대의 차로 나누어 갔다. 더 정확하게 말하면 나는 에드거를 제외하고 누군가와 차를 같이 타는 것을 참지 못했다. 그러나 운전하는 것을 싫어했기 때문에 어쩔 수 없이 운전할 사람과 타야 했다. 지국장과 나는 선두 차에 탔고, 만일의 경우를 대비해 지국장의 부하들이 탄 차가 뒤를 따랐다.

우리는 대학교수에게 방문을 미리 알리지 않았다. 그 지방 경찰은 교수에게 방문 목적을 알려주지 않고 FBI 2인자가 만나러 온다고 통보했다고 했다. 그가 은신처에 숨어 있다고 것도 알려주었다. 가는 동안 나는 미국 최고의 실세, 존 에드거 후버 다음가는 사람의 갑작스런 방문을 알고 인구가 가장 적은 오지 마을에서 조용히 살던 교수가 무슨 생각을 하고 있을까 상상하면서 내심 즐기고 있었다.

"오신다는 기별을 듣고 아마 화장지 꽤나 쓰고 있을 겁니다."

출장을 가게 된 것이 마냥 즐거운 듯 운전기사가 조심스럽게 말했다.

“나 혼자 만날 것이오.”

목적지가 가까워지고 있을 때 나는 분명히 말했다.

“당신들은 밖으로 나가 차에서 기다리시오. 교수에게 국가의 안보와 관련된 임무라는 인상을 줘야 하오.”

나는 그 교수의 인적사항을 빠르게 훑어보았다.

“쉰 살, 공산당에 가입한 적 없음, 확실한 민주주의자, 베트남전쟁에 반대하는 시애틀의 시위행렬에 참여. 일본군과 전쟁에서 보인 영웅적 행위로 표창을 받았음.”

“용기 있는 사람이네요.”

내가 큰 소리로 읽자 운전기사가 한마디 했다.

“용기가 뭔지 알고 하는 소린가?” 하고 내뱉는 것으로 나는 운전기사의 야유를 막았다.

“용기는 무의식에서 나오지만, 비겁함은 지능에서 나오지. 나는 지능적으로 살아야 한다고 생각하네. 케네디를 봐, 그는 생전에 적들을 두려워한 적이 없었어. 용기를 아무리 앞세운들 죽은 다음에 무슨 소용 있냐 말이야. 번스 특수요원, 자네는 그걸 지능이라고 생각하나?”

이름을 잊어버린 어느 위대한 작가가 한 말을 번스는 모르고 있었다.

나는 큰 소리로 계속 읽었다.

“이혼, 조사시간이 부족하여 애인이 있는지 확인하지 못했음. 자식은 없음. 성생활은 정상. 7년 전 음주운전으로 적발되었을 때 유죄를 인정한 적이 있음. 인문과학 문과대의 모범적인 교수.”


우리가 도착했을 때 그는 땔감을 들여놓고 있었다. 그는 장작을 한 아름 끌어안은 자세로 우리가 다가오는 것을 바라봤다. 파란색과 적색 체크무늬 셔츠에 두꺼운 코듀로이 바지 차림, 넓적한 얼굴에 잿빛 수염이 덥수룩한 외모에서 헤밍웨이가 떠올랐다. 그래서였을까, 그의 첫 인상은 마음에 들지 않았다.

나의 방문에 끄떡도 하지 않는 걸 보면 그자는 자책할 만한 일이 없었다. 그는 등기우편물을 가져온 우체부를 대하듯 나를 집 안으로 들였다. 그의 행동에 불안한 기색은 전혀 없었다. 그는 내게 관심이 없을 뿐만 아니라 뜻밖의 손님인데도 전혀 경계하는 기색이 없었다.

그는 벽난로를 마주 보고 있는 갈색 가죽소파로 나를 안내했다. 그는 커피를 권했지만, 나는 거절했다. 그는 1930년대의 목재 옷걸이에 나의 외투를 걸었다. 그러고는 소파에 털썩 주저앉더니 수더분한 미소를 지으며 내게 찾아온 용건을 물었다. 나는 우리가 나누게 될 대화는 극비 사항이기 때문에 누설할 경우에는 처벌받을 위험이 있다고 주의를 줬다. 그는 불쾌한 듯 얼굴을 찌푸리다가 내 신분증을 확인하고 나서 비밀을 지키겠다고 약속했다.

"나도 좀처럼 하지 않는 일이긴 하지만, 임무 수행상 어쩔 수 없습니다. 내가 여기 온 것은 한 남자에 대한 전문가의 견해를 듣기 위해서입니다. 선생에게 밝힐 수는 없지만, 국가 안보와 관련된 여러 가지 이유로 우리가 주시하고 있는 한 사상에 대해 의견을 듣고자 합니다."

그는 턱을 쳐들고 입술을 비죽거렸다. 진지하게 받아들이겠다는 표시를 한 것처럼 보였다. 우리 일에 협력하는 것이 싫지 않은 기색이었다. 물론 FBI에 협력해서라기보다는 전문가로 선택되었다는 점이 흐뭇했을 것이다.

"선생이 알베르 카뮈라는 프랑스 작가에 대해 잘 안다고 들었소."
흠칫 놀란 그가 당혹스런 어조로 대답했다.

"하지만…… 개인적으로 아는 사이는 아닙니다."

"그렇겠죠."

나는 얼른 답변했다.

"그래도 만날 기회는 있었겠지요. 내가 아는 바에 따르면 그 사람이 기껏 8년 전에 사망했으니까."

"아니, 만난 적은 없습니다. 그 작가가 생존해 있을 때 전공하려는 학생을 프랑스로 유학 보내면 더할 수 없이 좋았겠지만, 우리 대학은 그만한 재력이 없었습니다. 아무리 중요한 인물이라고 해도."

"그건 선생 생각이오?"

"물론입니다."

"그 작가가 자동차 사고로 사망했다는데, 테러나 음모가 있었던 건 아닙니까?"

"아뇨, 그렇게 생각하지 않습니다."

"그의 활동으로 미루어 그 죽음이, 가령 알제리 전쟁과 관련이 있는 건 아니오?"

"상관없는 것으로 알고 있습니다."

"누군가 고의적으로 그의 자동차를 파손시켰을 수도 있지요."

"그렇게 생각하지 않습니다."

"좋소, 가설은 그만둡시다. 카뮈에 대해 말해주시오. 노벨상을 수상했던데 난 그 이유를 모르겠소."

"문학성으로 인정을 받았기 때문이지요."

"물론 나도 그건 알고 있소. 그러니까 내 말은 그의 문학에서 특별히 어떤 점이 인정되어 노벨상을 받았냐는 뜻이오."

"사고, 작품의 구성, 문체 등 여러 가지 많지요."

"좀 더 구체적으로 말해주시오. 우선 그가 공산주의자였는지 말해주시오. 적극적이었든 아니든, 뉘우쳤든 아니든 뭐라 해도 좋소. 공산주의자가 된 것이 언제였소?"

"1935년에 공산당에 입당했다가 1937년에 자진해서 탈퇴했지요."

"아주 흥미롭군요. 그러니까 그는 일종의 반체제 인사군요. 스탈린주의에 대한 트로츠키처럼."

"아닙니다, 나는 그가 정말로 공산주의에 등을 돌렸다고 믿고 있습니다."

"한 번 공산주의자는 영원한 공산주의자요. 흑인은 영원히 흑인인 것처럼 돌이킬 수 없는 진실이오. 어쨌든 그가 공산주의에 물들어 있다는 건 인정하죠?"

"아뇨, 그렇게 생각하지 않습니다."

"나도 확신하는 것은 아니오. 자, 계속합시다. 카뮈의 정치적 주장은 뭡니까?"

"내가 아는 바로 카뮈는 정치 단체에 속했던 적이 없습니다. 좀 성급하게 그를 '실존주의'라는 사조에 넣는 사람들도 있긴 하지만, 그는 독자적인 길을 걸었습니다."

"실존주의라는 게 뭡니까?"

"한마디로 간단하게 설명할 수 있는 게 아닙니다. 설명하자면 적어도 몇 시간은 필요하죠."

"시간은 얼마든지 낼 수 있소. 국가안보에 관한 일인데…… 이보다 중요한 일이 뭐가 있겠소? 실존주의가 뭡니까?"

"몇몇 철학자를 중심으로 일어난 거의 형식화되지 않은 사상의 한 경향을 말하는 것인데, 어떤 권리를 요구하는 것이 아닌 비공식적 운동이라고 할 수 있지요."

"그 철학자들이란 누구를 말합니까?"

"기억나는 사람만 언급하자면 키르케고르, 야스퍼스, 도스토예프스키, 니체, 카프카, 사르트르를 들 수 있지요."

"그들이 주장하는 건 뭡니까?"

"어떤 주장을 하는 게 아닙니다. 말씀드렸다시피 사상의 한 경향입니다. 실존은 본질에 선행한다는 명제를 세우고 인간의 본질, 인간의 존재, 인간 존재의 의미에 관심을 두는 사상입니다. 다시 말해서 인간은 미리 규정된 본질에 따라 사는 존재가 아니라 자신의 자유의지로 선택하고 책임진다는 점을 강조하는 추론이라고 할 수 있지요."

"잘 이해가 가지 않소만……, 카뮈에 대해 말해주시오."

"카뮈와 실존주의자들이 공유하는 점은 인간을 존중하는 휴머니즘입니다."

"그럼 신은 어떻게 되는 겁니까?"

"신은 없다는 것이 실존주의 사상의 기본원리는 아닙니다. 신이 좋은 세상을 만들 능력이 없다는 걸 증명하려는 것이 실존주의입니다. 실존주의자들은 신을 부정하는 것보다는 신에게 그런 능력은 없다는 걸 증명하고 있습니다. 인간의 운명은 제 손에 달려 있다는 걸 확신하고, 스스로 자신을 지켜야 한다는 겁니다. 그러나 내 전공은 실존주의가 아닙니다. 아까도 말씀드렸다시피 카뮈는 실존주의에 속해 있지 않습니다. 실존주의자들은 카뮈를 비판하고 있으니까요."

"그럼 카뮈가 주장하는 것은 뭡니까?"

그는 생각을 정리하려는 듯 무릎 위에 팔꿈치를 괸 자세로 수염을 만지작거리면서 잠시 뜸을 들였다.

"이해하기 쉽게 간단히 표현하면…… 카뮈는 무엇보다도 반항적 인간이었다고 말할 수 있을 겁니다."

"그럴 거라고 예상했소."

그 순간 교수는 울화가 치미는 듯한 표정을 지었다가 마음을 가라앉혔다.

"톨슨 씨, 나에게 알베르 카뮈에 대해 묻기 위해 이 먼 길을 오신 것 아닙니까? 내 말을 끊지 말아주십시오. 나는 신문을 받는 것도 아니고, 법정에 출두한 것도 아닙니다. 내 말을 다 듣고 난 뒤에 결론을 내려도 늦지 않을 겁니다. 나는 카뮈를 전공한 사람으로서 객관적으로 말하고 있습니다. 나는 카뮈를 보좌하는 사람도, 개인 조수도 아니라는 걸 다시 한 번 말씀드립니다. 이제 계속하지요. 카뮈는 반항적 인간이었습니다. 카뮈의 반항은 우리에게 자각을 주었지만, 인간의 조건을 충족하기 위한 열쇠가 없는 세상의 부조리에 대한 것이지요. 카뮈의 아버지는 제1차 세계대전 중 마른 전투에서 죽었습니다. 어린 나이에 고아가 된 카뮈는 이 세상에 태어난 이유는 오로지 죽음을 배우기 위한 것이라고 생각했지요. 그의 잘못된 판단을 바로 잡아줄 사람이 아무도 없었지요. 이런 착란 상태를 두고 그의 사상을 신에 대한 믿음을 초월하는 관점이라고 아주 단순하게 보는 사람들도 있죠. 자, 이쯤에서 실존주의에 대한 얘기로 돌아가지요. 카뮈가 말하는 신은 그 많은 불행을 팔짱만 낀 채 지켜보고 있는 아주 소극적인 존재라고 할 수 있습니다. 그 자체는 알 수도, 설명할 수도 없다는 의미에서 카뮈는 무엇보다도 불가지론자입니다. 그는 신에게 관심이 없지만, 그렇다고 신을 부정하지도 않습니다. 그의 무신론은 평화적인 것이지 신에 대항하는 것이 아니예요. 그는 신에게 무관심한 겁니다. 따라서 인간 조건의 끝없는 미래, 그 부조리를 자각하는 것이 카뮈 사상의 기본 이론입니다. 어머니의 배와 연결된 탯줄이 끊어지는 순간부터 우리는 의식과 육신이 동시에 죽어야만 완전히 끝나는 차가운 부조리를 향하는 것입니다. 이런 부조리의 무게를 덜기 위해 만들어진 신앙으로 현실을 벗어날 수 있을지는 모르지만, 우리 앞에 나타나는 부조리와 직면해야 하지요. 인간의 진정한 존엄성은 종교에 의지하기보다는 부조리에 반항하면서 삶에 어떤 의미를 주는 것에 있습니다. 그러니까 인간 그 자체가 답이라는 거지요. 카뮈의 작품 속에서 프로메테우스는 그런 의미를 담고 있습니다. 그는 하늘에서 불을 훔쳐 인간에게 주려고 하지 않았습니까. 또한 카뮈가 그리는 시지프는―산꼭대기에 도달하면 굴러 내리는 바위를 끊임없이 올려야 하는 형벌을 받았지만―행복합니다. 카뮈는 시지프에게서 부조리한 인간의 전형을 본 겁니다. 시지프는 인간 존재의 무의미성을 자각하면서 이 부조리에 반항하는 인간이기 때문이지만, 운명에 비참함을 느끼지 않고 오히려 행복을 발견하는 것입니다. 카뮈는 알고 있는 겁니다. 우리가 의미 없는 존재에 대한 무거운 책임을 짊어지고 있다는 것을. 우리는 신에게 빠질 수도, 인습에 빠질 수도, 중상모략에 빠질 수도, 파렴치함에 빠질 수도 있습니다. 그러나 나는 카뮈가 무신론자였다고 생각하지 않습니다. 그는 『반항적 인간』에서 이렇게 말하고 있습니다. '신앙이 없는 그는 무신앙 속에서 안주할 수가 없었다.' 카뮈는 그리스도와 그리스도로 인해 인간이 우주의 중심에 놓였다는 점을 존중했습니다. 그러나 그리스도의 부활은 믿지 않았지요. 그는 굴복시킨 뒤에는 등을 돌리는, 권력을 위한 제도로서의 종교를 싫어했던 겁니다."

"결국은 허무주의자라는 것 아니오?"

나는 에드거에게 보고할 내용을 정리할 시간을 벌기 위해 그의 말을 막았다.

"허무주의자……, 그건 분명히 아닙니다. 카뮈는 폐허 위에 사상을 세운 것이지 파괴를 권하는 게 아닙니다. 그는 부정에서 출발하지만 거기서 벗어나니까요. '인간의 도전과 세상의 당치 않은 침묵의 대결'에서 생기는 부조리는 결코 파괴를 부추기는 것이 아닙니다. 따라서 카뮈는 허무주의자가 아니죠. 카뮈는 정말 주고자 하는 의미를 터득한 삶이 가치 있는 것이라고 판단했습니다. 가치 있는 삶은 내세에 대한 믿음에서 벗어나, 관심을 갖고 있다가 너무 쉽게 잊어버린 현실을 직시하는 것입니다. 자살은 항복하는 겁니다. 사형에 반대한다는 그의 견해는 부조리에 대한 투쟁을 가장 잘 보여주고 있습니다."

"그가 얘기하는 건 결국 뭡니까?"

"공익을 위해 도덕적 자율성을 세우는 사회적 휴머니즘이죠."

나는 잠시 생각에 잠겼다가 결론을 내렸다.

"지금까지 들은 얘기로는 아무래도 공산주의를 제외할 수 있다는 생각이 들지 않소. 공익, 냉대받는 신, 반항이라는 말도 나온 만큼…… 역시 결론은 공산주의요."

"아닙니다! 톨슨 씨, 나는 근본적인 차이가 있다고 생각합니다. 카뮈는 인간을 사회계급에 가두지 않습니다. 뿐만 아니라 정치적 폭력이나 더 나은 사회를 위한 명분으로 저지르는 살인을 정당하다고 주장하지 않습니다. 더군다나 그는 이데올로기가 살인을 정당화하는 데만 이용된다는 생각을 한 적도 없습니다. 금세기 전반에만 서양에서 정치적 이데올로기에 희생된 이들이 무려 7억 명에 달합니다. 카뮈는 로베스피에르에서 레닌에 이르기까지, 그리고 몇몇 사람끼리 담합하여 권력을 잡으려는 독재자를 위해 무고한 인간들을 처단한 이단 규명소 재판장들을 포함한 모든 이들을 고발했습니다. 카뮈는 기독교 최고의 윤리의식에 새로운 바람을 불어넣었지요. 부조리에 대한 그의 반항은 인간을 위한 것이며, 인류에 대한 사랑을 표현하는 것입니다. 카뮈의 사상체계는 이원적이고, 각 단계마다 선택의 여지를 남겨주지요. 자신의 상황이 절망적이라고 생각한다면, 누구도 그 사람의 자살을 막을 수 없습니다. 의문은 의문을 낳는 것이며, 지식의 길은 끝이 없고, 또 절망적인 벽에 부딪히기도 합니다. 이제 더 이상은 기억나는 것이 별로 없군요. 끝으로 카뮈가 했던 말을 인용해드리지요. ‘자살과 살인은 동전의 양면 같은 것이다.’”

“카뮈의 철학을 본받는 정치인에 대해서는 어떻게 생각하시오?”

교수는 잠시 생각하더니 신중하게 대답했다.

“특별히 염두에 두고 있는 정치인이 있습니까?”

“아, 그건 아니오! 상상해보는 것이지 염두에 두고 있는 인물이 있는 건 아니오.”

“개인적으로는 정말로 그런 정치인이 있기를 바랍니다. 그런 사람이라면 그 몹쓸 베트남전쟁을 종식하고, 흑인들과 인디언들에게 정당한 공민권을 주고, 몇몇 사람을 위한 나라가 아니라 모든 사람을 위한 나라로 만들겠지요. 어쨌든 우리 인간의 역사는 철학사상에 대한 배반의 역사입니다. 시야가 확 트인 수평선을 훑어보는 원양어선 선장의 망원경도 결국에는 근시안경에서 돋보기로 끝나고 말지요. 로베스피에르가 루소를 어떻게 만들었는지, 마르크스에 이어 레닌, 스탈린이 헤겔을 어떻게 만들었는지, 나치가 니체를 어떻게 만들었는지 고려하시면 카뮈에게도 그런 운명을 줄 수 없다는 걸 이해하실 겁니다.”

“카뮈를 본받는 사람은 이 나라와 세계를 쳐부술 무정부주의자가 될 거요. 우리나라에는 카뮈를 내세우는 사람이 아무도 없어서 다행이오. 내가 역사 전문가는 아니지만 프랑스는 그런 류의 무분별한 지식인들을 상당수 배출할 것 같소. 언젠가는 그 아가리를 닥칠 날이 올게요."

"톨슨 씨, 올해 1968년은 조용히 끝나지 않을 겁니다. 하지만 나는 톨슨 씨가 카뮈 신봉자들을 색출하기 위한 조사위원회를 구성하지는 않을 거라고 생각합니다. 알코올중독자 상원의원을 어떻게 휘어잡을지 그 방법을 모르는 것이 아니라면 말입니다. 이미 말씀드렸다시피 카뮈의 사상은 어떤 주장이 아닙니다. 그러나 지금 격분하고 있는 세대는 인류에 대한 사랑에 중점을 두면서 인간의 생명에 의미를 주는 것 이상도 이하도 아니라고 생각합니다. 그리고 톨슨 씨가 그들은 유토피아를 꿈꾸는 사람들이라고 말하리라 믿습니다. 하지만 나는 그들이 살육을 일삼는 이데올로기보다는 꿈을 갖고, 서로를 미워하고 헐뜯는 사람들을 구원해주는 모습을 보고 싶습니다."

"원시인들 같은 왕성한 번식력으로 캘리포니아에서 뉴욕에 이르기까지 기하급수적으로 증가하는 그 히피족들이 선생의 말처럼 그렇게 순종하겠소?"

"그런 순종은 아닐지 모르나 그들의 논리에서 크게 벗어나지는 않습니다. 카뮈는 이렇게 말했지요. '인간은 있는 그대로이기를 거부하는 유일할 피조물이다. 문제는 이 거부가 다른 사람들과 그 자신을 파멸시키는 것은 아닌지, 모든 반항이 전 세계적인 살육행위를 정당화하는 것은 아닌지 아는 것이다.' 톨슨 씨가 히피족이라고 하는 세대는 계몽주의 시대 이후의 선두주자로서 정권이 바뀔 때마다 살인적 광기로 퇴패해 가는 사회의 기반을 재검토할 것입니다. 나는 톨슨 씨가 선한 절대자를 대표하는 분이라고 생각하고 마지막으로 카뮈의 말을 인용하겠습니다.

'선한 절대자든 악한 절대자든 필요할 경우에는 똑같이 분노한다.'"

"그런 생각이 나라를 약화시키고, 사회를 부패시키는 것이오. 외적의 침략이 있었던 것도 아닌데 그런 생각을 하고 있다면 진정한 애국자가 될 수 없소."

"외적의 위협이 있다는 뜻입니까? 내 생전에 더 이상은 외적의 위협이란 말을 듣지 않을 거라고 생각했는데…… 믿기지 않는군요. 베트남인들이 우리를 위협했다고 생각하십니까? 그들은 논에 웅크린 채로 지난 전쟁 때 독일의 여러 도시에 떨어진 것보다도 많은 폭탄을 맞았지만 항복하지 않고 있습니다. 그들은 절대 이 전쟁을 잊지 않을 것입니다. 이 전쟁의 진짜 이유를 찾기 위해 낱낱이 파헤칠 겁니다. 나치 독일의 만행이 시작되었을 때 미국이 유대인 배척주의를 비판하고 나섰더라면 금세기에 두 번째 참변을 겪지는 않았을 겁니다. 외적의 위협이라고 하셨습니까? 남미와 쿠바를 예로 들어볼까요? 우리는 그들에게 우리의 이념을 공유하자고 제안한 적이 없었습니다. 우리는 우리의 이익에 무조건 복종할 것을 요구했습니다. 예수의 모습으로 꾸민 그 전투복 차림의 설교자에게 그들이 매료되지 않기를 바라십니까? 톨슨 씨, 더는 드릴 말이 없습니다. 내게 더 물어볼 말이 있습니까?"


우리는 아주 냉랭하게 헤어졌다. 돌아가는 길에 나는 한마디도 하지 않았다. 휙휙 지나가는 나무와 강을 바라보고 있는 사이 일생을 괴롭혀온 편두통에 또 다시 뇌가 서서히 점령당하고 있었다. 맥이 풀렸다. 이유를 알 수 없었다. 그 느낌의 정확한 원인을 찾을 수 없었다.

기분이 바닥으로 떨어질 때마다 나는 그 이유를 삶이 고달프기 때문에, 이 초라한 삶에서 깨어나고 싶지 않기 때문이라고 생각했다. 젊었을 적부터 은밀하게 진행되어 온 이 우울증은 잠을 이루기 힘들 정도로 심해졌다.

말년 들어 점점 더 잠이 많아진 에드거는 불면증에 시달리는 나를 홀로 내버려두었다. 잘려 나간 불면의 시간을 남들이 갖지 못한 시간의 추가 수당쯤으로 생각할 수도 있을 것이다. 불면 때문에 파멸에 이르렀다는 것은 잘못된 생각이다. 나는 에드거만큼 고통을 겪었던 적도, 뇌졸중이 일어날 정도로 극도의 불안 상태에 빠진 적도 없었다. 나는 오직 회색 영혼을 지닌 채 그가 열정적으로 만들어주는 색깔 속으로 달려들었다. 모험적인 아버지를 향해 열심히 달려가는 아들처럼.

나는 본성에 이끌려 뒷걸음질 치는 삶의 어둠 속에 무위도식하는 고립된 삶을 살고 있었다. 에드거는 나를 밝은 곳으로 인도했다. 그는 늙은이의 아궁이에 불을 지펴놓았다. 그에게는 내가 덧없는 절망감에 빠져드는 저녁마다 불쑥 나타나서 함께 스카치를 마실 수 있는 기쁨을 준 사람이었던 모양이다.

공항이 가까워지고 있을 때 운전기사에게 한마디 했던 기억이 난다.

"세상이 많이 변했군. 몇 년 전만 해도 아까 만난 교수 정도는 가차 없이 폐인으로 만들었을 텐데. 그 인간에게 은총을 베풀기로 했네. 오두막에 처박혀 불쾌한 생각에 빠져 질식하게 내버려두겠어. 확실히 내가 늙긴 늙었군."

"원하신다면 제가 처리하겠습니다."

운전기사는 40대 요원에게 보이는 의욕적인 표정을 지으며 대답했다.

나는 손짓으로 거절했다.

오리건에서 돌아왔을 때, 에드거는 이유 없이 내게 한바탕 퍼부었다.

내가 너무 늦게 돌아왔기 때문에 그는 워싱턴에 홀로 남아 굉장히 외로웠던 모양이다. 그의 분노가 가라앉고 나서야 우리는 나의 임무에 대해 대화를 나눌 수 있었다.

나는 돌아오는 동안 카뮈의 사상을 정의할 수 있는 표현을 생각했다. 나는 에드거의 신경을 건드리지 않으면서 그의 과업에 대해 한마디로 요약했다. "카뮈의 사상은 '공산주의에 대한 새로운 유서'예요."

*35*

대통령이 된 뒤로 린든 존슨은 절체절명의 사고에서 살아남은 사람처럼 희희낙락했다. 케네디의 죽음이 그를 살려준 것이었다. 우리는 때때로 자신도 모르는 사이에 인생에서 가장 중요한 순간에 이른다. 존슨은 부통령 시절에 자신에게 그런 때가 없다는 것을 알고 있었다. 케네디가 암살되고 나서 며칠 후, 정상적인 상황에서는 언감생심 대통령직은 감히 엄두도 내지 못했을 그가 선거도 치르지 않고 세기의 최연소 대통령의 뒤를 잇게 되었으니 어찌 즐겁지 않겠는가.

둘 사이에 감도는 살기등등한 분위기에도 불구하고 로버트와 존슨은 1964년 대통령 선거에 출마하겠다는 같은 목표를 세웠다. 서로 러닝메이트가 될지도 모를 일이었다. 존슨은 '적과의 동침이 가능한 것은 정치권밖에 없다'는 생각을 했을 것이다.

암살되기 전 존 케네디는 석유 재벌그룹에 대한 특별세무법을 폐지하는 법안을 구상하고 있었다. 존슨은 부임 후 제일 먼저 그 법을 폐지했다. 좀 더 기다렸다 할 수도 있었지만, 그는 성질 급한 텍사스 사람들을 빨리 자기편으로 끌어들이는 것이 좋다고 판단했다.

존슨은 텍사스의 작은 산업체를 통해 마피아와 관계를 맺게 되었다. 마피아는 분명 존슨이 킬러를 제공하는 데에 관여했을 것이다. 문제가 발생할 경우 자기들만 당하지 않기 위해 텍사스 사람들에게 그 일을 완수해야 할 동기를 부여하는 것은 마피아의 수법이었다. 존슨은 CIA 요원들과 군대를 연결하여 작전 지역을 안정시키고, 최종적으로 수사에 참견하는 일을 맡은 것이 틀림없다.

존 케네디의 재선이 거의 확실했기 때문에 존슨은 몇 달 후면 쫓겨날 신세였다. 존은 정치인으로서 빈축을 살 만한 계획을 세우진 않았을 것이다. 다만 존은 존슨을 입 다물게 할 카드를 손에 쥐고 싶었을 것이다. 그러나 존슨의 입장에서 보면 케네디 형제가 자기를 감옥으로 보낼 준비를 하고 있다는 상상을 할 만도 했다.


존슨은 케네디 대통령 때에 계획된 베트남전쟁의 확전을 결정했다. 존 케네디는 1964년 선거가 끝난 뒤에 베트남전쟁을 중단할 생각이었다. 그 시기를 앞당기면 공산주의자들에 대해 너무 너그럽다고 비난하는 사람들에게 허점을 보이게 되고, 결국 참담한 정책 실패로 이어질 공산이 크기 때문이었다.

존슨 대통령의 임기 동안 베트남전쟁을 반대한다는 명분하에 장발, 나팔바지, 바디페인팅, 사이키델릭 사운드 등으로 표출되는 반체제 이데올로기가 판을 치면서 온갖 종류의 새로운 현상이 일어났다. 그러나 모두 전쟁을 반대한다는 점에서 본질은 같았다. 당시는 소련이 불가침 조약을 파기할 기회로 삼을 때였다. 나는 그런 평화주의 운동을 몹시 불안해했지만, 에드거는 태연하게 말했다.

"예전 빨갱이들과는 달라. 마리화나, 헤로인, LSD(환각제의 일종) 중독
자들이 수두룩하니까 10년형을 매기면 그런 놈들은 저절로 제거되지."

존슨이 사회적 소요사태에 휘말리고 있는 동안, 로버트 케네디는 짐
승의 털을 곤두세웠다. 그는 형을 잃은 슬픔을 접고, 형이 걸었던 길을
재현하기로 마음을 다잡았다. 그는 1964년 상원의원으로 당선되었다.
자신의 지역도 아니고, 동경해본 적도 없는 뉴욕에서 로버트는 유대인
자유주의자들을 상대로 싸웠다. 로버트보다 좌파 성향이 강한 그들은
조 케네디의 유대인 배척주의와 고인이 된 매카시 의원과의 우정을 들
먹였다. 내심 존슨의 부통령이 되고 싶었을 이 기회주의적 정치가는 베
트남전을 구실로 삼아 무정부주의를 퍼뜨리는 히피 세대의 희망이 되
었다.

그 세대는 우드스톡 축제에서 베트남전 반대운동을 외치는 것으로
존재를 알리기 시작한 젊은이들이었다. 오로지 평화와 사랑밖에 모르
는 수백만 명의 젊은이들은 마약에 취하고, 로커의 요란한 음악에 취해
진흙 칠한 알몸을 흔들어댔다. 그들은 광란에 빠진 무정부주의자들이
었다. 지식층에서는 레닌 시대 때부터 마르크스에 동조했던 프로이트
가 가장 유명한 반체제인사였다.

로버트 케네디는 형의 신화를 이용해서 반전운동과 인종차별주의를
반대하는 민권운동, 부의 분배를 주장하는 모든 좌파 세력을 결집했다.
하나같이 에드거와 내가 싫어하는 것들이었다. 비열한 기회주의자 로
버트는 페스트라도 되는 듯 경계하던 마틴 루서 킹에게 접근했다. 그는
목사의 축복을 받으면서도 도청장치를 설치했던 시절을 잊었고, 형이
백인 우월주의에 사로잡힌 남부 사람들의 표를 잃을까 봐 흑인 운동가

를 외면했던 시절을 잊었다.

킹은 공산주의자이자, 미국 전역을 돌며 설교할 때도 여자를 두세 명 데리고 다녔을 뿐만 아니라 그 여자들이 싫증이 나면 창녀들을 불러들이는 쾌락주의자였다. 이 바람둥이 설교자는 절대로 한 여자와 동침하지 않았다. 이런 인간에게 노벨 평화상을 주다니, 우리는 그를 추악한 이중인격자로 여겼다.

존슨은 베트남 패전의 상징이라는 질타 속에 지지율이 하락한 여론 조사를 보고 출마하지 않기로 결정했다. 더구나 상대인 로버트 케네디는 즉각적인 평화를 요구하면서 유명 로커들(지미 헨드릭스, 제니스 조플린, 그레이트풀 데스 등-옮긴이)의 후광을 등에 업었다. 젊은이들은 압도적으로 로버트에게 지지를 보내고 있어서 이길 승산이 전혀 없었다. 수녀들조차 나서서 "바비를 대통령으로! 1968년이든, 1972년이든 우리는 바비 대통령을 원합니다" 하고 외칠 정도로 로버트에 대한 지지 세력이 확대되고 있었다.

로버트는 1960년에 형을 선택했던 유권자들을 결집하는 것만으로도 이미 과반수 표를 얻는 셈이었다. 반전운동가들과 민권운동가들이 합세하고, 제인 폰다 같은 할리우드의 보수주의자들까지 지지한다면 로버트의 당선은 확실했다.

1968년 말이면 우울증 환자들과 공상가들이 미국의 정권을 잡을 것이었다. 자유주의 사상을 지닌 민주주의자가, 징징거리는 민중을 회유한 기회주의자가 최초로 백악관에 입성하는 것이었다. 노련한 여우 닉슨조차 로버트가 민주당 공천을 받는다면 이길 승산이 없다고 절감할 정도였다. 그러나 1968년 4월과 6월 사이, 두 달 만에 문제가 해결되었다.

"아담과 이브가 탄생한 이후, 여자는 남자를 인도한다. 여자는 섬기기 위해 창조되었기에 남자의 노예가 되었다. 남자는 여자의 성적 매력에 이끌리고, 여자는 남자가 몸매를 부각시키려고 디자인해준 옷을 입는다. 그리곤 남자가 머리에서 발끝까지 감춰주는 순간 여자는 옷을 벗는다. 나는 많은 경험을 통해 여자들이 교활하고, 거짓되고, 믿을 가치가 없는 족속일 뿐이라는 걸 깨달았다. 그런 여자를 만나 패가망신하고, 자유를 잃고, 인생을 망치는 남자들을 너무 많이 봤다."

여성에 대한 말콤 X의 견해는 우리가 결코 동조할 수 없는 독특한 괴변이었다. 마틴 루서 킹의 견해와도 그리 동떨어지지 않았다.

"생물학적으로나, 미학적으로나 가정을 꾸려나가기에 알맞은 것은 여자다. 내 아내가 나를 가장으로 존중해주기를 바란다. 가장은 나니까."

케네디 형제를 제외하고, 우리가 '정열적인 검둥이들'이라고 부르는 이들보다 우리를 더 격분시켰던 사람은 없었다. 말콤 X는 기독교도의 신은 의심할 여지없이 백인이기 때문에 이슬람교로 개종한 죄수 출신의 흑인이었다. 말콤은 미국에 팽배한 기존의 가치관으로는 절대로 흑인이 자유로울 수 없다고 생각하는 해방운동가였다.

1965년 2월, 그의 무슬림 형제들이 대신해주지 않았다면 그자는 우리가 죽였을 것이다. 마틴 루서 킹은 백인들의 종교를 존중하기 때문에 표면적으로는 덜 과격해 보였다. 하지만 남부의 오랜 전통을 해치는 방식을 보면 오히려 말콤 X보다 훨씬 파괴적인 위험인물이었다. 형의 대통령 선거 때 전략에 걸림돌이 된다는 이유로 마틴 루서 킹을 달갑지 않게 여겼던 로버트 케네디는 이제 그와 손잡고 있었다. 흑인의 표를 의식한 것이었다. 그러나 1968년 4월 4일, 킹은 멤피스의 로렌 모텔에 매복해 있던 저격수에게 살해당했다. 말콤보다 킹이 더 위험한 존재라는 우리의 의견에 일치하는 사람이 있었던 것 같다.

킹이 암살되었을 때 물러났으면 좋았을 텐데, 로버트는 어떻게 아무런 방해 없이 자기가 대통령이 될 것이란 생각을 할 수 있었을까? 그는 자신의 집안이 겪었던 끔찍한 비극이 또다시 되풀이되는 일은 없을 거라고 믿었던 것이다. 그것이 종교적인 관점일까. 로버트는 분명 사태를 파악하는 시각에 문제가 있었다.

오래전부터 신이 볼모로 잡혀 있는 나라에서 모든 것을 신의 뜻에 맡긴다는 발상 자체가 실수였다. 로버트 케네디 대통령? 그랬다면 그의 형 때문에 우리가 겪었던 불행을 훨씬 능가하는 비극이 일어났을 것이다. 시대는 바뀌었고, 반란의 조짐이 심상치 않았다.

1965년, 로스앤젤레스 흑인 거주지역 와츠에서 폭동이 시작된 이후 곳곳에서 혼란이 끊이지 않았다. 미국은 여전히 보수주의자들이 훨씬 더 많기 때문에 로버트가 이길 가능성은 희박하다고 말하는 이들도 있었다. 그러나 그 예상이 빗나갈까 걱정하는 이들도 있었다.

캘리포니아 예비선거에서 승리하여 대통령 후보 공천을 확보한 날, 기진맥진한 로버트는 휴식을 취하기 위해 지지자들과 헤어졌다. 며칠 전 샌프란시스코 차이나타운에서 구경꾼들이 연도를 메운 거리에 로버트 부부를 태운 리무진 행렬이 들어섰을 때 아주 가까이에서 소년들이 폭죽을 터뜨리는 사건이 일어났다. 정보원들의 보고에 따르면, 그때 로버트는 무릎을 덜덜 떨면서 엄청난 공포에 사로잡혔다고 한다. 그런 상황에서 로버트가 끝까지 일정을 마칠 생각을 했다는 것이 믿기지 않는다.

자신을 부활한 그리스도로 추어올리는 지지자들에게 둘러싸인 그는 형의 전철을 밟을까 두려워서 싸움을 중단하겠다는 말을 할 용기가 없었던 걸까? 아일랜드계의 그 못 말리는 자존심과 권력욕 때문에 막대한 재산에 기대어 조용히 살아갈 수 없는 것인가. 생애 마지막 몇 주, 그의 눈빛은 사형수의 그것을 닮아 있었다. 그런데도 그는 자신에게 남은 수명에 어떤 의혹도 품지 않았을까? 그의 눈빛은 사랑을 달라고 간청하고 있었다.

남몰래 이를 딱딱 부딪히면서 그는 처칠의 말을 주문처럼 읊조렸다. "인간의 자질 중 으뜸은 용기이다. 다른 모든 걸 보장해주는 자질이기 때문이다." 멋진 구절에 도취되는 것은 케네디가의 내력이었다.

로버트 케네디는 형과 똑같은 경위로 암살되었다. 팔레스타인 출신 미국인 시르한 시르한이 단독으로 저지른 범행이었다. 로버트가 공공연하게 후원하는 시온주의(유대민족주의)자들이 자신의 가족을 학대했다는 것이 범행동기였다. 소총의 방아쇠를 당긴 용의자만 시르한이라는 남자로 바뀌어 있을 뿐 단독범행, 어처구니없는 범행동기 등 여러 가지 정황이 형의 암살 사건과 유사했다.

정면에서 쏜 총알들은 치명적이지 않았다. 로버트 케네디의 목숨을 앗아간 것은 왼쪽 귀 뒷부분을 관통한 총알이었다. 시르한은 로버트를 2미터 이내로 접근하지 않고 계속 정면에 서 있었다. 그런데 치명적인 상처 부위에서 발견된 탄환가루는 그 부위에 갖다 대고 발사했다는 증거였다. 시르한의 총에 들어 있던 것보다 더 많은 탄피가 발견되었다는 것도 석연치 않았다.

현직 대통령 시해 사건이 아니기 때문에 수사는 로스앤젤레스 경찰국이 맡았다. 로버트를 밀착 경호하던 전직 경찰 출신의 경호대장도 사망했다. 수사 진행 사항은 극비에 붙여져 단독 범행이라는 것 외에는 새로운 정보를 얻을 수 없었다.

캘리포니아에서 승리를 감사하는 축하연에 참석하기 위해 앰버서더

호텔에 도착한 케네디는 경호 담당자들이 정해놓은 대로 주방을 통해 연회장에 들어가고 있었다. 그런데 갑자기 튀어나온 저격수에게 총격을 받았다. 시르한과 범죄조직은 아무 관련이 없었다. '마인드 컨트롤 프로젝트'를 연구했던 최면술사 외에 시르한과 연관 있는 CIA 내 인물은 없었다. 실제로 체포되는 순간 시르한은 정신이 혼미한 상태였다. 하지만 존 케네디 때보다 탄환은 훨씬 명중했다. 마인드 컨트롤 실험을 통한 훈련의 결과일 가능성이 있었다. 이어서 총구를 들이대고 발사한 최후의 일격에 은퇴한 경찰관이 쓰러졌다. 그는 우리가 잘 아는 사람이었다. 일생 동안 한 치의 흔들림도 없는 확고한 신념으로 살다 정년 퇴직한 그는 공무수행 중에 순직했다. 그는 놀라울 정도로 청렴결백한 사람이었다.

비극이 일어나기 몇 주 전, 나는 에드거의 마음을 돌려보려고 노력했다. 내가 왜 그랬을까? 오랫동안 생각했다. 피를 보는 것에 진저리가 났거나 인생에서 두 번째 중대한 전기를 맞게 되는 시점에서 잘못된 점을 고치고 싶었던 것 같다. 나는 그 모든 일이 그쯤에서 끝나기를 바랐다. 나는 FBI에 들어와서 그 오랜 세월 동안 오직 나라를 위한 일이었다고 자부하면서 어떤 의미를 부여하려고 애를 썼지만, 행복을 느끼지 못했기 때문에 맥이 빠졌다.

나는 에드거와 내가 했던 모든 행동이 우리의 의지가 아니라 저항할 수 없는 거대한 무엇인가에 휘둘린 것처럼 느껴졌다. 나는 어찌할 바를 몰랐다. 지금까지 만났던 고위층 정치인 중에서 나는 로버트 케네디가 가장 싫었다. 그는 내가 어떤 사람인지 알려고도 하지 않고 안하무인격으로 나를 깔아뭉갰다. 그는 자신은 신의 은총으로 남들을 다스리는 특별한 인물로 선택되었다고 생각했다. 그는 우월감과 오만함에 젖어 나에게 적의를 품었다. 이제껏 로버트처럼 나를 멸시한 사람은 없었다.

"대체 어떻게 된 건가? 왜 그렇게 감상적이야?"

"아니예요."

경마장에서 계속 낭패를 본 재수 없는 하루를 보내고 나서 나는 캘리포니아의 호텔 방에서 창밖을 내다보며 대답했다.

"살인이란 것을 저지르지 않고 똑같은 결과를 얻을 수는 없을까 하는 의문이 들어서요."

"좋은 생각이지. 하지만 말이야, 로버트의 운명은 우리 손에 달려 있지 않다는 걸 우선 명심해두게. 우리가 그런 허접한 일에 손을 대서야 쓰겠나. 우리는 그저 우리와 신념을 같이하고, 위장이든 속임수든 우리의 미래를 보장하는 사람들이 내린 결정을 따르면 되는 거야. 어차피 나는 그걸 막을 힘이 없어. 솔직히 그러고 싶은 마음도 없어. 그 망할 놈은 송장이 되도 싸. 자네는 그가 우리에게 어떻게 했는지 벌써 잊은 것 같군. 대통령이 되면 우리를 개 쫓듯이 몰아낼 인간이야. 형을 거두어 갔던 이들이 다시 동생을 거둬가는 거야. 그들은 아무 일도 없었다는 듯 또 대통령이 된답시고 설치고 다니는 꼴을 볼 수 없다는 거지."

"하지만 우리도 그에게 많은 짓을 했어요. 그의 집안에도……."

"클라이드, 미국에 흙탕물을 튀기면서까지 우리가 뭘 폭로한단 말인가? 그 형제는 우리와 다른 사람들이라는 걸 이해하지 못하겠나? 로버트는 정신이상자야. 무슨 짓을 저지를지 몰라. 자기 형을 제거한 자들이 다음번에 겨냥하고 있는 대상이 자기라는 사실을 깨닫지 못했을 거라고 생각하나? 로버트는 형이 그렇게 된 것에 대한 죄책감 때문에 돌아버린 인간이야. 지난여름에 한 번도 출판된 적이 없는 〈라이프 매거진)에 기사를 싣기 위해 로버트를 만났던 솔 벨로(유대계 미국작가로 1976년 노벨상 수상-옮긴이)라는 작가 기억나나? 보고에 따르면 벨로는 인터뷰를 하는 내내 로버트의 번뇌와 가슴에 품고 있는 증오심에 두려움을 느꼈다고 해. 로버트는 존슨에 대해 말할 때는 구토를 했고 그 이름을 언급할 때만 열변을 토해냈다는 거야. 그는 지금까지는 아무것도 할 수 없었어. 형의 원수를 갚겠다는 말만 했지 드러내놓고 행동으로 옮길 수가 없었으니까. 일단 권력을 잡으면 그는 형의 죽음에 대한 진실을 밝히는 데만 전념할 거야. 그러고는 주모자들을 하나씩 제거하겠지. 백악관 집무실에 앉아서 존 케네디 때보다 더 강력한 권력을 휘두르는 자신의 모습을 보고 공포에 떨 사람들을 상상하면서. 그는 지금 다 알고 있으면서 거위처럼 자기 목을 딸 적들을 향해 걸어가는 거야. 이번에는 그것만이 최종 해결책이라는 데 모두가 동의한 거야. 그를 제거하기로 결정한 그들뿐만 아니라 로버트 자신도. 로버트 케네디를 포함하여 존 케네디 암살에 연루된 모든 사람이 만장일치로 결정을 내린 셈이지. 로버트는 형의 죽음에 책임을 느끼고 주저 없이 자신의 목숨을 내놓은 거야. 그는 명예로운 자살을 택했어. 우리는 그걸 도와주는 거야. 그가 늘 찬양하는 그리스 비극에 걸맞은 종말을 선사하는 거라고. 그의 죽음을 위한 이번 관현악에 불협화음은 없을 거야. 클라이드, 단언하는데 로버트는 대통령직에 올라 승승장구하는 그를 보고 있어야 하는 우리보다도 살고 싶은 의욕이 없어. 뭐랄까, 정치적 암살이라기보다는 안락사에 속한다고 할까? 우리는 그를 죽이는 게 아니야. 그가 선택한 시간에 그가 선택한 최후의 거처로 데려다주는 거야. 이번에는 마피아가 개입하지 않아. 텍사스 사람들과 CIA가 모든 작전을 짰어. 존슨 대통령……, 글쎄 그들에게 계속 필요한 인물일지 모르겠군. 그들은 닉슨에게 차기 대통령이 될 거라고 알렸는데 닉슨이 실망스럽게 행동한 것 같아. 아마 이렇게 대답했겠지. '난 알고 싶지 않소. 그리고 당신들 말대로 되더라도 내가 신세를 졌다는 생각은 하지 않을 것이오. 이걸 확실히 알아두시오.' 닉슨 입장에서는 당연한 거겠지. 그는 늘 누구에게도 아무런 신세를 지지 않는다는 인상을 주고 싶어하니까. 그런데 말이야, 우리는 텍사스 사람들에게 신세를 많이 졌거든."

"그 얘기가 나왔으니까 말인데 꼭 그럴 필요가 없는 시기였는데 왜 갑자기 텍사스 사람들과 가깝게 지냈는지 아직도 모르겠어요."

"잘 생각해보게, 클라이드. 내가 강압에 못 이겨 범죄조직을 소탕하려 들었다면 우리는 사진이 유포되기 전에 옷을 벗는 게 나았을 거야. 그랬으면 어떻게 됐겠나? 어떤 사기업에서 경비 업무를 맡고 있는 우리의 모습이 상상이 되나? 우리에게 안보 업무를 제안할 기업이 있을 거라고 생각하나? 나는 한순간도 압력에 굴복하여 범죄조직을 공격할 생각을 해본 적이 없어. 그렇다고 몸을 사리기만 한 건 아니었어. 마피아 때문에 쫓겨나면 우리가 의지할 데는 그 사람들밖에 없어. 텍사스 사람들은 우리와 비슷해. 그들은 오늘날 미국 사회를 좀먹는 패악을 왜곡하지 않고 세상을 아주 단순하게 바라보지. 그들 덕분에 우리가 부자 대열에 끼게 되었으니 노후까지 보장된 거야. 그 대가로 나는 시끄러울 수 있는 문제를 눈감아주었어. 내 마음은 확고해. 헤라클레스가 짊어진 열두 가지 과업처럼 우리가 완수해야 할 마지막 과업은 바로 로버트야. 그를 없애지 않으면 우리의 과업은 미완성이 되고 말아. 난 FBI를 지휘하는 것 외의 다른 일은 상상도 할 수 없어. 그건 자네도 잘 알지 않는가? 로버트가 우리를 해임하면 나는 뭘 하면서 여생을 보내게 될까? 골동품이나 사러 다니고 날마다 경마장에서 죽치겠지. 그건 상상도 하기 싫어. 자네도 잘 알다시피 나는 여전히 막강한 권력을 쥐고 있긴 하지만, 더 이상 로버트에게 아무것도 할 수 없어. 아까도 말했지만 그의 의지를 거역할 수 없기 때문이지. 지금 우리는 자기 죄를 뉘우치고 속죄하고 싶은 인간을 해결하는 거란 말일세. 또한 그가 위험한 존재라는 걸 너무 잘 알고 있지 않나. 자네를 기쁘게 해줄 수 있으면 좋았으련만. 자네도 늙었군. 나이가 드니까 관용을 베풀고 싶은가 보군. 하긴 자네는 독재자가 될 위인이 아니지. 독재자들은 늙어도 절대로 동정 같은 건 하지 않아. 신이 우리에게 관용을 베풀 생각이었다면 벌써 오래전에 보여줬겠지. 신은 우리에게 호의를 베푼 적이 없어. 우리가 다른 사람을 방해했던 때를 제외하고. 우리가 과업을 이루지 않는다면 어떻게 될까? 우리가 사건이 벌어지는 과정에 막강한 영향력을 발휘하지 않는다면 어떻게 될까? 자식도 없으니 우리는 죄의식에 사로잡힌 한낱 동성애자들로 남고 말겠지. 올바른 욕망이 없었다는 죄 때문에 우리는 누구보다도 윤리를 위해 일해왔어. 클라이드, 우리는 신을 위해 많은 걸 했어. 신이 우리에게 해준 것보다 훨씬 많이."

에드거의 말을 끊을 기회가 여러 번 있었지만 나는 잠자코 듣기만 했다. 나는 그가 말을 마쳤다는 느낌이 들었을 때 감히 물었다.

"에드거, 아까도 사진 얘기를 했는데 이젠 말해줄 수 있어요?"

그 순간 악마와 신을 동시에 본 듯 에드거의 눈동자가 커졌다.

그는 말없이 묘한 미소를 지었다. 그의 대답을 기다리는 데 시간이 한없이 길게 느껴졌다. 그는 입술을 축이고 나서 두 손을 합장했다. 그리고 내 등 뒤의 벽을 응시하면서 말했다.

"우리 둘의 사진, 클라이드. 라졸라의 호텔 방 테라스에서 찍힌 사진이야. 상반신을 드러낸 자네는 긴 의자에 관능적인 자세로 누워 있었고,

나는 한 팔로 자네를 끌어안고 있었지. 그리고 자네의 입술에 내 입술이 포개어졌지. 나 역시 크림색 플란넬 바지를 입고 상반신을 드러낸 상태였고."

기억 속에서 아련하게 떠오르는 이 대화에서 나는 당시 특별한 의미를 찾지 못했다. 에드거가 떠나고 세월이 흐르면서 그 말의 의미가 명확해졌다. 마치 아침안개에 휘감긴 도시 위로 또렷이 나타난 돔처럼. 나는 에드거가 우월감을 갖는 이유도, 그의 예지력도, 고이 숨겨왔던 그 굴곡의 세월도 떨쳐내고 싶었다. 그는 우리가 공유하지 않은 강력한 엔진에 이끌리고 있었다. 그는 걷잡을 수 없는 힘에 이끌려 우리의 수치스런 운명에 어떤 의미를 부여하기 위해 필사적인 노력을 하고 있었던 것이다.

*36*

로버트 케네디가 사망한 후, '여우'의 운명이 바뀌었다. 여우는 농부가 모두 떠난 시골 농장의 활짝 열린 닭장 앞에 서 있게 됐다고 해야 할까. 그의 참모들 중 한 여성의 표현을 빌리면 '치아를 드러내고 웃지 않는 남자' 리처드 닉슨은 어리둥절했다. 그는 바다를 가른 모세의 기적을 본 것 같은 표정을 지었다.

닉슨은 거리낌이 없는 인물이었다. 1948년, 공산주의자라는 것을 시인하지 않았던 고위 공무원 앨저 히스를 철저히 짓밟으면서 그는 그 점을 확실히 보여준 바 있었다. 그러나 그는 케네디 형제의 암살에 연루되어 있지 않았다. 닉슨은 피로 얼룩진 그 왕좌를 저주받은 자리로 여겼을 것이다. 우리는 아직 그 사실을 알아차리지도 못한 닉슨을 대통령에 앉혔다. 닉슨은 미국에 필요한 사람이었다. 그는 세계 속에서 미국의 위상을 높일 수 있는 감각이 탁월했다. 반면에 유감스러운 점도 있었다. 저급한 취향과 모사꾼이라는 점은 미국 대통령에게 어울리지 않은 면모였다.

에드거가 사망한 며칠 후, 워터게이트 불법 침입 사건이 일어났다. 나는 에드거를 잃은 슬픔에 빠져 있었다. 당시 나는 닉슨이 대통령직에서 사임할 수밖에 없었던 그 통탄할 사건에 관심을 가질 여유가 없었다. 닉슨은 당시 기껏 일흔일곱 살인 에드거를 뒷방 노인네로 취급했다. 그러나 그는 감히 에드거를 몰아내지 못했다. 우리가 지원해준 것을 고마워하지 않고 혹시 보복이 있지 않을까 두려워했다. 그것은 근거 없는 두려움이었다.

닉슨은 섹스광은 아니었지만 부정한 정치자금, 수뢰, 탈세와 연루되어 있었다. 그의 부정행위는 보기 역겨울 정도였다. 닉슨이 에드거를 두려워한 이유는 에드거의 기억, 곧 미국의 기억 때문이었다.

그래서 닉슨은 민주당을 감시하기 위해 사조직을 만들었다. 반 카스트로 전투학교에서 양성된 충성스러운 쿠바인들과 전직 CIA 요원들, 날쌘 밀렵꾼으로 자처하는 자들로 이루어진 일명 '비밀 공작반'이었다. 닉슨은 탄핵과 징역을 피하기 위해 사임하는 것으로 협상했다. 그는 아주 사소한 사건 때문에 미국 역사에 가장 큰 오점을 남기게 되었으니 역사의 패러독스가 아닐 수 없다.

닉슨은 에드거가 1924년부터 해왔던 도청 때문에 추락했다. 에드거가 살아 있었다면 워터게이트 사건은 일어나지 않았을 것이다. 아무도 감히 그런 짓을 하지는 못했을 것이다. 그 사건은 에드거가 사망한 날, 닉슨이 에드거의 비밀문서를 손에 넣으려다 일어난 일이었다. 닉슨은 그 문서에서 자신의 비리와 관련된 기록을 찾고 싶었던 것이다.

나는 닉슨을 포함한 몇몇 의원이 불안해하는 비밀문서를 빼돌렸다. 닉슨은 곤경에 처했을 것이다. 나는 그에게 결정타를 날렸다.

말년에 에드거는 더 이상 나에게 젊었을 적에 품었던 감정이 없었다. 우리는 권태기에 접어든 노부부 같았다. 마피아가 더 이상 자신에게 맞설 수 없게 된 날부터 에드거는 미성년들이나 저지를 법한 엉뚱한 행동을 했다. 나는 그의 동의 없이는 한눈 한 번 팔지 않고 정절을 지켜왔건만, 그는 거리낌없이 나를 배반했다. 그는 아직 시간이 있을 때 자신의 가장 큰 약점을 확인하고 싶은 마음에 그렇게 행동했던 것이다.

세월이 흐르면서 격렬하던 우리의 감정이 식었던 것이다. 에드거는 늙어가는 자신의 모습을 보며 상상한 것을 현실에서 실행했다. 그는 허비한 시간을 벌충하고 싶었던 것이다. 나는 지금은 그의 마음을 이해한다. 그러나 그는 도를 넘어섰다.

모두들 퇴근한 뒤에 우리는 FBI 안에 있는 소극장에 단둘이 앉아서 남녀가 주색에 빠져 놀아나는 포르노 비디오를 봤다. 그 비디오테이프는 우범 단속 요원들이 압수해온 것이었다. 우리는 새콤한 사탕을 먹으면서 비디오를 전부 다 봤다.

그는 말년에 하루도 빠짐없이 마치 자신을 비난하듯 내게 화풀이를 했다. 물론 내가 그의 가장 헌신적인 공범자이자 머슴이기 때문이었다. 심지어 나는 병들어 있는 몸을 가눌 수 없을 정도로 아플 때에도 그에게 충성을 다해야 했다. 그러던 어느 날, 에드거의 행동이 너무나 이상했던 때가 있었다.

"이젠 쭈글쭈글한 아줌마 같구먼. 클라이드, 자네도 이젠 별수 없이 죽을 날을 받아놓은 늙은 아줌마야."

그는 미치광이 같은 눈길로 나를 노려보며 덧붙였다.

"자네가 정말 키스를 하고 싶었던 남자는 케네디 형제였다는 걸 이젠 고백하지 그래, 응? 난 그럴 기회를 주지 않았지. 왜냐구? 그 망할 놈들의 엉덩이에 난 털은 닭털보다도 가볍거든. 인정하지, 클라이드?"

내가 그토록 품위 있다고 생각했던 에드거는 술집이 문을 닫을 시간에는 저속한 술주정뱅이가 되어 있었다. 그는 전 인류를 증오하듯 욕설을 퍼부었다. 그리고 다음 날은 언제 무슨 일이 있었냐는 듯 아주 멀쩡하게 행동했다. 자신의 유일한 동반자가 되어야 한다고 주장하던 그의 고통 어린 절규 때문에 말년에 우리가 함께 나눈 추억은 퇴색됐다.

*37*

1972년 5월 2일 아침, 워싱턴 DC는 날씨가 화창했다. 나는 몹시 힘겹게 막 집을 나선 참이었다. 최근 5년 사이에 세 번이나 심장발작이 일어나는 바람에 나는 많이 쇠약해져 있었다. 뇌는 온전하건만 몸이 말을 듣지 않았다.

나는 이 노화증세를 무시하기로 마음먹었다. 은퇴할 나이가 훨씬 넘었는데도 매일 사무실로 출근했다. 거동은 불편해도 집에 우두커니 앉아서 기능이 저하되는 몸의 변화를 느끼고 있느니 사무실에 나가 있는 것이 훨씬 기분 좋았다.

이날, 괜한 고생은 사서 하는 것이 아니라는 사례를 보여주듯이 나는 운전기사가 대기하고 있는 자동차에 다가가다가 중요한 서류를 두고 나온 것을 뒤늦게 알아차렸다. 발걸음을 되돌려서 문을 여는 순간 전화 벨이 울렸다. 상황에 따라 전화 벨소리가 다르게 들리는 경우도 있다지만, 꼭 받으라고 명령하는 듯한 따르릉 소리는 여느 때와 똑같았다. 전화를 건 사람은 제임스 크로포드였다. 37년이나 성실하게 에드거를 모셨던 전 운전기사도 전화를 거는 일이 한 번도 없었는데, 1월에 퇴직한 그의 전화는 전혀 뜻밖이었다.

"안녕하십니까, 톨슨 부국장님. 방해해서 죄송합니다. 크로포드입니다."

"나가려던 참인데…… 크로포드, 무슨 일로 나한테 전화를 했나?"

"아주 나쁜 소식입니다. 국장님께서 사망하셨습니다."

나는 한 손으로 전화기가 놓인 탁자를 짚고, 다른 손으로 어둠 속에 있는 듯 소파 위의 서류를 더듬더듬 집어들었다. 그리고 한마디도 하지 못한 채 그대로 주저앉았다. 그 순간 나는 호흡을 조절해서 치명적일 수 있는 흥분만은 자제해야 한다는 생각만 했다. 그렇게 한동안 아무 말도 못하고 있다가 나는 가슴이 터질 것 같은 아픔을 애써 감추고 침착하게 말했다.

"크로포드, 어떻게 된 건가?"

"저도 모르겠습니다. 우거진 나뭇가지를 치려고 아침 일찍 국장님 댁에 갔습니다. 시간이 많이 지났는데도 기척이 없으시고, 현관문까지 열려 있어서 깜짝 놀랐습니다."

"활짝 열려 있었단 말인가?"

"그게 아니라 문이 잠겨 있지 않습니다."

"그분을 어디서 발견했나?"

"침대 옆 바닥에 계셨는데, 중요한 일인지 모르겠지만 알몸이셨습니다."

"그랬나? 참, 크로포드. 초이서 박사에게 연락은 했나?"

"네, 했습니다. 지금 오시는 중입니다."

"사망한 건 확실한 건가?"

"네, 부국장님."

"알겠네, 크로포드. 이제 자네가 해야 할 일은 끝난 것 같네. 고맙네."

"제가 도울 일이 있다면 뭐든 말씀하십시오, 부국장님."

"없네, 크로포드. 고맙네."

나는 전화를 끊고 눈물을 흘리다가 곧바로 마음을 다잡았다. 중요한 상황에서는 슬픔을 미루어야 했다. 나는 비통한 마음을 억눌렀다. 이러한 상황에 닥치면 에드거도 그렇게 했을 것 같았다.

나는 떨리는 손으로 전화번호 수첩을 집어 들었다. 미스 갠디가 아직 집에 있을 시간이었다. 세 번만에 그녀의 집 전화번호를 돌리는 데 성공했다.

"미스 갠디? 톨슨이오."

"네, 톨슨 씨, 안녕하세요?"

그녀는 평소처럼 냉랭하게 대답했다.

나는 감정을 드러내지 않으려고 애쓰면서 말을 이었다.

"후버 국장께서 사망하셨소, 미스 갠디."

"오, 하느님!"

그녀는 진심에서 우러나는 슬픔에 휩싸여 탄식했다.

"언제요?"

"오늘 아침이오. 아니 간밤일지도 모르겠소. 미스 갠디, 당신의 도움이 필요합니다. 오늘 나는 출근할 수가 없을 것 같소. 아니, 솔직히 말해 그럴 기력도 없거니와 그분의 집으로 가서 빈소를 지키는 것이 도리일 것 같소. 존 모어에게는 당신이 직접 이 소식을 알려주시오. 그리고 모어에게 알렉스 로즌과 마크 펠트한테 알리라고 하세요. 로즌과 펠트는 열두 개 부서장들에게 소식을 전하라고 하시오. 미스 갠디, 전국 59개

지국과 아울러 19개 해외파견 지부에는 당신이 텔렉스로 알리기 바랍니다. 그리고…… 모어에게 장례 절차를 맡아달라고 전해주시오. 나는 기력이 없어요. 그분은 프리메이슨(Freemason, 18세기 초 영국에서 시작된 세계시민주의적·인도주의적 우애를 목적으로 하는 단체-옮긴이)에 속해 있었으니 장례는 그 관례를 준수하는 의식으로 준비해야 합니다. 아, 그리고 모어는 즉시 법무장관에게 알려서 대통령에게 전해달라고 하시오."

"알겠습니다. 그런데요, 톨슨 씨에게 지금까지 말씀드리지는 않았지만, 국장님은 백악관으로 전화해서 대통령과 직접 통화를 하셨습니다. 지금 상황에선 톨슨 씨가 국장 직무대리로서 연락하는 것이……."

"아니오, 미스 갠디, 그건 아니오. FBI 국장은 그분뿐이고, 나는 2인자일 뿐이오. 아시겠소? 모어에게 그 일은 법무장관에게 일임한다는 내 말을 전하라고 하시오. 그리고…… 가장 중요한 걸 잊었군요. 그 파일들 말이오, 지금 당장 전쟁이 일어난다고 해도 그건 극비리에 반드시 내 집으로 옮겨놓아야 하오. 가장 안전한 곳은 내 집일 것 같소. 물론 이 일은 모어와 우리만 알고 있어야 하는 비밀이오. 오늘 중으로 그것만 무사히 옮겨놓으면 당신은 소임을 다한 것이오. 미스 갠디, 몸조심하시오. 나는 이제 사무실에 출근하지 않을 겁니다. 아마 당신이 퇴직하는 순간도 못 보게 되겠지요. 실례가 안 된다면 나이를 물어봐도 되겠소?"

"일흔다섯입니다, 톨슨 씨."

"세월이 그렇게 흘렀나……, 나보다 네 살 많군요. 하지만 나이는 나보다 덜 들어 보이는군요."

"1918년부터 후버 국장님의 비서로 일해왔습니다, 톨슨 씨. 그분이 국장님이 되기 6년 전이었지요."

"알고 있습니다, 미스 갠디. 그 때문에 당신을 믿고 그 파일들을 부탁하는 겁니다. 당신과 나는 의견차이는 있었습니다. 하지만 범상치 않은 분을 헌신적으로 섬겨왔다는 점에서 생각이 같은 사람들입니다. 나는 그걸 '베드로 신드롬'이라고 부르지요. 예수의 오른쪽 자리를 탐내는 제자들……. 그러나 나는 당신을 믿습니다."

"믿으세요, 톨슨 씨."

나는 우리가 다시는 만나지 않을 거라 생각하며 말했다. 나를 제외하면 가장 충성스럽게 에드거를 모셨던 사람에게 마지막으로 하는 말이었다.

*38*

그렇게 미적거리면서 무의식적으로 보내는 동안 두 시간이 흘러 있었다. 장의사들이 에드거의 집에 와서 저승 보낼 채비로 고인의 평화를 깨뜨리고 있을 거란 생각이 들었다.

내가 돌아오지 않자 운전기사는 나의 몸 상태를 걱정했다. 나는 운전기사에게 에드거의 죽음을 알려주었다. 나는 그의 반응에 아무런 주의도 기울이지 않았다. 아무런 신호도, 조짐도 없이 일흔여덟 살에 세상을 떠나버린 그의 죽음에 놀란 나는 정처 없이 방황했다.

에드거는 작년 10월 8일, 우리가 설치한 도청장치에 걸려든 대통령과 당시 법무장관 존 미첼의 대화를 청취한 뒤로 계속 기분이 상해 있었다. 그 대화 중 한 대목에서 에드거는 몹시 충격을 받았다. 더군다나 충격적인 발언을 한 인물은 리처드 닉슨이었다. 에드거는 상상할 수도 없을 만큼 닉슨에게 지원을 아끼지 않았다. 에드거가 아니었다면 닉슨은 대통령에 오르는 행운을 절대 누릴 수 없었다. 닉슨은 자신을 최고의 자리에 올려준 사람이 에드거였다는 사실을 잊었다. 한탄할 정도로 상심해 있던 에드거는 내게 그 테이프를 들려주었다.

> 닉슨: 여러 가지 이유로 그를 사임시켜야 하는데……. 내쫓기는
> 해야겠는데……. 아마……. 하지만 믿을 수가 없으니…….
> 내가 전화로 사임하라고 말하면……. 그랬다간 문제가 생길
> 테고. 그가 나가더라도 나가고 싶어 나가는 것처럼 보여야
> 하는데……. 내가 망설이는 건 바로 그 때문이오……. 살아
> 있는 한 백 살이 되어도 버티고 있을 테니.
> 존 미첼: 땅속에 묻히기 전에는 나가지 않을 겁니다. 부도덕한 인
> 간…….
> 닉슨: 그가 물의를 일으키는 건 막아야 하오. 그에게 발목이 잡힌
> 사람은 나뿐만 아니라…….

에드거는 기둥 달린 침대 옆 바닥에 알몸 상태로 숨이 끊어진 채 놓여 있었다. 사인이 심장발작이라는 것에 의심의 눈초리를 보내는 사람들도 있었다. 부질없는 짓! 음모는 항상 지능적인 사람들이 연루되어 있다. 나를 제거하지 않은 채 에드거를 없애는 일은 아무 소용없다는 것을 좀 더 일찍 깨달았더라면 좋았을 테지만…….

내 집에서 몇 분 거리에 있는 서티스 광장 4936번지, 에드거의 집 앞에 도착한 나는 붉은 벽돌집을 마지막으로 쳐다봤다. 나는 거리 쪽으로 난 아홉 개의 창문, 세 그루의 아름드리 나무 그늘에 가려진 그 창문을 하나하나 눈에 새겼다. 뭇 시선을 의식해서 드리워진 두꺼운 커튼이 보였다. 대문 앞에 세워진 장의사의 번드르르한 검은 차는 영구차 같았다.

현관문은 열려 있었다. 나는 할 수 있는 한 빨리 현관 안으로 들어섰

다. 그리고 에드거가 거의 손님을 들이지 않았던 거실로 들어갔다. 반들반들하게 닦인 물건들이, 가득 찬 공간에서 살려달라고 애원하는 것 같았다. 꼼꼼한 에드거가 아름답고 정교해 보이면 뭐든 사들인 물건들이었다. 더 이상 들여놓을 자리가 없을 정도였다.

그가 사랑하던 강아지 두 마리, G-보이와 신디가 아는 사람을 보고 안심이 된 듯 나를 반겼다. 침실로 올라가는 층계가 끝없이 길게 느껴졌다. 층계 벽을 따라, 트루먼을 제외하고 그가 모셨던 역대 대통령들과 포즈를 취하고 찍은 여러 사진이 걸려 있었다. 선반을 장식하는 그림과 동, 나무 혹은 석고로 만든 조각상들, 그의 모습을 담은 것들이 그가 존재하고 있음을 알려주는 듯했다. 한물간 왕년의 톱스타들과 어울려 찍은 사진이나 독사진 속에서 에드거는 자신감으로 가득 찬 눈빛을 번뜩이고 있었다.

나는 청소를 하러 들어온 파출부 외 다른 사람을 맞아본 적이 없는 객실 앞을 지나, 검은 옷차림을 한 남자들이 분주하게 움직이고 있는 그의 방에 이르렀다. 나는 들것에 놓인 그를 보면서 죽음이 그 커다란 덩치를 그토록 작게 만들어놓은 것에 놀랐다.

서 있을 기력이 없는 나는 고인 주위에서 바쁘게 일하는 사람들 중 한 명에게 의자를 달라고 부탁했다. 나는 그들을 방해하지 않으려고 그 집의 중심점이 되는 층계 위에 의자를 놓고 앉았다. 시신을 왜 서늘한 방으로 옮기지 않고 방에 두는지 궁금했다. 그 남자는 공식적인 죽음이 선언되기를 기다렸다가 시신을 옮기는 것이 관례라면서 어떻게 알았는지 많은 사람이 집 앞에 몰려오고 있다고 말했다. 내가 도착했을 때는 아무도 없었는데 층계를 올라오는 데 그렇게 많은 시간이 걸렸단 말인가? 걷잡을 수 없는 외로움이 엄습했다.

48년이란 내밀한 시간이 산산조각 나고 있었다. 내가 죽었을 때 애통해할 사람이 있을까. 그러나 이름을 날렸던 위인의 운명은 결말이 달랐다. 몇 분이나 그러고 있었을까, 한 무리가 초인종도 누르지 않고 황야의 무법자들처럼 들이닥쳤다. 무리의 대장인 듯한 남자의 목소리가 층계 위, 의자에 앉은 내게 들릴 정도로 가까워졌다.

"당신은 누구요?"

그자는 모자를 벗지도 않고 나에게 물었다.

나는 무례한 행동에 기분이 상했다.

"그건 내가 해야 할 질문인 것 같은데. 당신이 이 집과 관련 있는 사람이면 내가 클라이드 톨슨이라는 것과 두 시간 전부터 FBI 국장 직무대리라는 걸 알아두시오. 이 집과 관련 없는 사람이면 여기서 할 일이 없을 텐데!"

그는 대답은커녕 아예 내가 보이지 않는 듯 행동했다. 너무나 길게 느껴지는 시간 동안 그 패거리는 상자, 액자 할 것 없이 집 안을 샅샅이 뒤졌다. 아무것도 찾지 못한 그들은 시간이 흐를수록 점점 더 초조해 보였다. 마침내 그들은 분하다는 얼굴로 우르르 몰려나갔다.

내게 말을 걸었던 남자가 마지막으로 나가면서 의자에 처량하게 앉아 있는 나를 향해 고개를 돌렸다. 자기가 얕보았던 늙은이의 서슬 퍼런 기세가 아무래도 마음에 걸리는 듯한 눈길이었다. 나는 그 얼굴이 잊혀지지 않았다. 그는 얼마 후 워터게이트 사건의 공작원 중 한 명으로 신문에 사진이 실렸다. 나는 그 당시 CIA 요원이 아니라고 생각했던 내 판단이 맞았다는 것을 확인할 수 있었다.

나는 건강이 좋지 않아서 고인의 과업을 계속할 수는 없었다. 하지만 그가 구현한 FBI의 체제를 지속해 나가는 것이 내 의무였다. 봉사정신이나 행동방식이 우리와 같은 인물은 모어밖에 없었다. 모어에게 장례 준비를 맡기고, 그의 지휘하에 기밀문서를 비밀리에 옮긴 것은 그를 후계자로 삼았기 때문이었다.

에드거도 그렇게 했을 것이다. 마크 펠트도 우리의 후계자가 될 자질을 갖추고 있었지만, 그는 강직하지 못하고 기회주의적인 면이 있었다.

나는 장례 준비상황을 묻고 지지한다는 뜻을 알리기 위해 모어를 불렀다. 닉슨은 자신의 당선을 도왔던 참모 루이스 니콜스에게 외부 인사는 절대 임명하지 않겠다는 약속을 했다. 나는 닉슨이 약속을 지킬 것이란 생각에 이른 오후에 모어를 불러들였다. 모어는 장례 준비로 바쁜데도, 내가 이미 자신의 상관이 아닌데도 깍듯하게 대했다.

"지시하신 대로 소식을 전했습니다. 그런데 이상하게도 모두들 후버 국장님이 정말로 우리 곁을 떠났다는 걸 믿지 못하는 얼굴들이었습니다."

"왜 안 그렇겠나? 나 역시도 깨어날 수가 없는 악몽을 꾸고 있는 느낌이네. 모어, 백악관의 반응은 어떤가?"

"예상했던 것 이상의 반응은 없었습니다."

"대통령은?"

"대통령도 알고 있습니다."

"그러니까 그 반응 말이야."

"부국장님, 제 충성심은 아실 겁니다. 하지만 대통령의 반응을 전하고 싶진 않습니다."

"모어, 나에게는 조심할 필요가 없다는 걸 잘 알잖나? 정확하게 뭐라고 했나?"

"대통령이 집무실에 도착했을 때 보좌관 홀드만이 들어가서 소식을 전했습니다. 처음에는 아무 말도 하지 않았답니다. 잠시 후 놀라는 얼굴을 하더니 마치 재채기를 하듯 내뱉었다고 합니다. '오, 주 예수 그리스도여, 추잡한 늙은이!' 대통령이 놀라움과 기쁨을 동시에 표현할 때흔히 하는 말버릇이지요."

"또 다른 말은?"

"장례를 국장으로 치르고 싶다는 뜻을 알려왔습니다."

"그건 안 돼!"

"물론 알고 있습니다. 군의 명예와도 관련된 일이니 신중해야 할 문제입니다. 국장으로 치르겠다는 생각은 4일로 예정된 베트남전을 반대하는 전국적 시위에 쏠려 있는 언론과 국민의 관심을 돌려보려는 수법입니다. 대통령이 날짜를 4일로 잡으면 자연스럽게 다니엘 엘스버그(매사추세츠 공과대학 부설 국제연구소 수석연구원으로 당시 베트남전 극비문서인 '펜타곤 페이퍼'를 유출하여 미국정부의 기만정책을 폭로한 인물-옮긴이)와 제인 폰다 같은 수많은 인사가 참석하는 반전 시위보다는 장례식으로 시선이 쏠리게 되니까요."

"모어, 내가 자네를 만나자고 한 건 FBI에서 사임하겠다는 뜻을 알리기 위해서야. 후임자가 임명될 때까지 나는 국장 직무대리 자격으로 결재는 계속할 것이네. 당신이 후임자가 되기를 희망하고 있어."

"심정은 이해합니다. 하지만 결정은 정말 유감스럽습니다."

"고맙네, 모어. 하지만 지금 이런 상황에서는 건강상 일을 계속할 수가 없어. 그래서 말인데 그 파일은 무사히 옮겨놓았나?"

"특별한 문제는 없었습니다. 미스 갠디가 익히 알려진 솜씨로 신속하게 처리했습니다. 국장님의 개인 문서는 전부 다 오후쯤 댁에 가 있을 겁니다. 이 일은 우리 세 사람만 알고 있다고 자신 있게 말씀드릴 수 있습니다. 또 한 가지 법무장관 보좌관 L. 패트릭 그레이가 방문했다는 것도 알려드려야겠습니다. 기밀문서가 어디 있는지 노골적으로 묻더군요."

"그래서 뭐라고 대답했나?"

"기밀문서라는 건 없다고 했습니다. 합법적으로 사실이니까요. FBI의 행정 책임자로서 내가 아는 한 그런 명칭의 서류는 존재하지 않는다고 말했습니다."

"맞는 말이야. 그러니까 뭐라고 하던가?"

"몹시 화가 난 것 같았지만, 더는 물고 늘어지지 않았습니다. 아마 다시 올 것 같습니다."

"물론! 다시 올 거야."

"그들은 특히 대통령과 현역 의원들에 관한 문서에 관심이 있는 것 같습니다. 우리가 도청당하고 있을 가능성은 없습니까?"

"전혀. 그 말은 다른 사람들을 도청하는 것이 우리가 아니라 그 반대라는 뜻인가?"

"미스 갠디 사무실에서 가지고 나온 문서를 힐끗 봤는데 닉슨이라는 이름의 파일은 없었습니다."

"별로 놀랄 일은 아니네. 국장님은 자신만의 고유한 용어를 사용했어. 가령 가장 위험한 정보는 '음란 사건'이라고 표기하는 식이었지. 사실은 선거자금 부정행위였는데 말이야. 옮겨놓은 문서는 얼마나 되나?"

"총 164권으로 17,750쪽에 달하는 서류로 엄청난 분량이었습니다. 전부 다 공적, 사적, 비밀 문서로 표기되어 있었습니다."

"잘 알겠네, 모어, 그럼 우린 장례식에서 만나세. 앞으로 전개되는 진척 사항도 계속 알려주게."

"그렇게 하겠습니다."

여덟 명의 미국 대통령과 열여덟 명의 법무장관을 모셨던 인물에게 국장이 분에 넘치는 영예는 아니었다. 많은 정치인 외에도 다음에 열거하는 인물의 배후에는 늘 에드거라는 인물이 있었다. 마틴 루서 킹 주니어, 찰스 린드버그, 앨저 히스, 해리 덱스터 화이트, 로젠버그 부부, 머신 건 켈리, 앨빈 카피스(일명 '크리피'), 마 바커, 딜린저. 물론 존과 로버트 피츠제럴드 케네디도.

닉슨은 대통령이 된 뒤로 군림할 수 없기 때문에 관계가 악화되긴 했지만, 한때 자신의 귀감이었던 에드거의 죽음을 애도하는 일에 인색하지 않았다.

닉슨은 에드거가 주려고 했던 교훈을 전혀 마음에 새겨두지 않았다. 워터게이트 사건이 이를 잘 보여준다. 닉슨은 젊은 시절 FBI에 지원했다가 에드거의 거부로 낙방하고 나서 정계에 뛰어들었던 인물이 아니던가. 에드거가 아니었다면, 우리가 아니었다면, 우리의 가호를 받는 이들이 아니었다면 리처드 닉슨은 결코 미국 부통령보다 더 높은 자리에 이를 수 없었다.

닉슨은 1960년 아이젠하워 대통령이 대통령 선거에 출마하지 않기로 결정했을 때 책임을 지고 물러났어야 했던 인물이었다. 에드거는 그가 예전에 진 빚을 지적했다. 그는 그것을 오해한 것이다. 모든 정치인은 에드거가 이제 모든 걸 초월해서 오직 나라를 위해 봉사하는 감독관으로 존재하고 있다는 사실을 잊었다. 닉슨은 사조직을 만들어 도청장치를 설치하면 우리를 따돌릴 수 있다고 믿었다.

닉슨은 자기를 이상적인 후보자로 간주했던 것을 우리의 잘못으로

돌렸다. 닉슨이 후손에게 남길 생각으로 솔직하게 기록했다는 일기에
에드거에 대한 글이 있다.

그는 좋은 때에 사망했다. 재직 중에 사망했으니 얼마나 다행인가. 내
가 FBI를 떠나라고 강요했다면, 그에게 죽으라는 말처럼 들렸을 것이다.
자진사퇴를 했더라도 마찬가지였을 것이다. 작년 연말에 물러나라고 종
용하지 않았던 건 정말 잘한 일이었다.

*39*

에드거가 숨을 거둔 다음 날인 5월 3일은 사망한 날과 매장하기 전날 사이의 묘한 분위기가 감돌았다. 이러한 날에 사람들은 갑작스런 비보를 접한 충격에서 벗어나 우울한 감정에 젖어들고, 유족은 떠나간 사람을 보낼 마음을 정리한다. 나는 마음속에 남은 빈자리가 가혹하게 느껴졌다. 그것은 에드거에 대한 내 애정의 정도를 알려주는 것이었다. 그는 얼마나 오랜 세월 동안 내 인생을 채우고 있었던가! 내 인생에서 에드거와 FBI를 제외하면 특별히 기억할 만한 것이 없다. 그런데 그와 FBI가 나를 떠나고 있었다.

에드거와 나는 시간이란 것을 서로 다르게 생각했다. 나는 향수와도 같은 과거 지향적인 현재를 살았다. 그는 불확실한 미래 때문에 늘 현재를 두려워했다.

나라는 존재는 에드거를 처음 만났던 그날부터 그의 수중에 있었다. 우리는 떼어놓을 수 없는 관계가 되었다. 우리는 말없이 근면하고 속이 깊은 미국인으로 서로를 대한 사람들이었다. 우리는 국가의 고위층 책임자들에 대한 봉사정신과 직무로 맺어진 사이였다. 에드거는 우리를 떼어놓는 사람을 절대 내버려두지 않았다.

나는 함께 지냈던 지난 시간을 돌이켜보면서 그날 하루를 보냈다. 우리의 역사는 배우들이 반항아처럼 행동하는 무성영화 시절에 시작되었다. 곧이어 우리는 흑백 유성영화 시대를 맞았다. 우리에게 가장 어울리는 시대였다. 총천연색 영화는 그 강렬함과 뉘앙스가 언동을 삼가는 우리의 성향, 우리가 경험하고 있는 음모의 성격과 대조를 이루었다. 때문에 우리와는 맞지 않았다. 우리는 케네디 형제가 인기를 끌기 위해 이용하는 그 경박한 말투를 정말 좋아하지 않았다.


느닷없이 아침나절에 모어가 나타나는 바람에 나는 깜짝 놀랐다.

"오늘 아침 사무실 문을 열기도 전에 그레이가 다시 왔습니다. 몹시 흥분한 상태로 저에게 이렇게 말하는 겁니다. '모어 씨, 내 말 잘 들으시오. 나는 고집쟁이 아일랜드인이라 불리는 사람이라서 참는 것에 익숙하지 않소.' 그 문서에 대해 하는 말이라는 걸 알았습니다. 그래서 저는 그의 눈을 똑바로 쳐다보면서 응수했습니다. '잘 들으시오, 그레이 씨, 나는 고집쟁이 네덜란드인이라 불리는 사람이라서 내게 뻔한 속셈을 드러내는 것에 익숙하지 않소.' 그러고는 그 문서에 대해서는 아무 말도 하지 않았습니다. 이어서 우리는 장례식에 대한 기술적인 문제를 논의하고 바로 헤어졌습니다."

"아주 잘했네, 모어. 오후에 백악관에서 FBI 후임 국장 임명에 관한 결정을 발표할 거야. 내가 공식적으로 사임 표명을 할 수 있게 소식을 보내주게."

여섯 시간 후, 모어는 법무장관의 보좌관 패트릭 그레이가 FBI 국장으로, 마크 펠트가 부국장으로 임명된 것을 전화로 알려주었다. 나는 곧바로 펠트에게 전화를 걸어 내 사직서를 받아 적게 하고, 나의 비서 미세스 스킬만에게 서명하게 했다. 펠트는 일부 내용을 삭제한 사직서를 신임국장에게 전달했을 것이다. 그 사이에 그레이가 조의를 표하기 위해 나와 통화하려고 했지만, 나는 내키지 않아서 전화를 받지 않았다.

나는 장례식장에서 약간 떨어진 자리, 나를 늘 싫어했지만 감정을 드러내지는 않았던 미스 갠디 옆에 자리를 잡았다. 에드거는 국가 원수처럼 매장되었다. 어떤 면에서는 국가 원수의 장례 이상이었다. 루스벨트를 제외하고 대통령의 재임기간은 길어야 8년을 넘지 않았다. 그런데 유권자들의 시선을 의식한 적 없고, 유권자들의 변심에 발목이 잡혀본 적 없는 에드거는 재임기간이 48년이나 되었으니 장례식이 과하다고 해야 할까.

선거라는 무대에 오르는 일 없이 에드거 후버는 미국 정치사의 50년을 지배한 인물이었다. 그를 비방하는 사람들도 그가 비밀리에 구축해 놓은 것이 무엇인지 알고 있었다. 에드거는 수많은 정적에게 자신의 진가를 보여준 인물이었다. 그러나 미합중국의 가치관을 수호하고 있다는 그의 입장 표명을 두고 신랄한 논란이 있었던 것도 사실이다.


앞에서도 언급했듯이 나는 에드거를 제거한 사람은 아무도 없다고 확신한다. 죽으라면 죽는시늉도 할 에드거의 심복 크로포드가 아침에 현관문이 열려 있는 것을 발견했다는 점이 이상하긴 하다. 현관문이 열린 적은 일찍이 한 번도 없었기 때문이다.

에드거는 5월 2일 밤 자정 무렵에 닉슨에게 전화로 사임하라는 말을 들었기 때문에 죽은 것이다. 그는 내 집에서 저녁을 먹고 돌아갔다. 에드거는 식사 중에 잭 다니엘스 블랙을 자기가 좋아하는 병에 따라서 꽤 많이 마셨다. 기울이면 ‘For He's a Jolly Good Fellow’(영국인들이 누군가를 칭찬하며 부르는 18번 애창곡-옮긴이)라는 노래가 흘러나오는 병이었다. 닉슨은 민주당 본부를 도청하는 공작을 시작하기 전에 에드거가 없어져주기를 바랐다. 그는 주요 부서에 자신의 측근만 두고 싶었던 것이다. 에드거가 누구에게도 종속되지 않는 인물이라는 것을 잘 알고 있었다. 신이시여, 닉슨에게 저주를!

에드거의 장례식에서 미국의 최고위층 인사들이 추모사를 낭독했다. 그중 캘리포니아 주지사 로널드 레이건의 추모사는 가장 인상적이었다. 레이건 형제는 할리우드 마녀 사냥 때 우리에게 많은 도움을 주었다. 레이건의 추모사를 한 문장으로 요약하면 다음과 같다.

20세기를 통틀어 후버보다 조국을 위해 자신의 의사를 분명히 표명한 사람은 아무도 없습니다.

그의 관은 미국 국기에 덮여 알링턴 국립묘지에 안장되었다. 에드거는 국가가 수여하는 최고의 영예를 안은 스물한 번째 인물이 되었다. 나는 프리메이슨 식의 검소한 장례를 원했지만, 에드거의 공훈이 인정되어 그의 장례식은 국장으로 치러졌다.

그날 나는 몸이 너무 좋지 않아서 휠체어에 앉아서 예식을 지켜봤다. 마지막 순간, 유해를 덮었던 국기가 내게 전달되었다. 저명한 고인의 미망인에게나 있을 법한 일이어서 나는 그 순간 만감이 교차했다. 나 이전에 마지막으로 그런 영예를 안았던 사람은 재클린 케네디였다.

에드거는 모든 것을 내게 물려주었다. 공식적으로 그의 재산은 50만 달러였다. 나는 그의 골동품들을 경매에 붙였다. 나는 서둘러서 그의 개 두 마리를 다른 데로 보냈다. 그 개들을 보고 있으면 왜 기분이 나쁜지 알 수가 없었다. 그가 나보다 그 개들을 더 좋아했을까 봐 두려워하고 있었다는 사실을 깨달은 날까지.

『대통령을 갈아치우는 남자』는 FBI 국장 에드거 후버의 보좌관이자 그의 동성애 연인이었던 클라이드 톨슨의 관점에서 미국정치권의 음모를 그린 다큐소설이다. 톨슨은 후버와 같은 배를 탄 입장이었기에 이 소설의 내용은 당시의 정황을 전달하는 데 적지 않은 무리가 있다. 그래서 독자의 이해를 돕기 위해 후버와 역대 미국 대통령 사이의 정황을 객관적으로 요약했다. 다음은 2005년 8월 〈주간조선〉에 실린 '우태영의 글로벌 라운지'의 'X파일로 48년간 미국 주무른 FBI국장 에드가 후버'라는 기사를 발췌한 것이다.

### 프랭클린 루스벨트

FBI에 도청과 정보 수집을 허락한 최초 대통령은 프랭클린 루스벨트였다. 독일에서 나치스가 위세를 떨치기 시작한 1930년대에 미국 사회에서도 나치스를 추종하는 극우파들이 국가에 해가 되는 행동을 할 가능성이 제기되자 백악관은 후버에게 이에 대한 정보 수집을 지시했다는 것이다. 후버는 본래 도청의 취지에서 벗어나 루스벨트의 정적들을 감시하고 보고서를 만들어 루스벨트의 신임을 얻는다. 그러나 후버는 사이가 좋지 않았던 영부인 엘리너 루스벨트를 감시하고, 마침내 '엘리너 여사가 좌파 청년과 내밀한 관계를 맺고 있다'는 보고서를 작성한다. 이에 격노한 루스벨트는 2차 세계대전이 끝나는 대로 FBI의 권한도 약화시키고 후버도 내쫓기로 마음먹는다. 그러나 루스벨트가 갑자기 사망하는 바람에 모든 일이 무산됐다.

### 해리 트루먼

트루먼 대통령도 전임자 루스벨트처럼 지탄을 받는 FBI의 권한을 줄이고 후버도 쫓아내려고 했다. 그러나 후버는 트루먼의 정적에 대한 도청자료를 수집하고, 야당지들이 앞으로 어떤 보도로 트루먼을 비판하려 하는지에 대한 보고서를 올렸다. 트루먼은 FBI가 불법도청을 통해 얻은 정보를 손에 쥔 순간 불법행위의 공범자가 됐다. 2차 세계대전 후 미국에 팽배한 공산주의에 대한 공포, 소련의 핵폭탄 실험 성공, 한국전쟁 등 공산주의 세력이 팽창하는 시대상황에서 강력한 반공의 상징인 후버는 인기가 높을 수밖에 없었다. 때문에 트루먼은 후버를 해임하지 못했다.

### 드와이트 아이젠하워

1952년 대선에서 후버는 전쟁영웅 아이젠하워가 대통령이 되는 데 도움을 준다. 물론 불법행위였다. 아이젠하워는 후버에게 국가안보훈장을 수여했고, 둘의 관계는 화기애애했다. 그러나 아이젠하워는 FBI를 정치적인 목적으로 이용하지 않았고, 후버가 지원하는 매카시 상원의원의 공산주의자 색출 작업을 반대했다. 불안을 느낀 후버는 아이젠하워의 사생활을 캐내 아이젠하워가 유럽 주둔군 사령관이었던 시절 내연의 관계였던 운전병 케이 서머스비를 찾아낸다. 후버는 대통령에게 평범한 정보보고를 가장해 자신이 대통령의 결점을 알고 있음을 내비친다. 아이젠하워는 케이에 대한 보고를 받은 다음 날 처음으로 심장마비 증세를 보였다.

### 존 F 케네디

후버는 존 F 케네디의 엽색행각에 대한 파일을 빠짐없이 챙겼다. 케네디가 여성들과 나체로 사진을 찍고, 애정행각을 벌일 때 나는 소리를 도청한 파일 등도 확보했다. 또한 케네디의 범죄조직과 관련된 자료도 가지고 있었다. 후버는 모든 사람의 예상을 뒤엎고 다시 FBI 국장에 임명됐다.

### 린든 존슨

존슨은 후버를 철저히 정치적으로 이용했다. 후버는 존슨에게 정치인, 언론인 등 무려 1,200명에 달하는 인물의 파일을 제공했다. 후버는 또한 흑인 민권운동지도자였던 마틴 루서 킹 목사의 지도력을 훼손하기 위해 침실을 도청하고 허위사실을 유포시키는 등 집요하게 공작활동을 벌였다. 이로 인해 '후버가 킹 목사를 암살하지는 않았다 하더라도 암살을 부추기는 분위기를 만들었다'는 악평을 듣게 됐다.

### 리처드 닉슨

닉슨이 대통령이 되자 후버는 갖가지 정보를 대통령에게 보냈다. 그러나 닉슨의 측근들은 후버가 보내는 정보들이 더 이상 가치가 없다고 판단하고 그의 접근을 제한했다. 후버는 키신저 안보보좌관 등 주요 측

근들을 무차별로 도청하고 파일을 만들어 사무실에 쌓아두었다. 닉슨
은 너무 많은 사실을 알고 있는 후버를 두려워했다고 한다.

후버는 1972년 5월 2일, 77세로 사망했다. 그후 후버의 불법적인 정
보수집과 권력유지에 질린 미국 정치인들은 FBI 국장의 임기를 10년으
로 제한했다.

루스벨트를 제외하고 미국 대통령의 재임기간은 길어야 8년을 넘지 않았다. 그런데 그는 유권자들의 시선을 의식한 적도, 유권자들의 변심에 발목이 잡혀본 적 없이 48년이나 재임을 했다. 과연 국장으로 치러지는 그의 장례식은 과분한 것일까. 선거라는 심판을 받은 적 없이 미국 정치사의 50년을 지배한, 역대 어느 대통령보다 막강한 권력을 휘둘렀던 인물…….

전 FBI 국장 에드거 후버의 충격적인 초상을 그린 이 책은 어디까지가 사실이고 어디까지가 허구일까?

'미국 대통령 8명과 법무장관 18명이 거쳐갔다'는 표현이 자연스러울 정도로 반세기 동안 FBI 국장으로 재직한 에드거 후버는 분명히 실존 인물이다. 가상의 회고록을 통해 미국 정치사의 가장 어두운 이면을 폭로하는 서술자 클라이드 톨슨 역시 에드거 국장의 보좌관이자 실제 연인이었다. 이 책에 언급된 정치인들을 비롯한 모든 인물도, 에드거 후버와 마피아의 관계도 꾸민 이야기가 아니다.

에드거 후버를 모델로 소설을 쓰게 된 동기에 대해 작가 마르크 뒤갱은 이렇게 대답했다.

"미국 남부 출신인 에드거 후버는 인종차별주의자이고 동성애자입니다. 그는 자신을 기독교를 믿는 앵글로색슨계 백인 사회의 도덕적 가치기준이라고 자처하지만, 그 대외적 이미지와 사생활이 완전히 모순되어 있지요. 거기에 정신분열증과 망상증까지……. 지극히 복잡한 인성을 지닌 에드거는 소설가의 호기심을 충동하는 요소를 충분히 갖췄다고 할 수 있는 인물이죠."

이 소설에는 케네디 형제, 특히 존 케네디에 대한 에드거의 반감이 곳곳에서 드러나 있다. 뿐만 아니라 케네디가의 이야기라고 해도 과언이 아닐 정도로 사건의 전모와 수사 결과를 자세히 다루고 있다. 이 점에 대해서 작가는 이렇게 덧붙였다.

"두 여성 혐오자의 대립이라고 할 수 있습니다. 하나는 손가락 하나 대지 못할 정도로 여성을 신성화하는 동성애자의 혐오감이고, 또 다른 하나는 성욕을 채우기 위해서라면 정치적 위험도 무릅쓰는 색정광의 혐오감이라고 할 수 있지요.

정치 전문기자들이 발표한 기사, FBI 문서에도 접근했습니다. 물론 존 케네디 암살 사건에 관한 수사기록은 볼 수 없었습니다. 조지 부시 대통령은 문서 공개시기를 앞당기겠다고 언급한 바 있지만, CIA 국장을 지냈던 아버지 부시는 여전히 음모론에 대해 근거가 없다며 일축하고 있습니다. 그러나 당시 발표했던 것처럼 케네디 암살을 오즈월드의 단독범행으로 믿는 사람은 아무도 없습니다. 케네디가는 마피아, 반 카스트로 광신자들, 공화당원들, 군부, 에드거 후버 등 적이 많았습니다. 나는 FBI 국장이 케네디 형제를 압박하는 위협을 알고 있으면서 방관했다고 확신합니다."

올리버 스톤이 감독한 영화 「JFK」 이후, 미국 내 보이지 않는 세력이 케네디를 암살했다는 주장이 더욱 거세게 제기되었고, 미국 국민 60퍼센트가 이 음모론을 신뢰하고 있다는 여론조사 결과가 나왔다. 케네디 대통령 암살사건에 대한 정부의 입장을 밝혀야 한다는 국민의 압박에, 의회는 워렌 위원회에서 극비 처리된 문서를 공개하지 않기로 결정했던 법을 무효화하는 새로운 법을 통과시켰다. 현재 미국 정부가 마이크로필름으로 보관하고 있는 케네디 대통령 암살 관련 문서는 2029년에 공개될 예정이라고 하니 진위 여부는 더 기다려야 할 것 같다.

이원희